BESTSELLERWORLDBOOK 56

멋진 신세계

올더스 헉슬리 지음 | 정홍택 옮김

소담출판사

정홍택

한국외국어대학교 영어과 졸업. 미국 세인트존스 대학원 수학.
연세대 행정대학원 고위정책과정 수료. 한국일보 기자, 월간 편집국장.
한국 영상자료원 이사장. 예술의 전당 총무, 운영국장 역임.
현 한국공연윤리위원회 가요음반 심의위원.
저서로 『미국말 1, 2』, 『잡학사전 1, 2』, 『낭만은 살아 있다』 등이 있다.

BESTSELLER WORLDBOOK 56

멋진 신세계

펴낸날 ㅣ 1997년 6월 5일 초판 1쇄

지은이 ㅣ 올더스 헉슬리
옮긴이 ㅣ 정홍택
펴낸이 ㅣ 이태권
펴낸곳 ㅣ (주)태일소담
　　　　서울시 성북구 성북동 178-2 (우)136-020
　　　　전화 ㅣ 745-8566~7　팩스 ㅣ 747-3238
　　　　e-mail ㅣ sodam@dreamsodam.co.kr
　　　　등록번호 ㅣ 제2-42호(1979년 11월 14일)
　　　　홈페이지 ㅣ www.dreamsodam.co.kr

ISBN 89-7381-210-6　00840

- 책값은 뒤표지에 있습니다.
- 잘못된 책은 구입하신 곳에서 교환해드립니다.

Brave New World

Huxley, Aldous Loenard

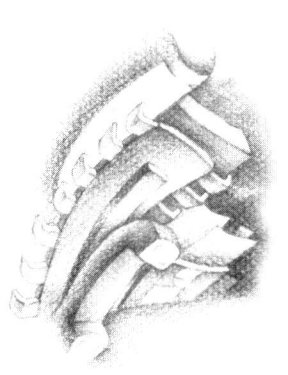

'아, 이 멋진 인간들이여!
이 얼마나 아름다운 인간들인가!
오, 멋진 신세계여……'

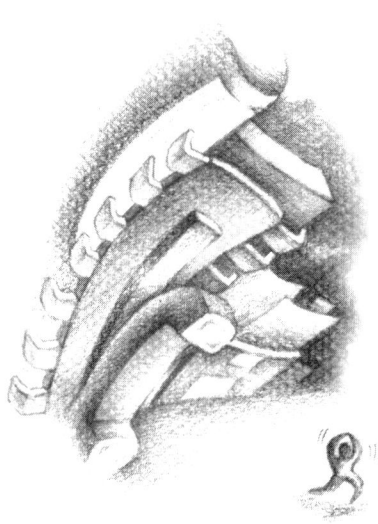

Brave New World

1

　고작 34층밖에 안 되는 작은 회색 건물. 중앙 현관 입구 위에는 〈중부 런던 인공 부화 · 조건 반사 연구소〉라는 팻말이 있고, 방패 모양의 간판에는 세계 국가의 표어인 〈공유 · 주체성 · 안정〉이라는 글귀가 쓰여 있었다.

　1층에 있는 거대한 방은 북쪽으로 창이 나 있었다. 밖은 여름 날씨였고 방 안의 온도 역시 열대성 기후에 버금갈 만큼 더웠다. 거칠고 가는 한 줄기의 빛이 유리 창문을 뚫고 들어와 한 사람을 비추었다. 그 사람은 옷을 길게 늘어뜨렸는데 학자풍의 창백하고도 소름 끼치는 얼굴을 하고 있었다. 그러면서 빛은 간간이 실험실에 있는 유리와 니켈, 그리고 침침하게 빛을 발하는 시험관을 비추었다. 그곳에는 흰 작업복을 입은 노동자들이 있었는데 그들은 손에다가 시체같이 창백한 빛깔의 고무장갑을 끼고 있었다. 불빛이 매우 차갑게 느껴졌다. 오직 현미경의 노란 원통을 통해서만 풍부하고도 생동감 있는 빛이 비쳤으며 그 빛은 마치 버터처럼 미끈미끈한 원통을 따라 작업대 의 기다랗게 후미진 부분까지도 감미롭게 밝혀 주고 있었다.

「바로 이곳이 수정실입니다.」

소장이 문을 열면서 말했다.

인공 부화·조건 반사 연구소 소장이 방 안에 들어섰으나 3백 명이나 되는 수정실 담당자들은 별다른 반응이 없었다. 이상한 기구에 몸을 구부리고 거의 숨도 쉬지 않은 채 침묵 속에서 정신병자처럼 각자 콧노래나 휘파람을 불며 자신들의 작업에 몰두해 있었다. 새로 도착한 학생들은 모두 얼굴에 홍조를 띤 풋내기들이었다. 그들은 긴장한 채, 아니 오히려 침통한 모습으로 소장의 뒤를 따라 들어왔다. 학생들의 손에는 한결같이 노트가 쥐어져 있었는데 소장이 한마디 할 때마다 그 내용을 하나도 빠뜨리지 않고 재빨리 받아 적었다. 실험실 견학이란 좀처럼 해보기 어려운 특권이었기 때문이다. 중부 런던 인공 부화·조건 반사 연구소 소장은 그의 새로운 학생들을 여러 곳의 다양한 부서로 직접 안내하는 것을 일반적인 관례로 여겼다.

「여러분에게 일반적인 개념을 정립해 주려는 것에 견학의 목적이 있습니다.」

소장은 방문한 학생들에게 이렇게 말하곤 했다. 만일 그들이 사회에 순종하는 선량한 구성원이 되고자 한다면 가능한 한 이런 일반적인 개념을 묵시해야 하지만, 자신들의 업무를 제대로 수행해 나가고자 한다면 반드시 이 일반적인 개념을 어느 정도는 지니고 있어야 한다. 모두들 알고 있다시피, 세부적인 특수성, 즉 전문적인 지식은 사회의 희망과 개인의 행복에 기여하지만 일반적인 지식은 지적인 시각에서 볼 때 필요악이기 때문이다. 사회에서 핵심적인 역할을 하는 것은 철학자, 즉 전문적인 지식인이 아니라 목수나 우표 수집가처럼 일반적이고도 보편적인 사람들이다.

소장은 학생들을 향해 친근하면서도 한편으로는 위엄이 섞인 듯한 미소를 지어 보이며 말했다.

「내일부터 여러분은 중대한 일을 하게 됩니다. 따라서 일반적인 이론을 배울 시간이 없습니다. 반면에……」

반면에? 그렇다. 반면에 이것 역시 특권이 아닐 수 없다. 젊은이들은 소장의 입에서 그 말이 나오자마자 자신의 노트에다 미친 듯이 받아 적었다.

키가 크고 좀 말랐으나 자세의 흐트러짐이 전혀 없는 소장은 방 안으로 걸어 들어갔다. 그는 긴 턱과 토끼 앞이빨처럼 앞으로 툭 튀어나온 이를 가졌는데 이는 그가 이야기를 하지 않고 있는 동안에는 두툼하고 불그스레하게 곡선을 이룬 입술에 덮여 있었다. 몇 살이나 되었을까? 서른? 쉰? 쉰다섯? 알아맞히기가 어려웠다. 하지만 어쨌든 그건 문제가 안 된다. 포드 기원 632년인 이런 안정의 시대에 그런 문제들은 질문 거리조차 되지 않는다.[1]

「처음부터 시작하겠습니다.」

소장이 말했다.

그러자 조금 전보다 더욱 귀를 쫑긋거리며 학생들은 노트에다 소장의 말을 적었다.

'처음부터 시작.'

소장은 손을 흔들어 보이며 말했다.

---

1) 저자는 여기서 오늘날의 '기원 후' 또는 '서기'를 의미하는 시대 구분인 A.D. 대신 A.F. 632년이라는 것을 사용하고 있는데 이는 미국의 자동차 왕 헨리 포드(Henry Ford)의 이름을 따서 만든 가상의 시대 구분이며 이 시대 구분의 분기점은 포드사의 T형 모델 차가 발명된 해인 1908년이다. 따라서 A.F. 632년은 A.D. 2540년이 된다.

「이것들이 바로 부화기입니다.」

소장은 차단문을 열고 번호가 붙어 있는 시험관이 나열된 선반을 학생들에게 보여 주었다.

「이것은 이번 주에 할당된 난자이며 체온과 똑같은 온도로 보관되고 있습니다.」

그는 또 다른 문을 열면서 설명했다.

「반면에 남성의 배양 재생 세포는 37도가 아닌 35도로 보관하고 있습니다. 인간의 체온인 37도로 보관하면 이것들은 수정을 하지 못합니다.」

이것은 혈액 온도 유지 장치로 보온을 하게 된 숫양이 새끼양을 낳지 못하게 되는 것과 같은 이치인 것이다.

소장이 부화기에 몸을 기댄 채 현대식 수정 방법에 대해 간단히 설명하고 있는 동안 학생들은 연필을 가지고 노트에다 알아보기 힘든 글씨로 빠르게 써내려갔다. 물론 소장은 그 수정 방법의 외과적인 조치에 관해서도 얘기했다.

「이 수술은 사회의 공익을 위하여 자발적으로 실시합니다. 6개월 치의 급여에 해당하는 보너스를 받게 된다는 사실은 말할 것도 없고 말입니다.」

소장은 잘라진 난소가 살아서 생동감 있게 활동하도록 유지시키는 기술에 대한 설명을 계속했다. 그리고 그것을 위한 최적 온도·염분·점액 농도 등에 관한 설명으로 이어진 다음, 신체에서 분리된 이후에도 계속 성장하는 난자 보관용 액체에 관해서도 설명했다. 이어 소장은 학생들을 작업대가 있는 곳으로 데리고 가서는 그 액체를 시험관으로부터 추출하는 방법과, 그것을 특별하게 보온한 현미경의 슬라이드 위에 한 방울씩 떨어뜨리는 방법,

그 액체 속에 들어 있는 난소들 중 잘못된 것을 가려내어 그 수를 센 다음 다시 다공(多空)의 용기에 옮기는 방법, 그리고 그 용기 안에서 자유로이 헤엄치고 있는 정충들이 - 소장이 주장하기로는 이 정충들은 1입방 센티미터 당 최소한 십만 마리가 모여 있다고 한다. - 들어 있는 따뜻한 수프와도 같은 액체 속에 집어넣는 방법을 실제로 빠르게 보여 주었다. 그뿐 아니라 소장은 10분 후에 그 용기를 액체에서 건져내어 그 안에 들어 있는 내용물을 다시 검사하는 방법과 그 과정 중에서 수정을 하지 못한 채 남아 있는 난자들을 다시 액체 속에 집어넣고, 또 필요하다면 다시 한 번 더 집어넣는 방법, 수정이 된 난자들을 수정실로 옮기는 방법에 대해서도 자세히 설명했다. 알파와 베타라고 이름 붙여진 수정 난자들은 완전히 봉해질 때까지 이 수정실 안에 그대로 남아 있게 되고 감마와 베타와 입실론이라고 이름 붙여진 것들은 36시간 후에 '보카노프스키 과정'이라는 것을 거치기 위해 다시 끄집어내게 된다.

「보카노프스키 과정이란……」

소장이 반복해서 말하는 동안 학생들은 각자의 노트 위에 적혀 있는 그 단어에다 밑줄을 긋는 데 열중했다.

하나의 난자에서 하나의 태아가 형성되고 또한 거기에서 하나의 성인이 생긴다. 바로 이것을 '정상'이라고 한다. 그러나 보카노프스키 과정에 의해 처리된 난자는 증식을 한 후에 분열된다. 여덟 개에서 96개가 되며 이들 각각의 세포는 완전히 형성된 태아로 성장하게 된다. 그리고 이 각각의 태아는 완전한 크기의 성인이 된다. 전에는 단지 하나의 난자에서 한 생명이 탄생했지만, 이제는 96명의 인간이 만들어지게 되는 것이다. 이것이야말로 진보라 아니할 수 없다.

소장은 자랑스러운 표정을 지으며 결론을 내렸다.

「근본적으로 보카노프스키 과정이란 일련의 성장 억제 조치로 구성되어 있습니다. 역설적으로 우리가 난자의 정상적인 성장을 억제해야만 그 난자가 싹을 내는 반응을 보인다는 것입니다.」

'싹을 내는 반응을 보인다.'

학생들이 쥐고 있는 연필들이 다시 바쁘게 움직였다.

소장이 손으로 가리켰다. 매우 천천히 움직이는 벨트 위에서 선반으로 하나 가득한 시험관들이 커다란 금속 상자 안으로 들어가고 있었으며, 또 다른 선반으로 하나 가득한 시험관들 또한 거기서 나오고 있었다. 작동하는 기계 소리가 주위에서 희미하게 들려 왔다.

소장은 학생들에게 그 시험관들이 그곳을 완전히 지나가는 데는 8분이 걸린다고 덧붙였다. 강한 엑스레이를 8분 동안 쬐는 것이 난자가 참을 수 있는 한도라는 것이다. 몇몇은 그 동안에 죽기도 한다. 나머지 살아 남은 것들 중에서 가장 반응이 약한 것들은 두 개로 분열하지만 대부분은 네 개의 싹을 내며 어떤 것들은 여덟 개의 싹을 내기도 한다. 이 모든 난자들은 싹이 성장하게 되는 부화기로 다시 넣어지게 되며, 그 후 이틀이 지난 다음 갑자기 냉각시켜 성장을 억제시키게 된다. 이 난자들은 각각 두 개, 네 개, 여덟 개로 싹을 내게 되며, 싹을 낸 후에는 한계에 다다를 때까지 알코올에 담가 놓는다. 그러면 결과적으로 다시 싹을 내게 되는데 싹이 나게 되면 그 싹 안에서 또 다른 싹이 나오게 되고 - 여기에서 성장 억제 조치를 더 이상 취하게 되면 보통 그것은 치명적이 된다. - 그러면 다시 그 싹 안에서 또 다른 싹이 계속해서 나오게 된다. 이 시점에 이르면 원래의 난자는 여덟 개에서 96개의 태아가 될 충분한 가능성을 갖게 된다. 이것이야말로 자연에 가해진 엄청난 진보라는 데 대해서 모두들 동의할 것이다. 간혹 난자가 우연히 분열을 일으켜 보잘것없는 두 쌍둥이, 세 쌍둥이 정도만 낳았던 과거와는 달리 한꺼번에 똑같은 쌍둥이를 몇 쌍씩, 아니 심지어 수십 쌍씩 만들어 내는 것이다.

「수십 쌍! 수십 쌍이란 말입니다.」

소장은 마치 자신이 이 세상에다 지대한 공헌을 하고 있다고 생각하는 양, 이 말을 되풀이하며 팔을 앞으로 내밀었다.

그러자 그들 중 한 학생이, 그렇게 되면 어떤 이득이 있냐고 어리석은 질문을 했다.

소장은 그 학생을 향해 고개를 돌렸다.

「저런! 학생은 이해하지 못하겠나? 이해를 못하겠냐고!」

소장이 한 손을 들어 올렸다. 그런 그의 표정은 무척 엄숙했다.

「보카노프스키 과정이란 사회 안정을 위한 중요한 수단 가운데 하나란 말일세.」

'사회 안정을 위한 중요한 수단.'

표준형 남녀, 획일화된 집단, 보카노프스키화된 하나의 난자로부터 생산된 부산물들로 가득 찬 작은 공장.

「96명의 똑같은 쌍둥이들이 96개의 똑같은 기계를 작동하고 있는 모습을 상상해 보게!」

그의 목소리는 열의에 차서 거의 떨리다시피 했다.

「여러분은 지금 자신이 어떤 곳에 있는지 잘 알고 있을 것입니다. 이건 그야말로 역사상 최초입니다.」

그는 세계 국가의 표어를 인용했다.

「공유 · 주체성 · 안정이 드디어 현실화된 것입니다.」

거창한 말이다.

「우리가 무한히 보카노프스키화를 할 수 있다면 모든 문제가 해결될 것입니다.」

표준형 감마 계급, 불변의 델타 계급, 획일화된 입실론 계급, 그리고 수백만 명의 일란성 쌍둥이들에 의해 모든 문제가 해결되는 것이다. 대량 생산의 원칙이 마침내 생물학에도 응용된 것이다.

소장은 머리를 흔들었다.

「하지만 슬프게도 우리는 보카노프스키 과정을 무한정 확대할 수는 없습니다.」

96개가 한계이며 72개가 평균인 것 같았다. 똑같은 난소와 똑같은 남성 배우자를 결합시켜 가능한 한 많은 일란성 쌍둥이를 제조하는 것이 그들이 할 수 있는 최선이었다. 하지만 슬프게도 이는 최선이 아닌 차선이었으며, 게다가 그것은 무척이나 어려운 일이었다.

「자연 속에서는 2백 개의 난자가 다 자라는 데 30년이 소요됩니다. 그러나 현재 우리에게 당면한 임무는 인구를 안정시키는 일입니다. 4반세기에 걸쳐서 몇 안 되는 쌍둥이들을 생산하고 있으니 그게 무슨 소용이 있겠습니까?」

이는 별다른 소용이 없는 일이었다. 그들은 2년 내에 적어도 150개의 성숙한 난자를 확보할 수 있게 된 것이다. 이 난자들을 수정시켜 보카노프스키화, 즉 72배로 늘리면 2년이라는 기간 내에 150쌍의 일란성 쌍둥이 집단에서 평균 1만 1천 명 가량의 형제 자매를 얻을 수 있게 된다.

「그리고 특별한 경우에는 하나의 난소가 1만 5천 명 이상의 성인을 낳을 수도 있습니다.」

소장은 그때 금발머리에 건장한 청년이 지나가자 '포스터 군!' 하고 불렀다. 청년이 자신있는 발걸음으로 다가왔다.

「포스터 군! 하나의 난자가 세운 최고 기록을 말해 줄 수 있겠나?」

「하나의 난자가 세운 최고 기록은 이 연구소의 경우에만 1만 6,020명입니다.」

포스터라는 청년은 주저하지 않고 대답했다. 그는 말이 빨랐고 생기가 넘치는 푸른 눈을 가졌으며 숫자를 인용하는 것을 즐기는 것 같았다.

「정확히 1만 6,020명입니다. 이들은 모두 189쌍의 쌍둥이 집단에서 얻은 것입니다. 하지만 이보다 더 높은 기록을 세운 곳도 있습니다.」

포스터는 쉬지 않고 계속해서 말했다.

「열대성 기후의 인공 부화장의 경우, 즉 싱가포르에서는 이따금 1만 6천5백 명 이상이 생산되기도 하고 아프리카의 몸바사에서는 실제로 1만 7천 명이라는 기록적인 수치를 보여 준 바도 있습니다. 그러나 그들은 우리들과는 비교할 수 없을 정도로 좋은 조건을 갖추고 있습니다. 흑인의 난소가 뇌하수체 분비에 대해 반응을 보이는 것을 직접 한 번 보셔야 하는데 말입니다. 유럽 인들을 다루는 데 익숙해져 있는 우리 같은 사람들에게 이는 실로 놀라울 정도입니다. 하지만……」

포스터는 한바탕 웃고는 계속해서 말했다. 그의 눈에는 열정적인 빛이 감돌았고 그가 턱을 들어올리는 모습은 무척 도전적이었다.

「하지만 우리는 그들이 세운 기록을 깰 계획입니다. 저는 현재 놀라운 델타 마이너스 난소를 연구하고 있습니다. 겨우 18개월밖에 되지 않았는데 벌써 1만 2천7백 명 이상의 아이가 생산되었거나 태아의 상태에 있습니다. 그럼에도 불구하고 아직도 그 난소는 왕성합니다. 우리는 곧 그 기록을 깨뜨릴 것입니다.」

「바로 그거요. 그게 바로 내가 좋아하는 정신이오!」

소장은 이렇게 외치며 포스터의 어깨를 툭 하고 건드렸다.

「자, 나를 따라와서 이 학생들에게 당신의 전문가적 지식을 마음껏 보여 주시오.」

「영광입니다.」

포스터가 겸손하게 미소 지으며 말했다.

소장과 학생들은 일렬로 그를 따라갔다. 저장실은 모든 것이 조화롭고 질서 있는 활동 그 자체였다. 알맞은 크기로 잘린 싱싱한 돼지의 복막 조각이 지하 저장소에서 작은 엘리베이터에 실려 빠른 속도로 올라오고 있었다. '휙! 찰칵!' 하는 소리와 함께 엘리베이터의 승강구 문이 열렸다. 병에 넣고 조심스럽게 펴기만 하면 되었다. 채워진 병이 끝없는 벨트 위에 실려 손이 닿지 않는 위치로 이동하기도 전에 '휙! 찰칵!……'. 그러면 다른 복막 조각이 깊은 곳으로부터 올라와 또 다른 병으로 들어가서는 벨트 위에 실려 끊임없이 천천히 움직여 가는 병의 대열에 자리잡을 태세를 취하는 것이었다.

앞에 설명했던 담당 직원들 다음에는 난자 삽입 담당 직원들이 서 있었다. 병의 대열이 앞으로 진행되어 나갔다. 난자들은 하나씩 하나씩 시험관에서 빠져 나와 더욱 큰 그릇으로 이동되었다. 병 속에 담긴 복막 조각이 재빨리 갈라지고 그 갈라진 틈에 난자 분리용 액체와 염성(鹽性) 용액이 주입되었다. 순식간에 그런 과정이 지나고 병은 이미 그곳을 지나 이번에는 꼬리표를 붙이는 담당의 손에 넘어갔다. 유전, 수정 일자, 보카노프스키 집단의 회원 번호 등 자세히 관찰한 기록이 시험관에서 병으로 옮겨졌다. 이젠 더 이상 익명이 아니라 이름이 정해지고 신원이 밝혀진 가운데 병의 행렬은 천천히 앞으로 전진했다. 이윽고 벽에 뚫려 있는 구멍을 통해서 서서히 계급 예정실로 들어갔다.

「88입방미터에 달하는 색인 카드입니다.」

소장과 학생들이 방안에 들어서자 포스터가 말했다.

「여기에는 이곳과 관계된 모든 정보가 들어 있습니다.」

소장이 덧붙여 말했다.

「매일 아침 최신 자료를 보낼 것입니다.」

「그리고 매일 오후 점검하게 됩니다.」

「바로 이것을 기초로 하여 계산을 하고 있습니다.」

「많은 인간 개개인들을 동일한 성질끼리 구분해서 말입니다.」

「이러저러한 양으로 분포하고…….」

「최적의 출산율은…….」

「예상치 못한 소모는 그 자리에서 보완이 됩니다.」

포스터가 반복해서 말했다.

「그 자리에서 보완이 된다는 말입니다. 지난번 일본에서 일어난 지진 이후에 제가 얼마나 많은 연장 근무를 해야 했는지 여러분은 모르실 겁니다.」

포스터는 가볍게 한 번 웃고는 머리를 내저었다.

「계급 예정실 담당 직원은 그 숫자를 수정실 담당 직원에게 보냅니다.」

「수정실 담당 직원은 계급 예정실 담당이 요구하는 태아들을 보내 주는 일을 합니다.」

「그리고 사회 계급을 상세히 분류할 목적으로 특별하게 구분한 병들이 이곳으로 오게 됩니다.」

「그 후 병들은 태아 저장실로 보내집니다.」

「자, 그러면 이번에는 그곳으로 가보도록 합시다.」

포스터는 문을 열고 계단을 따라 학생들을 지하실로 안내했다.

그곳의 온도는 열대 기후 같았다. 소장과 학생들, 그리고 포스터는 짙게 깔린 땅거미 속으로 내려갔다. 두 개의 문과 구불구불한 통로 때문에 그곳엔 햇빛이 들어올 염려가 조금도 없었다.

「태아들은 마치 사진 필름과도 같습니다.」

포스터가 두 번째 문을 열고는 으스대며 말했다.

「태아들은 붉은색 조명에만 견딜 수 있습니다.」

실제로 학생들이 그를 따라 들어간 후텁지근한 어둠은 여름날 오후, 눈을 감았을 때 보이는 심홍색의 어둠이었다. 수많은 줄과 수많은 층에 죽 늘어선, 배가 불룩 튀어나온 병들의 모습은 마치 루비를 흩어 놓은 것처럼 빛났으며 그 병들 사이에서는 눈이 자줏빛으로 충혈된, 그리고 비틀거리며 걷는 남녀들이 마치 불그스레한 유령처럼 분주히 움직이고 있었다. 기계에서 나는 윙윙대는 소리와 덜그덕거리는 소리가 그곳의 공기를 희미하게 흔들고 있었다.

「포스터 군! 이 학생들에게 숫자를 좀 알려 주시오.」

소장이 말했다.

포스터는 그들에게 숫자를 알려 줄 수 있다는 사실이 무척이나 즐거운 것 같았다. 길이는 220미터, 너비는 200미터, 높이는 10미터라고 했다. 포스터는 위를 가리켰다. 학생들은 마치 물을 마시는 병아리처럼 까마득히 높은 천장을 향해 눈을 높이 처들었다. 선반은 3층으로 되어 있었다. 1층, 2층, 3층……

선반은 마치 거미줄같이 짜여진 철근으로 층층이 연결되어 사방으로 퍼져 나가 결국은 어둠 속으로 모습을 감추고 있었다. 그들 근처에서 붉은 유령 같은 세 명의 사람이 에스컬레이터에서 빠른 속도로 병을 내려놓고 있었다. 에스컬레이터는 계급 예정실에서 온 것이었다.

각각의 병은 15개의 선반 가운데 하나 위에 놓여질 수 있었다. 그런데 각 선반은 눈에는 보이지 않지만 한 시간에 33.1분의 1센티미터의 속도로 움직이는 운반대였다. 하루 8미터의 속도로 267일 동안, 그러니까 이것들을 모두 합하면 2,136미터가 된다. 1층 저장소를 한 바퀴 돌고 2층 역시 한 바퀴 돌고, 그리고 나머지 3층은 반 바퀴만 돌아서 267일째 되는 날 아침 출산실에서 햇빛을 본다. 비로소 그들은 독립적인 존재가 되는 것이다. 이를테면 그렇다는 말이다.

포스터가 말을 맺었다.

「그러나 그 동안 우리는 태아에게 여러 가지 조치를 합니다. 정말 많은 것들을 말입니다.」

그의 웃음은 무언가를 알고 있다는 듯한 웃음이었으며 득의 만면한 웃음이었다.

「그게 바로 내가 좋아하는 정신이오! 자, 어서 거닐면서 둘러봅시다. 포스터 군, 학생들에게 모든 것을 얘기해 주도록 하시오.」

소장이 말했다.

포스터는 학생들에게 온화한 표정을 지으며 친절하게 설명했다.

그는 복막이라는 침대 위에서 성장하는 태아에 대해 설명했다. 그리고 학생들에게 태아가 먹고 자라는, 영양분이 풍부한 혈액 대용액을 한번 맛보라고 했다. 그러면서 왜 태아를 태반 분비물과 갑상선 호르몬으로 자극할 필요가 있는지와 난소 황체의 추출액에 대해서도 간단히 설명했다. 그뿐 아니라 추출액이 자동적으로 주사되는 분출구도 보여 주었다. 그것은 0으로부터 2천4백 미터에 이르는 동안 12미터마다 설치된 분출구였다. 그리고 마지막 96미터에 걸친 과정에서 주어지는, 점차적으로 증가되는 뇌하수체 분비물과 112미터에 걸친 과정에서 각 병에 장치되는 인공 모체 혈액의 순환에 대해서도 설명했다. 혈액 대용액의 저장 장치, 그리고 그 액체를 태반 위로 넘치게 해서 인공 폐를 통과하고 노폐물 여과 장치를 통과하도록 하는 원심력 펌프를 보여 주었다. 또한 태아는 빈혈에 걸릴 확률이 높기 때문에 그것을 예방하기가 상당히 어렵다는 사실과 만일 빈혈에 걸렸을 경우에는 태아에게 돼지의 위에서 추출한 액체와 망아지 태아의 간을 상당량 보급하지 않으면 안 된다는 사실도 설명했다.

또한 8미터에서 마지막 2미터 사이에 설치한 간단한 기계 장치로 태아가 운동에 익숙해지도록 흔들어 주는 과정과 이른바 '출생의 충격'이라는 것의 중요성을 설명하고, 병에 든 태아를 적당히 단련시켜 그 위험한 충격을 최대한으로 줄이기 위해 해야 할 여러 가지 주의 사항도 덧붙여 설명했다.

그리고 200미터 근처에서 실시되는 성별 검사와 꼬리표, 즉 남성은 'T', 여성은 'O', 그리고 불임녀로 예정된 것은 물음표를 붙이는 체계에 대해서도 설명했다.

포스터가 말했다.

「물론 대부분의 경우 임신 능력은 거추장스러울 뿐입니다. 1200개 중에서 단 한 개의 난소만 임신 능력이 있으면 우리는 그것으로 충분합니다. 그러나 우리는 현명한 선택을 원합니다. 그리고 물론 만일의 경우를 대비하여 대비책을 가질 필요가 있습니다. 그래서 우리는 여성 태아의 30퍼센트만 정상으로 키웁니다. 그 나머지는 남은 과정의 24미터마다 남성 호르몬을 투입합니다. 그 결과 그들은 불임녀로 생산되지만 구조적으로는 완전히 정상입니다. 단지…….」

그는 이 사실을 인정하지 않을 수 없었다.

「단지 턱수염이 약간 나는 어색한 모습과 임신을 하지 않는다는 것뿐입니다. 이것은 결국 우리로 하여금…….」

포스터는 계속해서 말을 이었다.

「자연을 단지 노예와 같이 모방하던 영역에서 인간적 발명이라는 더욱 흥미로운 세계로 인도했다는 뜻이 됩니다.」

포스터는 양손을 비볐다. 그러나 학생들은 단순히 태아를 부화시키는 것에 만족하지 않았다. 태아를 부화시키는 것은 암소 같은 하등 동물도 할 수 있는 일이었기 때문이다.[2]

「우리는 또한 계급을 미리 정하고 조건 반사화시킵니다. 우리는 사회화된 아기들을 내놓습니다. 알파 계급과 입실론 계급을 내놓아 미래의 하수구 청소부로, 아니면 미래의…….」

포스터는 미래의 '세계 지도자' 라고 말할 참이었으나 이를 정정하여 미래의 '인공 부화소장' 이라는 말로 끝을 맺었다.

소장은 그 찬사를 미소로써 받아들였다.

소장과 학생들, 그리고 포스터는 제11호 선반의 320미터 지점을 통과하고 있었다. 젊은 베타 마이너스의 기계공이 스크루드라이버와 스패너를 가지고 그곳을 통과하는 병에 연결된 대용 혈액 펌프를 서둘러 죄고 있었다. 전기 모터에서 윙윙거리며 나는 소리는 그 젊은 베타 마이너스 기계공이 나사를 죄자 한층 더 요란스러워졌다. 마지막으로 다시 한 번 더 죄고 나서 그는 회전계를 힐끗 쳐다보더니 그제서야 손을 멈추었다. 그는 두 발짝 물러선 다음 옆에 있는 펌프에 대해서도 같은 과정을 반복하기 시작했다.

포스터가 설명했다.

「저 사람은 지금 1분 간에 도는 회전수를 줄이고 있는 중입니다. 그러면 대용 혈액의 순환 속도가 느려집니다. 따라서 폐를 통과하는 시간이 오래 걸리게 되므로 태아들에게 공급해 주는 산소의 양은 자연히 감소되는 것입니다. 태아들을 표준 이하로 만드는 데 산소 결핍보다 더 좋은 것은 없습니다.」

포스터는 다시 자신의 양손을 비볐다.

「하지만 왜 태아들을 표준 이하로 만드나요?」

어떤 순진한 학생이 물었다.

---

2) 포드 기원(A.F.)을 사용하는 이 작품 〈멋진 신세계〉에서는 등장 인물들이 아기(또는 태아)를 '낳는다' 라는 표현 대신에 '부화한다' , '생산한다' 라는 용어를 자주 사용하고 있음에 유의하라.

소장이 긴 침묵을 깨고 말했다.

「멍청한 친구 같으니라고! 자네는 입실론 계급의 태아는 입실론적 유전 뿐만 아니라 입실론적 환경을 부여받아야 한다는 것 정도도 생각하지 못한단 말인가?」

그 학생은 결코 자신의 머리로는 그 소리가 무슨 이야기인지 생각할 수가 없었다. 그는 커다란 혼란에 빠졌다.

「계급이 낮으면 낮을수록 산소를 조금만 공급하는 것입니다.」

포스터가 그 학생을 위해 차근차근 설명해 주었다. 그러면 제일 먼저 영향을 받게 되는 기관이 뇌다. 다음에는 골격이다. 정상적인 산소의 70퍼센트만 공급받으면 난쟁이가 된다. 70퍼센트 이하가 되면 눈 하나가 없는 괴물이 된다.

「그런 괴물은 아무 쓸모가 없습니다.」

포스터가 말을 맺었다.

그러나 - 여기서 포스터의 음성은 자신감과 열기를 띠었다 - 만일 성숙 기간을 단축시키는 기술을 발견한다면 이 얼마나 엄청난 성공이며 사회에 대한 공헌일까?

「말[馬]의 경우를 생각해 보십시오.」

그들은 말에 대해 생각했다.

말은 6년, 그리고 코끼리는 10년이면 완전히 자란다. 그러나 인간은 13세가 되어도 성적으로 완성되지 않을 뿐더러 20세가 되어야 비로소 완전해진다. 그러므로 이러한 완전한 성장의 결과가 인간의 지성이라는 것이다.

포스터가 말했다.

「그러나 입실론 계급에게는 인간적인 지성이 필요 없습니다.」

필요 없으니까 그것을 획득하지도 않는다. 입실론 계급의 지능은 10세까지만 성숙되지만, 육체는 18세에 이르기까지 활동에 적합하지 않다. 그 동안의 기간이라는 것은 쓸모없는 시간이다. 만일 육체적 성장이, 이를테면 암소의 성장처럼 속성화될 수 있다면 이 사회에서 얼마나 엄청난 절약이 될 것인가!

「엄청나고말고!」

학생들이 중얼거렸다. 포스터의 열의는 많은 학생들과 공감대를 형성하고 있었다.

포스터의 이야기는 다소 전문적으로 흐르기 시작했다. 인간의 발육을 지연시키는 여러 가지 내분비선의 비정상적인 협력 관계에 대해 설명했다. 그것을 설명하기 위하여 태아기에 생길 수 있는 어떤 변이 현상을 가정했다. 태아기의 변이 현상이 가져 오는 영향을 없앨 수는 없는 것일까? 입실론 계급의 태아를 어떤 적절한 기교를 사용함으로써 개나 소와 같은 정상 상태로 되돌아가게 할 수는 없을까? 이것이 문제다. 그러나 그 문제도 거의 해결된 상태라는 것이다.

아프리카 몸바사의 필킹턴은 4세에 성적으로 성숙하고 6세 반 만에 완전히 성숙된 인간을 만들었다. 이는 과학적 승리였다. 그러나 사회적으로는 아무런 쓸모가 없다.

6세의 성인 남녀가 입실론 계급의 일을 하기에는 너무나 힘겹다. 또한 이 제작 과정은 전부 아니면 무(無)라는 속성을 지닌 것이었다. 전혀 변화시킬 수 없든가, 아니면 모든 것을 변화시키든가 둘 중의 하나였다. 따라서 20세의 성인과 6세의 성인 사이에 이상적인 타협점을 찾는 작업이 한창 진행중이라고 했다. 그러나 아직까지는 성공하지 못했다는 것이다. 포스터는 한숨을 쉬고는 고개를 내저었다.

소장과 학생들, 그리고 포스터는 이렇게 해서 심홍색 땅거미 속을 더듬어 이윽고 선반 제9호의 170미터 근방에 이르렀다. 거기서부터 선반 제9호는 온통 밀폐된 상태였다. 병들은 남은 일정 동안, 터널처럼 생긴 이곳을 통과하게 된다. 그러나 그 터널에는 2,3미터 폭의 구멍들이 여기저기 뚫려 있었다.

「저 구멍들은 열 조건 반사 단련을 위한 것입니다.」

포스터가 설명했다.

뜨거운 터널과 추운 터널이 교대로 설치되어 있었다. 강한 엑스레이의 형태로 차가운 온도가 불쾌감을 자아낼 정도였다. 그래서 병에서 출산될 무렵이 되면 태아가 추위에 대한 공포심을 갖게 된다. 이 태아들은 열대 지방에 이주하여 광부나 인조견 직조공이나 철강 직공이 될 터였다. 태아는 육체의 판단을 저절로 받아들일 수 있도록 정신적인 도야가 되어 있었다.

「우리는 이 태아들이 더위 속에서 원기 왕성하게 일할 수 있도록 조건을 부여합니다.」

포스터가 말했다.

「위층에 있는 우리의 동료들이 이 태아들에게 더위를 사랑하도록 가르치는 것입니다.」

소장의 말은 간단했다.

「바로 그것이 행복과 미덕의 비결입니다. 자신이 해야 하는 일을 좋아한다는 것, 모든 조건 반사적 단련이 목표로 하는 것은 바로 그것입니다. 사람들로 하여금 자신들이 피할 수 없는 사회적 숙명을 인정하도록 만드는 것은 무엇보다도 중요한 일이죠.」

두 개의 터널 사이에 있는 공간 속에서 한 간호사가 기다란 주사기로 병속의 젤라틴 내용물에 투여하고 있었다. 학생들과 인솔자인 포스터는 아무 말 없이 잠시 동안 그 간호사가 하는 행동을 지켜 보며 서 있었다.

「레니나!」

포스터가 간호사를 부르자 그녀는 깜짝 놀라 뒤를 돌아보았다. 그녀는 마치 낭창에 걸린 것처럼 눈은 자줏빛이었고 보기 드문 미인이었다.

「헨리!」

간호사는 포스터를 향해 붉은 섬광과도 같은 미소를 던졌다. 산호처럼 하얀 치아가 드러났다.

「매력적이군! 정말 매력적이야.」

소장은 중얼거리며 그녀의 어깨를 몇 번 가볍게 두드렸다. 그러자 이러한 찬사에 대한 대가로 그녀는 소장에게 경애의 미소를 지어 보였다.

「지금 어떤 주사를 사용하고 있는 거지?」

포스터는 다시 냉정한 어조로 물었다.

「항상 하는 티푸스와 수면병 예방 접종이에요.」

「열대 지방의 근로자에게는 150미터부터 예방 병균을 접종하기 시작합니다.」

포스터가 학생들에게 설명했다.

「태아들은 아직 아가미가 있는 상태입니다. 우리는 이 물고기에게 장차 인간이 되어 걸리게 될 질병에 대한 면역성을 길러 주는 것입니다.」

이렇게 말하고 포스터는 다시 레니나에게 몸을 돌렸다.

「오늘 오후, 전처럼 5시 10분 전에 옥상에서야.」

「매력석이야!」

소장은 다시 한 번 이렇게 말하고 마지막으로 한 번 더 그녀의 어깨를 어루만지고는 일행의 뒤를 따라갔다.

선반 제10호에서는 다음 세대에 화학 공장에서 일할 미래의 근로자들이 병 안에 줄지어 있었고, 납, 가성소다, 타르, 염소 등을 견뎌 낼 수 있게끔 훈련받고 있었다. 로켓 조종사가 될 250개의 태아 중 선두 주자가 지금 막 선반 제3호의 1천1백 미터 지점을 통과하는 중이었다. 특별 장치에 의해 이들 태아를 넣은 용기는 끊임없이 회전을 계속하고 있었다.

「이것은 바로 태아들의 균형 감각을 발달하도록 하기 위한 것입니다.」

포스터가 설명했다.

「우주에서 로켓 밖으로 나와 무슨 작업을 하든간에 이런 류의 일은 상당히 어려운 일입니다. 그들이 똑바로 서 있을 때는 혈액 순환이 늦춰집니다. 그러면 그들은 반(半) 아사 상태에 빠집니다. 그런 다음 거꾸로 매달린 상태에서 혈액 공급을 두 배로 늘려 줍니다. 그렇게 되면 태아들은 거꾸로 된 자세에서도 행복을 느끼게 됩니다. 실제로 태아들은 머리를 땅에 대고 섰을 때만 진정한 행복을 느끼게 됩니다.」

포스터가 계속해서 말했다.

「자, 이번에는 알파 플러스 계급의 지식인들에 대한 매우 흥미로운 조건 반사 훈련을 보여드리겠습니다. 선반 제5호에는 그러한 태아들을 모아 둔 대형 집단이 있습니다. 바로 2층입니다.」

포스터는 일층으로 내려가기 시작하는 두 학생을 불렀다.

「9백 미터 부근입니다. 태아의 몸에 있는 꼬리가 사라진 후에야 비로소 어떤 유용하고도 지적인 조건화를 할 수 있습니다. 자, 모두 나를 따라오십시오.」

그러자 소장은 그의 시계를 쳐다보았다.

「3시 10분 전이군. 지식 계급의 태아를 볼 시간이 없겠는데. 우리는 아기들이 오후 낮잠에서 깨어나기 전에 육아실로 올라가 봐야 한단 말이야.」

소장이 말했다.

포스터는 그 말에 실망했다.

「그러면 출산실을 잠깐만이라도 보여 줄 수 없나요?」

포스터가 간청했다.

「좋소. 하지만 잠깐 동안이오!」

소장은 이렇게 말하며 음침한 미소를 지어 보였다.

2

포스터만 출산실에 남았고 소장과 학생들은 옆에 있는 엘리베이터를 타고 5층으로 올라갔다. 그곳에는 〈유아 보육실. 신 파블로프식[3] 조건반사실〉이라는 팻말이 붙어 있었다.

소장은 거리낌없이 방문을 열었다. 소장과 학생들이 들어간 방은 아무런 장식도 없는 커다란 방으로 햇빛이 들어와 무척 밝게 느껴졌다. 그도 그럴 것이, 그 방의 남쪽 벽 전체가 하나의 유리창으로 되어 있었기 때문이다. 흰 제복을 입은 여섯 명의 보모들이 소독용 모자를 머리에 쓰고 장미꽃 화분을 마루 위에 나란히 올려놓았다. 화분 안에는 활짝 핀 꽃들로 가득했으며 원숙하게 핀 꽃잎은 마치 수많은 아기 천사들의 홍조 띤 뺨과도 같았다. 그러나 그 꽃들은 밝은 빛 가운데서 보면 단지 핑크색의 아리안 계통의 천사일 뿐만 아니라 윤기가 나는 중국계 천사, 멕시코계 천사, 하늘의 나팔을 너무나 힘차게 분 나머지 기절할 정도가 된 천사, 그리고 묘비처럼 창백한 얼굴을 한 천사와 같이 각양각색의 모습으로 보였다.

보모들은 소장이 안으로 들어오자 경직된 표정으로 차렷 자세를 취했다.

「책을 내놓으시오.」

소장은 퉁명스럽게 말했다.

보모들은 아무 말 없이 소장의 명령에 따랐다. 장미꽃 화분 사이에 책이 적당한 간격으로 꽂혀 있었다. 그 책들은 4절판으로 된 그림책으로 호기심을 자극하기에 충분할 만큼 다양한 색깔의 동물, 물고기, 새 그림들이 선명하게 인쇄되어 있었다.

「자, 그럼 이제 아기들을 데리고 오시오.」

보모들은 소장의 말이 끝나기도 전에 서둘러 방을 나가더니 잠시 후 커다란 식기 운반대 같은 것을 밀고 나타났다. 그 식기 운반대에는 사면이 철창

---

3) 이반 페트로비치 파블로프 I van Petrovich Pavlov(1849~1936)는 러시아 출생의 심리학자로 개에게 식사를 알리는 종을 울린 후 음식을 가져다 주는 것을 조건 반사화시켜, 심지어 개에게 음식을 주지 않았는데도 개가 종소리를 듣고는 침을 흘리게 되었다는 실험을 통하여 근대적 의미의 조건 반사화 내지 행동 심리학을 주창하였다.

으로 된 선반이 있었고 그 안에는 8개월 된 아기들이 있었는데 그들은 모두 다 똑같은 모습이었다. 아기들은 보카노프스키 집단임에 틀림없어 보였다. 모두가 다 똑같은 카키색 옷을-왜냐하면 그 아기들은 델타 계급이었기 때문이다-입고 있었다.

「아기들을 마루 위에 내려놓으시오.」

보모들은 아기들을 한 명씩 차례대로 마루 위에 내려놓았다.

「자, 이번엔 아기들이 꽃과 책을 바라볼 수 있도록 몸을 돌려놓으시오.」

꽃과 책이 있는 곳으로 아기들의 몸을 돌려놓자 아기들은 처음에는 조용하더니 이윽고 멋진 색깔들로 가득 찬 꽃과 흰 종이 위에 그림이 그려진 책 쪽으로 기어 가기 시작했다. 아기들이 그곳에 접근하고 있는 동안 잠시 구름 뒤로 가려졌던 태양이 구름을 헤치고 그 모습을 드러냈다. 장미꽃들은 마치 자신들의 내부에서부터 열정을 쏟아 내듯이 빛을 더해 갔으며 책들은 페이지 페이지마다 무언가 새롭고도 심오한 내용들로 가득 찬 듯했다. 기어 가는 아기들에게서 흥분된 탄성과 기쁨의 웃음, 그리고 재잘거리는 소리가 들려 왔다.

소장은 그의 양손을 비비며 말했다.

「멋지군! 마치 누군가가 시키기라도 한 것 같단 말씀이야.」

가장 빠르게 기어 간 아기는 이미 그들의 목표 지점에 도달해 있었다. 아기들은 작은 손을 뻗쳐 장미꽃을 잡은 후 꽃잎을 마루 위에 떨어뜨리고 그림이 그려진 책장들을 모조리 구겨 버렸다. 아기들이 행복한 표정을 지으며 바쁘게 움직일 때까지 소장은 기다렸다. 잠시 후 소장은 '모두들 주의 깊게 관찰하시기 바랍니다.' 라고 말하고는 한쪽 손을 들어올려 신호를 보냈다.

그러자 방 안의 한쪽 구석에 위치한 스위치 작동기 곁에 서 있던 주임 보모가 작은 지렛대를 눌렀다. 갑자기 요란한 소리가 울리기 시작했다. 고막이 터질 듯한 굉음의 사이렌 소리가 울려 퍼졌고 경보용 벨은 미친 듯이 경적을 울려 댔다.

아기들은 놀라서 비명을 질렀고 일순간 아기들의 얼굴은 공포로 인해 일그러졌다.

「자, 그럼 이제부터 약한 전기 쇼크를 주어 교육을 주입시키도록 하겠습니다.」

소장이 지시를 내렸다. 소장이 다시 손을 흔들어 신호를 보내자 주임 보모가 두 번째 지렛대를 눌렀다. 그러자 아기들은 조금 전과는 다른 양상의 처절한 비명 소리를 질렀다. 그들이 지르는 날카롭고도 경련에 가까운 부르짖음 속에는 필사적이고도 거의 광적인 무언가가 있었다. 아기들의 작은 몸은 비비 꼬인 채 굳어졌으며 그들의 사지는 마치 눈에 보이지 않는 전선에 이끌리듯 경련을 일으키며 움직였다.

「우리는 마루 전체에다 전기를 흐르게 할 수 있습니다. 그러나 이 정도면 충분합니다.」

소장은 이렇게 말하며 보모에게 신호를 보냈다.

그러자 소음이 그치고 경보용 벨 소리도 중단되었다. 그리고 사이렌 소리 역시 점차 줄어들더니 이내 완전히 조용해졌다. 굳어졌던 아기들의 몸은 다시 풀렸으며 처절했던 그들의 울부짖음 역시 다시 정상적인 공포의 신음으로 되풀이되었다.

「아기들에게 다시 꽃과 책을 보여 주시오.」

보모들은 소장의 지시에 따랐다. 장미꽃과 새끼 고양이, 수탉과 염소 그림을 보자 아기들은 공포감으로 인해 몸을 움츠렸으며 그와 동시에 그들의 울음 소리는 점점 더 거세지기 시작했다.

「잘 보십시오.」

소장은 득의 만면해서 말했다.

책과 소음, 그리고 꽃과 전기 충격, 이 양자의 개념은 이미 아기들의 의식 속에서 서로 맞물려 연결되어 있는 것이다.[4] 그리고 이와 같거나 혹은 비슷한 훈련을 200번 정도 반복하게 되면 이런 조건 반사화의 실현은 단지 시간 문제인 것이다. 인간이 결합시킨 것은 제아무리 자연이라 할지라도 분리할 수는 없다.

「이 아기들은 책과 꽃에 대해, 심리학자들이 말하는 이른바 '본능적 혐오감' 을 가지고 성장하게 됩니다. 불변의 조건 반사 작용이라고나 할까요. 이 아기들은 평생토록 책과 식물을 거부하게 됩니다.」

소장은 보모들을 향해 몸을 돌렸다.

「자, 이제 아기들을 데리고 나가시오.」

카키색 옷을 입은 아기들은 다시 식기 운반대에 실려 울부짖으며 밖으로 나갔다. 아기들은 방 안에 시큼한 우유 냄새와 정말로 다행이다 싶을 정도의 정적을 남긴 채 밖으로 실려 나갔다.

이때 한 학생이 손을 들었다. 그 학생은 하층 계급의 인간이 독서로 인하여 세계 국가를 위한 시간을 쓸데없이 낭비한다든가 해로운 독서를 함으로써 그들의 조건 반사화 작용에 악영향을 미치는 것은 용납할 수 없다는 사

---

4) 앞서 기술한 파블로프가 개를 대상으로 실험한 벨 소리와 음식과의 관계를 연상하라.

실은 납득이 되었지만, 꽃에 대한 반응은 도무지 이해가 되지 않았다. 하필이면 왜 델타 계급의 인간으로 하여금 심리적으로 꽃을 증오하도록 만드는 수고를 해야만 하는가? 이 질문에 소장은 인내심을 가지고 설명했다. 아기들이 장미꽃을 보면 비명을 지르도록 만드는 것은 고등 경제 정책에 근거를 두었다는 것이다. 오래 되지 않은 과거에는, 지금으로부터 대략 1세기 전 정도인데 감마, 델타 그리고 심지어 입실론 계급의 인간들까지도 꽃을 사랑하도록 훈련을 받았었다. 그 목적은 기회가 있을 때마다 그들로 하여금 전원으로 나가게 하고, 그럼으로써 운송 기관을 이용하도록 만드는 데 있었다.

「그럼에도 불구하고 그들은 운송 기관을 이용하지 않았습니까?」

그 학생이 되묻자 소장이 대답했다.

「아니, 그렇지 않소. 아주 많이 이용했지. 그러나 그저 그뿐이었소.」

장미꽃과 전원 풍경에는 한 가지 중대한 결점이 있다고 소장은 지적했다. 그것은 일할 필요가 없이 공짜로 얻어진다는 것이었다. 즉, 자연을 사랑하도록 훈련을 시켜 놓다 보니 공장에서 일할 사람이 없어졌다는 것이었다. 따라서 하층 계급의 인간들에게는 어떠한 일이 있어도 자연을 사랑하도록 하는 훈련을 시키지 말아야 한다는 결론이 내려진 것이다. 이는 자연을 사랑하는 본성은 없애되, 운송 기관을 이용하는 경향은 그대로 존속시키면서 말이다. 왜냐하면 비록 자연을 증오하기는 하지만 그들도 다른 계급의 인간들처럼 시골이나 전원에 갈 필요는 있기 때문이었다. 그런데 문제는 장미꽃이나 전원 풍경에 대한 사랑보다 운송 기관을 이용케 할, 보다 건전한 경제적 이유를 찾는 일이었다. 그것이 마침내 발견되었다는 것이다.

「우리는 대중들로 하여금 자연을 증오하도록 조건화시킵니다.」

소장이 결론을 내렸다.

「그러나 그와 동시에 우리는 그들로 하여금 전원의 스포츠를 사랑하도록 조건화시키기도 합니다. 그런데 모든 전원의 스포츠에는 반드시 정교한 장비를 사용하도록 조치해 놓았죠. 따라서 그들은 운송 기관뿐 아니라 공업 제품도 소비하게 되는 것입니다. 그래서 이런 전기 충격도 주는 것입니다.」

「아, 이제 알겠습니다.」

그 학생은 감탄한 나머지 입을 다물었다.

잠시 침묵이 흘렀다. 이윽고 소장이 위엄 섞인 목소리로 가다듬으며 말했다.

「옛날에 포드 님께서 생존해 계실 때[5] 루벤 라비노비치라는 어린 소년이 있었습니다. 루벤의 부모님은 폴란드 어를 사용했지요.」

소장은 이 부분에서 잠시 말을 멈추었다.

「그건 그렇고, 여러분은 폴란드 어가 뭔지 알고 있죠?」

「그건 이미 도태되어 지금은 사용하지 않는 언어입니다.」

「네, 마치 프랑스 어와 독일어처럼 말이죠.」

한 학생이 마치 자신이 갖고 있는 지식을 자랑이라도 하려는 양 덧붙여 말했다.

「그럼 '부모'라는 말은 무슨 뜻이죠?」

소장이 물었다. 순간 불안한 침묵이 흘렀다. 몇몇 학생들의 얼굴은 이미 홍당무가 되어 있었다. 이 학생들은 아직 상스러운 것과 순수 과학 사이에

---

5) 여기서 포드 님(Our Ford)은 미국의 자동차 왕 헨리 포드를 뜻하며, 이 문구는 성경 〈마태복음〉에 나오는 주기도문의 첫 구절과 매우 흡사하다(위의 문구 : Our Ford was still on earth, 주기도문 : 하늘에 계신 우리 아버지여 Our Father who are in heaven).

존재하는 중요하면서도 미묘한 구분을 할 줄 몰랐던 것이다. 마침내 한 학생이 용기를 내어 손을 들었다.

「과거에 인간들은……」

그는 얼굴이 새빨개지면서 말하기를 망설였다.

「모체인 자궁에서 발아했습니다.」

소장은 맞다는 표정으로 고개를 끄덕였다.

「맞았어요. 그리고 아기들이 제조되었을 때……」

「제조가 아니라 출생이라는 단어를 사용해야 합니다.」

학생들 가운데 누군가가 소장의 말을 정정했다. 그러나 소장은 그런 말이 별로 중요하지 않다는 듯 계속 말을 했다.

「좋아요. 아무튼 바로 그럴 때에 '부모' 라는 단어가 존재했었습니다. 아니, 내 말은 아기 쪽이 아니라 다른 쪽, 즉 낳는 쪽을 말하는 겁니다.」

불쌍하게도 그 학생은 혼동하고 있었다.

소장이 요약했다.

「간단히 말해서 '부모' 란 아버지와 어머니를 말하는 겁니다.」

사실상 '부모' 라는 단어는 과학에 속하는 단어이지만 이제는 상스러운 말이 되어 버려 이 '부모' 라는 단어가 학생들의 마음을 크게 교란시켰다.

「어머니라는 것은……」

소장은 자신이 앉아 있는 의자에 거만스럽게 몸을 기댄 채 큰소리로 말했다.

「아무튼 이러한 '어머니' 라는 말은 불쾌한 개념입니다. 나도 그것을 압니다. 하지만 대부분의 지나간 역사적 사실들이 이러한 불쾌한 단어들로부터 이루어졌음을 여러분들은 알아야 합니다.」

소장은 다시 어린 루벤 라비노비치의 이야기로 되돌아갔다. 어느 날 밤 루벤의 부모는 라디오 끄는 것을 깜박 잊어버리고 루벤의 방에서 그냥 나왔다.

「모체의 자궁을 통한 태아 생식 시대에는 아기들은 언제나 부모에 의해 양육되었고 국가가 시행하는 조건 반사 양육소 같은 곳은 필요하지 않았다는 것을 알아야만 합니다.」

루벤이 잠들었을 때 런던 방송국의 방송 프로를 자연스럽게 듣게 되었다. 다음 날 아침 그의 부모가 놀란 것은 루벤이 눈을 뜨자마자 어떤 특색 있는 늙은 작가가 지껄인 긴 강연을 한마디 한마디 반복했다는 것이다. 그 작가는 - 그의 작품 중 일부는 현재까지도 우리에게 전해지고 있는데 - 다름 아닌 조지 버나드 쇼[6] 라는 사람으로 그 방송에서 순수한 전통에 입각하여 자신의 천재성에 대해 강연을 했다. 어린 루벤의 부모는 영어를 할 줄 몰랐으므로 루벤의 이러한 행동을 이해하지 못하는 것은 당연한 일이었다. 그래서 루벤이 미쳤다고 생각한 부모는 의사를 불렀다. 의사는 다행히 영어를 알고 있었으며 아기가 말하는 내용이 지난 밤 버나드 쇼가 방송한 연설 내용이라는 것을 확인하고는 사태의 심각성을 깨닫게 되었다. 그래서 의사는 이에 관한 보고서를 작성하여 의학 신문에 기고했다.

「잠자면서 배우는 교육 원리, 즉 수면 학습의 원리를 발견한 것입니다.」

소장은 잠시 침묵을 지켰다.

---

6) 조지 버나드 쇼 George Bernard Shaw(1856~1950) : 영국의 극작가요 비평가. 대표작으로 《인간과 초인 Man and Superman》이 있다.

원리는 발견했으나 그 원리를 적용하기까지는 오랜 세월이 걸렸다.

「어린 루벤의 사건은 우리 포드님의 T형 모델 차량이 사람들에게 선보인 지 23년 뒤에 일어난 일이었습니다.」

여기서 소장은 자기의 배에다 T라는 표시를 그려 보였다. 그러자 학생들은 모두 소장의 행동을 따라했다.

「그러나……」

학생들은 소장의 한마디 한마디를 열심히 받아 적었다.

'수면 학습은 포드 기원인 A.F. 24년에 처음으로 공식적으로 사용되었음. 그렇다면 왜 그 이전에는 사용되지 않았을까? 거기에는 두 가지 이유가 있다. 우선 첫째……'

소장은 계속해서 말했다.

「초기의 실험자들은 잘못된 방법을 사용했던 것입니다. 그들은 수면 학습이 지적 교육의 수단으로 사용될 수 있으리라고 착각했던 것입니다.」

오른쪽으로 돌아누워 잠자고 있는 아이를 생각해 보자. 아이의 오른손은 침대 가장자리에 맥이 풀린 채 늘어져 있다. 이때 어느 상자의 둥그런 쇠창살 사이로 나지막한 소리가 들려온다.

「나일 강은 아프리카에서 가장 긴 강이면서 이 지구상에 있는 모든 강 중에서 두 번째로 길다. 비록 미국의 미시시피 강의 길이에는 미치지 못하지만 그 어귀의 길이에 있어서는 모든 강 중에서 단연 으뜸이다. 나일 강은 위도 35도까지 뻗어 있다……」

그 다음 날 아침 식사 때 학생에게 이렇게 물었다.

「토미! 아프리카에서 제일 긴 강이 뭔지 알고 있니?」

아이는 잘 모르겠다는 표정을 지으며 고개를 흔든다.

「그러면 나일 강은…이라고 시작되는 것은 기억할 수 있니?」

「나일 강은…아프리카에서…가장…긴…강이고…이 지구상에…있는…모든…강 중에서…두번 째로…길다…….」

아이는 계속해서 말했다.

「비록…미국의…미시시피 강의…길이에는…미치지 못하지만…….」

「좋아, 그만 됐어. 자, 그러면 아프리카에서 가장 긴 강은 뭐지?」

그러나 이번에도 아까와 마찬가지로 아이는 눈을 멀뚱멀뚱하게 떴다.

「잘 몰라.」

「하지만 나일 강은 말이지, 토미!」

「나일 강은…아프리카에서…가장…긴…강이고…두 번째로…….」

「좋아, 그럼 가장 긴 강이 뭐니?」

토미는 그만 울음을 터뜨린다. '난 몰라' 하고는 고함을 지른다.

소장은 이 고함이 초기의 실험자들을 실망시켰다고 설명했다. 그래서 그 실험은 곧 중단되었다. 수면중의 아이에게 나일 강의 길이를 가르치고자 하는 실험은 더 이상 하지 않게 된 것이다. 그것은 너무나 당연한 일이었다. 과학이 뭔지도 모르면서 과학을 배울 수는 없는 일이었기 때문이다.

「처음부터 초기의 실험자들이 도덕적 교육부터 시작했더라면, 하는 아쉬움이 있습니다. 단 이 도덕적 교육은 그 어떤 경우에라도 결코 합리적이어서는 안 되는 그런 교육을 뜻합니다.」

소장은 학생들을 천천히 문 쪽으로 인솔하며 말했다.

소장과 학생들이 14층에 들어서자 확성기에서 '조용히 하시오. 조용히 하시오'라는 소리가 계속해서 들려 왔다. 그들이 들어선 14층은 베타 계급을 양성하는 곳이었다.

이 소리에 학생들은 자동적으로 발뒤꿈치를 들고 걷기 시작했다. 학생들이 발뒤꿈치를 들자 소장 역시 자신도 모르게 발뒤꿈치를 들었다. 확성기에서 나오는 명령을 듣자마자 학생들이 곧바로 발뒤꿈치를 든 채 소리를 죽이고 걷는 이유는 그들도 알파 계급의 학생들이었기 때문이다. 비록 알파 계급이라 할지라도 그들 역시 다른 계급처럼 조건 반사화되기는 마찬가지였다.

「조용히 하시오. 조용히 하시오.」

14층 복도는 온통 이 명령으로 쩌렁쩌렁 울렸다.

이런 조심스런 걸음으로 50야드를 걸어가자 문이 하나 나왔다. 그러자 소장은 그 문을 조심스럽게 열었다. 그들이 들어간 곳은 셔터로 드리워진 어두운 기숙사 같은 곳이었다. 그곳에는 80개의 침대가 벽을 향해 일렬로 나란히 늘어서 있었으며 규칙적인 가벼운 숨소리와 희미하게 속삭이는 듯한 목소리가 멀리서 들려 왔다.

그들이 들어오자 보모 하나가 자리에서 일어나 소장에게 다가왔다.

「이곳에 있는 아이들에게 오늘 오후에 가르칠 수업이 뭐죠?」

소장이 물었다.

「바로 전 시간에는 40분 동안에 걸쳐 기초 성교육을 했습니다. 지금 이 시간에는 계급 의식에 관한 기초 수업을 하고 있습니다.」

소장은 길게 늘어서 있는 침대의 대열을 따라 천천히 걸어갔다. 포근하게 잠을 자고 일어나 얼굴이 발그레하고 편안한 기운이 감도는 80명의 남녀 아이들이 고르게 숨을 내쉬고 있었다. 모든 베개 밑에서 소곤거리는 소리가 들려 왔다. 소장은 잠시 걸음을 멈추고 작은 침대로 몸을 굽혀 주의 깊게 귀를 기울였다.

「계급 의식의 기초 교육이라고 하셨죠? 이왕이면 확성기를 좀더 크게 하여 반복해서 들려주시오. 우리들도 알아들을 수 있게 말입니다.」

확성기는 방 한쪽 끝에 있는 벽에 볼썽 사납게 툭 튀어나와 있었다. 소장은 확성기가 있는 곳으로 가서 스위치를 찾아 눌렀다.

「감마 계급의 아이들은 모두 초록색 옷을 입지. 그리고 델타 계급의 아이들은 카키색 옷을 입고 말이야. 아니, 안 돼! 난 델타 계급의 아이들하고는 놀지 않을 거야. 게다가 입실론 계급의 아이들은 더 싫어. 그들은 너무나 멍청해서 읽을 줄도 쓸 줄도 모르거든. 더군다나 입실론 계급의 아이들은 가장 더러운 색깔인 검은색 옷을 입고 있어. 내가 베타 계급이라는 것이 얼마나 다행인지 모르겠어.」

부드러우면서도 멀리서 말하는 듯한 소리가 확성기에서 울려 퍼졌다. 그리고 잠시 소리가 중단되었다. 잠깐 동안의 정적이 사라지고 다시 확성기에서 말소리가 들려 왔다.

「알파 계급의 아이들은 회색 옷을 입지. 그리고 그들은 매우 영리하기 때문에 우리보다 공부도 더 열심히 하지. 내가 베타 계급이라는 것이 얼마나 다행인지 모르겠어. 왜냐하면 난 공부를 열심히 하지 않거든. 하지만 우린 감마 계급이나 델타 계급보다는 더 훌륭해. 감마 계급은 어리석기 짝이 없어. 그들은 모두 초록색 옷을 입거든. 델타 계급의 아이들은 카키색 옷을 입지. 아니, 안 돼! 난 델타 계급 아이들하고는 놀지 않을 거야. 게다가 입실론 계급의 아이들은 더 싫어. 그들은 너무나 멍청해서…….」

소장은 스위치를 껐다. 그러자 소리가 중단되었다. 들릴 듯 말 듯한 작은 소리가 80개의 베개 밑에서 계속해서 들려 왔다.

「아이들이 잠에서 깨기 전에 저것을 40~50회 반복해서 계속 들려줍니다. 그리고 목요일에도 반복하고 토요일에도 반복합니다. 즉 이런 식으로 주 3회에 120회씩, 장장 30개월에 걸쳐 반복하게 되는 것입니다. 그 이후에는 고급 과정으로 넘어가죠.」

장미꽃과 전기 충격, 그리고 델타 계급의 카키색 옷, 이 모든 것들은 아기가 말을 할 수 있게 될 때까지 뗄래야 뗄 수 없는 개념으로 주입이 된다. 그러나 언어를 수반하지 않는 조건 반사는 조잡하여 도매금으로 취급된다. 뿐만 아니라 보다 미세한 구분이나 복잡한 행동 과정도 주입할 수 없는 상태에 이르게 된다. 그런 훈련에는 언어가 수반되어야만 한다. 그러나 언어는 언어이되 논리가 없는 언어여야 한다. 간단히 말해 수면 학습이어야 한다는 말이다.

「이것이야말로 역사상 가장 도덕적이고도 사회적인 교육법입니다.」

학생들은 노트에다 소장의 말을 받아 적었다.

소장은 다시 한 번 스위치를 켰다.

「……매우 영리하기 때문에 우리보다 공부도 더 잘하지. 난 내가 베타 계급이라는 게 얼마나 다행인지 모르겠어. 왜냐하면…….」

부드러우면서도 주입식의 교훈적인 말소리가 확성기를 통해 계속해서 울려 나왔다.

이러한 주입식 조건 반사화 훈련은 마치 연약한 물방울이 하나둘 모여서 마침내 단단한 화강암을 뚫게 되는 것과 같은 이치라고 할 수 있다.

「아기들의 의식은 확성기를 통해 나오는 이러한 제안으로 인하여 마침내 의식화가 되고, 또한 이러한 제안들의 총체가 곧 아기들의 의식이 되어 버리는 것입니다. 이것은 단지 아기들의 의식만이 그렇다는 게 아니라 성인들의 의식도 역시 마찬가지입니다. 평생을 통해 그렇게 됩니다. 판단하고 갈망하고 결정하는 의식이 이러한 제안으로 구성된다는 뜻입니다. 그러나 무엇보다도 중요한 것은 이러한 제안을 우리가 만들었다는 데 있습니다.」

소장은 승리감에 젖은 듯 근처에 있는 탁자를 주먹으로 탕 치면서 소리쳤다.

「세계 국가가 만들어 낸 제안으로 구성되었다, 이 말입니다. 그러므로…….」

바로 그때 갑자기 커다란 소리가 나자 소장은 몸을 뒤로 돌렸다.

「오, 포드님! 이를 어쩌나. 너무나 흥분해서 떠든 나머지 그만 아기들을 깨워 놓고 말았네!」

소장이 목소리를 낮추며 말했다.

3

정원 바깥에서는 아이들의 놀이가 한창 진행되고 있었다. 6,700명이나 되는 어린아이들이 6월의 따뜻한 햇볕 아래서 벌거벗은 채 고함을 치며 잔디 위를 뛰어다니거나 공을 차거나 아니면 삼삼오오 짝을 지어 아무 말 없이 꽃밭에 쪼그리고 앉아 있거나 했다. 장미꽃이 활짝 피어 있었고 두 마리의 나이팅게일이 숲속에서 지저귀고 있었다. 뻐꾸기는 보리나무 숲 가운데에서 불협화음에 가까운 노래를 불러 댔으며 대기는 온통 벌과 헬리콥터 소리로 윙윙거렸다.

소장과 학생들은 잠시 동안 말없이 그곳에 서서 원심력 범블 퍼피 게임[7]을 구경하고 있었다. 20명의 아이들이 크롬강[鐵網] 탑 주위에 동그랗게 모여 있었다. 탑 꼭대기 위의 평평한 곳으로 공을 던지면 그 공은 탑 안에 있는 구멍 속으로 들어가 회전하고 있는 원통을 거친 다음 다시 그 원통 안에 뚫린 여러 구멍 중의 하나를 통과하여 나오게 되는데 그러면 바로 그때 그 공을 잡는 것이었다.

「참으로 이상한 일입니다. 오늘날과 같은 포드님의 시대에도 게임이라고 해야 고작 공 한두 개, 그리고 막대기나 그물 이외에 다른 기구는 전혀 사용하지 않으니 말입니다. 게다가 소비를 증진시키는 게임 따위는 전혀 하려 들지 않고 말이죠. 이건 미친 짓입니다. 요즈음 들어서 총통 각하는 기존의 게임에서 사용하는 기구 정도만 되어야지, 그 이상의 복잡함을 요구하는 경우에는 그 어떤 새로운 게임도 허용하려 하지 않고 있습니다.」

소장과 학생들이 그곳을 떠날 때 소장은 이렇게 말하고서 잠시 말을 멈추었다.

「정말 매력적인 아이들이군!」

소장이 놀고 있는 아이들을 손가락으로 가리키며 말했다.

---

7) 원뜻은 공에 고무줄을 매달아 그것을 치면 곧바로 자신에게 되돌아와 다시 칠 수 있도록 만든 것으로서 이는 혼자서 테니스 등의 구기 종목 연습을 하는 경우에 사용되나 여기서는 단순한 공잡기놀이의 일종으로 사용된 듯하다.

무성한 지중해 산 히스 덤불로 둘러싸인 작은 초원에서 일곱 살 가량의 남자아이와 여덟 살 정도의 여자아이가 마치 무언가를 발견하기 위해 정신을 집중하고 있듯 이 과학자들은 열심히 기초적인 성유희를 즐기고 있었다.

「매력적이야! 암, 매력적이고말고!」

　소장은 매력적이란 말을 감탄조로 반복해서 말했다.

「매력적이네요.」

　학생들 역시 이 말에 예의 바르게 동의했다. 그런 학생들의 미소는 어딘지 모르게 윗사람에게 아부하는 듯한 어색한 느낌을 주었다. 그러나 학생들은 곧 그러한 동의를 저버린 채 경멸감을 품게 되었다.

　'매력적이라고? 매력적인 것 좋아하네. 그래 봤자 이들은 우스개 짓거리나 하는 어린애들에 불과하지 않은가? 그 이상도 아니고 그 이하도 아닌, 단지 어린애들에 불과하다고.'

「난 항상 이렇게 생각하고 있습니다.」

　소장이 여전히 감상적인 어조로 입을 여는데 갑자기 들려 온 누군가의 커다란 울음소리에 그의 말은 중단되었다. 근처의 숲속에서 보모 하나가 나왔다. 보모는 남자아이를 손으로 이끌고 있었는데 아이는 걸어가면서도 계속해서 울부짖고 있었다. 이때 한 여자아이가 걱정스러운지 보모의 뒤를 졸졸 따라갔다.

「무슨 일이오?」

　소장이 물었다.

　보모는 어깨를 으쓱하며 겸연쩍은 표정을 지었다.

「별 것 아니에요. 이 아이는 성유희에 가담하기가 싫은 모양이에요. 전에도 몇 번 이러는 것을 보았거든요. 그런데 오늘은 더 심하네요. 고함까지 지르더군요……」

보모가 대답했다. 그러자 보모의 뒤를 따라오던 여자아이가 걱정스런 표정으로 말했다.

「솔직히 말해서 저는 그 애를 해칠 생각은 조금도 없었어요. 정말이에요.」

보모는 여자아이를 안심시키려는 듯이 말했다.

「그래, 물론 넌 그럴 의도가 없었을 거야.」

보모는 소장에게 몸을 돌리며 말을 계속했다.

「전 이 아이를 심리학과의 부감독님께 데리고 가야겠어요. 혹시라도 이상이 있는지 확인해 봐야 할 것 같아요.」

「좋소. 그렇게 하도록 하시오. 하지만 꼬마 아가씨! 넌 여기에 있도록 하거라. 그런데 이름이 뭐지?」

「폴리 트로츠키요.」

「그것 참 좋은 이름이구나. 자, 어서 가서 너하고 놀 만한 다른 남자아이가 있는지 찾아보도록 해라.」

소장이 말했다.

여자아이는 재빠르게 숲속으로 뛰어들어가 자취를 감추었다.

「멋진 아이야!」

소장은 아이를 보고 이렇게 말하더니 다시 학생들에게 몸을 돌렸다.

「자, 이제부터 여러분에게 하려는 말은 믿기 어려운 일인지도 모르겠습니다. 하지만 여러분처럼 역사에 친숙하지 못한 사람들에게는 과거에 관한 이야기가 대부분 믿기 어려운 사실로 들리는 것은 당연하다고 생각합니다.」

그는 이렇게 서두를 꺼낸 뒤 놀라운 사실을 이야기하기 시작했다.

우리 포드님의 시대 훨씬 이전부터, 그리고 그 이후로도 수세기 동안에 걸쳐 아이들간의 성행위는 비정상적인 것으로 간주되었다. (이 대목에서 학생들은 한바탕 웃음을 터뜨렸다.) 아니, 비정상적일 뿐만 아니라 매우 부도덕한 것으로 간주되어 금기시되었던 것이다.

학생들의 얼굴에는 이 말이 놀랍고도 믿을 수 없다는 듯한 표정이 역력했다.

'가엾은 어린애들에게 왜 그런 놀이를 허용하지 않았을까?

학생들은 이 사실이 도저히 이해가 되지 않았다.

「사춘기에 접어든 청소년들은 물론……, 심지어 여러분들 같은 청소년들에게까지도 이러한 것이 허용되지 않았던 것입니다.」

소장이 말했다.

「있을 수 없는 일입니다!」

「몰래 하는 자위 행위와 동성애를 제외하고는 일절 용납이 되지 않았답니다.」

「전혀 안 되었단 말입니까?」

「그렇습니다. 대체로 스무 살 성인이 될 때까지는 그랬습니다.」

「맙소사 스무 살요?」

학생들은 믿을 수 없다는 듯이 일제히 소리쳤다.

소장이 말했다.

「그렇습니다. 스무 살입니다. 스무 살이 넘어야만 비로소 그러한 성행위가 사회적으로 용납되었던 것입니다. 조금 전에 이야기했다시피 아마 여러분들은 이러한 역사를 믿기 어려울 것입니다.」

학생들이 물었다.

「그래서 어떻게 되었나요? 결과가 어떻게 되었죠?」

「그 결과는 실로 끔찍했지.」

놀라울 정도로 우렁찬 목소리가 이들의 대화에 끼여 들었다.

소장과 학생들은 뒤를 돌아다보았다. 작은 무리의 가장자리에 낯선 사람이 하나 서 있었다. 그 사람은 평균 키에 검은 머리카락이었으며 매부리코와 두툼하고 불그스레한 입술, 그리고 부리부리한 눈이 매섭게 보였다.

「끔찍했지. 암, 끔찍했고말고!」

그는 끔찍하다는 말을 반복했다.

소장은 그때 정원의 여기저기에 널려 있는 강철과 고무로 만들어진 벤치 중에 하나를 골라 그 위에 앉아 있던 터였다. 그러나 그 낯선 사람을 보는 순간 자리에서 벌떡 일어나더니 입가에 가득 미소를 지으며 두 손을 그의 앞으로 내밀었다.

「총통 각하! 정말 뜻밖의 영광입니다. 이봐, 학생들! 뭣들 하고 있는 거야. 바로 이분이 세계 국가의 총통 각하이시네. 이분이 바로 우리의 주인이신 무스타파 먼드님[8]이시라고.」

연구소 내 4천 개의 방에서 4천 개의 전자 시계가 동시에 4시를 알리는 종을 울렸다.

나팔통 같은 확성기에서는 사람의 것 같지 않은 합성된 목소리가 들려 왔다.

「제1주간 조 근무 완료. 제2주간 조 업무 교대. 제1주간 조 근무 완료……」

탈의실로 올라가는 엘리베이터 안에서 헨리 포스터와 계급 예정실의 부주임은 심리학과의 버나드 막스를 향해 등을 돌렸다. 평소 평판이 안 좋은 그를 피하기 위해서였다.

태아실은 기계 돌아가는 소리로 여전히 소란스러웠고 작업원들은 작업을 교대하기 위해 분주했다. 낭창에 걸린 듯한 얼굴이 그와 비슷한 얼굴과 교대를 한다. 왜냐하면 미래의 성인 남녀를 가득 실은 운반대가 끊임없이 돌아가고 있기 때문이다. 레니나 크라운 양이 힘찬 발걸음으로 문 쪽으로 걸어갔다.

무스타파 먼드 각하! 학생들은 일순간 심장이 멈추는 듯했다. 경례하는 학생들의 눈알이 각자의 얼굴에서 튀어나올 지경이었다. 무스타파 먼드 각하! 서유럽의 영원한 총통이시여! 이 지구상에 있는 열 명의 총통 중의 한 분이신 먼드 각하! 그러하신 분이 소장과 함께 벤치에 앉으시다니! 그렇다면 여기에서 얼마 동안은 계속해서 묵으시려는 게 아닐까? 게다가 학생들에게 고귀하신 몇 말씀도 해주시고……, 그것도 직접 ……, 자신의 입으로 직접 말이야.

---

8) 문학 비평가 마크 스펜서 엘리스(Mark spencer Ellis)에 의하면, 무스타파 먼드 (Mustapha Mond)란 이름은 제1차 세계대전 이후 터키의 국가주의 재건을 주창했던 무스타파 케말 아타튀르크 (Mustapha Kemal Ataturk 1880~1938)와 여덟 시간 노동제 및 근로자 주택 제공, 근로자들을 위한 휴식 공간의 제공 등을 맨 처음 실시했다는 영국의 유명한 화학 공장 브루터 먼드 사의 공동 창업주인 러드윅 먼드 (Ludwig Mond 1839~1909)의 이름에서 각각 따 왔을 가능성이 있다고 한다.

마치 새우와 같은 갈색의 피부를 가진 두 명의 어린아이가 근처의 숲에서 놀다 돌아와서는 놀란 눈으로 잠시 동안 그들을 바라보더니 황급히 숲속으로 들어가 유희를 즐겼다.

총통은 쩌렁쩌렁 울리는 우렁찬 목소리로 말했다.

「제군들은 모두 기억하고 있을 것이다. 우리 포드님께서 '역사는 엉터리에 불과하다' 라고 하신 그 멋지고 영감이 깃들인 말을 말입니다. 역사는…….」

총통은 그 말을 다시 한 번 천천히 반복했다.

「역사란 모두 엉터리에 불과하다.」

총통은 손을 내저었다. 마치 보이지 않는 깃털 먼지떨이로 작은 먼지를 털어 내는 듯한 몸짓이었다. 그런데 그 털어 낸 먼지는 바로 하라파[9] 와 갈데아 우르[10]였고 털어 낸 거미줄은 테버[11]와 바빌론과 크노소스[12]와 미태네[13]였다. 총통은 다시 먼지 터는 시늉을 했다. '획! 획! 오디세우스는 어디에 있는가? 욥은 어디에 있는가? 주피터와 석가모니와 예수는 어디에 있는가? 총통이 다시 한 번 먼지떨이질을 하자 아테네와 로마, 예루살렘과 중세의 왕국이라 불리던 낡아빠진 오점이 모두들 깨끗이 사라졌다. '획! 하고 총통이 다시 먼지떨이를 휘두르자 이번에는 과거에 이탈리아가 있던 곳이 텅 비어 버렸다. '획! 성단이 사라져 버린다. '획! 획! 리어 왕과 파스칼의 광세가 사라져 버린다. '획! 예수의 고난이 사라진다. '획! 진혼곡이 사라진다.

9) 인도 인더스 강 유역의 유적지.
10) 성경에 나오는 〈믿음의 조상〉 아브라함의 출생지.
11) 옛 그리스의 도시 국가.
12) 폐허가 된 크레타 섬의 옛 도시.
13) 그리스 동남부의 옛 도시.

'휙! 교향곡이 사라진다. '휙……!

「헨리! 오늘 저녁에 촉감 영화 구경 가겠나? 내가 듣기로는 알함브라 극장에서 새로 상영하는 것이 최고급이라고 하던데. 곰가죽으로 만든 양탄자 위에서 러브신을 벌이는데 그야말로 끝내 준다고 하더군. 게다가 그 양탄자는 진짜 곰가죽으로 만들었다고 하더군. 놀랍기 그지없는 촉감 효과가 기가 막히다고 들었네.」

계급 예정실 부주임이 말했다.

「바로 이런 것들 때문에 제군들은 역사를 배우지 않는 거요. 그러나 이제 때가 왔는데…….」

총통이 말했다.

소장은 근심 어린 표정으로 총통을 쳐다보았다. 들리는 소문에 의하면 총통의 서재 안에 있는 금고에는 오랫동안 금기시되어 온 서적들이 있다고 한다. 오랫동안 금기시되어 왔다는 그 서적은 다름 아닌 성경, 시집, 그리고 오직 포드님만이 아시는 기타 등등의 특별한 책들이었다.

무스타파 먼드는 소장의 근심 어린 표정을 이내 알아차렸다. 그러자 그의 붉은 입술 언저리가 조금 일그러졌다. 총통은 약간 조롱하는 듯한 어조로 말했다.

「괜찮소, 소장! 학생들을 타락시키지 않을 테니 걱정하지 마시오.」

소장은 정신이 극도로 혼란해졌다.

경멸당했다고 느끼는 사람은 똑같이 남을 경멸하는 듯한 표정을 짓는 것이 최고의 방법이다. 버나드 막스가 지어 보인 미소는 남을 경멸하는 미소였다.

'진짜 곰가죽이라고 했겠다?

「꼭 가도록 하겠네.」

헨리 포스터가 말했다.

무스타파 먼드 각하는 앞으로 몸을 살짝 구부리며 학생들에게 손가락을 흔들어 보였다.

「여러분들이 '어머니'라는 존재의 자궁을 통해서 생산되었다고 상상을 한 번 해보라!」

총통이 이렇게 말하자 학생들은 자신들도 알지 못하는 이상한 전율을 느꼈다.

다시 또 그놈의 상스런 단어가 튀어나온 것이다. 그러나 이번에는 학생들 중 그 어느 누구도 웃음은커녕 미소조차 지을 엄두를 내지 못했다.

「'가족'이라는 집단과 함께 사는 것이 어떤 것인가를 한 번 상상해 보라!」

학생들은 총통이 말한 것을 상상해 보려고 노력했다. 하지만 그들은 도저히 자궁을 통해서 아이를 낳는 것과 가족이라는 집단의 개념을 상상할 수가 없었다.

「제군들은 '집'이라는 것이 어떤 것인지를 알고 있나?」

학생들은 고개를 저었다.

레니나 크라운은 엘리베이터를 타고 심홍색의 지하실로부터 17층을 단숨에 올라와 오른쪽을 돌아 긴 복도를 통과해서 '여자 탈의실'이라고 표시된 문을 열었다. 그리고 귀청이 울릴 정도로 시끄러운 혼잡을 이루고 있는 사람들 사이로 돌입했다. 마치 급류와도 같은 온수의 물줄기가 백 개의 욕탕으로 밀려 들어가고 나오기를 반복하고 있었다. 80개의 진동 진공 마사지 기계가 햇빛에 그을린 80명의 여성의 단단하고 멋진 육체를 동시에 문지르고 빨아당기느라 요란스런 소리를 내고 있었다. 이들은 한결같이 소리 높여 떠들어 대고 있었으며 인조 합성 악기는 초(超)코르넷 독주를 연주하고 있었다.

「패니, 안녕?」

레니나는 자신의 탈의장 바로 옆에 위치한 젊은 여자에게 인사를 했다.

패니는 저장실에서 근무하고 있는데 그녀의 성 역시 크라운이었다. 그러나 이 지구상에 사는 20억의 인구 중 성을 지닌 사람은 1만 명밖에 되지 않았으므로 이러한 우연의 일치는 별로 대수로운 것이 아니었다.

레니나는 지퍼를 잡아당겼다. 우선 웃옷의 지퍼를 밑으로 내리고 양손을 사용하여 바지를 채우고 있는 두 개의 지퍼를 밑으로 내린 다음 이번에는 속옷의 지퍼를 밑으로 당겨 벗었다. 무척 능숙하고도 빠른 속도로 옷을 벗었다. 구두와 스타킹은 그대로 신은 채 욕실 쪽으로 걸어갔다.

가정, 가정 - 한 남자와 주기적으로 아기를 낳는 한 여자, 그리고 여러 연령층으로 구성된 어린 남녀 아이들로 인해 질식할 정도로 바글대는 비좁은 몇 개의 방. 공기도 공간도 없다. 소독도 제대로 하지 않은 하나의 감옥이다.

어둠과 병, 그리고 악취만이 있을 따름이다.(총통의 이야기가 너무나 생생해서 지나치게 민감한 어떤 한 학생은 그 이야기를 듣기만 했는데도 얼굴이 창백해지더니 금방 구토를 일으키려고 했다.)

레니나는 욕조에서 나와 타월로 몸을 닦은 다음 벽에 장치된 길고 유연한 튜브를 잡더니 그 튜브의 주둥이를 마치 자살이라도 하려는 듯이 자신의 가슴 부분에 갖다 대고 방아쇠를 당겼다. 그러자 훈훈한 공기와 함께 미세한 탈컴 파우터[14]가 뿜어져 나왔다. 세면대 위에는 작은 수도꼭지 모양의 장치가 설치되어 있었고 그곳에서는 여덟 종류의 향수와 오데콜로뉴 풍의 향수가 나오게끔 되어 있었다. 레니나는 왼쪽에서 세 번째의 꼭지를 틀어 몸에 향수를 뿌린 다음 구두와 스타킹을 손에 들고 진동 진공 마사지 기계 가운데 빈 것이 있나 확인하러 갔다.

그러나 가정이란 육체적인 것만큼이나 정신적으로도 별 볼일 없었다. 정신적인 측면에서 볼 때 가정이란 숨막힐 정도로 답답한 삶의 마찰과 서로간의 감정이 교류되어 흘러 나오는, 이를테면 토끼굴이나 쓰레기 더미와도 같은 그런 곳이었다. 가족 구성원들 사이에는 질식할 것 같은 친밀감이 있었고 위험하고도 광적인, 그러면서도 아주 추잡한 관계가 있었다. 어머니란 존재는 자기 자식들을 광적일 정도로 애지중지했다. 마치 어미 고양이가 새끼 고양이에게 '아이고, 내 새끼! 아이고, 내 새끼!' 하듯이 말이다. 비록 고양이는 말을 할 수 없겠지만, 예를 들어 비유를 하자면 그렇다는 말이다.

---

14) 활성 가루에 붕산 향료를 넣은 화장품의 일종.

어머니는 아이에게 '오, 사랑스런 내 아기! 자, 이리 와서 젖을 먹으렴! 아이고, 이 귀엽고 작은 손 좀 봐! 배고프지? 말도 못하고 얼마나 괴로울까?(그리고는 아기에게 젖을 물린다.) 드디어 우리 아기가 잠을 자네. 입가엔 젖 먹은 흔적을 하얗게 남기고 말이야. 잘 자라, 우리 아가…….'

「제군들이 몸서리치는 것도 당연하지.」

무스타파 먼드는 당연하다는 듯이 고개를 끄덕이며 말했다.

「오늘 밤 누구하고 나갈 거니?」

진동 진공 마사지를 하던 레니나가 내부로부터 빛나는 진주와 같은 핑크색 빛을 발하며 말했다.

「혼자 갈 거야.」

레니나는 놀랍다는 듯이 눈썹을 치켜 올렸다.

「난 요즘 기분이 좋지 않거든. 웰스 박사님이 나더러 임신 대용약을 먹으라고 충고하시더군.」

패니가 말했다.

「하지만 넌 겨우 열아홉 살밖에 안 되었잖아? 스물한 살이 넘어야만 임신 대용약을 의무적으로 복용하는 거 아냐?」

「그건 나도 알아. 하지만 사람에 따라서는 그걸 일찍 복용하는 것이 더 나을 수도 있대. 웰스 박사님은 나처럼 골반이 크고 피부가 검은 여자는 열일곱 살에 그 약을 복용하는 것이 좋다고 했어. 그러니까 난 2년 이른 것이 아니라 2년이 더 늦은 셈이지.」

패니는 그녀의 옷장 문을 열고 선반 윗칸에 정돈되어 있는 일련의 상자와 딱지가 붙어 있는 약병들을 가리켰다.

「난소 황체 시럽······.」

레니나는 약병에 붙어 있는 이름을 천천히 소리 내어 읽었다.

「난소 추출제, 신선도 보증함. 포드 기원 632년 8월 1일 이후에는 복용 금지. 포유류 내분비선 추출제. 하루에 3회 복용하되 식전에 약간의 물과 함께 복용함. 태반 제제. 3일마다 5cc씩 정맥에 주사······ 웩!」

이때 레니나가 갑자기 몸을 떨었다.

「난 정맥 주사 같은 건 정말 싫어.」

「나도 그래. 하지만 그것이 몸에 좋다면······.」

패니는 참으로 분별력 있는 여자였다.

우리 포드님은, 아니 우리 프로이트[15] 님은 - 무슨 이유 때문인지는 몰라도 이런 정신적인 문제에 관해 이야기할 때는 자신을 그렇게 불러 주기를 원했다 - 가정이라는 결합체의 끔찍한 위험성을 최초로 폭로한 사람이었다.

세상은 온통 아버지들로 가득 차 있었으나 그 결과는 비참함뿐이었다. 그리고 더불어 어머니들도 가득 차 있었다. 그러나 그 결과 역시 새디스트에서 동정녀에 이르기까지 별의별 인간들이 존재하게 되었던 것이다. 또한 세상은 형제, 자매, 삼촌, 이모 등으로 가득 차 있었다. 그 결과 광기와 자살이 판을 치는 세상이 되고 말았다.

「그러나 뉴기니 연안에 위치한 작은 섬에 사는 사모아 인들 사이에서는······.」

---

15) 지그문트 프로이트(Sigmund Freud 1856~1939)는 꿈의 해석과 더불어 인간의 무의식을 연구한 정신 분석학의 창시자이다.

무궁화꽃이 만발한 숲속에서 이리저리 뒹굴고 있는 아이들의 벌거벗은 알몸 위로 열대의 태양이 뜨겁게 내리쬐고 있다. 그 아이들에게 있어서 가정이란 야자수로 엮어 만든 집에 불과하다. 트로브리안 군도[16]에서 임신이라는 것은 단지 조상의 망령이 가져다 주는 것으로 여겨졌다. 때문에 그 어느 누구도 아버지란 말을 들어 본 적이 없다.

「극과 극은 만나는 법이야. 지극히 당연한 이유로 극과 극은 만나게 되어 있다고.」

총통이 말했다.

「웰스 박사님은 내가 임신 대용약을 3개월 정도 복용하면 3,4년 안에 건강이 몰라보게 좋아질 거라고 말했어.」

「나도 네가 그렇게 되기를 바래. 하지만 패니, 앞으로 2,3개월 동안 그 누구와도…… .」

「아니, 천만에 단지 일주일이나 2주일뿐이야. 그 정도면 돼. 난 저녁때 뮤지컬 브리지를 공연하는 클럽에 가서 시간을 보내려고 하는데 레니나, 너도 갈 거지?」

레니나가 가볍게 고개를 끄덕였다.

「누구랑 갈 건데?」

「헨리 포스터.」

「또 그 사람이야?」

항상 얼굴에 미소를 띠고 있던 패니의 얼굴이 믿을 수 없다는 듯이 놀라운

---

16) 파푸아뉴기니 근처의 군도(群島).

표정을 지어 보였다.

「너 아직도 헨리 포스터와 같이 가겠다고 말하는 거야?」

아버지와 어머니, 그리고 형제와 자매, 그뿐 아니라 남편과 아내와 애인들도 있었다. 일부 일처제가 있었고 낭만도 있었다.

무스타파 먼드가 이야기를 시작했다.

「비록 제군들은 이런 것들이 무엇을 의미하는지 모르겠지만……」

학생들은 그러한 개념에 관해서는 모른다는 표시로 어깨를 으쓱거렸다. 가족, 일부 일처제, 낭만, 이런 것들이 있는 곳엔 그 어디나 배타주의와 사리 사욕의 집중, 충동과 정력의 배출구만이 있었다.

「그러나 만인은 만인의 공유물이야.」

무스타파 먼드는 수면 학습법에서 사용한 격언을 인용하며 말을 맺었다.

어둠 속에서 6만 2천 번 이상씩이나 반복해서 들은 이 말은 사실일 뿐만 아니라 너무나 자명한, 그렇기 때문에 논박의 여지가 없는 것이었다. 학생들은 그 말에 동의한다는 뜻으로 고개를 끄덕여 보였다.

레니나가 항변했다.

「하지만 패니, 내가 헨리와 만난 지는 겨우 4개월밖에 되지 않았어.」

「겨우 4개월이라고? 4개월이 어째서 겨우니? 하지만 그 말이 마음에 드는구나. 그 동안 헨리 외에는 없었겠지?」

패니는 야유를 보내는 표정으로 자신의 손가락을 레니나 앞에 흔들어 보이며 말했다.

레니나는 얼굴이 금세 홍당무가 되었다. 그럼에도 불구하고 레니나의 눈과 목소리는 이에 굴하지 않고 저항을 계속하는 듯했다.

「그래. 헨리 외에는 아무도 없었어. 그리고 헨리 외에 또 다른 남자가 있어야 할 이유도 느끼지 못했고 말이야.」

레니나는 패니를 향해 신랄하게 대답했다.

「어머, 얘 좀 봐. 헨리 외에 다른 남자가 있어야 하는 이유를 모른다고 하네.」

패니는 마치 레니나의 뒤에 다른 누군가가 서서 그들의 대화를 듣고 있는 듯한 모양으로 이렇게 말했다. 그러더니 갑자기 어조를 바꾸어 말했다.

「내가 충고 한마디 하겠는데, 너 이 문제만큼은 정말로 신중해야 돼. 너, 한 남자와 이런 식으로 계속 돌아다니는 것은 아주 나쁜 행동이야. 나이가 마흔이나 서른다섯 정도 되어서 그러면 몰라도 지금의 네 나이로는 곤란해, 레니나! 정말 그러면 안 돼. 무엇이든지 몰두하며 질질 오래 끄는 것을 소장이 싫어하는 것쯤은 알고 있으리라 생각해. 다른 남자와는 전혀 접촉하지 않고 오직 헨리 포스터하고만 4개월 동안 만난다는 것은 있을 수 없는 노릇이야. 만일 소장이 이 사실을 알기라도 하는 날이면……..」

「그런데 내가 그 파이프에 단번에 구멍을 낸다면? 두말할 것도 없이 그 속에 든 물은 걷잡을 수 없을 정도로 분출될 것이다.」

총통은 그와 같은 파이프에다 구멍을 20개 정도 냈다. 그러자 그 속에서 20개의 작은 물줄기가 힘없이 분출되었다.

「우리 아기. 우리 아기……..」

「엄마!」

광기가 전염된다.

「내 사랑아! 나의 하나밖에 없는 소중한…… 소중한…….」

어머니, 일부 일처제, 낭민. 물줄기가 높이 솟구친다. 힘차게 솟아오르는 물줄기는 너무 강하게 분출돼 거품까지 내뿜는다. 충동의 배출구는 단 하나밖에 존재하지 않는다. 나의 사랑, 나의 아기뿐이다. 이렇듯 불쌍했던 전근대인들이 점차 미쳐 가고 사악해져서 비참해진 것은 절대 놀랄 일이 아니었다. 그들의 세계는 유유자적한 태도를 용납하지 않았으며 건전하고 덕망이 있고, 그럼으로써 궁극적으로는 행복해지는 것이 허용되지 않았다. 어머니나 애인으로 인해, 조건 반사적인 견지에서 볼 때 그들이 복종을 하지 않아도 되는 금지 사항으로 인해, 그리고 유혹과 후회와 질병과 끊임없는 고통으로 인해 과거의 전근대적인 인간들은 모진 감정의 체험을 하지 않을 수 없었던 것이다. 그러니 어떻게 안정을 누릴 수 있었겠는가?

「물론 헨리 포스터를 완전히 포기할 필요는 없어. 이따금 다른 남자와 접촉하기만 하면 되는 거야. 포스터는 다른 여자들하고도 상대하니?」

레니나는 고개를 끄덕였다.

「물론 그렇겠지. 헨리 포스터야말로 완벽한 신사라고 신뢰해도 좋아. 하지만 소장도 신경을 써야 해. 너도 잘 알잖아. 소장이 얼마나 시끄럽고 골치 아픈 사람인지를 말이야…….」

레니나가 고개를 끄덕이며 말했다.

「오늘 오후에는 소장이 내 등을 두드려 주더군.」

「그것 봐! 소장이 무슨 생각을 하는지는 그것만 봐도 알 수가 있잖아. 소장은 철저한 원칙주의자야.」

총통이 말했다.

「안정! 안정이라는 것! 사회적 안정 없이는 문명이 이룩될 수 없지. 개인적 안정이 이룩되지 않는 한, 사회적 안정 역시 이룩될 수가 없기 때문이지. 이건 너무나 당연한 이치잖아.」

총통의 목소리는 마치 확성기에서 울려 퍼지는 소리 같았다. 이를 듣고 있던 학생들은 자신들의 몸이 점점 더 커지면서 열이 확확 달아오르는 것 같은 느낌을 맛보았다.

기계가 돌아가고 있다. 아니, 기계는 돌아야만 한다. 기계가 돌아가지 않고 멈춰 서 있다는 것은 곧 죽음을 의미한다. 10억의 인구가 지구의 표면을 샅샅이 뒤지며 - 아마도 먹고살기 위해 - 무언가를 찾고 있다. 톱니바퀴가 회전하기 시작한 것이다. 150년 만에 인구는 20억으로 불어났다. 모든 톱니바퀴를 정지시켜라. 그러면 150주 후에는 다시 10억이 될 것이다. 1백만을 1천으로 곱한 수, 즉 10억이라는 인구가 다시 굶어죽고 마는 셈이다. 바퀴란 꾸준히 돌아야만 한다. 그러나 반드시 그 회전에는 감시가 필요하다. 감시를 위해서는 인간들이 있어야 하는데, 축 위에서 도는 바퀴처럼 안정되고 건전한, 그러면서도 순종하고 만족할 줄 아는 그런 인간들이 있어야 하는 것이다.

울부짖는 소리 - 우리 아기. 우리 엄마. 나의 유일한 사랑…….

신음하는 소리 - 내 죄. 오, 나의 하느님.

고통으로 비명 지르고 열병으로 헛소리를 하고 노령과 가난에 대해 한탄하고……. 이 따위 인간들이 어떻게 바퀴를 회전시킬 수 있겠는가? 바퀴의 회전을 관리하지 못한다면 수천, 수백만, 수억에 달하는 엄청난 수의 인간들이 죽게 되며, 또한 그들의 시체를 매장하거나 화장조차 할 수 없게 된다.

패니가 달래는 듯한 목소리로 말했다.
「결국 헨리 포스터 외에 다른 남자를 한두 사람 만난다 치더라도 별로 나쁠 건 없을 것 같아. 그러니까 내 말은, 네게 좀더 강한 바람기가 있어야 한다는 뜻이야.」

총통이 주장했다.
「안정! 안정이야! 안정이야말로 근본적이고도 궁극적인 필요 조건이지. 안정! 바로 이 안정으로부터 모든 것이 시작되고 있단 말이야.」
총통은 손을 흔들어 보이며 정원과 거대한 조건 반사 연구소 건물, 그리고 숲속에서 벌거벗은 채 이리저리 뛰어 돌아다니는 어린아이들을 가리켰다.

「난 어쩐지 요즘 들어서 바람기 있는 행동을 하는 것이 싫어졌어. 누구나 한 번쯤은 그런 느낌이 들 때가 있겠지. 패니, 너는 이런 기분 느껴 본 적 없니?」
레니나는 고개를 흔들며 가느다란 목소리로 물었다. 패니는 레니나의 말에 동감하며 충분히 이해한다는 뜻으로 고개를 끄덕여 보였다. 둘 사이에 뭔가가 통하는 것 같았다.

「하지만 우린 노력해야 해. 우린 모두 유희의 규칙을 지켜야 한다구. 결국 만인은 만인의 공유물이니까 말이야.」

패니는 선생님이 학생을 가르치는 투로 말했다.

「그래. 만인은 만인의 공유물이야.」

레니나는 패니가 한 이 말을 천천히 따라하고는 잠시 침묵을 지켰다. 그런 후 패니의 손을 잠시 꼭 쥐었다.

「패니 네 말이 맞아. 예전의 나로 돌아가도록 나도 노력할게.」

억제된 충동은 넘쳐흐른다. 그 넘쳐흐르는 것이 곧 감정이며 열정이며 광기이다. 그것은 물살의 힘과 둑의 높이와 견고성 여하에 달려 있다. 중간에 가로막지 않은, 즉 통제하지 않은 강물이 그 지정된 통로를 통해 고요한 행복에 도달한다. (태아는 배가 고프다. 혈액 대용 펌프는 날마다 쉴 새 없이 1분에 8백 번 회전한다. 출산된 아기는 울부짖는다. 그러면 보모는 즉시 외분비물이 들어 있는 병을 가지고 달려온다. 감정이란 욕망과 욕망의 절정 사이에 잠복해 있다. 욕망과 욕망의 절정 사이의 간격을 단축시키는 것은 곧 낡아빠지고 불필요한 장벽을 제거하는 것이 된다.)

총통이 말했다.

「제군들은 행운아야! 제군들의 삶을 감정적으로 안락하게 하기 위해서 우리는 어떠한 수고도 아끼지 않았다. 가능한 한 여러분들이 감정이란 것을 갖지 못하도록 하기 위해서 말이야.」

소장이 중얼거렸다.

「그러니까 포드님의 은혜 덕분에 세상은 천하태평이 된 셈이지.」

「레니나 크라운? 아, 아가씨는 대단한 여자야. 공기를 넣은 쿠션처럼 탄력이 있지. 자네 같은 친구가 그런 여자를 상대하지 않았다니 정말 놀라운데?」

헨리 포스터가 바지 지퍼를 올리며 계급 예정실 부주임의 질문에 대답했다.

「왜 그렇게 하지 못했는지 나 자신도 의아할 정도라네. 난 꼭 레니나를 상대하고 말 거야. 기회가 오면 누구보다도 먼저 말이야.」

계급 예정실 부주임이 말했다.

탈의실 복도 맞은편에서 두 사람의 이야기를 듣고 있던 버나드 막스의 얼굴이 갑자기 창백해졌다.

「솔직히 말해서 매일 헨리 포스터하고만 상대하다 보니까 이젠 약간 싫증이 나기 시작했어. 너 혹시 버나드 막스라는 사람을 아니?」

레니나가 왼쪽 스타킹을 신으며 말했다.

패니는 레니나의 말에 당황하는 눈치였다.

「설마……, 너 진정으로 한 말은 아니겠지?」

「천만에, 진정이야. 버나드는 알파 플러스 계급이지. 게다가 언젠가 그는 나더러 야만인 보호 구역에 같이 가자고 했어. 나도 언제나 그 구역을 보고 싶어했거든.」

「하지만 그 사람의 평판은……」

「나에게 있어 그 사람에 대한 평판 따위는 중요하지 않아.」

「사람들이 그러는데, 버나드는 장애물 골프를 별로 좋아하지 않는데.」

「너는 툭하면 '사람들이 그러는데, 사람들이 그러는데' 라고 말하더라?」

레니나가 패니의 말을 흉내내며 비아냥거렸다.

「게다가 그 사람은 대부분의 시간을 혼자 보낸다고 하더라. 외톨이처럼 말이야.」

패니는 도저히 믿을 수 없다는 듯이 말했다.

「그래. 하지만 그 사람은 나하고 같이 있으면 외롭지 않을 거야. 그건 그렇고, 사람들은 왜 버나드 막스를 못마땅하게 생각하는 걸까? 내가 보기에 그 사람은 상당히 매력적인데 말이야.」

레니나는 속으로 미소를 지었다.

'버나드는 너무나 수줍음을 타는 것 같단 말이야. 항상 겁에 질린 것 같기도 하고, 마치 나는 세계 총통이고 자기는 감마 마이너스 계급의 담당자에 불과한 것처럼 말이야.'

무스타파 먼드가 말했다.

「제군들은 자신들의 삶을 생각해 보라. 여러분들은 여태까지 극복할 수 없을 만큼 거대한 장애물을 만나 본 적이 있는가?」

모두 침묵을 지켰다. 학생들은 지금껏 그러한 경험을 해보지 못했다는 무언의 대답으로 침묵을 지키는 것이었다.

「여러분들은 여태까지 욕망에 대한 자각과 이 욕망의 실현이라는 것 사이의 긴 시간적 간격을 몸소 체험하지 않으면 안 되는 상황을 경험한 적이 있는가?」

「글쎄요, 저…….」

한 학생이 말을 꺼내려다 이내 머뭇거렸다.

「크게 말해 보도록 하시오! 우리 포드님을 기다리게 하지 말고 말이오.」

소장이 못마땅한 목소리로 말했다.

「제가 원하는 여자가 제 사람이 되기까지 거의 4주를 기다린 적이 있습니다.」

「그때의 감정이 어땠지?」

「끔찍했었습니다.」

소장이 말했다.

「끔찍했었다고? 맞았어! 바로 그거야. 우리 조상들은 너무나 멍청하게도 미래를 보는 안목이 없었어. 그래서 최초의 개혁자들이 그런 끔찍한 감정으로부터 구해 주겠다고 했을 때 사람들은 상종을 하지 않았지.」

「당신들은 마치 그녀가 고깃덩어리나 되는 것처럼 말하는군. 그녀를 여기서 한 입, 저기서 한 입, 마치 양고기처럼 말이오. 지금 당신들은 그녀를 마치 양고기와 같은 존재로 전락시키고 있단 말이오. 그녀는 다시 생각해 보고 금주 안으로 내게 답변을 준다고 했소. 오, 맙소사!」

버나드는 이를 부득부득 갈았다. 헨리 포스터와 계급 예정실 부주임 면상에 주먹이라도 한 대 날리고 싶은 심정이었다. 그리고 한 대 더 세게 날리고…….

헨리 포스터가 말했다.

「좋소. 난 당신이 레니나를 시험해 보라고 충고하고 싶소.」

「체외 수정이라는 것을 한번 생각해 봐. 피츠너와 가와구치가 그 기술을 개발했었지. 그러나 정부는 이를 거들떠보지도 않았어. 아니야. 당시에는 기독교라는 것이 있었지. 그래서 여자는 항상 자궁으로 임신하는 모체 수정을 강요받았던 거지.」

「그 사람은 너무 못생겼어! 거들떠보기도 싫을 정도지.」

패니가 말했다.

「하지만 난 그 사람의 외모가 마음에 드는 걸.」

「게다가 키도 굉장히 작고 말이야.」

패니는 얼굴을 잔뜩 찌푸렸다. 왜냐하면 키가 작은 것은 곧 끔찍할 정도로 낮은 계급을 의미하기 때문이다.

레니나가 말했다.

「난 그래도 그게 좋아. 그는 누가 보더라도 애정을 느낄 만하거든. 마치 갓 태어난 강아지처럼 말이야.」

패니는 충격을 받았다.

「사람들이 그러는데, 그가 병 속에 들어 있을 때 누군가가 실수를 저질렀다고 하던데. 그가 감마 계급인 줄 알고 누군가가 그의 대용 혈액에 알코올을 넣었다는 거야. 그래서 성장 발육이 저하되었고. 그렇게 된 거래.」

「말도 안 되는 소리!」

레니나는 화가 치밀었다.

「실제로 영국에서는 수면 학습이 금지되었지. 그곳에서는 소위 자유주의라는 것이 있었다. 제군들도 아는지 모르겠지만, 그 당시에는 의회라는 것이 있었는데 이 의회에서 수면 학습에 대한 반대 법안을 통과시켰기 때문에 금지되었던 것이지. 지금도 그 기록이 남아 있다. 또한 국민의 자유에 대한 연설이 있었지. 무능하고 비참해질 자유가 있었던 거야. 네모난 구멍에 끼워질 둥근 나무처럼 맞지 않는 자유였지.」

「하지만 이 친구야! 그녀에게 한번 시도해 봐. 정말이야. 만인은 만인을 위한 공유물이라구.」

헨리 포스터는 계급 예정실 부주임의 어깨를 탁탁 치며 말했다.

수면 학습의 전문가인 버나드는 '만인은 만인을 위한 공유물' 이라는 이 말을 매주 사흘밤씩, 그것도 3년 동안에 걸쳐 총 1백 번씩이나 반복한 지겨운 말이었다.

'6만 2천4백 회의 반복이 하나의 진리를 만드는 것이다. 이 얼마나 바보 같은 짓거리인가!

「신분 제도도 마찬가지였다. 끊임없이 상정되었지만 끊임없이 부결되었다. 민주주의라는 것이 있었기 때문이지. 마치 인간이 물리 화학적 평등 이상의 것이라도 되는 것처럼 말이야.」

「난 그의 초대를 받아들일 거야.」

버나드는 그들을 증오했다. 정말로 그들을 증오했던 것이다. 하지만 그들은 수적으로 우세할 뿐 아니라 기운도 셌다.

「9년 전쟁은 포드 기원 141년에 일어났지.」

「대용 혈액 속에 알코올을 넣은 것이 사실이었더라도 결코…….」

「포스겐, 염화 피크린, 에틸 이디오아세테이트, 청산화비소, 3염화 메틸, 유화 클로로에틸…… 청산[17]은 말할 것도 없고 말이지.」

「하지만 난 못 믿겠어.」
레니나가 말했다.

「1만 4천 대의 비행기가 산개대형(散開隊型)으로 전진하는 바람에 소음이 엄청나게 커졌다. 그러나 쿠르푸슈텐담[18] 과 제8구역[19] 같은 곳에서는 비탈저(脾脫疽) 폭탄[20] 의 폭발음이 풍선 터지는 소리만도 못했지.」
「난 정말 야만인 보호 구역을 보고 싶거든.」

「$CH^n C H^4(NO^4) 3 + Hg(CNO)^4$[21] =글쎄…… 결과는 뭘까? 지면에 거대한 구멍, 산더미처럼 쌓인 콘크리트 파편, 살덩어리의 파편과 점액, 신발을 신은 채 허공을 휙 하고 날아가 분홍색 제라늄 꽃밭 한가운데 털썩 떨어져 버

---

17) 이들은 화학전에서 사용하는 독극물이다.
18) 독일의 베를린 서남부에 있는 주요 거리의 하나.
19) 프랑스 파리에 있는 지역의 하나.
20) 세균 폭탄의 일종.
21) 다이너마이트, 즉 TNT의 분자식이다.

린 발 조각. 그 해 여름에는 정말로 볼 만한 장관이 수두룩했지.」

「레니나, 너 정말 안 되겠구나. 난 이제 널 포기하겠어.」

「상수도를 감염시킨 러시아 인들의 기술은 정말로 교묘했지.」

레니나와 패니는 서로 등을 돌린 채 말없이 옷을 갈아입고 있었다.

「9년 전쟁은 거대한 경제적 붕괴를 낳았어. 세계의 통제냐 아니면 파멸이냐 하는 선택이 요구되는 순간이었지. 다시 말해서, 안정이냐 아니면…….」

「패니 크라운 역시 멋진 여자야.」
계급 예정실 부주임이 말했다.

유아실에서는 기초 계급 의식 교육을 끝내고 미래의 수요와 미래의 공업 공급을 맞추기 위한 작업을 하겠다는 소식이 들려 왔다.
「난 하늘을 날고 싶어요. 난 하늘을 날고 싶어요. 난 새옷을 입고 싶어요. 난 새옷을 입고…….」

「물론 자유주의마저도 폭탄으로 인해 사라져 버렸다. 그러나 여전히 일을 강제로 할 수는 없었다.」

「레니나만큼은 탄력이 없지. 아무렴, 그녀를 따라가지는 못해.」

「낡은 옷은 나쁜 것이야. 우린 항상 낡은 옷은 집어던져 버렸다. 수선하는 것보다는 차라리 버리는 것이 더 낫다. 수선하는 것보다는 차라리 버리는 것이…….」

지칠 줄 모르는 속삭임이 계속되었다.

「통치란 서로 마주 앉는 일이지 물리적으로 때리는 것이 결코 아니다. 다시 말해서 주먹으로 다스리는 것이 아니라 두뇌와 가슴으로 다스리는 것이다. 예전에는 소비를 강요하는 제도가 있었지.」

「자, 이제 난 준비가 다 됐어. 패니, 우리 서로 화해하자.」

레니나가 이렇게 말했으나 패니는 아무 말 없이 고개를 다른 곳으로 돌렸다.

「모든 성인 남녀는 말할 것도 없고 심지어 어린아이들까지도 일 년에 얼마만큼은 소비하라고 강요받았지. 오로지 산업의 이익을 위해서 말이야. 하지만 그 결과는…….」

「수선하는 것보다는 차라리 버리는 것이 더 낫다. 바느질 횟수가 많으면 많을수록 부는 감소하게 마련이다.」

「조만간에 넌 곤란한 입장에 빠지게 될 거야.」

패니가 우울한 어조로 말했다.

「대규모의 양심적인 반항이 일어났지. 소비를 더 이상 강제로는 못하겠다고 말이야. 결국 자연으로 돌아가자는 반항이었던 거지.」

「난 하늘을 날고 싶어요. 난 하늘을 날고 싶어요.」

「이는 결국 문화로 돌아가자는 것과 같은 맥락이었어. 그래, 문화로 돌아가자는 것이었지. 가만히 앉아 책을 읽으면서, 동시에 소비를 할 수는 없는 노릇이거든. 아무리 '강제'라는 것이 개입된다 하더라도 말이야.」

레니나가 물었다.

「나 괜찮아 보이니?」

레니나의 상의는 초록색 인조견으로 만든 것이었고 소맷부리와 칼라에는 초록색 인조견 모피가 달려 있었다.

「800명의 간소화 생활 주창자들이 골더스그린[22] 에서 희생을 당했지.」

「수선하는 것보다는 차라리 버리는 것이 더 낫다. 수선하는 것보다는 차라리 버리는 것이 더 낫다…….」

---

22) 런던의 북부 지역.

초록색 코르덴 반바지와 흰 인조털 스타킹이 무릎 아래로 내려왔다.

「그 후에 그 유명한 대영 박물관 대학살 사건이 일어났지. 2천 명에 달하는 문화 애호가들이 유화 다이크로틸렌 가스로 처형되었던 거야.」

레니나는 초록색과 흰색이 어우러진 기마용 모자를 눌러썼다. 그녀의 초록색 구두는 광택이 났고 이날 따라 유난히 반짝였다.

무스타파 먼드는 말했다.

「마침내 세계 국가의 총통들은 강제라는 것도 아무런 효력이 없다는 걸 깨닫게 되었지. 체외 수정과 신(新)파블로프식 조건 반사 훈련과 수면 학습이야말로 가장 확실한 방법이며……, 시간이 좀 걸리기는 하지만 말이야.」

레니나는 은세공으로 된 초록색 모로코 가죽으로 만든 피임약통을 허리 둘레에 차고 있었다(레니나는 불임녀가 아니었다).

「피츠너와 가와구치가 발견한 것이 드디어 이용되기에 이른 것이다. 모체 자궁 생식에 반대하는 격렬한 운동이 일어났는데……」

「아주 완벽해!」

패니가 열렬하게 소리쳤다. 그녀 역시 레니나의 매력에 감탄하지 않을 수 없었던 것이다.

「그것에 뒤이어 '과거' 에 대한 말살 정책이 진행되었으며, 박물관은 폐쇄되고 역사적 기념비는 파괴되었기 때문에, 포드 기원 150년 이전에 출판된 책들은 모조리 탄압당하는 일련의 사건이 일어나게 되었지.」

「나도 그런 걸로 사야겠어.」
패니가 말했다.

「예를 들어, 이른바 피라미드라는 것이 있었는데…….」

「내 낡아빠진 검은 피임약통은…….」

「그리고 셰익스피어라고 불리는 작가가 있었지. 물론 여러분은 이 사람의 이름을 한 번도 들어 본 적이 없을 것이다.」

「내 피임약통은 정말 창피할 정도야.」

「그것이야말로 진정한 과학 교육의 장점이라구.」

「바느질 횟수가 많으면 많을수록 부는 감소하게 마련이다. 바느질 횟수가 많으면 많을수록 부는 감소하게 마련이다…….」
「우리 포드님께서 T형 모델 차량을 처음으로 소개하셨는데…….」

「난 벌써 3개월째야……」

「신세계의 창시일로 선정이 되어……」

「수선하는 것보다는 차라리 버리는 것이 더 낫다. 수선하는 것보다는 차라리 버리는 것이 더 낫다……」

「내가 앞에서도 이야기했듯이 기독교라는 것이 있었는데……」

「수선하는 것보다는 차라리 버리는 것이 더 낫다.」

「과소 소비의 윤리와 철학으로 말할 것 같으면……」

「난 새옷이 좋아요. 난 새옷이 좋아요. 난 새옷이 좋아요……」

「과소 생산이었을 때는 매우 중요한 것이었지만, 기계와 질소 고정화의 시대에는 사회에 대한 명백한 범죄가 되었다.」

「그건 헨리 포스터가 내게 주었어.」

「모든 십자가는 윗부분이 잘려 결국 T자가 되어 버렸지. 또한 '신'이라고 하는 것이 있었는데……」

「이건 진짜 모로코 가죽이야.」

「이제 우린 세계 국가를 가지게 된 거야. 게다가 포드님의 날, 기념 행사와 세계 국가의 찬가와 단결 예배가 생기게 되었고 말이야.」

'오, 포드님 맙소사! 난 그들이 정말 싫어.' 라고 버나드 막스는 생각했다.

「'하늘' 이라고 불리는 것이 있었지. 그러나 사람들은 여전히 많은 양의 술을 퍼마시고 있었어.」

「고깃덩어리처럼. 마치 고깃덩어리처럼 말이야…….」

「또한 '영혼' 과 '불멸' 이라고 불리는 것이 있었지.」

「그게 어디서 났느냐고 헨리에게 물어 보렴.」

「그러나 인간들은 몰핀과 코카인 같은 마약을 복용하곤 했지.」

「게다가 그녀는 자기 자신을 고깃덩어리로 생각하고 있단 말이야.」

「포드 기원 178년에는 2천 명의 약사와 생화학자들에게 보조금을 지급했지.」

「저 친구 무척 우울해 보이는군.」

계급 예정실 부주임이 버나드 막스를 가리키며 말했다.

「6년이 지난 다음에야 비로소 그것이 상업적으로 생산되기에 이르렀지. 부작용이 전혀 없는 완벽한 약으로 말이야.」

「그를 미끼로 삼아 놀려 줄까?」

「행복감을 주고 들뜬 마음을 갖게 하고 기분 좋은 환각 증세를 일으키거든.」

「우울해 보이는군. 막스!」

누군가가 어깨를 탁 하고 치는 바람에 막스는 깜짝 놀라 위를 올려다보았다. 빌어먹을 헨리 포스터였다.

「자네는 1그램의 소마가 필요하겠는걸.」

「기독교와 술의 장점이란 장점은 모두 포함시킨 것이었지. 게다가 단점은 모조리 배제하고 말이야.」

'오, 포드님 맙소사! 난 저 녀석을 죽이고 말 거야.' 라고 버나드 막스는 생각했지만 결국 '고맙지만 괜찮아' 라고 말했을 뿐이었다. 그는 그에게 내민 소마 정제용 튜브를 거절했다.

「원하기만 한다면 언제든지 현실로부터 도피할 수 있지. 게다가 돌아오고 나면 골치도 아프지 않고 신화에도 사로잡히지 않거든.」

「자, 복용하도록 하게. 어서 받으라니까.」
포스터가 고집했다.

「안정이 사실상 보장되었던 거지.」

「1입방 센티미터의 소마 정제용 튜브 하나면, 열 가지의 우울병을 치료해 주거든.」
수면 학습 지식의 일부를 인용하면서 계급 예정실 부주임이 잘난 척하며 말했다.

「노령을 극복하는 문제만 남았던 거지.」

「빌어먹을! 젠장, 빌어먹을!」
버나드 막스가 외쳐 댔다.

「놀라운 일인데?」
「생식기 호르몬. 젊은 피의 수혈. 마그네슘 염소……」

「단 1그램의 소마라도 있을 때가 나을걸.」

그들은 한바탕 웃고는 밖으로 나갔다.

「노령의 생리학적 특징은 이제 모두 사라졌어. 게다가 그와 동시에 물론…….」

「잊지 말고 그에게 맬서스 혁대에 관해서 물어 보도록 해.」
패니가 말했다.

「그와 동시에 노인의 정신적 특성도 함께 근절되었던 거야. 성격이 전 생애를 통해서 한결같이 유지되었던 거지.」

「……날이 어두워지기 전에 장애물 골프 코스를 2라운드 돌아야겠소. 난 서둘러 가봐야 하거든.」

「일과 유희 - 나이가 60이 되어도 우리의 기력과 기호는 17세였을 때와 조금도 차이가 없다. 과거의 노인들은 나이가 들면 일을 포기하거나 은퇴를 하거나 아니면 종교에 매달리거나 독서나 사색을 하는 것으로 남은 여생을 보내곤 했었지. 아무 쓸모없는 사색 같은 것으로 말이야.」

'바보 같은 자식들!
버나드 막스는 엘리베이터가 있는 복도 쪽으로 걸어 내려가면서 속으로 이렇게 중얼거렸다.

「자, 바로 이런 것을 두고 '진보' 라고 하는 거야. 아무런 부족 없이 노인도 일을 하고 성행위를 한단 말이야. 노인이라고 해서 쓸데없이 죽치고 앉아 시간을 허비할 필요가 없게 된 거라고. 게다가 불행하게 있을지라도 항상 소마가 대기하고 있지. 맛있는 소마 말이야. 휴일에는 반 그램, 주말에는 1그램, 화려한 동방을 여행할 때는 2그램, 달나라의 영원한 암흑을 여행할 때는 3그램, 그곳에서 돌아오게 되면 시간이라는 것의 다른 쪽에 와 있게 되는 거지. 매일매일의 노동과 기분 전환이라는 견고한 대지 위에 안전하게 서 있게 되는 거라, 이 말씀이야. 기분은 황홀해지고, 풍만한 여러 여자들과 즐기게 되고, 여러 곳의 전자기(電磁氣) 골프 코스를 돌게 되며…….」

「아이들은 저리로 가거라. 포드님께서 바쁘신 것을 보고도 모른단 말이냐? 성유희 같은 것은 딴 데 가서 해.」
소장이 화를 내며 말했다.
「가엾은 아이들이군!」
총통이 말했다.

운반대는 희미하게 윙윙거리는 소리를 내며 한 시간에 33센티미터씩 천천히 앞으로 움직였고 심홍색 어둠 속에서는 수많은 루비가 빛을 발하고 있었다.

4

1

엘리베이터 안은 알파 계급용 탈의실에서 나온 사람들로 혼잡했다. 레니나가 엘리베이터 안으로 들어가자 낯익은 사람들이 고개를 끄덕이거나 미소를 지으며 그녀를 반겨 주었다. 레니나는 남자들 사이에서 인기가 높았다. 그녀는 그들 중 대부분의 사람들과 한두 번 정도는 하룻밤을 같이 보냈다.

'모두 다 귀여운 남자들이야!'

레니나는 아는 체하는 남자들에게 답례하며 이렇게 생각했다.

'암, 매력적인 남자들이고말고……'

그러면서도 조지 에젤의 귀만큼은 저렇게 크지 않으면 좋을 텐데, 하고 생각했다.

'아마도 저 친구는 328미터 지점에서 부갑상선 호르몬을 몇 방울 더 주입해서 저렇게 되었는지도 몰라……'

또한 베니토 후버를 바라보면서 그가 옷을 벗었을 때 지나칠 정도로 털북숭이였다는 것이 생각났다. 베니토의 곱슬거리던 검은 털을 상기하고는 약간 우울한 눈으로 레니나가 몸을 돌리자 한쪽 구석에 키가 작고 바짝 마른 체구의 울적한 얼굴을 한 버나드 막스가 보였다.

레니나는 버나드에게 다가갔다.

「버나드! 당신을 찾고 있었어요.」

그녀의 목소리는 위로 올라가는 엘리베이터 소리를 압도하면서 낭랑하게 울렸다. 주위 사람들은 신기하다는 듯이 뒤를 돌아다보았다.

「전 우리들의 뉴멕시코 여행에 관한 계획을 이야기하고 싶었어요.」

레니나는 놀라움으로 입을 다물지 못하고 있는 베니토 후버의 모습을 곁눈질로 쳐다보았다. 베니토가 입을 벌리고 있는 모습이 레니나의 마음을 상하게 만들었다.

'내가 다시 자기와 같이 밖으로 나가자고 청하지 않으니까 놀란 모양이지?'

레니나는 속으로 이렇게 생각했다. 그리고는 큰소리로, 게다가 매우 다정다감한 어조로 버나드를 향해 말을 계속했다.

「7월이 오면 일주일 동안 당신과 함께 그곳에 가고 싶어요.」

어쨌든 레니나는 자신이 오직 헨리 포스터하고만 만나는 것이 아니라는 것을 만인 앞에서 공개적으로 증명하고 있는 셈이었으며, 이로 인해 패니는 레니나의 상대자가 비록 버나드이기는 했지만 그 기쁨을 감출 수가 없었다.

「다시 말해서 당신이 아직도 저를 원하신다면 기꺼이 같이 가겠어요.」

레니나는 버나드에게 의미심장한 미소를 지어 보였다. 버나드의 창백한 얼굴은 이내 홍당무가 되어 버렸다.

'왜 그럴까?' 하는 의아한 생각도 들었지만 레니나는 자신의 이러한 용기 있는 제안에 얼굴까지 빨개지는 버나드의 태도에 감동을 받았다.

「다른 데 가서 이야기하자구.」

버나드는 몹시 불안한 태도로 말을 더듬거렸다.

'내가 한 말이 충격적이었나? 마치 내가 '버나드 씨의 어머니는 누구예

요? 라고 몹시 상스런 질문이라도 한 것처럼 당황하고 있네.'

「내 말은, 이렇게 사람들이 많이 있는 이런 곳에서…….」

그는 당혹감으로 인해 말을 계속할 수가 없었다.

레니나는 가식 없이, 그리고 악의가 전혀 없는 표정으로 웃었다.

「당신은 참으로 우습군요.」

레니나는 버나드가 정말로 우스운 사람이라고 생각했다.

「적어도 일주일 전에는 알려 주셔야 해요. 물론 그렇게 하시겠죠?」

레니나는 조금 전과는 다른 어조로 말을 계속했다.

「우린 블루 퍼시픽 로켓을 타게 되는 거죠? 그게 채링 T탑에서 출발하던 가요? 아니면 햄스테드에서 출발하던가요?」

버나드가 답변하기도 전에 엘리베이터가 정지했다.

「옥상입니다!」

날카로운 목소리가 울려 퍼졌다. 엘리베이터를 조작하는 운전사는 입실론 마이너스 세미 모론[23] 계급으로 검은 제복을 입었으며 얼굴은 마치 원숭이처럼 생겨 볼품없는 키 작은 남자였다.

「옥상에 다 왔습니다!」

운전사가 엘리베이터의 문을 열었다. 오후의 밝고 따뜻한 햇빛이 운전사의 눈을 부시게 했는지 그는 눈을 깜빡거렸다.

「옥상입니다!」

운전사는 마치 황홀경에 빠진 듯 옥상이라는 말을 반복해서 외쳤다. 엘리

---

23) 모론(moron)이란 저능아를 의미하며 심리학 또는 정신 분석학적으로 볼 때 백치(idiot)보다는 약간 위에 속한다.

베이터 운전사는 어두운 악몽의 상태에서 깨어나기라도 한 것 같은 표정이었다.

「옥상입니다!」

운전사는 마치 존경심을 가지고 주인을 바라보는 강아지처럼 승객들의 얼굴을 바라보며 미소를 지었다. 엘리베이터 안의 승객들은 서로 웃고 잡담을 하면서 빛이 비치는 곳으로 나왔다. 운전사는 그들의 뒷모습을 천천히 바라보았다.

「여기가 옥상이던가?」

그는 미심쩍어하며 중얼거렸다.

그러자 벨이 울리며 엘리베이터 천장에 부착된 확성기에서 부드러우면서도 다소 위협적인 어조의 말투가 흘러 나왔다.

「내려가시오, 내려가시오. 18층으로. 아래로, 아래로. 18층으로……」

운전사는 엘리베이터의 문을 쾅 닫고는 버튼을 눌렀다. 그러자 우물처럼 생긴 긴 통로를 따라 엘리베이터가 아래로 내려가기 시작했다. 운전사는 자신이 할 일 속으로 다시 들어가게 된 것이다.

옥상은 따뜻할 뿐 아니라 눈이 부실 정도로 밝았다. 여름날의 오후였으며 지나가는 헬리콥터의 윙윙거리는 소리로 인해 졸음마저 부추길 정도였다. 또한 청명한 하늘을 뚫고 머리 위로 5,6마일이나 급히 나는 로켓 비행기의 소리는 마치 부드러운 공기를 애무라도 하는 것 같았다. 버나드 막스는 깊은 한숨을 내쉬었다. 그는 먼 하늘을 바라보다가 이내 레니나의 얼굴을 쳐다보았다.

「정말 아름답군.」

버나드의 목소리가 약간 떨렸다. 레니나는 버나드의 그 말에 전적으로 동의한다는 뜻으로 미소를 지어 보였다.

「장애물 골프 하기에 안성맞춤이군요. 버나드, 전 서둘러 가봐야 할 것 같아요. 헨리를 계속해서 기다리게 하면 그가 화를 내거든요. 조만간, 날짜를 정해서 제게 알려 주세요.」

레니나는 손을 흔들어 보이며 널찍하고도 납작한 옥상을 가로질러 격납고 있는 쪽으로 달려갔다. 버나드는 하얀 스타킹이 반짝거리며 햇빛에 그을린 무릎을 굽었다 폈다 하는 동작을 되풀이하는 레니나의 모습을 유심히 바라보고 있었다. 그녀는 짙은 녹색 상의와 몸에 알맞게 맞춘 코르덴 바지를 입고 있어 무척 유연해 보였다. 그는 몹시 괴로운 듯한 표정을 지었다.

「레니나는 정말 아름다운 여자야.」

버나드의 등뒤에서 누군가가 우렁찬 목소리로 말했다.

버나드는 깜짝 놀라 뒤를 돌아다보았다. 퉁퉁하고 불그스레한 베니토 후버의 얼굴이 버나드를 내려다보고 있었다. 베니토는 성격이 좋기로 정평이나 있었다. 사람들은 베니토가 소마를 복용하지 않고도 평생을 지낼 수 있다고 말하곤 했다. 사람들이 도피하고자 하는 대상, 즉 악이나 못된 기질 따위가 베니토에게는 없다고 생각했다. 베니토에게 있어서 현실이란 항상 '긍정' 그 자체였다.

「게다가 탄력도 있고 말이야! 그런데……, 자네는 상당히 우울해 보이는군. 1그램의 소마를 복용해 보는 게 어때?」

베니토는 어조를 바꿔서 이렇게 말하고 오른쪽 바지 주머니를 뒤져 물약병을 하나 꺼내 보였다.

「1입방 센티미터의 양이면 열 가지의 우울병을 치료하지. 자……」

버나드는 황급히 몸을 돌려 그곳을 떠났다. 베니토는 버나드의 뒷모습을 바라보았다.

'저 친군 왜 저럴까?

베니토는 이상하게 생각하며 머리를 흔들고는 병 속에 있을 때 버나드의 대용 혈액 속에 알코올을 주입시켰다는 얘기가 사실임에 틀림없다고 결론을 내렸다.

'그때 그것이 저 친구의 두뇌에 영향을 미친 것이 틀림없어.'

베니토는 소마가 들어 있는 병을 치웠다. 그리고는 성 호르몬 껌이 든 봉지를 꺼내 입 안에 넣고 씹으면서 사색에 잠긴 채 천천히 격납고 쪽으로 걸어갔다.

헨리 포스터가 자신의 기체를 격납고에서 끄집어낸 다음 조종석에 앉아 기다리고 있을 무렵 레니나가 도착했다.

「4분 늦었군.」

레니나가 옆자리에 앉자 헨리가 말했다.

헨리는 엔진에 시동을 건 다음 헬리콥터에 기어를 넣었다. 기체는 수직으로 빠르게 상승했다. 헨리가 속도를 높이자 프로펠러는 마치 말벌과 모기가 내는 소리처럼 요란하게 윙윙거렸다. 속도계는 기체가 1분 당 2킬로미터로 상승하고 있음을 나타냈다. 헨리와 레니나가 상공에서 아래를 내려다보자 런던은 아주 작고 희미하게 보였으며 그 커다랗던 빌딩들도 순식간에 공원이나 정원에서 솟아난 기하학적 형상의 버섯같이 보였다. 그뿐 아니라 평소에는 높다랗고 길쭉했던 채링 탑 역시 작은 원반처럼 볼품없어 보였다.

하늘에 떠 있는 커다란 구름은 마치 익살스런 운동 선수의 거대한 몸통처럼 그들의 머리 위로 축 늘어진 채 힘없이 바람 따라 흘러가고 있었다. 그때 갑자기 구름 속에서 작은 분홍색 곤충 같은 것이 나타나 아래로 떨어지면서 요란한 소리를 냈다.

「저건 레드 로켓이야! 뉴욕에서 방금 날아온 거지.」

헨리는 이렇게 말하며 시계를 들여다보았다.

「7분 늦게 도착했군.」

헨리는 이렇게 말하고 나서 고개를 내저었다.

「대서양 횡단 항공 서비스는 항상 저렇다니까! 시간을 안 지키는 것으로 유명하거든.」

헨리는 가속기에서 발을 뗐다. 그러자 기체의 프로펠러 돌아가는 소리가 조금 약해지면서 기체의 상승 속도도 완만해졌다. 잠시 후 그들은 상공에서 꼼짝도 하지 못한 채 머물러 있게 되었다. 헨리는 지렛대를 밀어 넣었다. 그러자 삐걱 하는 소리가 들리더니 처음에는 아주 천천히, 그러나 시간이 조금 지나자 매우 빠른 속도로 프로펠러가 돌아가기 시작했다. 수평 추진력을 일으키는 바람은 점점 날카로운 소리를 냈다. 헨리는 회전계에 눈을 고정시켰다. 회전계의 바늘이 1천2백의 수치를 나타내자 헨리는 헬리콥터의 기어를 빼냈다. 기체는 이제 날개로 날 수 있을 정도의 추진력을 얻게 된 것이다.

레니나는 자신의 발밑에 있는 투명한 유리창을 통해 아래를 내려다보았다. 그들은 중부 런던과 그 위성 교외 도시를 경계짓는 총 6킬로미터에 달하는 공원 지대 위를 날고 있었다. 상공에서 내려다본 공원 지대는 원근법이 작용해서인지 움직이는 사물들은 마치 구더기 같았고 원심력 범블 퍼피 경기탑들은 숲속에서 빛을 발산해 내고 있었다. 셰퍼스부시[24] 근처에서는 2천 명의 베타 마이너스 계급들이 복식 테니스 경기를 하고 있었다. 2열로 된 에스컬레이터식 5인조 코트는 노팅힐에서 윌리즈던에 이르기까지 길게 뻗어 있었으며 일링 스타디움에서는 체조 경기와 함께 세계 국가 찬가들이 뜨겁게 불려지는 등 경기가 한창 진행되고 있었다.

「카키색은 정말로 볼품없어요.」

레니나는 수면 학습에서 배운 계급의 편견을 인용하며 말했다.

하운슬로 촉감 영화 스튜디오 건물은 750헥타르나 되는 면적을 차지하고 있었다. 그 건물 근처에는 검은색과 카키색의 옷을 입은 노동자들이 대서부 (大西部) 도로의 노면을 마치 유리처럼 깨끗하게 포장하느라 분주했다. 그들이 상공을 날고 있을 때 거대한 이동식 용광로의 뚜껑이 열리고 있었다. 길 위에는 눈이 부실 정도의 백열을 발하며 녹은 광석이 마치 물줄기처럼 쏟아져 나왔다. 석면 롤러가 왔다갔다했다. 절연 살수차의 뒤쪽에서 하얀 증기가 피어 올랐다.

브래드퍼드에서는 국영 텔레비전 회사의 공장이 마치 작은 도시를 이루고 있는 것 같았다.

「교대할 시간인가 봐요.」

레니나가 말했다.

진딧물이나 개미들처럼, 초록색 옷을 입은 감마 계급의 여자들과 검은색 옷을 입은 세미 모론들이 입구에서 북적대고 있거나 모노레일을 타기 위해

---

24) '셰퍼스부시'와 이후에 계속해서 등장하는 '노팅힐', '윌리즈던', 일링', '하운슬로', '브래드퍼드'는 서부 런던 지역에 있으며 실제로 헬리콥터를 타고 상공에서 내려다보면 육안으로 확연히 보인다고 한다.

줄 지어 서 있었다. 뽕나무 색깔의 옷을 입은 베타 마이너스 계급들이 군중 사이를 오고 갔다. 본관의 옥상은 헬리콥터의 이착륙으로 인해 아주 복잡했다.

「맹세컨대, 난 내가 감마 계급으로 태어나지 않은 것이 얼마나 다행인지 모르겠어요.」

레니나가 말했다.

10분 뒤 헨리와 레니나는 스토크포지스에 도착했다. 그리고는 곧 이어 장애물 골프의 제1라운드를 치기 시작했다.

2

버나드 막스는 눈을 아래로 내리깔고 간혹 동료의 눈과 마주치기라도 하면 즉시 피하거나 슬그머니 다른 곳으로 돌리면서 서둘러 옥상을 가로질러 갔다. 그는 마치 적에게 쫓기고 있는 사람 같았다.

「망할 놈의 베니토 후버 녀석!」

하지만 베니토에게 악의가 있었던 것은 아니었다. 아니, 오히려 악의가 없었다는 것이 더 기분 나빴다. 악의가 없는 사람도 악의가 있는 사람과 똑같이 행동한다. 심지어 레니나 역시 자신을 괴롭히고 있지 않은가? 버나드는 레니나에게 말을 건네 보려고 벼르고 별렀지만 그럴 용기가 나지 않아 몇 주일을 홀로 보냈던 일을 상기했다. 버나드는 레니나에게 경멸적인 거절을 당하고 창피를 당할 위험이 있지만 과감히 시도해 볼까, 하는 생각을 했다. 레니나가 응해 준다면 얼마나 감격적인 일일까? 그런데 레니나는 이미 승락을 해준 것이다. 그러나 버나드는 여전히 비참했다. 레니나는 잘 나가다가 엉뚱하게도 오늘 같은 날은 장애물 골프 하기 좋은 오후라고 말하더니 결국 헨리 포스터와 합류하기 위해 가버렸고, 그들간의 사적인 얘기를 사람들이 있는 곳에서 말하지 않았다고 해서 자기를 우스운 사람으로 여기는 등의 행동을 하곤 하였다. 한마디로 말해서 버나드는 레니나가 좀 색다른, 그러면서도 다른 사람들에 비해 튀는 방식이 아닌 평범한 영국 여자 - 이를테면 건강하고 덕망 있는 - 로서의 행동을 하였기에 비참했던 것이다.

버나드는 자신의 격납고 문을 활짝 열었다. 그리고는 별로 할 일 없이 어슬렁대는 델타 마이너스 계급 조수 두 명을 불러 자신의 기체를 옥상으로 내오라고 명령했다. 격납고는 보카노프스키 집단이 지키고 있었다. 그들은 한결같이 얼굴과 키가 똑같은 쌍둥이들이었고 거무칙칙하고도 흉측한 모습을 하고 있었다. 버나드는 자신의 우월성에 대해 확신을 갖고 있지 못한 사람들이 말하는 식의 날카롭고도 건방진, 그러면서도 다소 공격적인 어조로 명령했다. 버나드에게 있어서 하류층의 인간들과 접촉하는 것은 언제나 기분 나쁜 경험이었다. 이유야 어떻든간에 버나드의 체격은 감마 계급의 평균 체격보다 별로 크지가 않았다. 버나드의 키는 알파 계급의 평균 키에서 8센티미터가 모자랐으며 몸도 그것에 비해 마른 편이었다. 하층 계급의 인간들과 접촉하는 것은 버나드로 하여금 항상 그의 이러한 신체적 결함을 다시 한 번 상기시키곤 했다.

'나는 나야! 하지만 이런 내가 아니기를 바래…….'

이런 열등의식이 그를 사로잡았다.

버나드는 델타 계급 인간의 얼굴을 볼 때 내려다보는 것이 아니라 수평으로 똑바로 봐야 한다는 것이 수치스러웠다.

'이 친구가 나를 내 계급에 걸맞는 존경심을 가지고 대할까?' 라는 의문이 그를 괴롭혔다. 그도 그럴 것이, 감마 계급이든 델타 계급이든 입실론 계급이든 그 어느 계급이든간에 사회적 우월성을 체구에 결부시켜 생각하려는 습성이 어느 정도 조건 반사화되어 있었기 때문이었다. 실제로 큰 체구를 선호하는 수면 학습의 편견이 보편화되어 있었다. 따라서 버나드가 프로포즈를 했던 여자들이 웃음을 터뜨렸다든지, 아니면 그가 자신의 동료들에게서 웃음거리가 되었다든지 하는 것도 모두 다 그러한 이유에서 기인했던 것이다. 그러한 웃음거리는 버나드로 하여금 이방인이라는 느낌을 갖게 했다. 그리고 버나드는 이방인이라고 느낄 뿐만 아니라 실제로 이방인처럼 행동했다. 체구의 결함과 관련된 이러한 것들은 그에게 경멸감과 적의를 고조시켜 주기에 충분했다. 남에게 무시당하고 있다는 만성적인 콤플렉스로 인해 버나드는 동료들과 만나는 것을 피했으며, 또한 열등의식을 만회하기 위해 아래 계급 사람들 앞에서는 일부러 위엄을 보였다. 버나드는 헨리 포스터와 베니토 후버 같은 친구들을 말할 수 없이 부러워했다. 입실론 계급 조수들에게 명령에 복종하라고 고함 칠 필요가 없는 사람들. 자신들의 사회적 우월성을 당연한 것으로 여기는 사람들. 물고기가 마음대로 물 속을 헤엄치듯 계급 구조를 떡 주무르듯 마음대로 주무르는 사람들. 버나드는 이들을 우상처럼 여겼다.

델타 마이너스 계급 조수인 쌍둥이 두 명은 마지못해 하는 모습으로 버나드의 기체를 격납고에서 옥상으로 끌고 나왔다.

「빨리 해!」

버나드는 신경질적인 목소리로 재촉했다.

그들 중 하나가 버나드를 노려보았다. 버나드가 마음에 안 드는 모양이었다.

「빨리 하라니까!」

그는 더 크게 소리쳤다. 순간 그의 목소리는 듣기 거북한 불협화음으로 변해 버렸다.

버나드는 기체 안으로 올라갔다. 잠시 후 기체는 남쪽 강을 향해 날아갔다.

각종 선전 사무국과 감정(感情) 공과대학들이 플리트 가[25] 에 있는 60층 건물 안에 들어서 있었다. 지하실과 그 아래층에는 런던의 3대 신문, 즉 최고급 종이를 사용하는 〈라디오 시보(時報)〉, 연초록 종이를 사용하는 〈감마 가젯〉, 그리고 카키색 종이와 단음절 단어만을 사용하는 〈델타 미러〉의 인쇄소와 사무실이 있었다. 그 위층에는 텔레비전 선전 방송국, 촉감 영화국, 인조 합성 음악국 등이 자리를 잡고 있었다. 22층까지 이러한 사무실로 꽉 들어차 있었다. 그 위에는 연구 실험실과 인조 합성 음악 작사 작곡가들이 업무를 수행하는 방으로 사용되고 있었으며 맨 위 18층은 모두 감정 공과대학 건물로 사용되고 있었다.

버나드는 선전국 옥상에 기체를 착륙시킨 다음 밖으로 나왔다.

「헬름홀츠 윗슨 씨에게 전화해서 버나드 막스가 옥상에서 기다리고 있다고 전해라.」

버나드는 감마 플러스 포터에게 이렇게 명령하고는 잠시 쉬기 위해 앉아서 담배에 불을 붙였다.

---

25) 신문사들이 많이 밀집해 있는 런던 중심부의 거리.

헬름홀츠 윗슨은 무언가 쓰더니 그 메시지를 전달하였다.

「곧 가겠다고 알려!」

헬름홀츠는 이렇게 말하고 전화 수화기를 내려놓았다. 그런 다음 비서에게 몸을 돌려 '이것들 좀 치워 주게' 라고 매우 사무적이면서도 무뚝뚝한 어조로 말했다. 헬름홀츠는 여비서의 음탕한 미소를 무시한 채 자리에서 일어나 기운차게 문 쪽으로 걸어갔다.

헬름홀츠는 건장한 체구의 소유자였다. 가슴은 딱 벌어졌고 어깨는 널찍했으며 체구는 육중했지만 동작은 날렵하고도 탄력적이었다. 둥글고 튼튼한 기둥 같은 그의 목은 아름답게 생긴 머리를 떠받치고 있었다. 그의 머리카락은 검고 곱슬곱슬했으며 얼굴의 윤곽은 뚜렷했다. 헬름홀츠는 어느 모로 보나 미남이었고, 여비서가 싫증을 모르고 입버릇처럼 말했듯이 머리끝에서 발끝까지 알파 플러스 계급 그 자체였다. 헬름홀츠의 직업은 감정 공과대학의 작문과(作文科) 강사였지만 틈틈이 여가를 내어 감정 기사로 일을 하기도 했다. 또한 〈라디오 시보〉에 정기적으로 기고했으며, 촉감 영화의 대본을 쓰기도 했고, 표어라든가 수면 학습 시구도 쓰는 등 놀라운 재주를 갖고 있었다.

「유능해! 하지만 지나치게 유능하단 말이야.」

헬름홀츠의 상사들은 고개를 가로 저으며 이렇게 말하곤 했다.

그렇다. 그가 지나치게 유능하다는 판단은 맞는지도 모른다. 헬름홀츠 윗슨의 지적인 과도함은 버나드 막스의 신체적 결함과 유사한 결과를 가져다 주었다. 버나드의 빈약한 골격과 근육이 그를 동료들로부터 고립시키는 것과 마찬가지로 헬름홀츠의 지나친 능력과 지적인 과도함은 그를 항상 혼자 남게 만들어 이방인이라는 느낌을 가져다 주었다. 이 두 사람의 공통점은 자신들이 집단에서 철저하게 고립되었다는 의식이었다. 그러나 신체적 결함을 지니고 있는 버나드의 고독은 여태까지의 생활을 통해 인식하게 된, 말하자면 선천적인 것임에 반해 헬름홀츠의 고독은 보다 최근에 인식하게 된 것이었다. 이 에스컬레이터 스쿼시 선수권 보유자이며 지칠 줄 모르는 연애가, - 들리는 바로는 그는 4년도 채 안 되는 기간에 640명의 여자들과 접촉했다고 한다 - 게다가 존경받을 만한 위원회의 회원이며 대인 관계가 원만했던 그가 갑자기 운동과 여자, 그리고 공동체 활동이 별다른 의미가 없다는 것을 깨달았던 것이다. 사실, 아니 근본적으로 그는 다른 것에 관심이 있었다. 그러면 그것이 무엇일까? 바로 그것이 버나드가 헬름홀츠와 상의하기 위해 온 이유였다. 아니, 엄밀히 말해서 말하는 쪽이 주로 헬름홀츠일 테니까 그의 친구 버나드에게 자신의 심정을 토로하는 것이 버나드가 온 목적이라고 봐야 옳을 것이다.

헬름홀츠가 엘리베이터에서 내리자 세 명의 아름다운 인조 합성 음악 선전국 직원이 그를 기다리고 있었다.

「오, 헬름홀츠! 우리와 같이 엑스무어[26]에 가서 즐겨 보는 게 어때요.」

여자들이 애원하듯 헬름홀츠에게 매달렸다. 헬름홀츠는 고개를 좌우로 흔들면서 그들 사이를 뚫고 지나갔다.

「안 돼! 안 된다구!」

「우린 다른 남자는 초대하지 않을 거예요.」

하지만 헬름홀츠는 이 여자들의 파격적인 약속에도 아랑곳하지 않았다.

---

26) 서머싯(somerset)과 데번(Devon)의 경계를 이루고 있는 지역으로 아름다운 자연 경관으로 유명하다.

「안 돼! 난 지금 바쁘다구.」

헬름홀츠는 이렇게 말하고는 아무렇지도 않은 듯 가던 길을 계속해서 갔다. 여자들이 그의 뒤를 쫓아가기 시작했다. 헬름홀츠가 버나드의 기체 안으로 올라가서 문을 쾅 하고 닫자 그제서야 여자들은 기체를 쳐다보며 헬름홀츠를 포기했다.

「계집년들 같으니라구!」

기체가 상공 위로 날아오르자 헬름홀츠가 이렇게 중얼거렸다. 그리고 고개를 내저으며 얼굴을 찡그렸다.

「정말 지겹군!」

버나드는 속마음과는 상관없이 겉으로 이렇게 내뱉었다. 사실 자기도 헬름홀츠처럼 힘들이지 않고 많은 여자들과 관계를 가졌으면 하고 바랬던 것이다. 그런 의미에서 볼 때 버나드는 위선적인 발언을 한 셈이다. 그러다 버나드는 갑자기 뽐내고 싶은 강렬한 충동을 느꼈다.

「난 레니나 크라운과 함께 뉴멕시코에 다녀올 예정이야.」

버나드는 될 수 있는 한 아무렇지 않은 투로 말했다.

「정말?」

헬름홀츠는 전혀 관심이 없다는 표정을 지으며 말했다. 그리고 길게 숨을 한 번 내쉰 뒤 말을 이었다.

「나도 최근 1,2주일 동안 위원회 활동을 안하면서 여자들과의 관계도 끊었어. 그래서 대학에서 한바탕 소동이 일어났지. 하지만 그럴 만한 가치는 있었다고 생각해. 그 효과는……, 그건 정말 이상해. 정말 이상하다구.」

신체적 결함은 지적인 과도함을 낳을 수 있다. 그뿐 아니라 그 과정이 반대로, 즉 지적인 과도함이 신체적 결함을 낳는 것도 가능하다. 지적인 과도함은 그 자체의 목적을 위해 고독을 자발적으로 택하고 일부러 눈과 귀가 멀게 하여 금욕주의적인 인공적 성 불감증 환자가 될 수 있다.

나머지 얼마 남지 않은 비행은 침묵으로 일관되었다. 목적지에 도착하자 버나드와 헬름홀츠는 버나드의 방에 있는 푹신푹신한 소파에 몸을 쭉 뻗고 앉아서 쉬었다.

헬름홀츠가 어눌한 어조로 말을 꺼냈다.

「자네는 혹시 자네의 내부에 있는 그 무언가가 밖으로 나올 기회만을 찾고 있다는 느낌을 가져본 적이 있나? 뭐라고 할까, 자네가 사용하고 있지 않은 어떤 미지의 힘 같은 것을 말일세. 터빈을 통과하지 않고 폭포로 그냥 떨어지는 물 같은 것 말이야.」

「만약 상황이 다르다면 우리가 느낄지도 모르는 감정 같은 것을 말하나?」

버나드의 말에 헬름홀츠는 고개를 좌우로 흔들었다.

「반드시 그런 것은 아니고. 내 말은 뭔가 중요하게 할 말이 있거나 또는 그런 말을 할 만한 힘이 내재되어 있는 것 같으면서도 막상 그것이 뭔지, 그리고 그 힘이란 것을 사용하지 못한 것 같다는 느낌이 드는 것을 말하는 거야. 혹시 지금 우리가 사용하는 글 외에 다른 표현 방법이 있다면……, 아니면 우리가 쓰려고 하는 다른 어떤 것이 있다면……, 자네가 알다시피 난 무슨 문장이든 창작하는 재주가 있어. 마치 자네가 핀 위에 앉은 것처럼 자네를 깜짝 놀라게 해줄 만한 글을 말이야. 게다가 비록 수면 학습에서 이미 밝혀진 것이라 해도 아주 참신하면서도 흥미를 유발시킬 만하게 다시 표현할 수 있단 말이야. 하지만 그런 것으로는 충분하지가 못해. 문장이 잘되었다는 것만으로는 충분치가 않아. 그런 문장을 사용하여 만들어 내는 내용도 훌륭해야 한다는 느낌이 들어.」

「하지만 헬름홀츠, 자네의 글귀는 훌륭하던데.」

헬름홀츠는 어깨를 으쓱해 보이며 말했다.

「어느 정도는 그렇다고 볼 수 있지. 하지만 그건 어디까지나 어느 정도만 그렇다는 거야. 그런 것은 어쩐지 가장 핵심적인 게 빠진 것 같아. 난 뭔가 훨씬 더 중요한 것을 할 수 있을 것 같은 느낌이 들거든. 그래, 좀더 강렬하고 격렬한 것을 말이야. 그런데 그게 뭘까? 그 중요하다는 것을 말하기는 해야 하는데 과연 그것을 어디에서 찾느냐 하는 것이 문제야. 어떻게 해야 글을 격렬하게 쓸 수 있지? 어휘라는 것은 잘만 사용하면 엑스레이와 같아질 수 있어. 엑스레이가 사물을 관통하듯 어휘도 글을 읽는 사람을 관통하지. 그게 바로 내가 학생들에게 가르치려고 노력하는 것 중의 하나야. 글을 쓰되 그 글을 읽는 사람을 관통시킬 정도로 강렬한 글을 쓰는 법을 말이야. 하지만 세계 국가의 찬가라든가 방향 오르간의 최신식 개량과 같은 논설로써 가슴을 관통시킨다는 것, 도대체 그런 것이 무슨 소용이 있겠나? 게다가 자네 같으면 일반 글귀와는 다른 이런 것들에 관해 마음을 엑스레이처럼 관통하듯 쓸 수가 있겠나? 아무 내용도 없는 것을 가지고 그런 식으로 지지고 볶는다고 해서 뭐가 나오겠냐 이 말이야. 결국 이 점이 가장 문제야. 난 노력하지만……」

「쉿! 문 밖에 누군가가 서 있는 것 같아.」

버나드는 갑자기 이렇게 말하며 말조심하라는 뜻으로 손가락을 입술에 갖다 댔다.

헬름홀츠는 자리에서 일어나 까치 걸음으로 방을 가로질러 갔다. 그리고 잽싸게 문을 열었다. 문 밖에는 아무도 없었다.

「다행이군. 아무튼 미안하네. 내가 신경 과민이었나봐. 하지만 남들이 자기를 의심하면 자기도 남들을 의심해야 한다구.」

버나드는 자신의 실수를 인정하며 손으로 눈을 비비면서 한숨을 내쉬었다. 그는 자신을 정당화시키면서 말했다.

「자넨 요즘 내가 참고 견뎌 내야만 했던 것들에 대해 모를 거야. 자넨 그걸 모른다구.」

버나드는 거의 울다시피 하며 말했다. 자기 연민의 감정이 갑자기 샘물처럼 솟아올랐던 것이다. 헬름홀츠 윗슨은 버나드의 넋두리를 불편한 심경으로 듣고 있었다.

'버나드, 자네는 참 불쌍한 친구로구먼!

헬름홀츠가 속으로 말했다. 그러나 그와 동시에 헬름홀츠는 이런 친구와 함께 있는 자신이 창피하다는 생각이 들었다.

'버나드가 좀더 자신감을 가졌으면 좋으련만……'

5

1

8시가 되자 날이 저물기 시작했다. 스토크포지스 클럽의 탑에 있는 확성기는 인간의 음성과는 분명히 구분되는 음성으로 문 닫을 시간을 알리고 있었다. 레니나와 헨리는 할 수 없이 중간에 게임을 포기하고 클럽 쪽으로 걸어갔다. 판햄 로열에 있는 거대한 공장에 원료, 즉 호르몬과 우유를 제공해 주고 있는 수천 마리의 소들이 우는 소리가 내외 분비물 합동 회사 마당에서 들려 왔다.

끊임없이 윙윙대는 헬리콥터 소리가 멀어져 가는 황혼을 가득 메우고 있었으며, 벨이나 요란한 호루라기 소리가 매 2분 30초마다 울려 하층 계급 골퍼들을 각자의 골프 코스에서 수도로 운반해 주는 모노레일의 출발을 알렸다.

레니나와 헨리는 기체에 탑승한 후 곧바로 그곳을 떠났다. 8천 피트 상공에 이르자 헨리는 헬기의 속도를 낮추고 흐릿해져 가는 풍경을 바라보며 1,2분 정도 허공에 떠 있었다. 번햄비체스의 숲은 거대한 어둠의 호수처럼 서쪽 하늘의 밝은 변두리까지 뻗어 있었다. 지평선 근처는 심홍색을 띤 마지막 석양이 오렌지빛 상공으로 올라가면 올라갈수록 노랗고도 창백한 연두색을 띠고 있었으며, 나무숲을 지나 북쪽으로 가자 내외 분비물 제조 공장의 20층 건물 전체가 유리 창문을 통해 흘러 나오는 강렬한 전기 불빛 때문에 환하게 빛나고 있었다. 그 아래쪽에는 골프 클럽 건물들이 들어서 있었는데 여기에는 하층 계급 인간들의 대형 숙소들이 있었고, 격리용 벽 반대편에는 알파 및 베타 계급 전용의 아담한 건물들이 있었다. 모노레일 정거장 입구는 하층 계급 인간들로 인해 혼잡했다. 유리로 된 둥근 천장 아래서는 조명등을 켠 열차가 옥외로 쏜살같이 빠져 나갔다. 레니나와 헨리가 동남 방향으로 트인 검은 평원을 가로질러 나가자 화장터의 장엄한 건물들이 명확히 나타났다. 야간 비행을 하는 비행기의 안전을 고려해서 그 건물들의 커다란 굴뚝에서는 투광 조명이 비치고 있었으며 심홍색의 위험 표지

판까지 붙여 놓았다. 이것은 일종의 이정표와도 같은 것이었다.

「어째서 저 굴뚝 둘레에는 발코니 같은 것들이 있는 걸까요?」

레니나가 물었다.

「인(燐)을 회수하기 위해서지. 가스는 굴뚝을 통과할 때 네 개의 각각 다른 과정을 거치게 돼 있어. 과거에는 시체를 화장하게 되면 P2O5 (인산)이 대기 속으로 사라져 버렸지만 이제는 98퍼센트 이상이 회수되고 있지. 성인 시체 1인당 1.5킬로그램 이상의 인이 회수되고 있어. 매년 영국에서 생산되는 4백 톤 이상의 인은 거의 대부분 이곳에서 얻은 것이라 해도 과언이 아니지.」

헨리는 마치 이러한 업적이 자신의 것이라도 되는 양 즐거운 표정으로 설명했다.

「우리가 죽은 뒤에도 사회를 위해서 이렇게 유용하게 쓰일 수 있다고 생각하니 마음이 흐뭇하군. 식물의 성장을 위해 한몫 하게 되는 셈이니까 말이야.」

헨리의 말이 끝나기도 전에 레니나는 시선을 돌려 수직으로 보이는 모노레일 정거장 밑을 내려다보았다.

「저도 그렇게 생각해요. 하지만 알파와 베타 계급의 인간들이 저 아래 있는 감마와 입실론 계급의 인간들보다 식물의 성장에 월등히 기여하지 못하는 게 좀 이상해요.」

「인간들은 물리 화학적으로 보면 모두가 다 똑같아. 뿐만 아니라 심지어 입실론 계급마저도 없어서는 안 될 중요한 봉사를 하고 있고 말이야……」

헨리가 격언조로 말했다.

「게다가 입실론 계급마저도…….」

레니나는 갑자기 과거 여학생 때의 일이 생각났다. 어느 날 한밤중에 우연히 잠에서 깨어난 적이 있었다. 잠을 못 자게 속삭이는 소리 때문이었다. 레니나는 그런 이상 야릇한 속삭임을 난생 처음 들었다. 달빛 속에서 작고 흰 침대의 줄이 눈앞에 어른거렸고 부드럽게 속삭이는 목소리가 들렸다.(이 목소리를 얼마나 많이 반복해서 들었는지 아직도 잊혀지지가 않을 뿐더러 잊을 수도 없었다.)

'만인은 만인을 위해서 일한다. 다른 사람이 없으면 아무 것도 할 수 없다. 심지어 입실론 계급도 쓸모가 있다. 입실론 계급이 없으면 우리는 살아갈 수 없다. 만인은 만인을 위해서 일한다. 다른 사람이 없으면 아무 것도 할 수 없다…….'

레니나는 그 당시 처음으로 공포와 놀라움의 충격을 경험했다. 잠에서 깬 채 30분 동안이나 멍하니 있었던 일, 끊임없이 계속해서 반복하는 그 목소리에 마치 최면이라도 걸린 것처럼 사로잡혔던 일, 그리고 한참이 지난 뒤에야 비로소 서서히 마음이 안정되어 다시 은밀히 잠 속으로 빠져 들었던 일…….

「입실론 계급들은 자신들이 입실론 계급이라는 것을 전혀 개의치 않나 보죠?」

레니나가 목청을 높여 말했다.

「물론 개의치 않지. 그들은 그런 것에는 관심이 없어. 심지어 다른 계급의 인간이 된다는 것이 어떤 것인지조차도 모른다구. 하지만 우리는 그렇지 않지. 그건 우리가 본래부터 그들과는 다른 습성이 있게끔 조건화되었기 때문이야. 게다가 우린 처음부터 유전인자가 특별하고······.」

「난 내가 입실론 계급으로 태어나지 않은 것이 얼마나 다행인지 모르겠어요.」

레니나는 확신에 찬 태도로 말했다.

「만일 레니나가 입실론 계급이었다면, 레니나가 받은 조건 반사 훈련은 레니나가 베타나 알파가 아닌 계급으로 태어난 것을 고맙게 생각하도록 만들 거야.」

헨리는 전진 프로펠러에 기어를 넣고 기체를 런던 방향으로 돌렸다. 그들 뒤의 서쪽 하늘에는 심홍색과 오렌지색 노을이 희미하게 사라지고 있었으며 검은 구름 기둥이 하늘의 정점으로 몰려들고 있었다. 레니나와 헨리가 탄 기체가 화장터 위를 날고 있을 때 굴뚝으로부터 올라오는 뜨거운 공기로 인해 갑작스럽게 위로 말려 올라갔지만 그곳을 지나자 이번에는 차가운 공기를 따라 급히 하강했다.

「정말 멋지게 올라갔다 내려오네요.」

레니나는 즐거운 듯이 웃었지만 헨리의 목소리는 우울했다.

「레니나는 지금 올라갔다 내려온 것이 무엇인지 알기나 해? 그건 바로 어떤 인간이 마침내 사라졌다는 것을 의미하는 거야. 뜨거운 가스가 되어 하늘로 올라간 거라구. 그게 누구였는지 궁금하군. 남자 아니면 여자겠지. 게다가 알파 계급이 아니면 입실론 계급일 테고 말이야······.」

헨리가 한숨을 내쉬며 말했다. 그리고 잠시 뒤에 마치 큰 결심이라도 한 듯이 쾌활한 목소리로 말했다.

「아무튼, 확실한 것이 하나 있어. 그건 바로 그가 누구였든간에 그가 살아 있는 동안에는 행복했음에 틀림없다는 거야. 지금은 모든 인간이 행복하게 살고 있으니까 말이야.」

「맞는 말이에요. 지금은 모든 인간이 행복하게 살고 있어요.」

레니나가 맞장구쳤다.

그들은 그 말을 12년 동안에 걸쳐 매일 밤 150회씩이나 반복해서 들어온 터였기 때문에 습관처럼 나온 말에 불과했다.

웨스터민스터에 있는 헨리의 40층짜리 아파트 옥상에 착륙한 레니나와 헨리는 곧바로 식당이 있는 곳으로 걸어 내려갔다. 그들은 그곳에서 큰소리로 떠들며 군중들 틈바구니에 끼여 맛있는 일류 요리를 먹었다. 커피와 함께 소마가 나왔다. 레니나는 반 그램짜리 정제 두 알을, 그리고 헨리는 세 알을 먹었다. 9시 20분이 되자 레니나와 헨리는 거리를 가로질러 새로 문을 연 웨스터민스터 성당 카바레를 향해 걸어갔다. 밖은 구름 한 점 없음에도 불구하고 달과 별이 보이지 않는 밤이었다. 그러나 그들은 다행히도 이러한 사실을 인식하지 못하고 있었다. 전깃불의 공중 광고는 밖의 어둠을 효과적으로 몰아내고 있었다. 〈칼빈 스토페스와 그의 16명의 색소폰 주자들〉이란 광고가 공중에서 빛나고 있었으며 새로 개장한 웨스터민스터 성당의 건물 중앙 입구에는 〈런던 최고의 후각 및 색채 오르간. 최신 합성 음악 총망라!〉라는 거대한 글자가 휘황찬란하게 빛나고 있었다.

레니나와 헨리는 안으로 들어갔다. 공기는 무더웠고 엠버그리스[27] 와 백단향의 향기로 거의 숨이 막힐 지경이었다. 홀의 둥근 천장 위에는 색채 오르간이 순간적으로 열대의 낙조를 그려 놓고 있었다. 16명의 색소폰 주자들

---

27) 향수의 원료로 우리 나라 말로는 용연향(龍延香)이라고 함.

은 흘러간 옛 곡조를 연주하고 있었다.

'이 세상 그 어느 곳에도 나의 작은 병같이 귀여운 병은 없다네……'

4백 쌍의 인간들이 매끄러운 마룻바닥 위에서 빙글빙글 돌아가며 춤을 추고 있었다. 레니나와 헨리는 졸지에 401번째의 쌍이 되어 버린 셈이다. 색소폰 소리는 마치 달빛 아래서 울어 대는 고양이의 울음소리처럼 처량하게 들려 왔다. 마치 죽음이 고양이에게 다가오고 있는 것처럼 알토와 테너의 음색이 구슬프게 들렸다. 풍부한 화음이 점차적으로 첨가되면서 색소폰의 합주는 점점 요란스럽게 연주되었고 이윽고 절정에 달했다. 그 소리는 점점 커져서 마침내는 지휘자가 팔을 한 번 휘두르자 에테르 음악의 요란스런 소리가 울림과 동시에 16명의 연주자를 모두 다 날려 버릴 것처럼 우렁찼다. 천둥 소리와 같은 A플렛 장조. 곧 이어 적막과 암흑. 그 속에서 점차적인 축소음이 계속되었고 차츰 약하게 내려앉는 음이 4분의 1박자 가량 서서히 내려가자 결국에 가서는 미묘하게 속삭이는 으뜸음으로 변했다. 그런 변화가 계속되더니 암흑의 분위기로 변하여 긴장과 기대가 가득 넘쳐흐르게 했다. 갑자기 광적인 아침해가 떠오르더니 그와 동시에 16명의 연주자들이 노래를 터뜨렸다.

나의 병이여! 내가 항상 원했던 건 바로 너야!
나의 병이여! 왜 내가 병에서 태어났냐고?
그건 바로 네 안에 있으면 하늘은 온통 푸르고
날씨는 항상 화창하기 때문이지.
그러니까

이 세상의 그 어느 곳에서도

나의 작은 병처럼 아름다운 곳은 없지.

각기 다른 4백 쌍의 인간들과 웨스터민스터 성당 카바레에서 빙글빙글 돌며 춤을 추고 있는 동안 레니나와 헨리는 다른 세계에 있었다. 즉, 소마 휴일이라는 따스하고 색채가 풍부한, 그러면서도 무한히 친근한 세계 말이다. 친절하고도 잘생긴 사람들이 즐거워하는 모습을 좀 보라!

'나의 병이여! 내가 항상 원했던 건 바로 너야…….'

이렇듯 레니나와 헨리는 자신들이 원한 것을 얻은 것이다.

그들은 지금 여기에서, 그리고 그 안에 있는 것이다. 그 안에 안전하게 들어가서 화창한 날씨와 영원히 푸른 하늘을 누리고 있는 것이다. 지쳐 버린 16명의 연주자들이 색소폰을 내려놓고, 그 대신 인조 합성 음악 장치가 느린 맬서스 블루스 풍의 최신 곡을 연주하자 레니나와 헨리는 병 속의 대용 혈액의 바다에 빠졌다. 그 파도를 타고 부드럽게 출렁이는 쌍둥이 태아가 된 듯한 기분에 빠졌다.

「안녕! 나의 친구들이여. 안녕! 나의 친구들이여……」

확성기는 상냥하고도 친절한 어조로 헤어짐을 알리고 있었다.

그곳에 있던 다른 사람들과 마찬가지로 레니나와 헨리는 명령에 순종하여 그 건물을 빠져 나왔다. 침울해 보이는 별들이 천천히 하늘을 가로지르고 있었다. 하늘을 격리시키는 공중 광고도 대부분 꺼져 있었지만 두 사람은 다행히 아직도 시간이 늦었다는 것을 의식하지 못하고 있었다.

레니나와 헨리가 카바레 문을 닫기 30분 전에 삼킨 소마가 그 약효를 보이기 시작하여 그들은 현실의 세계와 정신의 세계 사이에서 오락가락하고 있었다. 아직도 병 속에 갇힌 느낌으로 그들은 거리를 지나 엘리베이터를 탄후 헨리의 28층 아파트 방으로 올라갔다. 소마를 두 알이나 복용하는 바람에 아직도 병 속에 갇혔다는 환상 속에 사로잡혀 있었지만 레니나는 규정으로 정해진 피임 조치를 잊지 않았다. 그건 바로 수년간에 걸쳐 습득된 수면학습과 12세부터 18세까지 주 3회의 맬서스식 훈련이 가져다 준 결과였다.

「아, 그러니까 지금 생각나는군요. 당신이 제게 준 그 멋진 초록색 모로코가죽 혁대가 어디서 났는지 패니가 알고 싶어하더군요.」

레니나는 욕실에서 돌아오자마자 이제야 뭔가 생각이 난 듯 헨리를 향해 말했다.

2

버나드는 격주로 목요일에 단결 예배를 드렸다. 아프로디티움에서 일찌감치 저녁 식사를 한 버나드는 친구와 헤어져 옥상에서 헬리콥터 택시를 불러 운전사에게 포드슨 공동체 찬가 성당까지 가자고 말했다. 기체는 200미터 정도 상승하더니 잽싸게 동쪽으로 방향을 틀었다. 그러자 버나드의 눈앞에는 거대하고도 아름다운 성당 하나가 금방 나타났다. 러드게이트힐 위에는 320미터의 모조 대리석이 눈처럼 하얗게 빛나고 있었으며 헬리콥터 정거장의 각 모서리에는 거대한 T자가 심홍색으로 밤하늘을 비추었고 거대한 24개의 금빛 찬란한 황금나팔 구멍에서는 장엄한 인조 합성 음악이 울려 퍼지고 있었다.

버나드는 찬가 성당의 시계인 빅 헨리를 쳐다보고는 혼잣말로 중얼거렸다.

「제기랄! 지각이군.」

버나드가 헬리콥터 택시 기사에게 택시비를 지불하려는 순간 빅 헨리가 시간을 알렸다.

「포드님!」

황금나팔로부터 육중한 베이스음의 찬가가 흘러 나왔다.

「포드님! 포드님! 포드님……!」

무려 아홉 번이나 반복했다.

버나드는 엘리베이터를 타기 위해 있는 힘을 다해 달려갔다.

포드 탄신일의 축전과 공동체 찬가를 위한 강당은 건물의 아래층에 있었다. 그 위에는 각층마다 방이 100개씩, 즉 모두 합쳐서 7천 개의 방이 있었는데 이것들은 단결 집단들이 2주간 예배를 볼 때 사용하도록 되어 있었다. 버나드는 33층으로 내려갔다. 그리고 복도를 따라 3,210호실이 있는 곳으로 가서는 바깥에서 잠시 머뭇거렸다. 그런 다음 자세를 가다듬고는 문을 열고 안으로 들어갔다.

다행히도 버나드가 제일 늦게 온 것은 아니었다. 둥근 탁자 주위에 배열되어 있는 열두 개의 의자 중 세 개가 아직까지 주인을 기다리고 있었다. 그는 다른 사람들의 눈에 띄지 않게 슬그머니 자신과 가장 가까운 곳에 놓여 있는 의자에 가서 앉고는 자기보다 더 늦게 들어오는 사람들을 향해 인상을 찌푸릴 준비 자세를 취했다.

「오늘 오후에는 무슨 게임을 하셨습니까? 장애물 골프인가요, 아니면 전자기(電磁氣) 골프인가요?」

왼쪽에 앉아 있던 여자가 그를 향해 자연스럽게 몸을 돌리면서 물었다. 버나드는 그 여자를 쳐다보았다.

'맙소사! 이 여자는 모가나 로스차일드 양이 아닌가?'

버나드는 얼굴이 홍당무가 되면서, 사실은 오늘 오후에는 아무런 게임도 하지 않았다고 말했다. 모가나는 의외라는 표정으로 버나드를 바라보았다. 잠시 어색한 침묵이 흘렀다.

갑자기 모가나가 몸을 홱 돌렸다. 그러더니 그녀의 왼쪽에 앉아 있던 몸집 좋은 남자에게 말을 걸었다.

'단결 예배치고는 시작이 좋군.'

버나드는 비참하다는 듯이 한숨을 내쉬고는 융합을 이루지도 못한 채 또다시 실패로 끝나게 될 것을 예측했다. 차라리 가장 가까운 의자에 앉지 말고 주위를 한 번 살펴본 후에 앉았더라면 하는 아쉬움이 생겼다.

'피피 브래들로와 조안나 디젤 사이에 앉을 수도 있었는데. 나도 정신이 나갔지, 하필이면 모가나 옆자리라니! 맙소사! 저 까만 두 눈썹 좀 봐! 아니, 저게 하나지 어떻게 둘이야. 눈썹 두 개가 거의 붙어 있잖아! 맙소사!'

버나드의 오른쪽에는 클라라 디터딩이 앉아 있었다.

'맞아! 저것 좀 보라구. 클라라의 눈썹은 붙어 있지 않잖아. 하지만 재는 너무 풍만하단 말이야. 그리고 보면 피피와 조안나가 적당한 셈이지. 통통하고 금발에다가 덩치도 그리 큰 편이 아니고 말이야. 덩치 큰 촌놈 톰 가와 구치가 그들 사이에 앉아 있군.'

맨 마지막에 들어온 사람은 사르지니 엥겔스였다.

「자네 지각을 했군. 다시는 그러지 않도록 주의하게.」

단결 집단의 조장이 엄숙한 표정으로 말했다.

사르지니는 사과를 하고는 짐 보카노프스키와 허버트 바쿠닌 사이에 가서 살며시 앉았다. 이젠 단결 집단의 회원들이 모두 모인 것이다. 남자, 여자, 남자, 여자의 순으로 탁자를 가운데 두고 모두들 빙 둘러앉았다. 열두 명이 한 덩어리가 되고 전체 속에서 용해되어 이들은 개인보다 더 큰 '집단'이라고 하는 것에서 자신들의 개체성을 포기할 준비를 하고 있었던 것이다.

조장이 자리에서 일어나 T자 신호를 하고는 인조 합성 음악의 스위치를 켜자 지칠 줄 모르고 쳐대는 북 소리와 악기의 합주 음악이 흘러 나왔다. 이 합주는 관악기와 초(超)현악기의 합주였는데 그것은 간결하면서도 가슴속에 스며들어 떨어지지 않는 느낌을 주는 제1단결 찬가로써 물결이 거세게 밀려 들어오듯 힘차게 반복되었다. 그러나 이 약동적인 리듬을 듣는 것은 귀가 아니라 횡경막이었다. 끊임없이 스며드는 화성(和聲)의 흐느낌 소리와 반향은 연민을 호소하듯 가슴을 사로잡고 있었다.

조장은 또다시 T자 신호를 하고는 자리에 앉았다. 드디어 예배가 시작된 것이다. 식탁의 중앙에는 헌납된 소마 정제가 놓여 있었다. 그들은 딸기 아이스크림 소마의 성배(聖杯)를 죽 돌리면서 '자아 부인(自我否認)을 위하여 건배'라는 공식 문구를 읊고는 열두 번씩 죽 들이키는 의식을 했다. 그리고 인조 합성 음악 오케스트라의 반주에 맞춰 제1단결 찬가를 합창했다.

포드님! 우리는 열두 명입니다. 오, 우리를 하나로 만들어 주소서.
마치 물방울 여러 개가 사회라는 강에 떨어져서 하나로 흡수되는 것처럼 말입니다.

오, 우리로 하여금 함께 달리게 해주옵소서.
당신의 빛나는 플리버 차(車)처럼 빠르게 말입니다.

열두 명이 불러 대는 갈망하는 듯한 4행시!
그리고 다시 성배가 돌았다. 이번에는 '보다 위대한 존재를 위하여 건배!
라는 공식 문구를 읊조렸다. 모두가 하나도 남김없이 마셨다. 음악은 지칠
줄 모르고 계속 연주되었다. 북이 울렸다. 울부짖고 쾅쾅대는 화음은 녹아
내린 내장에 붙어 떨어지지를 않았다. 그들은 다시 제2단결 찬가를 힘차게
합창했다.

사회의 친구시여! 보다 위대한 존재시여! 어서 오소서,
오서서 열둘인 것 같으면서도 하나인 우리를 멸망하여 주옵소서!
우리는 죽기를 각오하고 있습니다.
우리가 죽으면 보다 큰 삶이 시작되니까 말입니다.

열두 명이 불러 대는 갈망하는 듯한 또 다른 4행시! 이번에는 소마가 작용
하기 시작했다. 그들의 눈에서 빛이 나고 양볼에는 홍조가 감돌았다. 모든
사람의 얼굴에는 내부로부터 표현되는 보편적 자비의 빛이 행복하며 다정
한 미소가 되어 나타나기 시작했다.
심지어 버나드까지도 녹아드는 듯한 기분에 빠졌다. 모가나 로스차이드
가 버나드를 향해 몸을 돌리고는 밝게 미소를 지어 보이자 버나드 역시 모
가나에게 미소를 지으려고 최선을 다했다. 그러나 그 눈썹! 유감스럽게도 두

개가 겹쳐서 하나가 된 눈썹이 보였다. 버나드는 그것을 무시하려고 온갖 방법을 다 썼으나 잘되지 않았다. 아직 충분히 취기가 돌지 않은 모양이었다. 만일 피피와 조안나 사이에 앉았더라면······.

성배가 세 잔째 돌았다. 차례로 돌아가면서 건배의 선창을 하기로 되어 있었는데 이번에는 모가나 로스차일드가 선창을 맡게 되었다. 모가나는 '곧 오실 그분의 강림(降臨)을 위하여!' 라고 말했다.

모가나의 어조는 진실로 우렁차고 기쁨이 충만했다. 잔을 다 비운 후 모가나는 버나드에게 그 잔을 건네 주었다.

「곧 오실 그분의 강림을 위하여!」

버나드는 강림이 곧 임박한 것처럼 느끼기 위해 모가나가 한 선창을 따라했다.

그러나 그 눈썹은 계속해서 버나드를 신경 쓰이게 했다. 버나드에게 있어서 강림이라는 것은 멀고도 불필요한 것처럼 느껴졌다. 버나드는 잔을 비우고 클라라 디터딩에게 건네 주었다.

'또다시 실패하겠군. 실패할 것이 확실해.'

버나드는 속으로 이렇게 말하면서도 한편으로는 미소를 보이려고 노력했다.

성배는 한 바퀴를 다 돌았다. 조장이 손을 높이 들어 신호를 해보였다. 그러자 일동은 제3단결 찬가를 합창했다.

보라! 위대하신 이가 어떻게 오시는가를 느낄지어다!

기뻐하고 기뻐하라! 그리고 기뻐하다가 죽어라!

북 소리에 녹아 버리게 되니

나는 네가 되고 너는 내가 된다.

그들이 부르는 노래의 한 절 한 절이 계속해서 이어지자 그들의 목소리는 점점 더 열렬한 광분의 도가니 속으로 빠지게 되었다. 강림이 임박했다는 의식은 마치 대기 중의 전압과도 같았다. 조장은 음악 스위치를 껐다. 마지막 소음의 끝소절이 끝나자 정적이 시작되었다. 이 정적은 마치 생명력을 지닌 것 같은 연장된 기대감으로 충만한 정적이었다. 조장이 손을 뻗었다. 그러자 갑자기 거대한 하나의 음성, 즉 단순한 인간의 음성이 아닌 보다 음악적인 음성, 보다 풍부하고 보다 훈훈하고 사랑과 열망과 연민으로 가득 찬 떨리는 음성, 경이롭고 신비롭고 초자연적인 음성이 위에서 들려 왔다. 매우 서서히 '오, 포드님! 포드님! 포드님! 하고 시작된 그 음성은 점차 약화 되면서 점점 옥타브를 내리며 말했다. 그것을 듣는 자들은 따뜻한 감각이 태양 신경총[28]으로부터 사지 구석구석까지 방사되는 것을 느끼고 있었다. 그들의 눈에 눈물이 고였다. 그들의 심장과 내장이 독립된 생명처럼 내부에 서 꿈틀거리는 것 같았다.

「포드님!」

그들은 융화되어 가고 있었다. 다음 순간 다른 목소리가 흘러 나왔다.

「들어라! 들어라!」

그 목소리는 나팔처럼 울렸다. 순간 그들은 귀를 기울였다. 잠시 후 그 목 소리는 낮은 속삭임으로 바뀌었다. 그러나 그 속삭임은 왠지 모르게 드높은

---

28) 위(胃) 뒤쪽 신경마디의 중심.

외침보다도 더욱더 강하게 가슴을 꿰뚫는 것 같았다.

「위대한 분의 발이……, 위대한 분의 발이…….」

그 목소리는 같은 말을 되풀이했다. 그러면서 점점 더 소리가 사그라져 들었다.

「위대한 분의 발이 계단을 밟고 계신다!」

다시 한 번 침묵이 시작되었다. 잠시 풀렸던 기대감이 팽팽하게 긴장되어 거의 끊어질 정도로 늘어났다.

「오, 위대한 분의 발이여!」

계단을 소리없이 사뿐히 내려오는 소리가 들렸다. 보이지 않는 계단을 내려와 가까이 다가오고 있는 소리가 들렸던 것이다. 오, 위대한 분의 발! 드디어 절정의 순간이 다가왔다. 모가나 로스차일드는 눈이 휘둥그래지고 입을 벌린 채 자리에서 벌떡 일어났다.

「들려요. 들려요.」

모가나가 소리쳤다.

「그분이 오시는 소리가 들리네요.」

사르지니 엥겔스가 외쳤다.

「그래, 맞아요, 그분이 강림하고 있어요. 나한테도 들려요.」

피피와 톰 가와구치가 동시에 자리에서 일어났다.

「오, 오, 오…….」

조안나는 말을 제대로 이어서 할 수가 없었다.

「그분이 강림하신다.」

짐 보카노프스키가 온몸을 떨며 말했다.

조장이 몸을 앞으로 구부리면서 뭔가를 건드리자 심벌즈와 관악기, 그리고 요란한 북 소리가 사정없이 울려 댔다.

「오, 그분이 오고 계세요.」

클라라 디터딩이 귀청이 찢어질 정도로 크게 소리 내어 외쳤다. 너무 크게 소리쳤기 때문에 그녀의 목청이 찢어졌을지도 모른다.

자리에 가만히 앉아 있던 버나드도 뭔가를 해야 할 때가 온 것 같다고 느끼고는 자리에서 일어나 소리쳤다.

「나한테도 들려요. 그분이 오고 계세요.」

그러나 그것은 사실이 아니었다. 그의 귀에는 아무 소리도 들리지 않았고 아무도 오고 있지 않았다. 음악에도 불구하고, 그리고 고조되어 가고 있는 흥분에도 불구하고 버나드는 아무 것도 느낄 수가 없었다. 그러나 버나드는 팔을 흔들며 있는 힘껏 외쳤다. 모두 요란을 떨며 빙빙 돌아가면서 발을 구르고 있을 때 버나드 역시 그들을 따라 빙빙 돌며 발을 굴렀다.

그들은 둥근 원을 그리며 빙글빙글 돌았다. 각자 두 손으로 앞사람의 허리를 잡은 채 돌아가면서 합창을 하고 나오는 음악에 맞추어 발을 구르며 앞사람의 엉덩이를 때려 박자를 맞추었다. 열두 명의 손은 마치 하나의 손처럼 박자를 맞추었으며 열두 명의 엉덩이는 마치 하나처럼 소리를 냈다. 열둘이 마치 하나같이……, 열둘이 마치 하나같이…….

「나는 그분이 오시는 소리를 듣는다.」

음악이 빨라졌다. 발 구르는 소리가 빨라질수록 율동적인 손동작도 보조를 맞춰 빨라졌다. 그러자 갑자기 인조 합성 음악의 우렁찬 베이스 음이 단결 예배의 극치인 융합이 왔음을 알렸다. 열둘이 하나가 되는 순간, 이는 곧 위대한 분의 성육신(聖肉身)이 도래함을 알리는 순간이었던 것이다. 북 소리가 열광적으로 울려 퍼지면서 다음과 같은 노래가 들려 왔다.

　둥둥둥…… 포드님과 즐거움이여!
　여자들에게 키스를 하자. 모두 하나가 되도록.
　남자들은 여자들과 하나가 되어 평화를 이루기를.
　둥둥둥 울리는 북 소리가 안식을 가져다 주는구나.

　춤을 추던 열두 명의 남녀들은 '둥둥둥' 하는 부분을 의식적인 후렴구로 삼았다.
　'둥둥둥…… 포드님과 즐거움이여! 여자들에게 키스를 하여……' 에서 그들은 합창을 했다. 이렇게 하는 동안 조명은 서서히 어두워졌다. 빛이 흐려지면서 동시에 그것은 훈훈하고 풍요로운 붉은빛을 띠더니 마침내 태아 저장실과 같은 심홍색으로 그들을 몰아넣었다.
　「둥둥둥……」
　태아적 핏빛 암흑 속에서 그들은 잠시 동안 춤을 추며 그 끈질긴 음악의 박자를 맞추고 있었다.
　「둥둥둥……」
　이윽고 춤추던 원이 흔들리며 흩어져 탁자와 의자를 에워싼 침대로 가서 쓰러져 버리는 바람에 해산되었다.
　「둥둥둥……」
　깊은 음성은 마치 비둘기의 소리만큼이나 작아졌다. 이 음성은 마치 엎어져 있거나 뒤로 누워 버린 그들 위를 맴돌고 있는 흑비둘기 같았다.

그들은 옥상에 서 있었다. 빈 헨리가 11시를 알리는 소리를 울렸다. 밤은 고요하면서도 따뜻했다.

「멋지지 않았나요?」

피피 브래들로가 말했다.

피피는 황홀한 듯한 모습으로 버나드를 바라보았다. 그러나 피피의 그러한 모습에서는 흥분이나 동요 같은 것은 찾아볼 수 없었다. 사실 흥분한다는 것은 아직도 만족을 하지 못했다는 표시인 것이다. 피피의 황홀 상태는 극치를 맛본 자의 조용한 황홀경이었고 공허한 포만이나 허무의 평안이 아닌, 모든 것을 고루 얻은 생명의 평안이었다. 즉, 풍부하면서도 생명력 있는 평안이었던 것이다. 이 단결 예배는 예배를 드리는 것 뿐만이 아니라 재충전을 위해 빼앗고 탈취하는 것도 포함된 것이었다. 그녀는 이제 자신감이 생겼고 완벽해졌으며 더욱이 평상시의 자신이 아니었다.

「정말 멋졌다고 생각지 않으세요?」

피피는 초자연적으로 빛나는 눈으로 버나드를 바라보며 물었다.

「그래, 아주 멋졌어.」

버나드는 이렇게 속에 없는 말을 하고는 얼른 다른 곳으로 눈을 돌렸다. 피피의 변화된 얼굴을 바라본다는 것이 왠지 모르게 자신의 고립을 비난하고 조소하는 듯한 느낌을 주었기 때문이었다. 지금 이 순간 버나드는 예배가 시작되었을 때 느꼈던 고립감을 느끼고 있었다. 아니, 어쩌면 예배가 시작될 때보다도 더 심한 고립감을 느꼈는지도 모른다. 그의 충족되지 않은 공허감, 이미 생기를 잃어버린 포만감으로 인해서 말이다. 다른 사람들은 위대한 분과 융합을 했지만 버나드는 고립감을 갖고 있었기 때문에 융합하지 못했다. 모가나가 포옹을 했을 때조차도 고립감을 느꼈다. 버나드는 고통스러울 정도로 격화된 고독감을 지닌 채 심홍색 황혼빛으로부터 밝은 전깃불이 비치는 곳으로 나왔다. 버나드는 이루 말할 수 없이 비참했다. 아마도 이것은 버나드 자신의 잘못일는지도 모른다.

「정말 멋있어!」

버나드가 말했다.

그러나 아이러니하게도 생각나는 것이라고는 오로지 모가나의 눈썹뿐이었다.

6

1

'이상해, 이상해, 정말 이상하다구!

레니나는 버나드란 인물에 대해 이와 같은 결론을 내렸다. 레니나가 생각하기에 버나드는 쉽게 이해할 수 없는 인간이었으므로 몇 주일 동안의 휴가를 뉴멕시코에 가서 보내겠다던 생각 대신 베니토 후버와 북극에나 가볼까 하는 생각을 하게 되었다. 그러나 문제는 지난 여름에 조지 에젤과 북극에 갔을 때 받은 인상은 북극이 상당히 을씨년스러운 곳이라는 것이었다. 그곳에는 할 일도 별로 없었을 뿐더러 호텔도 형편없는 구식이었다. 침실에는 텔레비전이나 후각(嗅覺) 오르간도 없었으며, 있는 것이라고는 시대에 뒤떨어진 인조 합성 음악뿐이었고, 투숙객이 200명 이상 되는데도 에스컬레이터식 스쿼시 코트는 단지 25개밖에 없었다. 다시 북극에 오고 싶게 하는 마음을 사라지게 만들었다. 레니나는 전에 단 한 번 미국에 가본 적이 있었다. 그러나 그때는 모든 것이 너무나 불충분했었다. 싸구려 주말을 보냈던 뉴욕! 그곳에서 장자크 하비블라와 보냈던가? 아니면 보카노프스키 존스와 보냈던가? 레니나는 기억할 수가 없었다. 아무튼 그것이 중요한 건 아니었다. 다시 서부로 일주일 동안 비행한다는 것이 레니나를 무척이나 들뜨게 만들었다. 더욱이 그중에서 적어도 3일은 야만인 보호 구역을 구경할 수 있었다. 야만인 보호 구역 안을 구경한 사람은 인공 부화 연구소 전체를 통틀어도 대여섯 명밖에 안 되었다. 알파 플러스 계급의 심리학자인 버나드는 레니나가 알고 있는 야만인 보호 구역 출입 허가를 얻을 수 있는 몇 사람 중의 하나였다. 레니나에게는 이번이 절호의 기회였다. 그러나 버나드의 변태성 역시 널리 알려진 사실이었으므로 그녀는 선뜻 결단을 내릴 수가 없었다. 차라리 재미있는 베니토와 다시 북극에나 가볼까 하는 생각을 하지 않을 수 없었다. 적어도 베니토는 정상이었다. 반면에 버나드는…….

누군가의 행동이 좀 유별나면 '그건 대용 혈액 속에 알코올이 섞였기 때문이야.' 라고 패니는 말하곤 했다. 그러나 어느 날 밤 헨리와 함께 잠자리에 들었을 때 레니나가 새로 생긴 애인에 대해 걱정스럽게 이야기를 꺼냈더니 헨리는 가엾은 버나드를 물소에 비유하는 것이었다.

헨리는 간결하고도 힘찬 어조로 말했다.

「물소에게는 기교를 가르칠 수 없는 법이야. 어떤 인간들은 물소와 크게 다를 바 없지. 그런 인간들은 조건 반사 훈련에 적절한 반응을 보이지 않거든. 불쌍한 것들 같으니라고……. 버나드는 바로 그러한 부류에 속해. 하지만 자기가 맡은 일은 제법 잘해 내고 있으니 그나마 다행이야. 일마저 못했으면 소장은 버나드를 내쫓아 버렸을 테니 말이야. 하지만 버나드는 남에게 해를 입힐 사람은 아니지.」

버나드는 물론 남에게 해를 입힐 사람은 아닐지 몰라도 꽤나 불편을 끼칠 사람임에는 틀림없었다. 버나드는 우선 무슨 일이든지 남들이 보지 않는 곳에서 비밀리에 하려는 이상한 면을 가지고 있었다. 그러나 그것은 곧 아무것도 하지 않는 것과 다를 바가 없는 셈이다. 도대체 비밀리에 할 수 있는 일이 어디 있단 말인가? 물론 잠자리에 둘이 함께 들어가서 몰래 벌이는 행각은 예외이겠지만 그것도 줄곧 할 수 있는 일은 아니지 않은가? 글쎄, 어떻게 그런 일이 있을 수 있을까? 도대체 있을 법하지 않다.

둘이서 함께 외출한 오후 날씨는 매우 화창했었다. 레니나는 우선 토키 컨트리 클럽에서 수영을 한 다음 옥스퍼드 유니언에 가서 저녁 식사를 하자고 제의했다. 그러나 버나드는 그곳은 사람이 너무 많기 때문에 싫다고 했다. 그렇다면 세인트앤드류에 가서 전자기 골프를 한 게임 치자고 제의했다. 그러나 버나드는 그것 역시 싫다는 표정을 지었다. 전자기 골프 같은 것은 시간 낭비라고 생각했던 것이다.

「그럼 '시간'이라는 것이 왜 존재하죠?」

레니나가 놀란 표정으로 물었다.

버나드는 시간이라는 것은 호숫가나 산책하기 위해 있는 것이라고 말하고 싶은 모양이었다. 사실 버나드는 레니나에게 그렇게 하자고 제의를 했다. 스키도 산 정상에 내려가서 두 시간 정도 히스 덤불이 만발한 숲속을 산책하자는 것이었다.

「레니나! 당신하고 단둘이 말이오.」

「하지만 버나드! 우린 밤새도록 단둘이 있게 될 텐데요…….」

버나드는 얼굴을 붉히며 얼른 다른 곳으로 눈을 돌렸다.

「내 말은, 우리 단둘이서 이야기를 하고 싶다는 거요.」

「이야기요? 무슨 이야기를 하죠?」

산보와 이야기……. 오후를 그런 식으로 보낸다는 것은 좀 어색하다고 레니나는 생각했다. 마침내 레니나는 마음 내키지 않는 버나드를 설득해서 암스테르담으로 날아가 여자 중량급 레슬링 선수권 준준결승전을 구경하기로 했다.

「사람들이 상당히 많군. 평상시와는 다르게 말이야.」

버나드가 투덜거렸다. 그는 오후 내내 고집스러울 정도로 우울한 표정이었다. 레슬링 경기를 하는 곳마다 아이스크림 소마를 파는 매점이 있었는데 그곳에서 버나드는 레니나의 친구들을 여러 명 만났지만 그 누구하고도 이야기를 하려 들지 않았다. 버나드는 그렇게 우울한 기분에 사로잡혀 있었음에도 불구하고 레니나가 내민 소마가 들어 있는 반 그램의 딸기 아이스크림을 단번에 거절했다.

「나는 이대로의 나 자신이 좋소. 비록 비참할지언정 이대로의 내가 좋단 말이오. 소마를 먹으면 아무리 즐거워진다고 해도 나는 내 자신이 되고 싶소.」

버나드가 말했다.

「먹어 두시는 게 좋을 거예요.」

레니나는 수면 학습에서 배워 둔 귀한 지혜를 연상하면서 말했다.

버나드는 레니나가 내민 유리잔을 거칠게 밀쳐 냈다.

「화내지 마세요. 1입방 센티미터의 소마가 열 가지 우울증을 치료한다는 사실을 기억하셔야 해요.」

「오, 제발 그만해!」

버나드가 소리 지르자 레니나는 어깨를 으쓱해 보였다.

「안 먹는 것보다는 먹는 게 낫다니까 그러시네요.」

레니나는 이렇게 말하고는 소마가 든 딸기 아이스크림을 자기 입에 갖다 댔다.

해협을 가로질러 돌아오는 길에 버나드는 헬리콥터의 프로펠러를 멈추고 추진기만으로 바다 위 100미터 상공을 배회하자고 제의했다. 날씨는 점점 더 나빠지고 있었다. 갑자기 서남풍이 일며 하늘에 구름이 몰려들고 있었다.

「저것 좀 봐!」

버나드는 마치 하급자에게 명령하듯이 말했다.

「무서워요.」

레니나는 헬리콥터의 창문으로부터 몸을 움츠려 빼면서 말했다. 레니나는 다가오는 공허한 밤과 아래에서 고개를 치켜드는 검은 파도와 그 파도가 일으키는 하얀 물거품이 무서웠다. 그리고 쏜살같이 지나가는 구름 사이에서 핼쑥해지고 정신을 잃은 달의 창백한 얼굴이 무서웠다.

「라디오를 틀어, 빨리!」

레니나는 손을 뻗어 조종석 앞에 있는 다이얼로 주파수를 맞추었다.

「……너의 내부에는 푸른 하늘.」

16명의 떨리는 목소리가 노래하고 있었다.

「날씨는 언제나…….」

그 다음 순간 갑자기 딸꾹질 소리가 들리더니 조용해졌다. 라디오의 스위치를 껐다.

「난 조용히 바다를 보고 싶소. 그런 추악한 잡음이 들리는 분위기에서는 바다를 바라볼 수가 없지.」

「하지만 이건 멋진 음악이잖아요. 그리고 전 바다를 보고 싶지 않아요. 바다는 무섭거든요.」

「하지만 난 바다를 보고 싶소. 그것을 보고 있으면 마치…….」

여기서 버나드는 자신이 말하고자 하는 가장 적절한 단어를 찾으려고 잠시 머뭇거렸다.

「마치 '나'라는 사람 이상이 된 것 같소. 무슨 뜻인지 이해할 수 없겠지요. 아무튼 훨씬 더 '나' 자신이 된 것 같은 느낌이 든단 말이오. 타인의 일부나 혹은 사회 조직체 속의 한 세포에 불과하지 않고 말이오. 당신도 그런 기분이 들지 않소, 레니나?」

「무서워요. 무서워요.」

레니나는 가볍게 몸을 떨며 같은 말을 되풀이했다.

「어떻게 그런 식으로 말씀하실 수 있어요? 그건 마치 사회의 일부가 되기 싫다는 말 같군요. 결국 만인은 만인을 위해 존재하는 것이 아닌가요? 어느 한 사람이라도 없으면 안 된다구요. 심지어 입실론 계급조차도 말예요.」

「그건 나도 알고 있소. 심지어 입실론 계급조차도 유용하다는 것을 말이오. 게다가 나도 그렇고……. 그런데 사실 난 그렇지 않기를 바라고 있소.」

버나드는 비웃듯이 말했다. 레니나는 버나드의 이러한 신성 모독적인 발언에 충격을 받았다.

「버나드! 어떻게 그런 말을 할 수 있어요?」

레니나는 당황한 음성으로 항의했다. 버나드는 레니나와는 다른 어조로 '어떻게 그런 말을 할 수 있냐? 라고, 생각하는 듯한 표정으로 말했다.

「아니, 그건 별게 아니오. 오히려 더 큰 문제는 내가 그렇게 될 수 없는 것이 어떤 이유인가 하는 것이오. 아니, 그보다 내가 혹시 그럴 수 있다면, 즉 내가 자유롭게 된다면, 그리고 조건 반사 훈련으로 노예화되지 않았다면 도대체 어떤 생활을 하고 있을까 하는 것이오.」

「버나드, 끔찍한 말씀을 하시는군요.」

「레니나, 당신은 자유로워지고 싶지 않소?」

「무슨 말인지 모르겠군요. 전 자유로워요. 자유롭게 즐기고 있다구요. 오늘날의 모든 사람들이 행복한 것처럼 말이에요.」

순간 버나드는 호탕하게 웃었다.

「'오늘날 모든 사람들은 행복하다.' 이 말을 우리들은 아이들에게 다섯 살 때부터 가르치기 시작하지. 하지만 레니나! 다른 방법으로 행복할 수 있는 자유를 원하지 않소? 이를테면 레니나 당신 자신의 방법으로 말입니다. 타인의 방법이 아닌 것으로 말이오.」

「무슨 뜻인지 모르겠군요. 버나드, 어서 돌아가요. 전 이곳이 무섭단 말예요.」

레니나는 버나드에게 몸을 돌리며 말했다.

「나와 함께 있는 것이 싫소?」

「아니에요. 하지만 버나드, 이곳은 무서워요.」

「난 이런 곳, 그러니까 바다와 달밤에 없는 곳에서 우리가 더 친밀해질 줄 알았는데……, 내 말 이해하겠소?」

「전혀 이해하지 못하겠어요.」

레니나가 단호하게 말했다. 그녀는 자신의 몰이해를 그대로 보존해야겠다고 결심한 것 같았다.

레니나는 어조를 바꾸어 계속해서 말했다.

「전혀 이해를 못하겠어요. 그렇게 끔찍한 생각이 드는 순간에 왜 당신은 소마를 먹지 않는 거죠? 소마를 먹기만 하면 그런 끔찍한 생각들이 말끔히 사라져 버릴 텐데 말예요.」

레니나의 눈은 여전히 근심 어린 표정이었으며 그와 동시에 그를 유혹하려는 듯한 육감적이고도 요염한 미소를 지어 보였다.

그러나 버나드는 전혀 반응을 보이지 않고 심각한 얼굴로 레니나를 응시했다. 그러자 레니나는 재빨리 시선을 다른 곳으로 돌렸다. 그리고 어색한 웃음을 얼굴에 담고서 무언가 할 말을 찾으려고 애썼다. 그러나 그것은 헛수고였다. 두 사람 사이에는 침묵이 감돌았다.

마침내 버나드가 피곤에 지친 작은 음성으로 말문을 열었다.

「좋소. 정 그렇다면 돌아갑시다.」

버나드가 가속기를 발로 힘껏 밟자 기체는 하늘로 높이 치솟아 올라갔다. 4천 피트 상공에서 버나드는 프로펠러를 작동시켰다. 그들은 서로 아무 말도 하지 않은 채 1,2분 간 비행했다. 그러다 갑자기 버나드가 웃기 시작했다.

'정말 이상한 사람이야.'

레니나는 이렇게 생각했지만 버나드의 웃음은 그칠 줄 모르고 계속 이어졌다.

「기분이 좋아지셨나 보군요.」

레니나가 용기를 내어 물었다. 버나드는 대답 대신 한쪽 손을 조종대에서 떼어 그 팔로 레니나를 감싸 안고는 그녀의 가슴을 주무르기 시작했다.

'포드님! 감사합니다. 버나드가 드디어 제정신으로 돌아왔군요.'

레니나는 속으로 감사의 기도를 올렸다.

30분 후 그들은 버나드의 방으로 돌아왔다. 버나드는 단숨에 네 알의 소마를 꿀꺽 삼키고는 라디오와 텔레비전을 켜놓고 단번에 옷을 벗었다.

다음 날 오후 버나드와 레니나가 옥상에서 만났을 때 레니나가 장난기 섞인 목소리로 물었다.

「저……, 어제 재미있었나요?」

버나드는 고개를 끄덕였다. 그들은 기체에 탑승했다. 그러자 기체가 약간 흔들리는가 싶더니 곧 이륙하기 시작했다.

「사람들은 저보고 상당히 탄력이 있다고 해요.」

레니나는 자신의 다리를 가볍게 두드리며 말했다.

「그 말은 맞는 것 같은데.」

그러나 버나드의 눈에는 고통스런 표정이 깃들어 있었다.

'마치 고깃덩어리처럼 말이야.'

버나드는 속으로 이렇게 생각했다.

레니나는 근심 어린 표정으로 버나드를 쳐다보았다.

「제가 약간 뚱뚱하다고 생각하지 않으세요?」

버나드는 고개를 저었다.

'점점 더 고깃덩어리처럼 되어 가는군······.'

「그럼, 적당하다고 생각하세요? 모든 면에서요?」

버나드는 고개를 끄덕였다.

「완벽하오.」

버나드는 일부러 큰소리로 말했다. 그러나 속으로는 '레니나의 정신 수준이 이 정도밖에 안 되는지는 미처 몰랐는데. 고깃덩어리가 되는 것을 개의치 않고 있으니 말이야. 나 원 참! 하고 생각했다.

레니나는 의기양양한 미소를 지었다. 그러나 그 미소는 너무 일렀다.

「어쨌든 모든 것이 다른 식으로 끝났으면 좋겠소.」

버나드가 말했다.

「다른 식이라니요?」

'다른 식으로 끝나는 법도 있나?'

「나는 레니나와 함께 침대에 들어가는 것으로 끝내고 싶지 않소.」

버나드가 구체적으로 말하자 레니나는 깜짝 놀랐다.

「처음 만난 날 끝장내는 그런 식이 아닌 다른 식으로 말이오.」

「하지만 그러면 도대체 무엇을······.」

버나드는 이해할 수 없는, 그리고 위험천만한, 말도 안 되는 소리를 계속 늘어놓았다. 레니나는 그 말을 듣지 않으려고 갖은 애를 다 썼으나 이따금 귀에 들어오는 구절들은 어쩔 수 없었다.

「······나의 충동을 억제하는 실험을 하기 위하여······.」

그러한 말은 레니나의 마음속에서 마치 용수철처럼 튀어오르는 것 같았다.

　「'그대가 오늘 가질 수 있는 즐거움을 내일로 미루지 말라.'라는 말도 있잖아요?」

　레니나가 심각하게 말하자 버나드가 맞받아 응수했다.

　「그 말은 내가 열네 살 되던 해부터 지겹도록 들어 온 말이지. 나는 정열이 어떤 것인지 정확히 알고 싶소. 난 무언가를 강렬히 느끼고 싶단 말이오 .」

　「개인이 감정을 가지면 사회에 혼란이 생기는 법이에요.」

　「사회에 혼란이 생기면 좀 안 되나?」

　「버나드!」

　그러나 버나드는 이에 아랑곳하지 않았다.

　「지적으로, 그리고 작업을 하는 시각에는 어른이지만 감정이나 욕망에 이르러서는 갓난아기들이 되고 말지.」

　버나드가 계속해서 말했다.

　「포드님께서는 아기들을 사랑하셨어요.」

　버나드는 레니나의 이러한 말참견을 무시했다.

　「나는 지난번에 우리가 어른이 될 수 있다는 생각을 해보았소.」

　「이해할 수 없군요.」

　레니나의 어조는 확신에 차 있었다.

　「이해를 못하는 것도 당연하지. 그렇기 때문에 우리는 어제 곧바로 침대에 함께 들어갔던 거요. 어른들처럼 기다리지 못하고 말이오.」

　「그렇지만 재미있었잖아요?」

레니나가 물었다.

「물론 재미있었소.」

버나드가 말했다.

「내가 항상 말했잖아. 버나드가 병에 들어 있을 때 누군가가 대용 혈액에
다 알코올을 넣었다고 말이야.」

레니나가 돌아와 그날 있었던 일을 털어놓자 패니는 이렇게 말했다.

「어쨌든 난 버나드가 좋아. 버나드는 멋진 손을 가지고 있어. 그리고 그 어
깨를 움직이는 모습. 버나드는 정말 매력 있는 남자야. 하지만 이상한 행동
만은 하지 않았으면…….」

레니나는 이렇게 말하며 한숨을 내쉬었다.

2

소장실 문 밖에 잠시 멈춰 선 버나드는 깊은 한숨을 내쉬고는 자세를 바로
잡았다. 방안에서 틀림없이 당하게 될 혐오와 기분 나쁜 일들에 대비하기
위해 마음의 준비를 단단히 하지 않으면 안 되었다. 버나드는 노크한 후 안
으로 들어갔다.

「허가증에 서명을 좀 부탁합니다.」

버나드는 가능한 한 밝은 얼굴로 말했다. 그리고 서류를 작업 탁자 위에
올려놓았다.

소장은 버나드를 기분 나쁜 표정으로 쳐다보았다. 그러나 서류 상당에는
세계 총통 사무국의 직인이 찍혀 있었고 무스타파 먼드의 서명이 서류 하단

부분에 대담하고 뚜렷하게 쓰여져 있었다. 모든 것이 나무랄 데 없이 완벽했다. 소장은 선택의 여지가 없었으므로 자신의 이름 두 글자를 연필로 썼다. 서류에 기입된 소장의 이름 두 글자는 마치 무스타파 먼드의 발 앞에 무릎을 꿇은 비참한 모습과도 같았다. 소장은 아무 말 없이 그 서류를 버나드에게 돌려주려다가 갑자기 허가증의 본문에 쓰여진 단어에 눈길을 돌렸다.

「이건 뉴멕시코의 야만인 보호 구역 입력 허가서 아닌가?」

소장의 음성과 버나드를 쳐다보는 얼굴에는 일종의 당혹감이 서려 있었다. 소장의 당황해 하는 모습에 놀란 버나드는 고개를 끄덕였다. 그들 사이에 잠시 침묵이 흘렀다.

소장은 인상을 찌푸리며 의자에 등을 기대고 앉았다.

「얼마 전이었던가? 아, 그렇지. 아마 20년 전이었을 거야. 아니, 거의 25년 전의 일이었지. 내가 자네 나이 정도 되었을 때…….」

소장은 한숨을 쉬고는 고개를 흔들며 말했다.

버나드는 마음이 상당히 불편했다. 소장과 같이 인습적이고도 정확한 사람도 과거에 잘못을 저지른 적이 있다는 말을 하려는 것일까? 버나드는 얼른 빠져 나가고 싶었다.

먼 과거를 말하는 사람들에게 어떤 본질적인 반감을 가졌다는 뜻에서가 아니다. 버나드의 상상에 불과한지 어떤지는 몰라도, 그런 감정은 소장이라면 이미 오래전에 통달했어야 했을 수면 교육법의 편견 중 하나였기 때문이었다. 다시 말해서 버나드 자신을 부끄럽게 한 것은 소장과 같은 사람을 못마땅히 여기면서도 그런 금지된 장난에 빠진 적이 있었다는 것이었다. 어떤 내적 충동이 그렇게 만들었을까? 속으로는 내심 불편했지만 버나드는 이에 아랑곳하지 않고 열심히 귀를 기울였다.

「나도 자네와 같은 생각을 가지고 있었지. 야만인들을 보고 싶었던 거야. 뉴멕시코로 가는 허가를 받고 여름 휴가 때 그곳에 갔었지. 여자 친구와 같이 말일세. 내 생각으로는 그 여자가 베타 마이너스 계급이었던 같아(이때 소장은 눈을 감았다.). 그 여자는 섹시한 노란 머리카락을 가지고 있었지. 아무튼 그녀의 가슴은 상당히 풍만했어. 우린 함께 그곳에 가서 야만인들을 구경하기도 하고 말을 타고 돌아다니기도 했어. 그리고 이것저것을 같이 하며 보냈지. 그런데 휴가 마지막 날 그녀가 사라진 거야.

그날 아침 우린 등산을 하고 점심 식사 후에 낮잠을 잤지. 내가 잠을 자고 있는 동안 그녀 혼자 밖으로 나갔던 것 같아. 아무튼 깨어나서 보니까 그녀가 그곳에 없더라구. 바로 그 순간 폭우가 내리기 시작했는데 내 평생 그런 폭우는 처음 봤어. 천둥과 번개를 동반하면서 쏟아 붓는데 말들도 고삐를 풀어 젖히고 어디론가 달아나 버리고 말이야. 난 그놈의 말들을 잡으려다가 땅바닥에 넘어져 버렸지. 그 바람에 무릎을 다쳤고 걸어다니는 것이 기적일 정도로 심하게 부상을 당했어. 그래도 난 그녀를 찾고 또 찾았지. 그녀의 이름을 소리쳐 부르며 말이야. 그런데 그녀는 어디로 갔는지 도무지 찾을 수가 없었어. 그때 난 그녀가 산 아래에 있는 휴식처에서 잠시 휴식을 취하고 있겠지, 하고 생각하게 되었지. 그래서 난 우리가 조금 전에 왔던 길을 다시 기다시피 하며 내려갔어. 무릎이 쑤시고 아팠지. 게다가 난 소마까지 잃어 버리고 말았거든.

그 덕분에 내려오는 데 몇 시간이 걸렸지. 내가 휴식처에 도착한 것은 밤 12시가 다 되어서였어. 그런데 그녀는 그곳에도 없었어. 그녀는 그곳에도 없었단 말일세.」

소장은 자신의 옛 애인이 휴식처에도 없었다는 말을 강조하려는 듯이 강하게 반복해서 말했다.

잠시 침묵이 흐른 뒤 소장이 다시 말했다.

「그래서 그 다음 날 수색을 하기 시작했지. 그러나 역시 찾지 못했어. 그 근처 계곡 어딘가에 빠져 죽었을 거야. 아니면 사자한테 잡아먹혔거나 말이야. 낸들 알 리가 있나? 아무튼 끔찍했지. 그 당시 나는 눈이 뒤집혀 있었어. 하지만 생각해 보면 그럴 필요가 없었던 것 같아. 사실 그런 종류의 사고는 누구한테나 일어날 수 있거든. 때때로 나는 그 일에 관해 꿈을 꾸기도 해.」

소장은 여기서 목소리를 낮추었다.

「천둥 소리에 잠을 깨서 그녀가 없었긴 것을 발견하는 꿈 말이야. 그리고 그녀를 찾기 위해 숲속을 헤매고 또 헤매는 그런 꿈을…….」

소장은 입을 다물고 잠시 말을 멈추었다.

「상당히 큰 충격을 받으셨겠군요.」

버나드가 부러운 투로 말하자 소장은 정신이 번쩍 들었다. 제정신으로 돌아온 그는 버나드를 빤히 쳐다보았다. 그러더니 소장은 갑자기 얼굴이 벌겋게 달아올라 시선을 다른 곳으로 돌렸다. 잠시 후 소장은 위엄을 되찾고 말을 계속했다.

「내가 여자하고 옳지 못한 관계를 가졌다고는 함부로 상상하지 말게. 감정적인 것은 전혀 없었고 게다가 그리 오래 가지도 않았으니까 말이야. 지극히 건전하고 정상적인 것이었으니까 말일세.」

소장은 서둘러 버나드에게 허가증을 내주었다.

「내가 왜 자네한테 그런 사소한 경험을 얘기했나 모르겠군.」

불명예스러운 비밀을 털어놓은 자신에 대해 분노를 느낀 소장은 그 분노의 방향을 버나드에게 돌렸다. 소장의 눈빛은 악의에 가득 차 있었다.

「버나드 막스 군! 이번 기회를 빌어 자네한테 한마디 해두겠는데, 솔직히 말해서 난 자네의 작업 시간 외의 행동에 대한 보고가 맘에 안 든다네. 자넨 아마도 그건 내가 상관할 바가 아니라고 말하고 싶겠지만, 그게 아니라네. 난 이 연구소의 명예를 지키고 있는 사람이야. 내 밑에 있는 직원들은 아주 사소한 의심도 받아서는 곤란하네. 상층 계급일수록 더욱더 그렇지. 알파 계급은 모름지기 감정적인 행동에 있어서는 유아적인 태도를 보이도록 조건화되어 있어. 그렇기 때문에 그들은 순응하기 위한 특별한 노력을 기울여야 할 필요가 있는 거야. 알파 계급은 아무리 싫어도 어린아이 같은 행동을 할 수밖에 없다네. 막스 군! 그래서 내가 자네한테 경고하는 것일세. 만일 또 다시 자네가 유치한 행동 양식에서 벗어나는 어른스런 행동을 한다는 소리를 들으면 그땐 아이슬란드에 있는 하부(下部) 연구소로 전출당할 것을 각오하게. 그럼 수고하게.」

소장은 의자에 앉은 채 빙그르르 돈 후 펜을 쥐고는 뭔가를 쓰기 시작했다.

'이 정도 말했으면 알아들었겠지.' 소장은 속으로 이렇게 생각했다.

그러나 그것은 소장의 착각이었다. 사실 버나드는 단호하게 문을 쾅 닫고는 체제에 대항하여 당당하게 싸웠다는 생각을 하면서 으스대는 듯한 태도와 기쁨에 찬 행동으로 방을 떠났기 때문이다. 자기 개인의 의의와 중요성을 짜릿하게 의식한 의기양양한 기분이 되었던 것이다. 박해를 받았다는 의식은 버나드를 절망 속으로 몰아넣기는커녕 오히려 원기를 더해 주었다. 버나드는 아이슬란드건 어디건간에 그 어떠한 고통이 와도 극복할 수 있는 강한 힘이 용솟음쳐 오름을 느낄 수 있었다. 사실 그런 것으로 인해 아이슬란드로 전출당한 예는 지금까지 한 번도 없었다. 아이슬란드로의 전출은 일종의 위협이었다. 즉 그것은 매우 자극적이고 생동감 있는 협박 정도였던 것이다. 복도를 거닐면서 버나드는 휘파람까지 불었다.

그날 오후에 버나드와 소장이 나눈 얘기는 그야말로 영웅적인 뉴스감이었다.

「그래서 말이야, 난 소장 그 친구한테 끝없는 과거로 돌아가라고 말하고는 방문을 쾅 닫고 나와 버렸지. 그게 끝이었어.」

버나드는 헬름홀츠 윗슨이 자기를 동정하고 격려하고 칭찬해 주기를 기대하는 마음으로 말했다. 그러나 헬름홀츠는 의자에 앉은 채 아무 말 없이 마룻바닥만 내려다보았다.

헬름홀츠는 버나드를 좋아했다. 헬름홀츠는 버나드를 자신의 모든 고민을 털어놓을 수 있는 유일한 친구라고 생각했다. 그리고 그 점이 항상 고마웠다. 그럼에도 불구하고 버나드에게는 마음에 안 드는 면이 있었다. 예를 들면 버나드의 잘난 척하는 태도가 그것이었다. 그리고 그 잘난 척하는 태도와 번갈아 나타나는 비참한 자기 연민도 마음에 안 들었다. 게다가 어떤 일이 있으면, 그 일이 끝난 뒤 뒤늦게 대담해지면서 침착성을 되찾는 그 못된 습성도 마음에 안 들었다. 그는 버나드를 좋아하고 있었기 때문에 진심으로 이런 것들을 그가 고쳤으면 하고 바랬다. 헬름홀츠가 계속해서 마룻바닥만 응시하자 버나드는 얼굴을 붉히고는 자리에서 일어나 밖으로 나가 버렸다.

3

여행은 아무런 사고 없이 평온했다. 블루 퍼시픽 로켓은 뉴올리언스에서 2분 30초 정도 빨리 순항했으나 텍사스 상공에서는 폭풍 때문에 4분 연착했다. 그러나 서경 95도 지점에서는 순조로운 기류를 받았기 때문에 산타페에 도착했을 때는 예정했던 시간보다 40초밖에 늦지 않았다.

「여섯 시간 반의 여행에서 40초 늦은 것은 늦은 것도 아니에요.」

레니나가 말했다.

그들은 그날 밤 산타페의 특급 호텔에서 묵었다. 그 호텔은 지난 여름 레니나가 고생하면서 억지로 참으며 묵었던 형편없는 오로라 보라 팰리스 호텔보다는 시설이 훨씬 좋았다. 액체 공기, 텔레비전, 진공 전동식 마사지, 라디오, 끓는 카페인 용액, 뜨거운 피임제, 그리고 여덟 개의 다른 종류의 향수가 모든 침실마다 놓여 있었다. 홀 안에는 인조 합성 음악 장치가 작동하고 있었고, 그야말로 나무랄 데 없는 최고의 호텔이었다. 엘리베이터 안에 붙은 게시판에 의하면 이 호텔에는 실내용 에스컬레이터식 스쿼시 코트가 60개나 되고 정원에서는 장애물 골프와 전자기 골프 게임이 가능하다고 써 붙어 있었다.

「멋지군요. 이곳에서 계속 지냈으면 좋겠어요. 에스컬레이터식 스쿼시 코트가 60개씩이나……」

레니나는 탄성을 질렀다.

「야만인 보호 구역에는 아마 그런 것은 없을 거요. 향수도 텔레비전도, 심지어 뜨거운 물조차 없지. 그런 것들이 없기 때문에 참지 못할 것 같으면 내가 돌아올 때까지 여기에 그냥 있도록 하시오.」

버나드가 경고하듯이 딱딱하게 말하자 레니나는 기분이 상했다.

「물론 참을 수 있어요. 전 단지 이곳이 무척이나 멋지다고 말했을 뿐이에요. 왜냐하면……, 글쎄, 뭐라고 할까? 진보란 멋있는 것 아니겠어요?」

「그 말은 내가 열세 살 때부터 열일곱 살 때까지 일주일에 한 번씩 모두 5백 회에 걸쳐서 들어 온 얘기로군.」

버나드는 지겹다는 표정으로 중얼거렸다.

「뭐라고 그러셨죠?」

「아……아니, 진보란 멋진 것이라고 말했소. 그러니 레니나 당신이 원치 않는다면 진보하고는 거리가 동떨어진 야만인 보호 구역에는 안 가도 된다고 말했소.」

「하지만 전 가보고 싶어요.」

「그럼 좋도록 하시오.」

버나드는 마치 레니나를 위협하는 듯한 말투로 말했다.

야만인 보호 구역에 들어가기 위해서는 보호 구역 감독관의 서명을 받아야만 했다. 그래서 레니나와 버나드는 다음날 아침 감독관의 사무실을 찾아갔다. 입실론 계급의 흑인 문지기가 버나드의 카드를 접수하고는 그들을 통과시켜 주었다.

감독관은 금발에 짧은 머리를 한 알파 마이너스 계급이었다. 그는 키가 작고 불그스름한 둥근 얼굴에 어깨는 딱 벌어졌으며 목소리는 우렁찼다. 게다가 수면 학습 교육을 확실하게 받은 듯했다. 감독관은 많은 정보와 지식을 소유한 사나이였으며 그 때문에 묻지도 않은 질문에 척척 대답을 할 줄 아는 정도였다. 또한 일단 말을 시작하면 청산유수처럼 끊이지 않고 계속해댔다.

「56만 평방 킬로미터의 대지를 네 개의 소(小)지역으로 분할하여 각각 고압 전선으로 철책을 둘러쳤습니다.」

바로 이때 버나드는 돌연 자기 목욕탕에 있는 오데콜로뉴 향수의 수도꼭지를 틀어 놓은 채 와 버린 것이 생각났다.

「……그랜드캐니언 수력 발전소에서 전력을 공급받고 있죠.」

'돌아갈 때까지 요금이 엄청 나오겠는걸. 빨리 헬름홀츠 윗슨에게 전화를 해야겠어.'

버나드는 마음의 눈으로 향수 계기의 바늘이 마치 개미처럼 지칠 줄 모르고 빙빙 돌아가는 것을 볼 수 있었다.

「5천 킬로미터가 넘는 철책에서는 6만 볼트의 전류가…….」

「정말 그래요?」

레니나는 감독관의 말이 무슨 뜻인지 알 수 없었지만 그가 말을 잠시 멈추는 것을 확인하고는 정중한 목소리로 이렇게 말했다. 감독관이 다시 말을 시작하자 레니나는 반 그램의 소마를 삼켰다. 그 결과 레니나는 감독관의 얼굴에 시선을 고정시킴으로써 마치 그의 말을 경청하는 듯한 인상을 줄 수가 있었다.

「철책을 건드리는 것은 곧 죽음을 의미하죠. 야만인 보호 구역 안에서는 그 누구도 도망칠 수가 없답니다.」

감독관은 숙연하게 설명을 계속했다. '도망을 치다'라는 말은 뭔가를 암시하는 듯했다.

「자, 그럼 우린 가봐야 할 것 같군요.」

버나드가 의자에서 반쯤 몸을 일으키며 말했다. 작고 검은 바늘이 벌레처럼 시간을 갉아먹어서 끝내 자신의 돈을 먹어치울 것 같았기 때문이었다.

「도망치는 것은 불가능하죠.」

감독관은 이렇게 말하면서 버나드에게 다시 의자에 앉으라고 손짓했다. 버나드는 아직 허가증에 서명을 받지 못했으므로 할 수 없이 도로 자리에 앉을 수밖에 없었다.

「보호 구역에서 태어나는 아기들은……, 아, 참, 숙녀께서 잘 기억해 두시기 바랍니다. 보호 구역에서도 아기들이 태어나죠. 그래요. 좀 징그러운 표현일지 모르지만 말입니다.(사실 감독관은 여기에서 레니나의 얼굴이 붉어지기를 바랬지만 레니나는 오히려 지적 호기심이 발동해서 '정말 그런가요?' 하고 묻고는 싱글벙글 웃고만 있었다. 감독관은 레니나의 이러한 행동에 실망한 채 말을 계속했다.) 되풀이해서 말하건대, 보호 구역 안에서 태어난 사람들은 평생 다른 곳으로 가지 못하고 그곳에서 살다가 죽을 수밖에 없습니다.」

'죽을 수밖에 없다니… 매분마다 1데시리터의 오데콜로뉴 향수가. 그러면 한 시간에 6리터…….'

「자, 이제 그만 우린…….」

버나드가 다시 말해 보려고 시도했다. 그러나 감독관은 몸을 앞으로 구부리며 손가락으로 탁자를 두드렸다.

「보호 구역 안에 몇 명의 인간이 살고 있는지 아십니까?」

감독관은 여기서 매우 의기양양한 표정을 지어 보였다.

「그건 우리도 모릅니다. 단지 추측만 할 수 있죠.」

「정말이에요?」

「네, 정말입니다. 숙녀 아가씨.」

'24시간 곱하기 6일…… 아니, 36곱하기 6을 해야 옳지…….'

버나드는 갑자기 얼굴이 창백해지더니 초조감으로 인해 몸을 부들부들 떨기 시작했다. 하지만 무정하게도 감독관은 계속해서 떠벌리고 있었다.

「……대략 6만 명의 인디언과 그 혼혈아들…, 완전한 야만인들…. 우리 검사관들이 종종 방문을 하죠. 그렇지 않으면 그들은 문명 세계와는 접촉할 기회가 전혀 없죠. 그들은 아직까지도 야만적인 습성과 관습을 가지고 있죠. 숙녀 아가씨께서도 아시겠지만 그게 바로 결혼이라는 겁니다. 그들은 조건 반사 대신에 가족이라는 것을 가지고 있으며…, 짐승과도 같은 미신을 지니고 있죠. 게다가 그리스도교, 토테미즘, 조상 숭배…, 그리고 주니 족어, 스페인 어, 애서패스컨[29] 어와 같이 지금은 이미 사라져 버린 언어를 사용하고 있으며……, 퓨마, 바늘다람쥐, 그리고 그 밖에 사나운 맹수들… 전염병… 성직자… 독사 등등…….」

「정말인가요?」

버나드와 레니나는 어렵게 그곳을 빠져 나왔다. 버나드는 곧장 전화를 찾았다.

---

29) 애서패스컨(Athapascan)은 북미 인디언의 일종이며 애서배스컨 (Athabascan)이라고도 불린다.

서둘러서 전화를 했지만 헬름홀츠 윗슨과는 거의 3분이 지나서야 통화할 수 있었다.

「드디어 야만인들 사이에서 나왔어요. 세상에 이런 비능률이 어디 있단 말인가?」

버나드가 불평을 해댔다.

「소마 1그램을 드시지 그러세요?」

레니나가 소마를 꺼내며 말했다. 그러나 버나드는 이를 거절하고 오히려 화를 냈다.

오, 포드 님! 감사합니다. 드디어 버나드는 헬름홀츠와 전화 연결이 되었다. 버나드가 그를 찾은 이유에 대해 이야기하자 헬름홀츠는 틀어 놓은 향수 수도꼭지를 잠가 주겠다고 약속했다. 그러면서 헬름홀츠는 기왕 이렇게 통화가 된 김에 소장이 어제 저녁에 공식적으로 한 말도 전해 줘야겠다고 생각했다.

「뭐? 그 친구가 나를 대신할 사람을 찾고 있는 중이라고? 아니, 정말 그렇게 결정된 건가? 그 친구가 아이슬란드 이야기를 또 언급했다, 이 말이지? 맙소사! 아이슬란드라니…….」

버나드는 괴로운 목소리로 이렇게 말하고 수화기를 내려놓고는 레니나에게 다가갔다. 버나드의 얼굴은 창백했고 뭔가를 완전히 포기한 표정이었다.

「무슨 일이에요?」

레니나가 물었다.

「무슨 일이냐고? 난 곧 아이슬란드로 전출당하게 될 거요.」

버나드는 이렇게 말하며 의자에 털썩 주저앉았다.

버나드는 전에 소마의 힘을 빌리지 않고 오로지 자기의 내적인 힘에 의존한 채 어떤 크나큰 시련이나 고통이나 박해에 직면한다면 도대체 어떤 기분일까 하고 여러 번 상상해 본 적이 있었다. 심지어는 일부러 고통을 갈망한 적도 있었다. 일주일 전만 해도 소장실에서 자신은 한마디의 반항도 하지 않은 채 태연하게 고통을 감수했던 장면을 상상해 보았다. 소장의 협박을 진지하게 받아들이지 않은 데에서 기인한 것이었다. 막상 닥치면 소장도 함부로 하지 못할 것이라고 생각했던 것이다. 그러나 이제 그러한 협박이 현실로 변할 위기에 처하자 버나드는 더럭 겁이 났다. 단지 상상적인 금욕주의라든가 이론적인 용기는 이제 흔적도 없이 사라져 버렸다.

버나드는 자기 자신에 대해 화가 났다. 이 얼마나 바보스러운가? 그는 소장에 대해서도 화가 났다. 자신에게 한 번 더 기회를 주지 않다니 이 얼마나 불공평한가? 다시 기회를 주면 이번에는 의심할 여지없이 기꺼이 받아들일 텐데……, 아이슬란드라니……, 맙소사! 아이슬란드라니…….

레니나는 고개를 내저었다.

「과거와 미래를 생각하면 머리가 아프니, 소마 1그램을 먹고서 현재에 만족하기를…… 」

레니나는 수면 학습에서 배운 격언을 한마디 인용했다.

마침내 레니나는 버나드를 설득하여 네 알의 소마 정제를 먹게 했다. 5분이 지나자 뿌리도, 결실의 과일도 소멸되고 오직 현재의 꽃만이 장미빛으로 피어났다. 포터가 가져 온 전갈에 따르면 감독관의 명령으로 보호 구역의 수위가 헬리콥터를 가지고 와서 호텔 옥상에서 대기하고 있다는 것이었다. 그들은 곧장 올라갔다. 감마 계급용 초록색 제복을 입은 혼혈아가 경례를 하고는 오전 프로그램을 읊어 대기 시작했다. 10 내지 12개의 토인 부락을 하늘에서 조감한 뒤 맬파이스 계곡에 착륙해 점심 식사를 한다는 것이었다. 안락한 휴게소가 그곳에 있으며 토인 부락에서는 여름 축제가 한창일 것이다. 그곳에서 밤을 보낸다면 그보다 더 좋은 곳은 세상에 없을 것이다.

헬리콥터에 탑승한 후 10분이 지나자 그들은 문명과 야만을 가르는 경계 지점을 통과하게 되었다. 산 위로 아래로, 사막과 숲을 가로질러, 그리고 보라빛 계곡과 암벽을 지나 한결같은 일직선을 고수하며 승리한 인간의 의도를 상징하는 기하학적 모형의 철책을 지나갔다. 그 철책 밑 여기저기에 널려 있는 흰 뼈들은 모자이크 모양을 이루고 있었으며 아직 썩지 않은 동물의 시체들도 눈에 띄었다. 사슴, 퓨마, 바늘다람쥐, 코요테 등이 썩은 고기 냄새를 맡고는 나왔다가 흐르는 철책 전류에 감전되어 죽은 것들이었다.

「저놈들은 깨닫지를 못하죠. 아마 영원히 깨닫지 못할 겁니다.」

초록색 제복을 입은 조종사가 아래에 널려 있는 뼈다귀들을 가리키며 이렇게 말하고는 마치 자기가 그 처형당한 동물들보다 월등히 낫다는 듯이 비웃었다.

버나드 역시 웃었다. 소마를 복용해서인지 기분이 좋았던 것이다. 버나드는 한바탕 호탕하게 웃고는 곧 잠이 들었다. 버나드가 잠든 사이에 그들은 타우스, 테스크, 남베, 피쿠리스, 포조아크, 시아, 코치티, 라구나, 아코마, 그리고 마법의 메사를 지나 주니, 시볼라, 오지오칼리엔테를 지나갔다. 버나드가 잠에서 깨어났을 때 헬리콥터는 지상에 착륙했고 레니나는 가방을 들고 작고 아담하게 생긴 집 안으로 들어갔다. 감마 계급의 초록색 제복을 입은 혼혈아가 바로 옆에 있던 한 젊은 인디언과 알아들을 수 없는 말로 이야기를 하고 있었다.

버나드가 기체 밖으로 나오자 조종사가 설명했다.

「맬파이스입니다. 여기가 휴게소죠. 오늘 오후에 토인 부락에서 춤 축제가 벌어질 예정입니다. 저 친구가 당신들을 안내해 드릴 겁니다.」

그리고 무뚝뚝한 표정의 젊은 야만인을 가리켰다.

「제법 흥미로울 겁니다. 그들이 하는 것은 모두가 다 흥미롭습니다.」

조종사는 씩 웃었다. 그리고 혼자 헬리콥터에 올라탄 뒤 엔진을 작동시켰다.

「내일 다시 오도록 하죠. 그 친구들은 순하게 길들여져 있으니까 당신들을 해치지는 않을 겁니다. 지난번에 가스탄으로 호되게 혼을 내주었으니까 함부로 하지는 못할 겁니다. 그러니 안심하십시오.」

조종사는 레니나를 안심시키기 위해 이렇게 말했다. 그리고 한바탕 크게 웃고는 헬리콥터에 기어를 넣고 가속기를 밟은 후 그곳을 떠났다.

7

고원(高原)은 마치 황금색 모래 해협 속에 가라앉은 배와 같았다. 가파른 둑 사이에 수로가 나 있었으며 푸른 강과 들판이 계곡을 가로지르며 달리고 있었다. 해협 중앙에 위치한 돌로 만든 배의 뱃머리 위, 즉 나암(裸岩)의 기하학적인 돌출부 위에 맬파이스 토인 부락이 위치해 있었다. 층층이 연결되었는데 한층 한층 올라갈수록 위가 작아지는 높다란 집들이 절단된 피라미

드처럼 푸른 하늘 속으로 높게 솟아오르고 있었다.

그 밑에는 낮은 건물들이 옹기종기 모여 있었고 벽들이 십자형으로 교차되고 있었다.

절벽의 삼면은 모두 평원을 향해 수직으로 곤두박질하고 있었다. 몇 줄기의 연기가 바람 한 점 없는 허공을 향해 수직으로 올라갔다가는 이내 사라져 버렸다.

「이상해요. 정말 이상하다구요.」

레니나는 평소에도 비난하는 말을 하려고 할 때는 처음을 이렇게 시작했다.

「전 이곳이 마음에 안 들어요. 그리고 저 남자도 싫고요.」

레니나는 토인 부락까지 인도해 준 인디언 안내원을 가리키며 속삭였다. 인디언 안내원도 레니나에게 똑같은 감정을 갖고 있었다. 그들보다 앞서서 걷고 있는 그 사나이의 등에는 적개심이 서려 있었으며 경멸의 모습을 확실히 드러내고 있었다.

「게다가 저 남자의 몸에서는 냄새까지 난다구요.」

레니나는 목소리를 죽이며 말했다.

버나드는 대꾸할 생각이 없었다. 그들은 계속해서 걸어갔다. 그때 갑자기 주변의 공기가 생동감 있게 감도는 느낌이 들었다. 저 위쪽의 맬파이스에서 북 소리가 들려 오고 있었다. 그들은 그 신비스런 심장의 박동 소리에 따라 걸음을 빨리했다. 마침내 절벽 기슭에 도착한 그들의 머리 위에는 거대한 배 모양을 한 고원의 측면들이 우뚝 솟아 있었으며, 그 고원의 폭은 3백 피트는 족히 될 듯했다.

「헬리콥터를 가지고 왔어야 하는 건데……. 저는 걷는 것은 딱 질색이에요.」

레니나는 장식도 없이 덩그러니 깎아지른 바위 표면을 원망스럽게 바라보며 이렇게 말했다.

고원의 그늘 속을 얼마 동안 걸어간 그들은 돌출부 주위를 돌았다. 그리고 홍수로 황폐된 계곡 사이의 길, 배로 치면 승강구 사다리와 같은 길을 걸어 올라갔다. 그 길은 계곡을 측면으로 끼고서 지그재그 모양으로 뻗어나 있는 가파른 길이었다. 때로는 북 소리가 거의 귀에 들리지 않기도 했으나 또 한편으로는 바로 길모퉁이 주변에서 그 북 소리가 들리는 것 같기도 했다.

그들이 길을 반쯤 올라갔을 무렵 독수리 한 마리가 날아와서는 그들의 얼굴 가까이에서 날개를 퍼득여 시원한 바람 역할을 해주기도 했다. 위 틈새에는 뼈다귀 더미가 놓여 있었다. 그야말로 모든 것이 소름 끼칠 정도로 이상한 분위기였다. 게다가 인디언 안내원의 고약한 냄새는 더욱더 심해져만 갔다. 그들은 마침내 계곡을 지나 태양이 환히 비추는 곳으로 나왔다. 고원의 꼭대기는 마치 돌로 만든 배의 갑판 같았다.

「이건 마치 채링 T탑의 모양과 비슷하군요.」

레니나가 말했다.

그러나 레니나는 이러한 유사성을 발견하고도 언제까지나 즐거워할 수만은 없었다. 그들은 타다닥거리는 발소리를 듣고는 뒤를 돌아다보았다. 두 명의 인디언이 그 길을 따라 달려오고 있었다. 그들은 상의를 입고 있지 않았으며 흑갈색의 몸에는 흰 선으로 칠을 하고 있었다. 레니나는 그 모습이 마치 아스팔트 테니스 코트 같다고 나중에 이야기할 생각이었다. 그들의 얼굴은 주홍, 검정, 황토색으로 뒤범벅되어 있어 도무지 인간의 얼굴이라고 보기에는 어려울 정도였다. 또한 그들의 땋은 머리는 여우털과 플란넬로 묶여 있었다. 어깨에는 칠면조 깃털로 만든 외투가 너풀거렸으며 머리 주위에서는 새의 깃털로 만든 거대한 왕관 모양의 모자가 찬란하게 빛나고 있었다. 그들이 걸음을 내디딜 때마다 은팔찌와 무거운 목걸이, 그리고 터키옥(玉)들이 부딪쳐 딸그랑거리는 소리가 났다. 그들은 사슴 가죽으로 만든 신발을 신고 있었다. 그들 중 하나는 새 깃털로 엮어 만든 먼지떨이를 들고 있었으며, 다른 하나는 마치 두꺼운 밧줄 같은 것을 손에 서너 개 들고 있었다. 그 밧줄 중의 하나가 기분 나쁘게 꿈틀거렸다. 레니나는 그것이 밧줄이 아니라 뱀이라는 것을 뒤늦게 알게 되었다.

인디언들은 점점 더 가까이 다가왔다. 그들의 검은 눈동자는 레니나를 바라보고 있었으나, 그녀의 존재를 인식하고 있다는 인상은 주지 않았다. 그 꿈틀거리던 뱀도 다른 뱀들처럼 힘없이 아래로 축 늘어졌다. 인디언들이 지나갔다.

「이거 정말 기분 나쁘군요.」

레니나가 말했다.

토인 부락의 입구에서 레니나를 기다리고 있는 것은 더욱더 기분 나쁜 것이었다. 안내원이 지시를 받기 위해 안으로 들어가 있는 동안 그들은 밖에서 기다리고 있어야 했다. 무엇보다도 우선 더러운 먼지, 쓰레기 더미, 개와 파리들이 바글거렸다. 레니나는 불쾌하다는 표시로 인상을 찡그리면서 손수건을 꺼내 자신의 코를 틀어막았다.

「어떻게 이런 곳에서 살 수 있을까?」

레니나는 도저히 믿어지지 않는다는 듯이 말했다. (이는 도저히 상상도 할 수 없는 일이었다.)

그러나 버나드는 초연한 사람처럼 어깨를 으쓱해 보였다.

「아무튼, 이 사람들은 이런 식으로 5,6천 년을 살아왔다고 하더군. 그러니 이런 생활에 익숙한 것은 너무나 당연한 일이잖아.」

「하지만 청결은 포드님 다음으로 중요한 거예요.」

레니나가 주장했다.

「그렇소. 문명이란 '살균'이기 때문이지. 하지만 이 사람들은 우리 포드님에 대해서 들어 본 적이 없소. 게다가 문명화되지도 못했고 말이오. 그러니까……」

버나드는 비꼬는 어조로 기초 위생학의 제2주에 해당하는 수면 학습 내용을 언급했다.

「오! 저것 좀 보세요.」

레니나가 버나드의 팔을 잡으며 말했다.

거의 벌거벗은 늙은 인디언 한 명이 근처의 집 2층 테라스에서 사다리를 타고 내려오고 있었다. 그의 얼굴은 마치 흑가면처럼 검고 깊은 주름이 움푹 패어 있었으며 이빨이 없는 입은 푹 꺼져 있었다. 그리고 입술 주위와 양볼에는 길게 난 몇 가닥의 잔털이 검은 피부와는 대조적으로 하얗게 빛났다. 땋지 않고 기른 머리카락은 사방으로 늘어져 있었다. 그의 몸은 굽었으며 심지어 뼛속까지 완전히 말라 있을 정도로 살이 없었다. 보는 것만으로도 구역질이 났다. 그 인디언 노인은 아주 천천히 내려왔다. 사다리 계단을 하나 내려오고는 잠시 멈춰 서서 숨을 돌린 다음 다시 다음 계단을 내려오는 식이었다.

「저 사람은 왜 저럴까요?」

속삭이듯 말하는 레니나의 눈은 공포와 놀라움으로 인해 휘둥그래졌다.

「저 사람은 늙어서 그런 것이오.」

버나드는 가능한 한 신중하게 말했으나 자신도 역시 놀라움을 금할 길이 없었다. 하지만 동요하지 않는 것처럼 보이려고 애썼다.

「늙었다고요? 하지만 소장도 늙었잖아요? 그뿐 아니라 다른 많은 사람들도 늙었지만 저런 식으로 움직이지는 않아요.」

「우리들의 경우에는 노인들이 저렇게 되는 것을 허용하지 않기 때문이오. 우린 노인을 질병으로부터 보호하지. 노인들의 내분비물을 인공적으로 사용해서 청년의 그것과 똑같은 균형을 잡아 주기 때문이오. 우리는 노인의 마그네슘 대 칼슘 비율이 30세 수준 이하로 떨어지는 것을 허용하지 않고 있소. 게다가 젊은 피를 수혈하고 신진대사에도 항상 자극을 주고 있소. 그러니 우리의 노인과 저 노인과는 비교할 수가 없는 거요. 또한……, 우리의 노인들은 대부분 저 노인의 나이가 되기 훨씬 이전에 죽기 때문이기도 하오. 60세가 될 때까지도 노인들의 젊음은 거의 완벽하게 보존되지. 그러다가 쾅 하고 무너지듯 종말을 고하고 마는 거요.」

그러나 레니나는 버나드의 말을 듣고 있지 않았다. 그녀의 눈은 그 노인을 향하고 있었다.

노인은 천천히 아주 천천히 내려오고 있었다. 마침내 노인이 아래로 내려왔다. 그리고 몸을 뒤로 돌렸다. 그의 움푹 파인 두 눈에는 보통 사람들과는 다른 빛이 서려 있었다.

노인은 잠시 무표정한 모습으로 레니나를 바라보았다. 그러더니 등을 구부린 채 천천히 그들이 있는 곳을 스쳐 지나갔다.

「무서워요. 그리고 너무나 끔찍해요. 차라리 이곳에 오지 말았어야 하는 건데.」

레니나가 작은 목소리로 말했다.

레니나는 소마를 꺼내기 위해 자신의 주머니를 뒤졌다. 그러나 그녀의 주머니에는 소마가 든 병이 없었다. 소마가 들어 있는 병을 깜빡 잊고 휴게소에 두고 왔기 때문이었다. 소마는 버나드의 주머니에도 없었다.

레니나는 소마의 도움 없이 맬파이스의 공포에 직면하게 된 것이었다. 그 공포는 떼를 지어 레니나를 습격해 오고 있었다. 아기들에게 젖을 주는 젊은 두 여자를 보았을 때 레니나는 얼굴을 붉히며 고개를 다른 곳으로 돌렸다. 레니나는 그런 점잖지 못한 행동을 지금까지 본 적이 없었다. 설상가상으로 버나드는 모르는 척하면서 이 역겨운 모체 발아의 장면에 대해 공공연히 논평을 하였다. 버나드는 소마의 효력이 다 떨어졌으므로 자신이 오늘 아침 호텔에서 보여 준 나약함을 수치스럽게 느끼기 시작했다. 그래서 일부러 이렇게 애써 대담하고도 이단적인 행동을 보여 주는 것이다.

「이 얼마나 친밀한 관계인가! 강렬한 감정이란 바로 여기에서 나오는 거요. 레니나, 나는 종종 이런 생각을 해봅니다. 즉, 어머니라는 것이 존재하지 않는다는 점에서 사람들은 무언가를 상실한 듯한 느낌을 가지게 되지 않을까 하고 말이오. 레니나도 자신이 낳은 아기와 함께 저기에 앉아 있다고 상상해 보시오……」

「버나드! 어떻게 그런 말을……」

그때 안질에다가 피부병이 있는 한 노파가 그들이 있는 곳을 지나갔기 때문에 레니나의 분노는 폭발되지 못했다.

「여기를 떠나요. 이런 곳에서는 더 이상 있을 수가 없어요.」

레니나가 애원했다.

그러나 바로 그 순간 안내원이 다시 돌아와서 그들에게 따라오라는 손짓을 했다. 그리고 그가 앞장을 서서 집들 사이로 난 좁은 길을 안내하며 걸어 내려갔다. 그들은 모퉁이를 돌았다. 죽은 개 한 마리가 쓰레기 더미 위에 놓여 있었고 갑상선종을 앓고 있는 여자 하나가 어린 소녀의 머리카락에서 이를 잡고 있었다. 안내원은 사닥다리 아랫부분에서 걸음을 멈추었다. 그리고 손 하나를 수직으로 들더니 곧 그것을 수평으로 내렸다. 그들은 안내원이 말없이 지시하는 것을 따라서 했다. 사닥다리를 오른 다음 그것에 이어진 출입구를 지나 길고 좁다란 방으로 들어갔다. 그 방은 어두웠으며 연기와 요리용 기름과 다 떨어진, 게다가 세탁도 하지 않았기 때문에 비릿한 옷 냄새로 가득했다. 방의 다른 한쪽 끝에는 또 다른 출입구가 하나 있었는데 그것을 통해서 빛이 들어왔으며 바로 옆에서 치는 듯한 북 소리가 들려 왔다.

그들은 문지방을 지나 넓은 테라스가 있는 곳으로 나왔다. 바로 그 아래에는 높은 집들로 둘러싸인 마을이 있었는데 그곳에는 인디언들이 모여 있었다. 밝은 색의 담요와 검은 머리에 꽂은 새의 깃털, 그리고 터키옥과 땀으로 인해 반들반들해진 검은 피부들이 무리를 이루고 있었다. 레니나는 또다시 손수건을 코로 가져 갔다. 광장의 중앙 한복판에는 돌과 진흙으로 만든 두 개의 둥근 연단이 있었는데 아마도 이것들은 지하에 있는 방의 지붕임에 틀림없어 보였다. 연단의 한복판에는 지하로 연결된 입구가 뚫려 있었고 사닥다리가 아래의 컴컴한 곳으로 이어져 있었다. 피리 부는 소리가 지하에서 들려 왔으나 지칠 줄 모르고 쳐대는 위협적인 북 소리에 의해 곧 기세가 꺾였다.

레니나는 북 소리가 좋았다. 그래서 두 눈을 감은 채 부드럽게 반복되는 북 소리가 자신의 의식을 침범해 들어오도록 가만 내버려 두었다. 마침내 이 세상의 모든 것은 사라지고 그 깊은 음의 고동만이 남은 것을 느꼈다. 그 북 소리는 레니나로 하여금 단결 예배와 포드 탄신일 때 들었던 인조 합성 음악을 연상케 했다.

「둥둥둥! 둥둥둥!」

레니나가 혼잣말로 중얼거렸다.

이 북들은 한치의 오차도 없이 똑같은 리듬을 들려주고 있었다.

갑자기 요란한 합창이 터져 나왔다. 수백 명의 남자들이 일제히 거친 금속 소리를 내며 격렬한 합창을 시작했다. 몇 개의 긴 선율과 침묵, 그에 이어 천둥 같은 북 소리와 침묵, 이어서 말이 우는 것 같은 소리로 여자들이 응답했다. 다시 북이 울렸다. 그러자 다시 한 번 남자들이 남자다움을 주장하는 깊고 야성적인 합창을 시작했다.

'이상하다. 정말 이상해……'

이 장소가 이상할 뿐 아니라 음악도 이상했다. 옷도 이상하고 갑상선종도 피부병도 그리고 노인들도 모두가 다 이상했다. 그러나 음악 연주만큼은 예외였다.

「저 음악은 하층 계급의 공동체 찬가를 생각나게 하는군요.」

레니나가 버나드에게 말했다.

그러나 잠시 후 그것은 그러한 무해한 기능을 연상시키는 것이 아니었다. 갑자기 지하의 둥근 방으로부터 유령처럼 생긴 괴물의 무리가 몰려나왔기 때문이었다. 그들은 인간의 모습과는 다른 형태의 무시무시한 가면을 쓰거나 혹은 얼굴에 칠을 한 채 다리를 절룩거리며 이상한 춤을 추면서 광장을 빙빙 돌았다. 그들은 노래를 따라 부르며 돌았다. 그들이 돌 때마다 가속이 붙고 있었다. 북 소리의 장단도 변해 리듬이 빨라지는가 싶더니 마치 귀에 열병이 났을 때 쿵쿵 하고 울리는 소리와도 같았다. 그러자 군중들도 덩달아 함께 점점 더 큰소리로 노래하기 시작했다. 처음에 한 여자가 비명을 질렀다. 그러자 다음 여자가 비명을 지르고 다시 다른 여자가 그것을 받아 비명을 질렀다. 이는 마치 살해될 때 지르는 처참한 비명과도 같았다. 그때 갑자기 앞장 서서 춤을 추던 사람이 대열에서 벗어나더니 광장 구석에 서 있는 거대한 나무상자 앞으로 달려가서는 상자의 뚜껑을 열고 그 안에서 검은 뱀 두 마리를 꺼냈다. 그러자 군중들은 열광하기 시작했다. 춤을 추던 나머지 사람들이 두 손을 벌리고 그를 향해 달려갔다. 그는 제일 먼저 달려온 사람에게 뱀을 던져 주고 나서 뱀을 더 꺼내기 위해 상자 안에 다시 손을 집어넣었다. 검은 뱀, 갈색 뱀, 얼룩 뱀들이 상자에서 계속해서 나왔다. 춤추는 사람들은 어느덧 다른 리듬에 맞춰 춤을 추기 시작했다. 그들은 손에 뱀을 든 채 무릎과 엉덩이를 흔들어 대며 춤을 추었다. 빙빙 돌면서. 그때 앞장 선 사람이 신호를 보냈다. 그러자 그들은 쥐고 있던 뱀들을 한 마리씩 광장에 내버리는 것이었다. 한 노인이 지하에서 나타나 뱀들에게 옥수수 먹이를 뿌려 주었다.

다음에는 다른 사닥다리로부터 한 여자가 나타나서 검은 항아리에서 떠

온 물을 뱀에게 뿌렸다. 그러자 노인이 손을 들었다. 순간 놀랍고도 소름이 끼칠 정도로 침묵이 흘렀다. 북 소리는 그치고 모든 것이 끝난 것 같았다. 노인은 위엄 있게 지하로 들어가는 통로를 손으로 가리켰다. 그러자 아래로부터 보이지 않는 손에 의해 무언가가 천천히 들어 올려지는 것이 있었다. 한 구멍에서는 독수리 모양이 나타났고 다른 구멍에서는 벌거벗은 남자가 십자가에 못박힌 모습으로 나타났다. 그것은 둘 다 그림이었다. 그 형상은 언뜻 보기에 스스로 서 있는 것 같았는데, 마치 사방을 살피기라도 하는 것처럼 그 위치에 걸려 있었다. 노인은 손뼉을 쳤다. 무명천으로 허리 밑을 가렸을 뿐, 완전히 벌거벗은 18세 가량의 청년이 군중으로부터 걸어나와 양손을 가슴에 모으고 머리를 숙인 채 노인 앞에 섰다. 노인이 청년의 머리 위에다 십자가를 긋고 물러섰다. 그 청년은 꿈틀거리는 뱀 주위를 천천히 걷기 시작했다. 그가 한 바퀴를 돌고 나서 다시 반 바퀴를 돌려고 하는 순간 춤추는 사람들 가운데서 코요테 가면을 쓴 키가 큰 사람 하나가 손에 가죽 채찍을 들고 그를 향해 다가왔다. 청년은 마치 다른 사람의 존재를 의식하지 않는 것처럼 행동하며 계속해서 움직였다. 코요테 가면을 쓴 사나이가 채찍을 들었다. 무언가를 예상하게 하는 숨막히는 시간이었다. 다음 순간 재빠른 동작이 이어졌고 채찍이 공기를 가르는 소리에 이어 인간의 살점을 떼어 내는 듯한 요란한 소리가 들렸다. 청년의 몸이 떨렸다. 그러나 청년은 소리를 내지 않고 여전히 느리고 확고한 발걸음으로 걷고 있었다. 코요테 가면을 쓴 사나이는 계속해서 청년을 때리고 또 때렸다. 인정 사정없이 때렸다. 그가 때릴 때마다 군중들 사이에서는 헐떡거리는 한숨이, 그리고 점차 시간이 지남에 따라 깊은 신음 소리가 들려 왔다. 청년은 개의치 않고 계속해서 걸었다. 두 번, 세 번, 네 번을 계속해서 돌았다.

피가 흐르고 있었다. 다섯 번, 여섯 번을 돌았다. 이때 갑자기 레니나는 자신의 두 손으로 얼굴을 가리고 울기 시작했다.

「중지시켜 주세요. 제발 그만 하도록 해주세요.」

레니나가 애원했다.

그러나 채찍은 아랑곳하지 않고 계속해서 청년의 몸 위에 내리쳐졌다. 청년은 일곱 바퀴를 돌았다. 그러다 갑자기 청년이 비틀거렸다. 그러더니 아무 소리도 없이 앞으로 고꾸라졌다. 노인이 청년에게 몸을 구부리면서 길고 흰 깃털로 그의 등을 쓰다듬었다. 그러고는 사람들이 모두 볼 수 있도록 심홍색으로 물든 깃털을 잠시 치켜들었다가 뱀들 위에서 세 번 흔들었다. 그러자 몇 방울의 피가 떨어졌다. 그때 갑자기 북 소리가 울려 나와 빠른 선율의 공포를 연출했다. 커다란 함성이 일었다. 춤추던 사람들은 앞으로 달려나와 뱀들을 잡더니 광장에서 뛰쳐나갔다. 남자, 여자, 어린아이 할 것 없이 모든 군중이 그 뒤를 따랐다. 금세 광장은 텅 비었고 젊은 청년만이 쓰러진 채 꼼짝도 하지 않고 있었다. 어떤 집에서 세 명의 노파가 나타나 그 청년의 몸을 힘들게 일으키더니 운반해 갔다. 독수리 가면과 십자가에 매달린 인간이 잠시 동안 텅 빈 광장을 지키고 있었다. 그러다가 이젠 충분히 보았다는 듯이 구멍 속으로 천천히 내려가 지하의 세계로 몸을 감추었다.

「정말로 끔찍해요.」

계속해서 울고 있던 레니나는 그 말만 계속해서 되풀이할 뿐이었다.

버나드가 레니나를 아무리 위로하려고 해도 소용이 없었다.

「정말로 끔찍해요! 저 피 좀 보세요! 소마라도 가지고 왔었으면 좋았을 텐데…….」

레니나는 몸을 부르르 떨었다. 그때 발소리가 났다. 레니나는 움직이지 않고 손으로 눈을 가린 채 아무 것도 보지 않으려는 자세를 취했다. 단지 버나드만이 뒤를 돌아다보았다.

테라스 앞에 서 있는 젊은 청년은 인디언 복장을 하고 있었다. 그러나 그의 많은 머리카락은 지푸라기처럼 노란 색깔이었으며 눈은 연푸른색이었고 피부는 희었으나 약간 탄 듯했다.

「안녕하십니까?」

그 낯선 사람의 영어는 흠잡을 데 없이 정확했으나 약간 특이한 억양으로 영어를 구사하고 있었다.

「당신들은 아마도 문명화된 인간들이겠죠? 게다가 이곳 보호 구역 밖에서 오신 분들이겠고요.」

「댁은 도대체…….」

버나드가 놀란 표정으로 물었다.

그 청년은 한숨을 내쉬더니 머리를 흔들었다.

「가장 불행한 사람입니다.」

청년은 이렇게 말하고는 조금 전에 광장에서 본 핏자국을 가리켰다.

「저 망할 놈의 장소가 보이시죠?」

그는 감정이 복받쳐 떨리는 목소리로 말했다.

「비록 1그램의 소마라 할지라도 없는 것보다는 차라리 낫지……. 소마를 가지고 왔더라면 좋았을 것을…….」

레니나는 얼굴을 가린 채 기계적으로 말했다.

「내가 저기에 있어야 하는 건데 말입니다. 왜 나를 희생 제물로 택하지 않는지 모르겠어요. 나 같으면 열 바퀴, 아니 열두 바퀴, 열다섯 바퀴도 돌았을 텐데 말예요. 팔로위티와는 겨우 일곱 바퀴밖에는 못 돌았거든요. 나를 택했더라면 그 친구의 두 배 가량의 피를 얻을 수 있었을 텐데 말입니다. 바다를 피로 물들일 수 있을 정도의……」[30]

청년은 피의 양이 많다는 것을 나타내기 위해 그의 두 팔을 넓게 펼쳐 보였다. 그런 다음 낙심한 표정을 지으며 힘없이 다시 아래로 팔을 내렸다.

「하지만 그들은 내게 기회를 주지 않습니다. 그들은 내 얼굴 색을 거부합니다. 항상 그런 식이라고요. 항상……」

청년의 눈에는 눈물이 글썽글썽했다. 그러자 부끄러운 생각이 들었는지 얼굴을 얼른 다른 곳으로 돌렸다.

레니나는 얼마나 놀랐는지 소마 생각마저 잊어버리고 있었다. 레니나는 인디언 청년이 얼굴에서 손을 떼자 비로소 그 청년의 얼굴을 쳐다볼 수 있었다.

「저, 당신 말뜻은, 당신이 그 채찍에 맞고 싶었다, 이 말인가요?」

그 젊은이는 고개를 여전히 돌린 채 끄덕였다.

「이 부락을 위해서죠. 비를 오게 하고 옥수수가 잘 자라도록 하기 위해서 말입니다. 게다가 푸콩 신(神)과 예수를 기쁘게 하기 위해서이기도 하죠. 그리고 무엇보다 나는 비명을 지르지 않고서도 그런 고통쯤은 참을 수 있다는 것을 입증하기 위해서도.」

갑자기 그의 목소리가 생기를 띠며 우렁차게 울렸다.

---

30) '바다를 피로 물들인다' 는 표현은 셰익스피어의 〈베니스의 상인〉 2막 1장에 나오는 구절임.

그는 자랑스러운 듯 턱을 치켜들고 어깨를 똑바로 펴면서 고개를 레니나가 있는 쪽으로 돌렸다.

「내가 남자라는 것을 보여 주기 위해서입니다. 오……!」

청년은 숨이 차는지 큰 숨을 한 번 쉬고 나서 입을 다물었다. 그는 레니나와 같은 여자를 평생 처음 보았던 것이다. 두 볼이 초콜릿색이나 개가죽 색깔이 아닌 여자는 처음으로 보았던 것이다. 황금빛으로 파도를 이루고 있는 저 머리카락! 그리고 자애로운 관심을 드러내고 있는 저 얼굴 표정! 레니나는 그에게 미소를 보냈다.

'멋지게 생긴 아이로군. 게다가 몸도 아름답고……'

그녀는 속으로 생각했다.

청년의 얼굴이 화끈 달아올랐다. 그는 고개를 푹 숙였다. 그리고 다시 고개를 들어 레니나를 바라보았을 때 그녀가 자신을 향해 계속해서 미소 짓고 있는 것을 발견했다. 청년은 레니나에게 완전히 압도되었으나 시선은 일부러 광장 저편으로 돌렸다.

이때 버나드의 질문이 어색했던 분위기를 바꿔 주었다. 당신은 누구죠? 어떻게 이곳에 오게 되었죠? 그리고 언제, 어디서…….

청년은 레니나의 미소 짓는 모습을 보고 싶어서 안달이 났지만 감히 그녀의 얼굴을 볼 수는 없었다. 그 대신 시선을 버나드에게 고정시킨 채 자신에 대해 설명하느라 분주했다. 린다와 그는 - 린다는 청년의 어머니였다 - 이곳 보호 구역 출신이 아닌 다른 지역 출신이라고 했다. 또한 린다는 청년이 태어나기 전에 그 청년의 아버지인 남자와 함께 오래전에 다른 곳에서 이곳으로 왔다는 것이었다 - 이 부분에서 버나드는 귀를 곤두세우고 청년의 말을 들었다 - 린다는 북쪽을 향해 산책하다가 가파른 절벽 밑으로 추락하여 머리를 다쳤고, (버나드는 '어서 계속 말해 봐요' 라고 재촉하며 흥미로운 태도로 그의 말을 들었다.) 그 뒤 맬파이스의 사냥꾼 몇 명이 그녀를 발견하여 이 마을로 데려왔으며 린다는 청년의 아버지인 그 남자를 다시는 볼 수 없게 되었다는 것이다.

아버지 되는 남자의 이름은 토마킨이었다 - 소장의 이름도 이와 비슷한 토머스였다 - 그 후 그 남편은 비행기를 타고 다른 곳으로 돌아갔음에 틀림없었다. 그녀를 그대로 내팽개친 채. 나쁘고 불친절하고 양심없는 사람 같으니라고…….

「그래서 난 맬파이스에서 태어난 겁니다. 맬파이스에서 말입니다.」

청년은 여기서 말을 끝냈다. 그리고 고개를 내저었다.

부락의 변두리에 위치한 그 작은 집은 몹시 지저분했다. 먼지와 쓰레기를 모아 놓은 공간으로 그 집과 마을은 분리되고 있었다. 허기진 두 마리의 개가 문가의 쓰레기 더미 속을 지저분하게 코로 뒤지고 있었다. 그들이 안으로 들어가자 방안은 컴컴했으며 파리들이 시끄럽게 윙윙거렸다.

「린다!」

청년이 큰소리로 외쳤다.

「그래, 나간다.」

안에서 약간 쉰 듯한 여자의 목소리가 들렸다.

버나드와 레니나는 기다렸다. 바닥에 놓인 그릇 속에는 먹다 남은 음식이 지저분하게 담겨 있었다. 아마 몇 끼의 식사가 합쳐진 것 같았다.

문이 열렸다. 뚱뚱한 금발의 인디언 여자가 문지방을 가로질러 나와서는 이 낯선 이방인들을 보고는 입을 딱 벌린 채 믿을 수 없다는 듯이 바라보았다. 레니나는 그녀의 앞니가 두 개 정도 빠진 것을 보자 왠지 기분이 상했다. 그나마 남아 있는 이의 색깔도……. 레니나는 보는 것만으로도 온몸에 소름이 끼쳤다. 조금 전에 보았던 노인보다도 더 지저분했다. 게다가 그녀는 보기 역겨울 정도로 뚱뚱했다. 얼굴에 나 있는 여러 갈래의 선, 축 늘어진 피부, 주름살, 그리고 자줏빛 반점이 있는 늘어진 볼, 코에 비치는 붉은 혈관, 충혈된 눈, 그리고 저 목, 머리 위에 뒤집어쓴 담요 같은 것……. 한마디로 누더기에다 천조각을 붙여 놓은 모습이었다. 갈색 부댓자루 모양의 상의 아래로 드러난 커다란 유방, 불룩한 배, 그리고 엉덩이. 맙소사! 저건 조금 전에 본 그 노인보다도 정도가 훨씬 더 심하군. 그 여자는 갑자기 폭포수 같은 말을 퍼부어 대더니 두 팔을 벌리고는 레니나에게 달려왔다. 오! 포드님, 맙소사! 이건 너무 역겨웠다. 조금 있으면 아예 구역질이 나올 것만 같았다. 그녀는 가슴과 불룩한 배로 레니나를 껴안으며 키스하기 시작했다. 맙소사! 침을 질질 흘리며 키스를 하다니! 게다가 냄새마저 고약했다. 아마도 목욕하고는 담을 쌓은 모양이다. 델타와 입실론 계급의 병 속에 주입시키는 그 잔인한 물질의 냄새 - 아니, 버나드에 대한 풍문은 사실이 아닐 것이다 - 바로 그 알코올 냄새가 그녀에게서 발산되고 있었다. 레니나는 가능한 한 재빨리 그녀로부터 벗어나려 애썼다.

울어서 일그러진 얼굴이 레니나를 바라보고 있었다.

「오, 내가 얼마나 기쁜지 당신은 아마 모를 겁니다. 이 기나긴 세월을 보내고 나서야 비로소 문명인의 얼굴과 옷을 보게 되다니……. 난 다시는 문명인의 인조견 옷을 보지 못할 것이라고 생각했습니다.」

그녀는 흐느끼면서 쉴 새 없이 얘기를 늘어놓았다. 그리고 나서 레니나의 상의 소매를 매만졌다. 그녀의 손톱에는 때가 새카맣게 끼어 있었다.

「이 멋진 인조 벨벳 바지! 난 아직까지도 내가 여기 올 때 입고 온 옛날 옷을 가지고 있답니다. 상자에 넣어 보관해 두었지요. 나중에 보여드리겠어요. 비록 지금은 좀이 먹어서 온통 구멍투성이로 변해 버렸겠지만 말예요. 하지만 당신의 모로코 가죽 허리띠가 훨씬 더 아름답군요. 하기야 그 피임대가 나에게 효과가 있었다는 말은 아닙니다.」

이 말을 끝내고 그녀는 다시 눈물을 흘리기 시작했다.

「존이 이야기했겠지만……, 난 여기에 있는 동안 무척이나 고생을 했어요. 게다가 여기서는 단 1그램의 소마도 얻을 길이 없어요. 포페가 가끔 갖다 주는 메스칼 주[31]를 마시는 수밖에는 도리가 없었죠. 포페는 내가 전부터 알고 있는 사람이에요. 하지만 그것을 먹고 나면 뒤끝이 좋지 않아요. 그리고 페요틀 주[32]가 있는데 이걸 마시면 구역질이 나요. 게다가 이건 다음날 일어나면 왠지 모를 수치감을 느끼게 만드는 술이에요. 난 정말 수치감을 떨쳐 버릴 수가 없었죠. 한번 생각해 보세요. 베타 계급으로 태어난 내가 임신했다는 것을 말예요. 만약 당신이 내 입장이 되었더라면…….」

그 단순한 암시에 레니나는 몸서리를 쳤다.

「물론 그게 나의 과실은 아니었어요. 나도 맬서스식 훈련을 받았는데 어째서 그런 일이 내게 일어났는지 아직도 모르겠어요. 여러 번 그 훈련을 받았던 기억이 나는군요. 하나, 둘, 셋, 넷 하고 항상 그 숫자를 세면서 받았죠.

---

31) 메스칼(mescal)은 미국산 알로에를 주원료로 만든 독성이 강한 술의 일종임.
32) 페요틀(peyotl)은 선인장을 주원료로 만든 술로서 이것을 마시면 일종의 환각 증세가 일어난다고 한다.

여하튼 임신이 된 것은 사실이에요. 여기에는 낙태소(落胎所) 같은 곳이 없어요. 그건 그렇고, 아직도 첼시에는 낙태소가 있나요?」

레니나가 고개를 끄덕였다.

「지금도 화요일과 금요일에는 조명을 환하게 켜 놓고 있나요?」

레니나가 다시 고개를 끄덕이자 린다는 얼굴을 들고 눈을 감은 채 황홀한 기억에 도취되어 옛날의 추억을 떠올렸다.

「그리고 밤의 그 강물……, 저녁이 되면 비행기를 타고 스토크포지스에서 돌아왔죠. 뜨거운 열탕 목욕을 하고 나서 진공 마사지를 한 다음……, 아, 하지만……」

린다의 굳게 감긴 눈에서 눈물이 흘러내렸다. 그녀는 심호흡을 크게 하고 고개를 좌우로 흔들더니 눈을 떴다. 이어 몇 번 훌쩍거린 다음 손으로 코를 풀고는 코가 묻은 손가락을 자신의 옷에다 닦았다. 이것을 보고 레니나가 얼굴을 찡그리자 린다는 곧바로 반응을 보였다.

「오, 미안해요. 이래서는 안 되는데. 하지만 손수건이란 것이 없는데 어떡하겠어요? 나도 처음엔 모든 것이 더러웠고 살균된 것이라고는 하나도 없는 것을 보고는 혀를 내둘렀죠. 그들이 처음에 나를 이곳에 데리고 왔을 때 나는 머리에 심한 상처를 입었었죠. 그들이 그런 내 머리에다 뭘 발라 놨었는데 당신들은 아마 상상도 못할 겁니다. 더러운 오물을 발라 놨었는데, 정말 끔찍했어요. 난 그들에게 문명은 '살균'이라고 말하곤 했죠. 그리고 깨끗한 욕실과 화장실을 보러 스트렙토코크지에서 밴버리 T까지 가보자고 그들을 달래 보기도 했죠. 마치 어린아이를 다루듯이 말예요. 하지만 그들은 이해를 못하더군요. 어떻게 이해할 수 있겠어요? 결국 내 쪽에서 불결한 환경에 길들어 버리고 만거죠. 뜨거운 물이 없는데 어떻게 살균을 할 수가 있겠어요? 그리고 이 옷들 좀 보세요. 짐승 털로 만든 이 누추한 옷은 인조견하고는 달라요. 이 옷은 한 번 입으면 닳아서 없어질 줄을 몰라요. 찢어지면 꿰매어 입으면 그만이에요. 하지만 나는 베타 계급 출신이에요. 그래서 수정실에서 작업을 했죠. 그 어느 누구도 내게 옷을 꿰매는 방법 같은 것은 가르쳐 주지 않았어요. 그건 내 소관이 아니었기 때문이죠. 게다가 옷을 꿰맨다는 것은 옳지 못한 일이었잖아요? 옷에 구멍이 나면 그걸 버리고 새옷을 사서 입으라는 것, 그리고 바느질을 하면 그만큼 돈이 축난다는 것이 수면 학습의 주된 내용이었잖아요. 꿰매는 것, 즉 소위 '수선'이라는 것은 반(反)사회적이었잖아요? 그러나 여기서는 모든 것이 정반대예요. 이곳에 있으면 정신병자들과 함께 살고 있는 것 같은 기분이 들어요. 그들이 하는 모든 행동은 정상이 아니에요.」

린다는 주위를 둘러보았다. 존과 버나드는 그들 곁을 떠나 집 밖에 있는 먼지와 쓰레기 더미 속을 이리저리 거닐고 있었다. 그러나 린다는 여전히 비밀스런 이야기를 하듯 목소리를 낮추고는 레니나 쪽으로 몸을 가까이 기댔다. 린다가 얼마나 가까이 몸을 기댔는지 그녀에게서 나는 악취가 레니나의 볼에 늘어진 머리카락을 흩뜨리고 있는 것 같아 레니나의 몸은 굳어지며 움츠러들었다.

「이곳 사람들이 서로를 대하는 방법을 예로 들면, 한마디로 말해서 미쳤다고밖에는 볼 수가 없어요. 만인은 만인을 위해 존재하는 거죠. 안 그렇습니까?」

린다가 레니나의 옷소매를 잡아당기며 말하자 레니나는 고개를 돌린 채 끄덕였다. 그리고 이제까지 참고 있던 숨을 밖으로 내뱉고 다시 한 번 크게 숨을 쉬려 했다.

「여기서는 모두가 각자 자기 자신을 위해 존재할 뿐이며 다른 사람을 위해서는 존재하지 않습니다. 우리가 보통 하던 식으로 여러 남자와 관계를 가지게 되면 악하고도 반사회적인 행위로 낙인이 찍히게 됩니다. 그뿐 아니라 그들로부터 미움과 경멸을 받게 되죠. 한 번은 여러 명의 여자들이 우리 집에 와서는 난리 법석을 피운 적이 있죠. 그들의 남편들이 날 보려고 왔었기 때문이에요. 그게 무슨 잘못이냐고 물었더니 그 여자들은 막무가내로 덤벼들더군요⋯⋯. 생각만 해도 끔찍해요. 그 얘긴 더 이상 하고 싶지 않군요.」

린다는 자신의 얼굴을 두 손으로 감싸고는 몸을 부르르 떨었다.

「이곳 여자들은 정말 악독하기 그지없어요. 미쳤고 잔인하죠. 물론 그들은 맬서스식 훈련이 뭔지, 병이 뭔지, 그리고 태아가 제조되는 것이 뭔지 알 턱이 없죠. 그들은 마치 개처럼 아기를 뱃속에 지니고 있다가 낳죠. 말도 안 되는 소리잖아요? 그런데 나도 그렇게 아기를⋯⋯. 오, 포드님, 맙소사! 하지만 그럼에도 불구하고 존은 내게 커다란 위안이 되었어요. 만일 존이 없었다면 그 동안 어떻게 지낼 수 있었을지⋯⋯. 비록 남자들이 내게 나타날 때마다 존은 기분 나빠했지만 말예요. 한 번은 그 아이가 가엾은 와이후시아를 죽이려고 했어요. 아니, 포페였던가? 단지 내가 그들과 상대를 한다는 이유에서 말예요. 그 아이에게 문명인들은 그렇게 한다는 사실을 도저히 이해시킬 수가 없었어요. 확신컨대, 미친 짓도 전염이 되나 봐요. 아무튼 존은 인디언들에게서 그 미친 행동이 전염된 것 같아요. 그 아이는 인디언들하고 항상 같이 지내거든요. 존의 인디언 친구들은 그를 인간 취급도 안하고 놀이에도 끼워 주지 않는데 왜 늘 그들하고 같이 어울리려고 하는지 모르겠어요. 그건 어떻게 보면 한편으로는 잘된 일이기도 해요. 그 덕택에 내가 그 아이를 조건 반사시킬 일은 없어졌으니까요. 그 동안 그것이 얼마나 어려운 일이었는지 당신은 아마 이해하지 못할 거예요. 예를 들어, 헬리콥터는 어떻게 작동하며 누가 이 세상을 만들었냐고 묻는다면 뭐라고 대답하겠어요? 만일 당신이 베타 계급이고 게다가 항상 수정실에서 작업만 했다면 말입니다.」

8

버나드와 존은 집 밖의 먼지와 쓰레기 더미 속 - 그곳에는 커다란 개가 네 마리나 있었다 - 을 한가로이 왔다갔다했다.

「나로서는 이해할 수가 없군요. 마치 우리가 다른 혹성, 다른 시대에 살고 있는 것 같단 말이야. '어머니' 라는 개념과 이 모든 더러운 오물, 그리고 신(神)과 고령(高齡)과 질병……, 이건 거의 상상할 수가 없을 정도야. 자네가 설명해 주지 않는 한 나는 아마 이해할 수 없을 거야.」

버나드는 이렇게 말하며 고개를 흔들었다.

「뭘 설명해 드릴까요?」

「이것.」

버나드는 부락을 가리켰다.

「저것도.」

이번에는 마을 바깥에 있는 작은 집을 가리켰다.

「그것 뿐만이 아니야. 자네의 삶에 관해서도 말이야.」

「하지만 기억나는 게…….」

「걱정하지 마. 천천히 생각하게. 자네가 기억할 수 있는 한 되도록 먼 과거로 거슬러 올라가서 말이야.」

'내가 기억할 수 있는 한 되도록 먼 과거로 거슬러 올라가서……?

존은 양미간을 찡그렸다. 그들 사이에 잠시 동안 침묵이 흘렀다.

날이 매우 무더웠다. 그들은 옥수수빵과 달콤한 옥수수를 먹고 있었다.

「자, 아가야! 이리 와서 누우렴.」

린다가 말했다.

그들은 커다란 침대에 같이 누웠다. 존이 '노래 불러 줘' 하면 린다는 '스트렙토코크 지에서 밴버리 T까지' 라든가 '잘 가거라, 벤팅 아가야! 넌 곧 제조되어 이 세상에 나오게 될 테니 말이야' 라는 노래를 불러 댔다. 린다의 노랫소리는 점점 약해져 갔다…….

그때 갑자기 시끄러운 소리가 나는 바람에 존은 깜짝 놀라 잠에서 깼다. 체구가 크고 인상이 험악하게 생긴 남자가 침대 곁에 서서 린다에게 뭐라고 얘기하고 있었고, 린다는 그 말에 기분이 좋은지 웃고 있었다. 린다는 담요를 자신의 턱 위로 잡아당겨 올렸다. 그러나 그 남자는 담요를 다시 아래로 잡아 내렸다. 그 남자의 머리카락은 마치 두 개의 검은 밧줄과도 같았고 팔에는 푸른 보석이 박힌 아름다운 은팔찌를 끼고 있었다. 존은 그 팔찌가 마음에 들었으나 한편으로는 두려운 생각도 들었다. 존은 자신의 얼굴을 린다의 몸에 파묻었다. 린다가 존에게 손을 얹자 존은 약간 안심이 되었다. 존은 아직 나이가 어렸으므로 린다가 그 남자에게 하는 말을 제대로 이해할 수 없었다.

「여기서는 안 돼요!」

그 남자는 존을 쳐다보더니 다시 린다를 쳐다보았다.

「안 된다니까요.」

린다가 다시 말했다. 그러나 그는 침대 위의 존에게 몸을 굽혔다. 그의 얼굴은 크고 험상궂었다. 검은 밧줄처럼 생긴 그의 머리카락이 담요를 건드렸다.

「안 돼요!」

린다가 다시 말했다.

존은 린다가 자신을 꼭 껴안는 것을 느낄 수 있었다.

「안 돼! 안 된다니까요.」

그러나 그는 존의 한 쪽 팔을 잡았다. 얼마나 세게 잡았는지 존이 비명을 지를 정도였다. 그는 다른 한 쪽 손으로 존을 위로 들어올렸다. 그러나 린다는 자신의 아들 존을 놓치지 않으려고 안간힘을 쓰고 있었다.

「안 돼요! 안 돼요!」

그 남자는 화가 난 듯한 목소리로 짤막하게 뭐라고 말했다. 그러자 린다의 손이 존에게서 떨어져 나갔다.

'린다! 린다!' 하면서 존은 발버둥치며 몸부림을 쳤다. 그러나 그 남자는 존을 안고 방을 가로질러 문 쪽으로 다가갔다. 그리고 문을 열고는 존을 다른 방 한가운데 있는 마루 위에 내려놓았다. 그런 다음 그는 문을 닫고 나가 버렸다. 존은 일어나 문가로 달려가서는 발뒤꿈치를 들고 커다란 나무 빗장이 있는 곳을 향해 자신의 손을 뻗었다. 그리고 그것을 들어 올려서 밀었다. 그러나 문은 열리지 않았다.

「린다!」

존은 큰소리로 외쳤지만 적막감만이 감돌 뿐이었다.

존은 크고 다소 어두운 방을 기억해 냈다. 나무로 만든 물건들이 있었는데 거기엔 줄이 매어져 있었고 많은 여자들이 그 주변에서 담요를 짜고 있었다. 린다는 존에게 자기가 여자들을 도와주고 있는 동안 구석에 있는 다른 아이들과 놀고 있으라고 말했다. 존은 그 아이들과 어울렸다. 그때 갑자기 사람들의 목소리가 높아지기 시작하더니 몇몇 여자들이 린다를 밀어냈다. 린다는 울고 있었다. 린다가 문 쪽으로 가자 존은 그녀의 뒤를 따랐다. 존은 왜 사람들이 린다에게 화를 내고 물었다.

「그건 내가 물건을 부러뜨렸기 때문이야. 내가 저놈의 짐승 같은 천 짜기를 언제 해봤어야지. 천한 야만인들 같으니라고.」

린다는 혼자 씩씩거렸다.

존은 야만인이 뭐냐고 물었다. 하지만 여기에 대한 대답은 없었다.

존과 린다가 집에 돌아왔을 때 포페가 문 밖에서 기다리고 있었다. 포페는 그들과 함께 안으로 들어갔다. 포페는 물 같은 것으로 보이는 액체가 가득 들어 있는 커다란 호리병 하나를 들고 있었다. 그러나 그것은 물이 아니었다. 냄새가 고약하고 입을 대면 혀를 태울 정도며 기침을 유발하는 것이었다. 린다와 포페는 그것을 조금 마셨다. 그리고 난 뒤 린다는 큰소리로 웃으며 수다를 떨었다. 잠시 후 린다와 포페는 다른 방으로 들어갔다. 포페가 가고 난 다음 존은 그 방으로 들어갔다. 린다는 깊은 잠에 떨어져 있었으므로 존은 그녀를 깨울 수가 없었다.

포페는 가끔 찾아왔다. 포페는 그 호리병 속에 든 액체가 메스칼이라고 말했다. 그러나 린다는 그것을 소마라고 불러야 한다고 우겼다. 다 마시고 나서 뒤끝이 좋지 않은 것이 소마와 틀린 점이라고 설명해 줬다. 존은 포페를 증오했다. 아니, 포페 뿐만이 아니라 린다를 찾아오는 모든 남자들을 증오했다. 어느 날 오후, 아마도 산 위에 눈이 덮여 있던 추운 겨울의 오후로 기억되는데, 존이 아이들과 놀다 집에 돌아와 보니 침대에서 화난 사람들의 소리가 사정없이 터져 나왔다. 여자들의 음성이었다. 그들은 존이 알아들을 수 없는 소리로 지껄여 대고 있었다. 그러나 그것이 좋지 않은 말이라는 것만은 짐작할 수 있었다. 잠시 후 쾅 하는 소리가 들렸다. 뭔가가 뒤집힌 것 같았다. 사람들이 재빠르게 움직이는 소리도 들렸다. 다시 요란한 소리가 들렸다. 그리고는 뒤이어 살찐 노새를 때리는 것 같은 소리가 들렸다. 그때 린다가 비명을 질렀다.

「오, 제발 그만두세요! 제발……」

존이 안으로 뛰어들어가 보니 세 명의 여자가 시커먼 담요를 두르고 있었고, 린다는 침대 위에 있었다. 한 여자가 린다의 팔목을 잡고 있었고 다른 한 여자는 린다의 다리를 깔고 앉아 꼼짝 못하게 하고 있었다. 그리고 세 번째 여자는 회초리로 린다를 때리고 있었다. 한 대, 두 대, 세 대. 회초리가 몸에 닿을 때마다 린다는 고통스런 비명을 질러 댔다. 존은 울면서 때리는 여자의 담요 가장자리를 잡아당겼다.

「제발! 제발!」

그러나 그 여자는 손으로 존을 밀어내며 조금 전보다 더 세게 매질을 했다. 린다는 다시 비명을 질렀다. 존은 매질하는 여자의 커다란 손을 잡고, 있는 힘을 다해 물었다. 그 여자는 고함을 지르고 자신의 손을 비틀어 빼내더니 존을 뒤로 밀었다. 힘없는 존은 그대로 뒤로 넘어지고 말았다. 존이 바닥에 넘어져 있는 동안 그 여자는 존의 몸에 세 차례에 걸쳐 매질을 했다. 그것은 존이 그때까지 맞아 본 것 중에서 가장 아팠다. 마치 불이 와서 후비는 것 같았다. 회초리는 다시 휘파람 소리를 내며 떨어졌다. 그러나 이번에 비명을 지른 것은 린다였다.

「왜 그 사람들은 어머니를 못살게 구는 거죠?」

존은 그날 밤 매맞은 곳을 어루만지며 린다에게 물었다.

존은 채찍으로 얻어맞은 등줄기의 핏자국이 아직도 쑤셨기 때문에 울고 있었다. 그러나 그가 운 것은 사람들이 너무나 잔인했기 때문이며, 또한 자신이 아직 어리기 때문에 그들에게 대항할 수 없었다는 사실에 서러워 운 것이었다. 린다 역시 울고 있었다. 린다는 성인이었으나 여자 세 명을 상대할 수 있을 정도로 체격이 우람한 편은 못 되었다. 그들은 린다에게 치사한 행동을 한 것이다.

「왜 저 사람들이 어머니를 못살게 구는 거예요?」

「모르겠다. 나도 왜 그러는지 알고 싶구나.」

린다는 엎드려 얼굴을 베개에 파묻고 있었기 때문에 그녀의 말을 좀체 알아들을 수가 없었다.

「그 여자들 말로는 그 남자들이 자기네 것이라는 거야.」

린다는 이렇게 말했으나 존을 향해 말하는 것 같지는 않았다. 마치 자기 자신 속에 있는 알 수 없는 한 인간과 대화하고 있는 것 같았다. 존으로서는 이해할 수 없는 장황한 이야기였다. 마침내 린다는 전보다 더 크게 울기 시작했다.

「린다, 울지 마세요! 울지 마세요!」

존은 자신의 팔로 린다의 목을 끌어안았다. 하지만 린다는 울음을 그치지 않았다.

「조심해라. 내 어깨가 아…….」

린다는 이렇게 말하면서 존을 힘껏 밀어냈다. 존의 머리가 벽에 부딪쳤다.

「바보 같으니라고…….」

린다가 소리쳤다.

그러더니 린다는 갑자기 존을 때리기 시작했다.

「때리지 마세요! 엄마! 때리지 말라니까요!」

「난 네 엄마가 아냐! 네 엄마가 되기 싫어!」

「하지만 엄마……, 오!」

린다는 존의 따귀를 사정없이 후려갈겼다.

「야만인이 되고 말았다니까. 짐승처럼 아이를 낳고 말이야. 너만 아니었다면 난 벌써 감독관을 찾아갔을 거다. 이곳에서 도망칠 수 있었단 말이다. 하지만 아기를 데리고는 불가능한 일이었지. 그건 너무나 부끄러운…….」

존은 린다가 자신을 다시 때리려는 것을 알아차리고는 자신의 얼굴을 보호하기 위해 팔을 위로 들어 올렸다.

「오, 린다, 때리지 마세요. 제발 때리지 마세요.」

「이 짐승 같은 놈아!」

린다는 존의 팔을 끌어내렸다. 존의 얼굴이 드러났다.

「린다, 제발······.」

존은 눈을 감은 채 린다가 때릴 때를 기다렸다. 그러나 린다는 존을 때리지 않았다. 아무런 느낌이 없어 존이 다시 눈을 뜨자 린다는 존을 그냥 바라보고만 있었다. 존은 린다에게 미소를 지어 보이려고 했다. 그러자 갑자기 린다는 두 팔로 자신의 아들을 껴안고는 계속해서 키스를 퍼부어 댔다.

그 이후로 린다는 여러 날 동안 아예 일어나지 않았다. 줄곧 침대에 누워만 있었다. 그녀의 슬픔은 몹시 컸다. 때문에 포페가 가져 오는 마실 것만 마시고는 실없이 웃다가 잠들어 버리곤 했다. 그러다가 때로는 앓아 눕기도 했다. 존을 씻겨 주는 일도 번번이 잊었으며 먹을 것이라곤 차가운 옥수수 빵 이외에는 아무 것도 없었다. 존은 린다의 머리카락 속에서 작은 생물이 들끓고 있는 것을 처음 발견했을 때 그녀가 기겁하며 비명을 지르던 일이 생각났다.

존에게 있어서 가장 행복했던 시간은 린다가 '다른 세계'에 대해 이야기해 주던 때였다.

「원하면 언제라도 비행기로 그곳에 날아갈 수 있어요?」

「그럼 원하면 언제라도 갈 수 있단다.」

린다는 이렇게 대답하며 상자에서 나오는 아름다운 음악이라든가 재미있는 게임과 맛있는 음료수, 그리고 벽에 달린 작은 단추를 누르기만 하면 들어오는 밝은 전등, 듣고 느끼고 냄새 맡고 시각으로 감상할 수 있는 영화, 산처럼 높은 핑크색, 초록색, 하늘색, 은색 건물 등에 대한 이야기도 빠뜨리지 않고 해주었다. 그곳에는 모든 사람들이 행복하며 불행이라는 것은 존재하지 않았다. 슬프거나 분노를 느끼는 사람은 아무도 없으며 만인은 만인을 위해 존재한다는 것도 이야기했다. 지구의 반대쪽 세상에서 일어나는 일을 보고 들을 수 있는 상자와 깨끗한 병 속에 들어 있는 사랑스런 아기들, 그리고 더러운 냄새나 오물은 전혀 찾아볼 수 없는 환경에 대해서도 이야기해 주었다.

사람들은 결코 외롭지 않고 이곳 맬파이스의 여름 축제 때처럼 늘 함께 살며 마냥 유쾌하고 행복하다고 했다. 그곳에는 매일 행복만이 계속된다고 설명했다.

존은 몇 시간이고 린다의 말을 들었다. 때로는 존이 다른 아이들과 놀다가 지치면 부락의 노인 하나가 린다가 쓰는 언어와는 전혀 다른 언어로 이야기를 해주곤 한다. 세계의 위대한 개혁자에 관한 이야기. 오른손과 왼손 사이의 전쟁. 비와 가뭄 사이의 싸움. 밤중에 생각하여 짙은 안개를 만들고 나서 그 안개로 전세계를 만든 '아와나윌로나'의 이야기. 어머니가 되는 대지(大地)와 아버지가 되는 하늘에 얽힌 전설. 전쟁과 운명의 쌍둥이인 '아하이유타와 마세일레마'의 이야기. 예수와 푸콩 신에 관한 이야기. 메리와 자신을 다시금 젊게 만들었던 에트사나트레히의 이야기. 라구나의 검은 돌과 아코마의 독수리와 성녀에 관한 이야기. 모두가 새롭고 신기한 이야기뿐이었다. 완전히 이해할 수 없는 다른 언어로 이야기했기 때문에 더 경이롭게 느껴지는 내용이었다. 존은 침대에 누워 천당, 런던, 아코마의 성녀, 깨끗한 병 속에 들어가 줄지어 서 있는 아기들, 하늘로 올라가는 예수, 날아 올라가는 린다, 인공 부화소의 위대한 소장, 아와나윌로나 등에 관해 곰곰이 생각하곤 했다.

많은 남자들이 린다를 보기 위해 찾아왔다. 그리고 아이들은 존에게 손가락질을 해대기 시작했다. 아이들은 알아들을 수 없는 이상한 말로 린다는 나쁜 여자라고 욕했다.

그들은 존이 이해할 수 없는 어떤 이름으로 린다를 불렀다. 그러나 그것이 나쁜 욕이라는 것만은 존도 느낄 수 있었다. 어느 날, 아이들이 린다에 관한 노래를 지어서 불렀다. 존은 그들에게 돌을 던졌다. 그들도 맞받아 쳤다. 날카로운 돌이 날아와 존의 볼을 찢었다. 피가 멈추지 않았다. 존은 피범벅이 되었다.

린다는 존에게 글 읽는 법도 가르쳤다. 린다는 숯조각으로 벽 위에다 쭈그리고 앉아 있는 동물과 병 속에 든 아기를 그렸다. 그런 다음 글자를 썼다. '고양이가 멍석 위에 앉아 있습니다.' '젖먹이가 병 속에 있습니다.'

존은 영특한지 배우는 속도가 빨랐다. 그녀가 벽 위에 쓰는 모든 글자를 읽을 수 있게 되자 린다는 큼직한 나무상자를 열고 그녀가 한 번도 입지 않은 붉은 바지 밑에서 얇고 작은 책을 끄집어냈다. 그 책은 존이 자주 봐 온 것이었다.

「더 크면 너도 읽을 수 있을 게다.」

린다는 이렇게 말하곤 했다.

어느덧 세월이 흘러 존도 성장했다.

172

「네게는 이 책이 별로 재미없게 느껴질지도 모르겠구나. 하지만 내가 가진 것이라곤 이것뿐이란다. 우리가 린던에서 사용하던 예쁜 독서 기계를 너도 보았어야 하는 건데 …….」

존은 〈태아의 화학적 세균학적 조건 반사 교육〉과 〈태아 저장실 베타 근무자를 위한 실용 지침서〉란 책을 읽기 시작했다. 그가 그 책 제목을 읽는 데만도 15분이나 걸렸다.

「이건 너무 지겨운 책인 것 같아!」

존은 책을 바닥에 내던지며 이렇게 말하고는 울기 시작했다.

아이들은 여전히 린다에 관해 좋지 않은 노래를 불렀다. 그리고 때로는 존이 누더기 옷을 입었다고 비웃기도 했다. 존의 옷이 찢어지더라도 린다는 이를 꿰맬 줄 몰랐기 때문이었다. 린다는 전에 살던 세계에서는 옷에 구멍이 나거나 못쓰게 되면 즉시 버리고 새옷을 사 입는다고 말했다.

「누더기래요! 존은 누더기래요!」

아이들은 존을 향해 조롱했다.

「하지만 난 너희들과는 달리 글을 읽을 줄 알아. 너희들은 글이 뭔지도 모르잖아. 이 무식쟁이들아.」

존이 혼잣말로 말했다.

독서에 대해서 깊은 신경을 쓰다 보면 아이들이 존을 놀릴 때 태연한 척하기란 매우 쉬운 일이었다. 존은 린다에게 그 책을 다시 달라고 부탁했다.

아이들이 손가락질을 해대고 린다를 놀리는 노래를 하면 할수록 존은 더욱더 열심히 책을 읽었다. 이윽고 그는 모든 단어를 읽을 수 있게 되었다. 아무리 긴 단어라 할지라도 읽을 수 있었다. 하지만 그 단어들이 뜻하는 바는 정확히 몰랐다. 존은 린다에게 물었다. 그러나 설령 린다가 대답할 수 있다 해도 그 뜻을 정확히 이해하기란 쉽지 않았다. 게다가 린다는 상당 부분을 대답해 줄 수가 없었다.

「화학 약품이 뭐예요?」

존이 묻곤 했다.

「그건 염화 마그네슘이라든가, 델타 계급이나 입실론 계급이 크지 못하게 하고 지능 발달을 멈추도록 하는 데 사용하는 알코올이나, 뼈를 만드는 탄산칼슘이나 뭐 그런 것들을 말한단다.」

「그럼 그 화학 약품들은 어떻게 만들죠? 게다가 그런 것들은 어디서 나고요?」

「글쎄, 거기에 대해서까지는 나도 잘 모르겠는데. 그건 병에서 꺼내는 물건이야. 병이 비게 되면 화학 약품 저장소로 보내서 더 채워 달라고 말만 하면 돼. 그러니까 그것들을 만드는 것은 화학 약품 저장소에 있는 사람들일 거야. 아니면 그들도 빈 병을 채워 달라고 공장에 보내겠지. 나도 잘 모르겠구나. 사실 난 화학 같은 것은 배운 적이 없단다. 내 임무는 오직 태아들과 함께 있는 것이었으니까.」

이 밖의 것에 대해서도 존이 묻는 것에 대한 답변은 항상 이런 식으로 끝났다. 사실 린다는 모르는 부분도 많았다. 차라리 린다보다도 이 부락의 노인들이 더 잘 알고 있는 것 같았다.

「인간을 비롯한 모든 피조물들의 씨앗과 태양의 씨앗, 그리고 땅과 하늘의 씨앗, 이 모든 것들은 아와나윌로나가 증식되는 안개로부터 만들어진단다. 세계에는 네 개의 자궁이 있는데 그 자궁 중에서 제일 낮은 곳에 위치한 자궁에다 그 씨앗을 놓아 두었단다. 그래서 그 씨앗이 점점 자라기 시작했는데……」

어느 날 - 존의 생각으로는 자신의 열두 번째 생일이 지난 지 며칠 안 되는 날이었던 것 같았다 - 집에 돌아왔을 때 존은 예전에는 보지 못한 책 하나가 침실 바닥에 놓여 있는 것을 발견했다. 그 책은 꽤 두꺼웠고 오래된 책 같았다. 제본된 부분은 쥐가 갉아먹었고 페이지는 너덜너덜하게 떨어져 있었다. 존은 그 책을 집어들고 제목을 보았다. 책 제목은 〈윌리엄 셰익스피어 전집 (全集)〉이라고 되어 있었다.

린다는 침대에 누워 평상시처럼 냄새가 고약한 메스칼 주를 홀짝대며 마시고 있었다.

「포페가 가져 왔단다. 그 책은 예배소의 상자 속에 있었단다. 그곳에 수백 년 이상 들어 있었던 모양이야. 그게 사실인지는 몰라도 내가 잠깐 읽어 보니까 말도 안 되는 이야기들로만 가득 차 있더구나. 하지만 네가 독서하기엔 괜찮을 것 같구나.」

린다는 쉰 목소리로 이렇게 말한 뒤 마지막 남은 술을 마시고는 술잔을 침대 옆 마루 위에 내려놓았다. 그리고 옆으로 돌아누워 딸꾹질을 몇 번 하더니 이내 잠들어 버렸다.

존은 그 책을 아무 데나 펼쳐 보았다.

아니, 그 썩은 냄새 나는 더러운 침대 속에서

그리고 부패와 오물 속에 잠겨

더러운 돼지와 달콤한 이야기와

욕정을 주고받다니……[33)]

이상한 단어들이 존의 의식 속을 헤집고 다녔다. 마치 요동하는 천둥처럼 그 언어들이 진동했다. 만일 북이 말을 한다고 가정한다면 그 북이 여름날 춤출 때 하는 말소리와도 같았다. 수확의 노래를 부르는 남자들의 음성처럼 눈물이 나도록 아름다웠다. 정말 아름다웠다. 미치마 노인이 깃털과 조각된 단장(短杖)과 골편과 돌조각에게 부르는 마법의 주문과도 같았다. 하지만 미치마 노인의 주문보다도 더 훌륭했다. 그것은 더 의미가 깊었고 여기에는 그에 대한 이야기가 있었기 때문이었다. 겨우 반 정도밖에 이해할 수 없었지만 그것은 린다에 대해서도 소름 끼치도록 아름다운 주문을 말하고 있었다.

침대 옆 마룻바닥에 빈 잔을 놓아 둔 채 코를 골며 잠을 자고 있는 린다에 관하여, 그리고 포페에 관하여, 린다와 포페 모두에 관하여 이야기하고 있었다…….

날이 갈수록 존은 포페를 더 증오했다. 인간이란 겉으로는 미소 지으며 선한 체해도 알고 보면 악인일 수가 있다. 무자비하고도 반역적인, 그러면서도 간교하고 비양심적인 그런 악인 말이다. 도대체 이 언어들은 정확히 무엇을 의미하는 것일까? 존은 단지 반 정도밖에 알 수가 없었다. 그러나 그 어휘의 마력은 강했기 때문에 존의 뇌리 속에서 떠나질 않았다. 하지만 존은 포페를 완전히 증오할 수는 없었다. 존은 포페를 얼마나 증오하는지 표현할

---

33) 셰익스피어의 〈햄릿〉 3막 4장에 나오는 구절임.

수 없었기 때문에 진정으로 그를 증오하지 않았던 것처럼 느껴졌다. 그러나 이제는 증오를 표현할 어휘가 있었다. 북 소리 같고 노래와 마법과도 같은 그런 어휘가 있었던 것이다.

어느 날 존이 놀다가 돌아와 보니 안방 문이 열려 있었다. 침대 위에는 누워 잠든 두 사람의 모습이 보였다. 하얀 피부를 가진 린다와 검은 피부의 포페였다. 포페의 한쪽 팔은 린다의 양 어깨 밑에 있었고 시커먼 한쪽 손은 린다의 가슴 위에 놓여 있었다. 그리고 그의 길게 땋은 머리는 린다의 목 위에 늘어져 있어 마치 검은 뱀이 그녀의 목을 죄며 질식시킬 것 같은 모습이었다. 포페의 호리병과 잔이 침대 옆 마룻바닥 위에 놓여 있었다. 린다는 코를 골고 있었다.

존은 너무도 상심하여 마치 자신의 심장이 자취를 감추고 그 자리에 구멍만이 덩그러니 남아 있는 것 같았다. 존은 오한을 느꼈으며 구역질이 났고 현기증마저 나는 듯했다. 존은 몸을 가누려고 벽에 기댔다. 무자비하고 반역적인, 그러면서도 간교한 ……, 이런 말들이 북 소리처럼, 수확의 노래를 부르는 남자들의 목소리처럼, 그리고 마법의 주문처럼 어지럽게 존의 머릿속에서 반복되었다.

오한이 느껴지던 존의 몸이 갑자기 후끈 달아올랐다. 그의 얼굴에는 핏발이 서기 시작했다. 그리고 이를 갈았다.

「저 자식을 죽여야지. 죽여야지. 죽여 버리고 말 테야……」

존은 계속해서 되새겼다. 그때 갑자기 복잡한 단어들이 떠올랐다.

술 취해 잠들었을 때로 할 것인가,

아니면 분노해 있을 때로 할 것인가.

아니면 침실에서

근친 상간을 범하고 있을 때로 할 것인가…….[34]

마법은 존의 편이었다. 마법의 주문은 설명을 하면서 명령했다. 존은 건넌
방으로 물러 나왔다.

「그가 술 취해 잠들었을 때…….」

고기 절단용 식칼이 화롯가 옆 마룻바닥에 놓여 있었다. 존은 그 식칼을
들고는 까치 걸음으로 문가 쪽으로 다시 갔다.

「그가 술 취해 잠들었을 때……술 취해 잠들었을 때…….」

존은 방안으로 달려가서 그 칼로 포페를 찔렀다. 오, 저 피! 다시 힘껏 찔
렀다. 포페가 잠에서 깨어나자 존은 포페를 다시 한 번 찌르려고 식칼 든 손
을 위로 번쩍 들어올렸다. 그러나 포페는 이미 존의 손목을 잡고 있었다. 오!
오! 존의 손이 비틀려지고 있었다. 존은 움직일 수가 없었다. 함정에 빠진 것
이다. 포페의 작고도 새까만 눈이 아주 가까이에서 존의 눈을 응시하고 있
었다. 존은 시선을 돌렸다. 포페의 왼쪽 어깨 위에는 피가 흐르고 있었다.

「맙소사! 저 피 좀 봐! 저 피를…….」

린다가 울면서 말했다.

린다는 피 흘리는 장면을 보는 것이 견디기 힘든 모양이었다. 그때 포페가
다른 한 손을 들어올렸다. 존은 포페가 자신을 내려치려 하는 것이라고 생
각했다. 그러나 포페는 존의 턱 밑을 잡더니 존의 고개를 돌려 자신의 눈을
바라보도록 만들었다. 존은 포페의 눈을 똑바로 바라보지 않을 수 없었다.

---

34) 셰익스피어의 〈햄릿〉 2막 3장에 나오는 구절임.

갑자기 포페가 울기 시작했다. 아니, 울지 않을 수 없었던 모양이었다. 그러더니 포페는 조금 전과는 달리 크게 웃기 시작했다.

「자, 가거라. 나의 용감한 아하이유타여!」[35]

포페는 인디언 말로 이렇게 말하고는 눈물을 감추기 위해 건넌방으로 달려갔다.

「너도 이제 열다섯 살이 되었으니, 내가 토기 만드는 법을 가르쳐 주마.」

미치마 노인이 인디언 말로 말했다.

미치마 노인과 존은 강가에 쭈그리고 앉아 함께 작업을 했다. 젖은 진흙 덩어리 하나를 손에 쥔 채 미치마 노인이 말했다.

「우선 작은 달을 만들어 보자.」

노인은 진흙을 접시 모양으로 눌러 빚더니 가장자리를 위로 굽혔다. 순식간에 달은 작은 잔이 되어 버렸다. 존은 엉성한 솜씨로 노인의 교묘한 솜씨를 흉내 내었다.

「달, 잔, 그리고 이제는 뱀이 되었다.」

미치마 노인은 또 한 덩어리의 진흙을 이용해 길고 통통한 원통 모양으로 빚더니 그것을 동그란 바퀴 테로 만들어 잔의 가장자리에 눌러 붙였다.

「자, 뱀이 또 하나 생겼다. 한 마리 그리고 또 한 마리……」

노인은 그릇의 옆면을 둥글게 둥글게 쌓아 갔다. 그것은 좁았다가 불룩한 모양이 되었다가 다시 목이 있는 곳에서 좁아졌다. 미치마 노인은 누르고

---

35) 여기서 아하이유타(Ahaiyuta)란 비평가 마크 스펜서 엘리스에 따르면 '전쟁의 신' 이란 의미로 쓰였을 것이라고 한다.

때리고 어루만지고 긁어 내는 작업을 쉬지 않고 보여 주었다. 드디어 맬파이스에서 흔히 볼 수 있는 물항아리 모양이 되었다. 그러나 아직은 검은색이 아니라 뿌연색이었으며 만지면 말랑말랑했다. 미치마 노인의 항아리를 모방한 존의 어설픈 그릇이 그 옆에 있었다. 존은 그 두 개의 항아리를 보고는 웃지 않을 수가 없었다.

「이번에 만드는 것은 더 근사할 걸요.」

존은 이렇게 말하며 다른 진흙 덩어리를 물에 적시기 시작했다. 본을 뜨고, 형태를 주고, 그리고 손가락을 통해서 기술과 힘을 배우는 것이 존에게는 이루 말할 수 없는 기쁨이었다.

「에이, 비, 시, 비타민 디. 지방은 간장에, 대구는 바다에…….」

존은 작업을 하면서 혼잣말로 노래를 불렀다. 이에 질세라 미치마 노인도 노래를 부르기 시작했는데 그는 곰 사냥하는 노래를 불렀다. 그들은 하루 종일 앉아 작업을 했다. 그들의 몸에서는 즐거움과 기쁨의 빛이 발산되고 있었다.

「내년 겨울엔 활 만드는 법을 가르쳐 주마.」

미치마 노인이 말했다.

존은 집 밖에서 한참 동안 서 있었다. 마침내 집 안에서의 의식이 끝났다. 문이 열리고 사람들이 밖으로 나왔다. 코둘루가 마치 귀중한 보석을 손에 쥐고 있는 것처럼 오른손을 앞으로 뻗은 채 제일 먼저 나왔고 키아키메 역시 손을 움켜쥔 채 그 뒤를 따라 나왔다. 그들은 아무 말 없이 걷고 있었다. 그들 뒤에는 형제, 자매, 사촌 그리고 모든 노인들 역시 말없이 따라가고 있었다. 그들은 부락을 나와 고원을 가로질러 걸었다. 절벽의 끝에 이르자 그들은 막 떠오른 아침 해를 정면으로 바라보며 걸음을 멈추었다. 코둘루는 움켜쥐고 있던 손을 펼쳤다. 한 줌의 옥수수 가루가 손바닥 위에 하얗게 얹혀 있었다. 그는 그것을 입김으로 불고 몇 마디 중얼거리더니 태양을 향해 하얀 가루를 날려 버렸다. 키아키메 역시 코둘루와 똑같이 따라했다. 그러자 키아키메의 아버지가 앞으로 나가더니 깃털이 달린 기도용 지팡이를 들고 긴 기도를 올렸다. 그런 다음 맨 마지막으로 그 지팡이를 집어던졌다.

「자, 이제 모든 의식이 끝났으니 두 사람은 결혼을 하게 된 것이다.」

미치마 노인은 큰소리로 말했다.

그들이 돌아서서 가려고 할 때 린다가 이렇게 중얼거렸다.

「세상에……별것도 아닌 것을 가지고 저렇게들 호들갑을 떨다니……. 문명국에서는 남자가 여자를 갖고 싶으면 그냥……아니, 그건 그렇고……존! 너 지금 어디 가는 거니?」

존은 린다의 부르는 소리에도 아랑곳하지 않고 그냥 멀리멀리 달아나기만 했다. 존은 혼자 있고 싶었던 것이다.

'이제 모든 의식이 끝났으니…….'

존의 머릿속에는 미치마 노인이 했던 이 말이 맴돌고 있었다.

끝났으니, 끝났으니…….

말없이 멀리서, 그럼에도 불구하고 격렬하고 필사적으로, 그리고 절망적으로 존은 키아키메를 사랑하고 있었던 것이다. 그러나 지금은 모든 것이 끝난 것이다. 존도 어느덧 열여섯 살이 되었다.

둥근 보름달이 뜬 날 밤 예배소에서는 비밀스런 이야기들이 밝혀지고 아울러 비밀스런 의식들이 행해지곤 했다. 아이들은 예배소 안에 들어갔다가 나오면 어른이 되었다. 아이들은 두려움과 초조함을 동시에 느꼈다. 드디어 그날이 다가왔다. 해는 저물고 달이 모양을 드러냈다. 존도 다른 아이들과 함께 그 예배소 안으로 들어갔다. 어른들은 어두운 모습으로 예배소 입구에 서 있었다. 붉은 불이 켜져 있는 지하실 속에는 사닥다리가 연결되어 있었다. 이미 맨 앞에 선 아이들은 그 사닥다리 계단을 내려가고 있었다. 갑자기 한 남자가 앞으로 걸어 나와 존의 팔을 잡더니 그 대열에서 끌어내었다. 존은 잡혔던 팔을 뿌리치고 조금 전의 자기 자리로 돌아갔다. 그 남자가 이번에는 존을 때리며 머리카락을 잡아당겼다.

「야! 돌연변이! 넌 안 돼!」

「창녀 같은 여자의 자식은 안 된다구!」

다른 남자가 말했다.

그러자 아이들이 와 하고 한바탕 폭소를 터뜨렸다.

「돌아가!」

그러나 존은 다른 아이들 사이에 끼여 서성대며 머뭇거렸다.

「가란 말이야!」

그들 중 한 남자가 존에게 돌을 집어던졌다.

「가란 말이야! 꺼져 버리라구!」

그러자 모두들 연쇄적으로 존에게 돌 세례를 퍼붓기 시작했다. 존은 피를 흘리며 어둠 속으로 도망쳤다. 붉은 불을 켜 놓은 지하실에서 시끄러운 노랫소리가 들리고 있었다. 맨 마지막 자리에 있던 아이가 사닥다리를 타고 내려갔다. 존은 외톨이가 되었다.

부락 바깥에서 외톨이가 되어 버린 존은 아무 것도 없는 고원의 평지 위에 서 있었다. 달밤에 나타난 바위는 마치 반짝이는 해골 같아 보였고, 계곡 아래서는 코요테가 달을 바라보며 울어 대고 있었다. 돌에 맞은 몸이 욱신욱신 쑤셔 왔고 찢어진 상처에서는 피가 흘렀다. 존의 눈에서 눈물이 흘러내렸다. 그러나 존이 운 것은 아파서 운 것이 아니라 자신이 외톨이가 되었다는 것, 그리고 바위와 달빛밖에 없는 이 앙상한 해골의 세계로 추방되었다는 서러움 때문이었다. 존은 벼랑 끝에 앉았다. 달은 그의 등뒤에 있었다. 존은 고원의 검은 그림자, 즉 죽음의 검은 그림자 속을 들여다보았다. 한 발자국만 앞으로 내밀면 된다. 한 발자국만……, 존은 달빛을 향해 그의 오른손을 내밀었다. 손목에 난 상처에서 여전히 피가 흐르고 있었다. 몇 초 간격으로 죽은 빛을 받아 색채를 잃은 핏방울이 계속해서 떨어지고 있었다. 뚝, 뚝, 뚝……, 내일, 내일, 그리고 내일……[36)]

존은 시간과 죽음과 신을 발견한 것이었다.

「항상 외톨이였죠.」

존이 말했다.

그 말은 버나드의 마음속에서 안타까움을 느끼게 했다.

'외톨이……외톨이……'

「나도 그렇다네. 나 역시 외톨이지.」

버나드는 슬픈 심정을 토로하는 어조로 말했다.

---

36) '내일, 내일, 그리고 내일……' 은 셰익스피어의 〈맥베스〉 5막 5장에 나오는 구절임.

「당신도 그러세요? 난 다른 세계에서 오신 분들은…… 아니, 내 말은, 그곳에 계신 분들은 외롭지 않다고 들었는데……」

버나드는 얼굴을 붉혔다.

「아니, 내 말은……, 난 다른 사람들하고는 약간 틀려서……, 자네가 이해하기 약간 힘들겠지만, 다른 병에서 제조가 되면……」

버나드는 시선을 다른 곳으로 돌린 채 머뭇거리며 말했다.

존이 고개를 끄덕이며 말했다.

「맞는 말이에요. 남들과 다르면 누구나 외톨이가 되지 않을 수 없어요. 사람들은 그런 사람에게 잔인하게 대하죠. 나로 말할 것 같으면, 사람들은 항상 모든 것으로부터 나를 격리시키죠. 다른 아이들은 어떤 동물이 자신을 수호하는 신성한 동물인가를 꿈속에서 보기 위해 밤중에 산에 올라가서 노는 것을 내버려두지만 난 다른 아이들과 함께 있는 것조차도 금지되죠. 게다가 비밀스런 이야기를 할 때는 나를 쏙 빼고 말예요. 하지만 난 그런대로 혼자 모든 것을 해왔죠. 한번은 닷새 동안 아무 것도 먹지 않고 혼자서 산 속에 들어간 적이 있었죠.」

존은 이렇게 말하며 산이 있는 곳을 가리켰다.

그의 말을 경청하는 듯한 태도로 버나드는 미소를 지어 보였다.

「그래서 자네도 무슨 꿈 같은 걸 꾸었나?」

버나드가 묻자 존이 고개를 끄덕이며 말했다.

「하지만 당신에겐 말할 수 없어요.」

존은 잠시 동안 말이 없었다. 이윽고 작은 목소리로 말을 꺼냈다.

「한번은 다른 아이들이 하지 않는 짓을 했죠. 그때가 여름이었는데 대낮이었어요. 나는 바위에 몸을 기댄 채 마치 십자가에 매달린 예수처럼 두 팔을 벌리고 서 있었어요.」

「왜 그런 짓을 했지?」

「십자가에 못박혀 매달린다는 것이 어떤 건지 알고 싶어서요. 태양빛을 받으며 매달려 있으면…….」

「그건 왜?」

「왜요? 글쎄, 그건……. 왜냐하면 그래야만 된다는 느낌이 들었어요. 예수가 그것을 참을 수 있었다면……그리고 사람이 어떤 나쁜 짓을 저질렀다면……. 게다가 나는 불행했습니다. 그것이 또 한 가지 이유였습니다.」

존은 머뭇거리며 말했다.

「불행을 치료하는 것치고는 재미있는 방법인 것 같군.」

버나드가 이렇게 말한 순간 그런 행동에도 일리가 있다는 생각이 들었다.

'소마를 먹는 것보다는 훨씬 낫겠군…….'

「얼마 후 난 기절했죠. 얼굴을 땅바닥에 대고 엎어졌습니다. 그때 다친 상처가 아직까지 남아 있는데 자, 바로 이거예요. 이게 보이죠?」

존은 숱이 많은 자신의 노랑머리를 위로 올려 이마를 보여 주었다. 그의 오른쪽 관자놀이 위에 흉측하게 주름 잡힌 흉터가 보였다.

이를 본 버나드는 소스라치게 놀라며 시선을 다른 곳으로 돌려 버렸다. 버나드가 받은 조건 반사 훈련은 그에게 연민의 정을 느끼게 하기보다는 징그럽다는 감정을 느끼게 했다. 질병이나 상처를 암시만 해도 그것은 공포심뿐 아니라 심지어 반감과 혐오감을 일으켰다. 오물이나 기형(奇形)이나 고령(高齡)과도 같았다. 버나드는 재빨리 화제를 바꿨다.

「우리하고 런던으로 돌아가고 싶은 마음 없나?」

이것은 버나드가 이 작은 집에서 이 젊은 야만인의 아버지가 누구인지를 파악한 다음 은밀히 다져 온 전략에 따른 첫 진행이었다.

「어때, 가보고 싶나?」

존의 얼굴빛이 금방 환해졌다.

「농담 아니시겠죠?」

「물론이지. 단, 허가만 받을 수 있다면 말이야.」

「린다도 함께 갈 수 있겠죠?」

「글쎄다…….」

버나드는 이 부분에서 잠시 망설였다.

'저 구역질 나는 여자도 같이? 안 돼……, 그건 절대 불가능해. 만일…… 만일…….'

그때 갑자기 버나드는 그녀의 추한 모습이 굉장한 성과를 거두어들일 것 같다는 생각이 들었다.

「물론이지.」

버나드가 큰소리로 이렇게 대답하자 존은 깊은 안도의 한숨을 내쉬었다.

「내가 평생토록 꿈꿔 온 것이 드디어 실현되다니… 혹시 미란다[37] 가 한 말을 기억하고 계십니까?」

「미란다가 누구지?」

그러나 존은 버나드의 질문에 개의치 않고 혼자 중얼거렸다.

「오, 이 얼마나 경이로운가! 얼마나 많은 훌륭한 피조물이 여기에 있는가! 인간이란 얼마나 아름다운 존재인가!」

존은 얼굴에 홍조를 띠고 말했다.

그는 진한 초록색 인조견 옷을 입고 피부는 젊음의 영양을 주는 크림을 발라 윤기 있고 포동포동하여 자애롭게 미소짓고 있는 천사, 즉 레니나를 생각하고 있었던 것이다.

「오, 멋진 신세계여!」[38]

존은 여기서 갑자기 말을 멈추더니 얼굴이 종잇장처럼 창백해졌다. 또 다른 불안이 찾아온 것 같았다.

「그 여자는 당신의 부인이십니까?」

「그 여자가 뭐라고?」

「아니, 내 말은, 두 분께서 영원히 결혼하신 사이냐, 그런 뜻이죠. 인디언 말로는 결혼이라는 단어에 '영원히' 란 표현을 꼭 넣죠. 그 어느 것도 둘 사이를 끊을 수 없기 때문이래요.」

「맙소사! 아니라네.」

버나드는 웃지 않을 수 없었다. 존 역시 웃었다. 그러나 존은 다른 이유로 웃었다. 그는 순수한 기쁨 때문에 웃었던 것이다.

「'오, 멋진 신세계여! 그곳엔 사람들이 많이 있다네! 곧장 그곳으로 달려 갔으면 좋겠어요.」

존이 말했다.

「자네는 가끔 상당히 이상한 표현을 사용하는군. 아무튼, 신세계를 실제

---

37) 미란다(Miranda) : 셰익스피어의 〈템페스트〉에 나오는 여주인공의 이름.

38) 작품의 제목인 〈멋진 신세계 Brave New World〉란 단어는 셰익스피어의 〈템페스트〉 5막 1장에 나오는 구절로 여주인공 미란다의 대사이다. 원문을 그대로 옮겨 보면, "O, wonder! How many goodly creatures are there here! How beauteous mankind is! O, Brave New World, That has such people in' t!"

로 볼 수 있을 때까지는 얌전히 있는 게 좋아.」

버나드는 당황한 표정으로 존을 바라보며 말했다.

9

이상하고도 공포스러웠던 하루가 지나고 나자 레니나는 이제 휴식을 취해야겠다고 생각했다. 휴게소에 돌아오자마자 레니나는 반 그램의 소마 정제를 여섯 알이나 삼키고는 침대에 누웠다. 그로부터 10분 뒤에 곧바로 잠이 들었다. 이 상태로는 18시간 후에나 비로소 잠에서 깰 것 같았다.

한편 버나드는 기분이 무척 우울했다. 그래서 그는 자정이 한참 지난 후에야 비로소 잠이 들었다. 자정이 훨씬 지난 후에야 비로소…… 버나드의 불면증은 결코 무의미한 것이 아니었다. 그는 계획을 가지고 있었다.

정확하게 그 다음 날 아침 10시에 초록색 제복을 입은 혼혈 조종사가 헬리콥터에서 내렸다. 버나드는 용설란과(科) 식물[39] 이 우거진 숲속에서 그를 기다리고 있었다.

「크라운 양은 소마를 먹고 지금 휴식중에 있다네. 5시 이전에는 깨어나기 힘들 걸세. 아직은 일곱 시간의 여유가 있는 셈이지.」

일곱 시간 정도라면, 버나드는 레니나가 깨기 전에 산타페에 가서 필요한 모든 용무를 보고 다시 맬파이스에 돌아올 수 있는 충분한 시간이었다.

---

39) 용설란은 영어로는 agave라고 하며 미국산 알로에와 같은 과의 식물이다. 다 성장한 용설란의 줄기는 12미터 가량 된다고 한다.

「레니나를 이곳에 혼자 내버려 둬도 안전할까?」

「걱정 마십시오. 안전합니다.」

혼혈 조종사는 버나드를 안심시켰다.

그들은 헬리콥터에 탑승한 후 곧 출발했다. 10시 34분에 버나드는 산타페 우체국 옥상에 착륙했다. 10시 37분에 화이트 홀에 있는 세계 국가 총통 사무국에 전화를 했다. 10시 39분에는 총통의 제4 개인 비서와 통화를 했다. 그리고 10시 44분에는 총통의 제1 개인 비서에게 조금 전과 동일한 이야기를 반복했다.[40] 10시 47분 30초가 지나서야 비로소 무스타파 먼드 총통 각하와 통화를 할 수 있었다. 전화 수화기에서는 총통의 깊고도 그윽한 목소리가 흘러 나왔다.

「제 생각으로는 각하께서 이 문제에 대해 과학적 흥미를 느끼실 것 같아서……」

버나드는 더듬거리며 말했다.

「음……, 상당히 과학적 흥미를 끄는 문제로군. 두 사람을 모두 런던으로 데려오도록 하게.」

총통이 말했다.

「총통 각하께서도 아시다시피 그렇게 하기 위해서는 허가를 받아야만 합니다.」

「필요한 조치를 즉시 보호 구역 감독관에게 전달하겠네. 자넨 그저 감독관 사무실로 가기만 하게. 자, 그럼 막스 군! 수고하게.」

전화가 끊겼다. 버나드는 수화기를 내려놓고 옥상으로 서둘러 달려갔다.

---

40) 이 상황으로 봐서는 버나드가 총통과 통화하고 싶다는 말을 반복한 것으로 여겨진다.

「감독관 사무실로 가세.」

버나드가 초록색 감마 계급 제복을 입은 혼혈 조종사에게 말했다.

버나드는 10시 54분경 감독관 사무실에 도착하여 감독관과 악수를 했다.

「반갑소. 막스 군! 반갑소. 지금 막 특별 명령을 받았소.」

그는 존경심이 깃들인 어조로 버나드 막스에게 말했다.

「그건 이미 알고 있습니다. 조금 전에 제가 총통 각하와 통화를 했습니다.」

버나드의 귀찮아하는 듯한 말투는 그가 매일 총통과 통화를 하는 습관이 있다는 것을 암시하고 있었다. 버나드는 거만하게 의자에 털썩 주저앉았다.

「가능한 한 서둘러 모든 조치들을 취해 주셨으면 합니다. 가능한 한 빨리 말입니다.」

버나드는 빨리 해달라는 것을 강조하며 말했다. 그는 기분이 좋았다.

11시 3분에 버나드는 필요한 모든 서류를 받아 주머니에 넣었다.

「자, 그럼 안녕히 계십시오. 안녕히……..」

버나드는 엘리베이터 문 앞까지 마중을 나온 감독관에게 선심 쓰는 체하며 말했다.

버나드는 호텔로 돌아와 목욕을 한 뒤 진동 진공 마사지를 했다. 그리고 전기 면도를 한 다음 아침 뉴스를 듣고 30분 가량 텔레비전을 더 시청했다. 그리고 가벼운 점심 식사를 한 다음 오후 2시 30분이 되어서야 맬파이스로 돌아왔다.

존은 휴게실 밖에 서 있었다.

「버나드! 버나드!」

존이 소리쳤다. 그러나 대답이 없었다.

사슴 가죽으로 만든 신발을 신고 있었으므로 존은 발소리를 내지 않고 계단을 올라갈 수 있었다. 존은 문을 두드렸다. 문을 열려 했으나 잠겨 있었다.

'가버렸군! 가버렸어……'

존은 크게 낙망했다. 이런 비참한 일은 그의 생애에서 처음이었다. 자기들을 찾아오라고 해 놓고서는 말도 없이 그냥 훌쩍 떠나 버리다니……. 존은 계단에 주저앉아 울었다.

30분쯤 지난 후 존은 유리 창문을 통해서라도 안을 들여다봐야겠다는 생각을 했다. 제일 먼저 눈에 띈 것은 뚜껑에 L.C [41] 라고 새겨져 있는 초록색 여행용 가방이었다. 존은 속으로 기뻐서 어쩔 줄을 몰랐다. 그는 돌을 하나 집어던졌다. 돌에 맞아 깨진 유리 조각들이 마루 위에 어지럽게 흩어졌다. 깨진 유리 틈을 이용해 존은 방안으로 들어갔다. 그리고 초록색 여행용 가방을 열었다. 순간 레니나의 향수 냄새가 가방에서 풍겨 나왔다. 존은 가슴이 두근거렸다. 그 순간 존은 잠시 동안 정신을 잃을 뻔했다. 그는 다시 이 귀중한 가방 위로 몸을 굽혀 그것을 만져 보고 밝은 쪽으로 들어올려 자세히 살펴보았다. 레니나가 여분으로 가져온 인조 벨벳 반바지의 지퍼를 처음 본 존은 모든 것이 수수께끼 같았다. 그러나 곧 수수께끼가 풀리자 그것은 희열로 변했다. 직! 직! 직! 지퍼를 올리고 내릴 때 나는 이 소리는 마치 그가 마법에 걸린 것 같은 느낌을 주었다.

레니나의 초록색 슬리퍼는 존이 여태껏 본 것 중에서 가장 아름다운 것이

---

41) 레니나 크라운 Lenina Crown의 약자.

었다. 그는 지퍼가 달린 여성용 콤비네이션 속옷을 펼쳐 보고는 이내 얼굴을 붉히고 급히 그것을 치웠다. 그러나 향수 냄새가 나는 인조견 손수건을 보고서는 거기에다 키스를 하고 자신의 목에다 스카프처럼 둘러보았다. 조그마한 상자를 열자 향기로운 가루가 구름처럼 풍기며 엎질러졌다. 그의 손은 분가루투성이였다. 그는 분가루를 자신의 가슴과 어깨에다 문질렀다.

'그야말로 멋진 향수로군!'

존은 눈을 감았다. 그리고 분가루가 묻은 팔로 볼을 문질렀다. 보드라운 피부가 볼을 건드리는 감촉, 콧구멍을 자극하는 향기로운 분 냄새…… 레니나가 바로 옆에 있는 것처럼 느껴졌다.

「레니나, 레니나!」

존이 속삭이듯 말했다.

그때 갑자기 무슨 소리가 나는 바람에 존은 몸을 뒤로 돌렸다. 그는 자신이 훔쳤던 것을 가방 안에 다시 집어넣고는 뚜껑을 닫았다. 그런 뒤 귀를 곤두세우며 주위를 둘러보았다. 그러나 주위에는 아무도 없을 뿐더러 아무런 소리도 들리지 않았다. 하지만 존은 분명히 무슨 소리를 들었었다. 한숨 소리 같기도 하고, 아니면 복도 바닥이 끼익거리는 것 같은 소리를. 존은 까치걸음을 하면서 문가로 다가갔다. 그리고 조심스럽게 문을 열어 보았다. 밖에는 아무도 없었고 텅 빈 계단만이 보일 뿐이었다. 계단의 반대편에는 문이 조금 열린 채로 또 다른 문이 하나 있었다. 존은 문 밖으로 나가서 방문을 열고 안을 몰래 들여다보았다.

그곳에 있는 낮은 침대 위에는 이불을 걷어찬 채 지퍼가 달린 핑크색 파자마를 입은 레니나가 깊이 잠들어 있었다. 곱슬머리에 휘감긴 아름다운 얼굴, 놀랄 정도로 애띤 핑크색 발가락, 진지한 얼굴, 힘없이 늘어진 손과 발……, 이 모든 것을 보는 순간 존의 눈에는 눈물이 고였다. 그는 방안으로 들어가 침대 옆 바닥에 무릎을 꿇고는 레니나를 바라보며 두 손을 모았다. 그리고 입술을 움직이며 중얼거리기 시작했다.

그녀의 눈, 머리카락, 볼, 걸음걸이, 그리고 음성
그대가 말하기만 하면 그대의 것이 된다.
오! 그녀의 그 손, 그것에 비하면 세상의 모든 흰 것은 먹물에 불과하지.
그리고 그녀의 그 부드러운 손에 비하면
백조의 가슴털도 거칠 뿐이지.[42]

이때 파리 한 마리가 레니나의 주위를 윙윙거리며 날아다녔다. 존은 얼른 그 파리를 내쫓아 버렸다. 그리고 '파리들은' 이라고 시작하는 문구를 계속해서 읊었다.

파리들은 사랑스런 줄리엣의 경이로운 흰 손에 앉아
그녀의 입술로부터 불멸의 축복을 훔쳐 갈 수가 있지.
그녀는 얼마나 순수하고 정숙한 여인인지
자신의 위아래 두 입술이 서로 마주치기만 해도
죄를 지은 것처럼 생각하고는 얼굴이 붉어지거든…….[43]

---

42) 셰익스피어의 〈트로일러스와 크레시다〉 1막 1장에 나오는 구절임.
43) 셰익스피어의 〈로미오와 줄리엣〉 3막 3장에 나오는 구절임.

매우 천천히, 그리고 수줍으면서도 어쩌면 위험할 수도 있을 새를 만져 보기 위해 손을 내미는 인간의 주저하는 몸짓으로 존은 자신의 손을 내밀었다. 손이 레니나에게 닿으려는 순간 그 손은 떨리면서 허공에 잠시 머물러 있었다. 자신이 감히 그렇게 할 수 있을까? 자신의 부정한 손으로 감히 그녀를 모독할 수가……[44] 존은 차마 그렇게 할 수가 없었다. 그 새는 너무나 위험한 존재였다. 존은 손을 거두어 들였다.

'아름다운 그녀…… 이 얼마나 아름다운 신의 조화인가? 갑자기 그는 레니나의 목 밑에 있는 지퍼를 보며 밑으로 잡아당기면 되는데, 하고 생각했다. 존은 슬며시 눈을 감았다. 그리고 마치 개가 귀에 들어간 물을 털어 내듯이 자신의 고개를 흔들었다.

'그런 생각을 하면 안 돼! 그건 용서받지 못할 생각이야.'

존은 부끄러웠다. 순수하고도 정결한 그녀를 감히…….

윙윙거리는 소리가 방안을 진동하고 있었다. 불멸의 축복을 훔치려는 또 한 마리의 파리일까? 아니면 말벌일까? 그는 주위를 둘러보았으나 파리 같은 것은 찾아볼 수가 없었다. 윙윙거리는 소리는 점점 더 크게 들려 왔다. 그러더니 마침내는 유리창 가까이까지 들려 오고 있었다. 헬리콥터였다. 공포에 질린 존은 재빨리 레니나가 잠들어 있는 방을 빠져 나와 다른 방으로 들어갔다. 그리고 깨진 채 열려 있는 유리 창문을 통해 밖으로 빠져 나와 키가 큰 용설란 숲 사이로 나 있는 통로를 따라 급히 달렸다. 존은 때마침 버나드 막스가 헬리콥터에서 내리는 시간에 맞춰서 그를 맞이할 수가 있었다.

---

44) '자신의 부정한 손으로 감히 그녀를 '신성' 모독할 수가……' 라는 표현은 셰익스피어의 〈로미오와 줄리엣〉 1막 5장에 나오는 구절임.

10

블룸즈버리 연구소 안에는 4천 개라는 어마어마하게 많은 방이 있었는데 각 방마다 걸려 있는 4천 개의 전기 시계들이 일제히 2시 27분을 가리키고 있었다. 소장이 즐겨 하는 표현으로 '생산의 벌집'인 이곳은 작업하는 소리로 가득 차 있었다.

모두들 바빴으며 모든 것이 질서 정연하게 움직이고 있었다. 현미경 아래에서는 정충들이 긴 꼬리를 필사적으로 움직이면서 난자 속을 향해 돌진하고 있었다. 일단 일반적인 방법으로 수정이 된 난자들은 팽창한 후에 분열했으며 보카노프스키식으로 수정이 된 난자들은 발아를 한 후 수많은 태아들로 각각 독립적인 분열을 했다. 사회 계급 예정실에서는 에스컬레이터가 바삐 지하실로 내려가고 있었고, 지하실에서는 심홍색 어둠 속에서 복막으로 된 쿠션 위에 얹힌 태아가 푹푹 찌는 듯한 열을 받으며 대용 혈액이나 호르몬을 충실히 먹으면서 성장하고 있었다. 또한 어떤 경우에는 독극물을 먹고 힘없이 쇠약해져 입실론 계급이 되어 버리는 태아들도 있었다. 희미하게 윙윙대거나 덜그럭거리는 소리를 내며 움직이는 선반들은 몇 주일 동안이고 발달 단계의 유구한 시간 속을 살며시 기어가서 최후에는 배양실에 도달하고 또한 거기서는 새로운 병으로부터 출생하는 아기들이 공포와 경이의 첫울음을 터뜨리고 있었다.

지하 2층에서는 발전기 돌아가는 소리가 시끄럽게 울리고 있었으며 엘리베이터는 빠른 속도로 오르내리고 있었다. 11층 전체는 육아실로 사용되고 있었는데 그곳에서는 지금쯤 우유를 주어야 할 시간이었다. 각자 꼬리표가 붙은 1,800명의 아기들이 1천8백 개의 병으로부터 저온 살균법으로 처리된 외분비물을 빨아먹고 있었다.

그 위로는 기숙사가 10층까지 차례차례 연결되어 있었는데 아직도 오후의 수면 시간을 필요로 하는 어린 소년 소녀들이 다른 사람들 못지않게 분주했다. 그들은 위생, 사교성, 계급 의식, 유아적 초보 연애 등과 같은 것들에 관한 수면 교육을 무의식적으로 받고 있었던 것이다. 다시 그 위층에는 놀이실이 있었는데 비가 오기 시작해서인지 900명이나 되는 좀더 큰 아이들이 자신의 일을 열심히 하고 있었다. 그 안에서는 벽돌을 가지고 놀거나 진흙으로 모형을 만들거나 슬리퍼 찾기 놀이를 하거나 또는 성 유희를 즐기고 있었다.

이 벌집은 윙윙거리며 분주했으며 생기 있게 돌아가고 있었다. 시험관을 들여다보며 일하는 젊은 여자들의 노랫소리는 경쾌하고 계급 예정실 담당 직원들은 일하면서 휘파람을 불고 있었다. 배양실에서는 직원들이 농담을 주고받으며 각자 주어진 일들을 하고 있었다. 그러나 헨리 포스터와 함께 수정실 안으로 들어온 소장의 얼굴 표정은 침울했으며 마치 나무 인형처럼 딱딱해 보였다.

「그야말로 공공의 본보기로군! 이 방에 들어오면 그것을 느낄 수가 있단 말이야. 다른 어느 부서보다도 상층 계급에 속한 근로자들이 많이 있기 때문이지. 난 그 친구에게 2시 30분에 이곳에서 만나자고 약속했소.」

소장이 말했다.

「그 친구는 자기가 맡은 일을 잘해 내고 있습니다.」

헨리가 관대한 척하며 한마디 던졌다.

「그건 나도 알고 있소. 그렇기 때문에 더 엄하게 다룰 필요가 있는 거요. 그 친구의 지적 탁월성은 그에 마땅한 도덕적 책임을 져야만 한단 말이오. 재능이 뛰어나면 뛰어날수록 정도(正道)에서 이탈할 가능성이 커지는 법이지. 다수가 타락하는 것보다는 차라리 한 사람이 희생당하는 것이 더 나은 법이니까. 포스터 군! 이 일을 냉정하고도 객관적인 견지에서 본다면 그 어떤 행위도 이 이단적인 행위보다 더 가증스럽지 못하다는 것을 깨닫게 될 거요. 살인 행위는 단지 한 개인만을 말살할 뿐이지만 이런 종류의 행위는……. 그건 그렇다 치고, 개인이 도대체 뭐라고 생각하오?」

소장은 여기서 잠시 말을 멈추고는 자신만만한 표정으로 현미경 실험관 부화기의 대열을 가리켰다.

「우린 새로운 개인을 아주 간단하게 만들어 낼 수 있소. 원하는 대로 얼마든지 말이오. 이 이단적인 행위는 단순히 한 개인에게만 피해를 줄 뿐 아니라 사회 자체에도 타격을 주고 있소. 사회 자체에도 말이오. 아, 저기 그 친구가 오는군.」

버나드가 방으로 들어왔다. 그는 수정실 근무 직원 사이를 지나 소장에게 다가갔다.

버나드는 겉으로는 의기양양하게 자신감을 나타내고 있었지만 속으로는 불안감을 감추지 못하고 있었다.

「소장님, 안녕하십니까? 소장님께서 저를 이곳으로 오라고 하셔서 왔습니다.」

버나드가 말했다.

「그렇소, 막스 군! 내가 이곳으로 오라고 했지. 휴가를 끝마치고 어제 저녁에 돌아온 것으로 알고 있는데, 내 말이 맞소?」

소장이 말했다.

「네, 그렇습니다.」

「네, 그렇습니다…….」

소장은, '네, 그렇습니다'를 마치 뱀처럼 길게 끌면서 버나드의 대답을 흉내 냈다. 그러더니 다시 큰소리로 말하기 시작했다.

「신사 숙녀 여러분!」

그러자 시험관 위에서 젊은 여자들이 부르던 노랫소리와 현미경을 들여다보며 불어 대던 휘파람 소리가 일순간에 중단되었다. 방안에는 잠시 침묵이 흘렀다. 모든 사람들이 소장 쪽을 향해 고개를 돌렸다.

「신사 숙녀 여러분! 여러분들의 작업을 중단시켜서 죄송합니다. 너무나 중요하고 불가피한 일이 되어서 어쩔 수가 없었습니다. 여러분! 지금 사회의 안전과 안정이 위태롭게 되었습니다. 그렇습니다. 신사 숙녀 여러분! 이 사회의 안전과 안정이 위태롭게 되었단 말씀입니다. 바로 이 사람은, 지금 여러분들 앞에 서 있는 이 사람은 - 소장은 여기서 자신의 손가락으로 버나드를 가리켰다 - 알파 계급으로서 자기에게 주어진 많은 일들을 제대로 수행하지 않았을 뿐더러 자신에게 부여된 신뢰마저 배반했습니다. 그는 우리의 오락이나 소마에 관해서 극히 배타적인 견해를 가지고 있으며 그의 성생활은 치욕적일 정도로 우리와 다릅니다. 아울러 그는 우리 포드님의 가르침에 따라 근무 시간 외에는 '병 속의 아기처럼' - 여기서 소장은 T자를 그려 보였다 - 행동하기를 거부함으로써 사회의 적이 되었고 모든 질서와 안정의 전복자가 되었으며, 또한 문명의 반역자가 되었던 것입니다. 따라서 본인은 그를 축출할 것을 제의하는 바입니다. 안타깝지만 이 연구소에서 그가 차지하고 있던 지위로부터 축출할 것을 제의하는 것입니다. 여기에서 그를 가능한 한 멀리 떨어진 하위 지부로……, 그것이야말로 이 사회에 도움이 되는 것입니다. 그를 아이슬란드로 전출시키면 그는 치욕적인 본보기가 되고 또한 다른 사람들을 옆길로 인도할 기회가 적어지게 될 것입니다.」

소장은 여기서 말을 잠시 멈추더니 팔짱을 끼고는 버나드를 향해 몸을 돌렸다.

「막스 군! 지금 내가 내린 이 판결을 당장 집행해서는 안 될 이유라도 제시할 수 있겠소?」

「네, 물론입니다.」

버나드는 매우 당당한 어조로 대답했다.

「그럼 그 이유를 제시해 보도록 하시오.」

소장은 버나드의 대답에 약간 당황했지만 그럼에도 불구하고 위엄 있는 표정을 잃지 않고 말했다.

「네, 그렇게 하겠습니다. 하지만 그 이유는 지금 복도에 있습니다. 그럼 잠시 기다려 주시겠습니까?」

버나드는 이렇게 말한 후 문 쪽으로 가서 문을 활짝 열었다.

「자, 들어와요.」

버나드가 명령하듯이 말했다. 그러자 그 모습을 본 사람들은 모두 다 숨을 죽인 채 놀라움과 공포의 탄성을 질렀다. 더 잘 보려고 의자 위에 올라섰던 어떤 직원은 정충이 가득 들어 있는 두 개의 시험관을 엎질러 버렸다. 뚱뚱하고 낯선 무서운 괴물처럼 생긴 중년의 린다가 빛 바랜 엷은 미소를 지으며 방안으로 걸어 들어왔다. 린다는 걸을 때마다 엉덩이를 흔들었다. 린다 곁으로 걸어간 버나드가 소장을 가리키며 말했다.

「그 사람이 바로 저기 있습니다.」

「흥! 내가 못 알아볼 것 같아요?」

린다는 화난 얼굴로 소장을 쳐다보았다.

「토마킨! 난 당신을 알고 있어요. 어느 곳이건간에, 그리고 당신이 아무리 수많은 사람들 틈바구니 속에 끼여 있다 해도 난 당신을 알아볼 수 있어요. 아마 당신은 날 잊었을지도 모르죠. 토마킨! 기억 안 나세요? 당신의 린다예요. 린다가 왔다구요.」

린다는 고개를 한쪽으로 약간 기울인 채 미소를 지으며 소장을 뚫어지게 바라보았다.

그러나 린다의 미소는 혐오감으로 인해 돌처럼 굳어진 소장의 표정을 대하자 점점 자신감을 잃고 흔들리더니 마침내 그녀의 얼굴에서 사라져 버렸다.

「토마킨! 정말 기억하지 못하겠어요?」

떨리는 음성으로 말하는 린다의 눈에는 근심과 고통의 빛이 감돌았다. 얼룩투성이에다가 축 늘어진 린다의 얼굴은 이내 일그러져 버리고 말았다.

「토마킨!」

린다는 두 팔을 앞으로 내밀었다. 그러자 뒤에서 누군가가 킥킥거리며 웃어 대기 시작했다.

「도대체 이게 뭐야……, 이 괴물 같은…….」

소장이 더듬거리며 말했다.

「토마킨!」

린다는 담요를 질질 끌면서 앞으로 달려나와 두 팔로 소장의 목을 끌어안았다. 그리고 자신의 얼굴을 소장의 가슴에 파묻었다. 그러자 모두들 참을 수 없다는 듯이 일제히 웃음을 터뜨렸다.

「말도 안 되는 이런 황당한 짓거리를.」

소장이 소리쳤다.

얼굴이 시뻘개진 소장은 린다의 포옹에서 벗어나려고 갖은 애를 다 썼다. 그러나 린다는 필사적으로 소장에게 매달렸다.

「제가 린다에요. 제가 당신의 린다란 말예요.」

그러나 사람들의 웃음소리로 인해 린다의 말은 제대로 들리지 않았다.

「당신이 제게 임신을 시켰던 거예요.」

린다는 웃음소리를 압도하는 큰 목소리로 외쳤다. 그러자 갑자기 방안은 무섭게 조용해졌다. 모두들 시선을 어디에다 두어야 할지를 몰라 안절부절 하며 두리번거렸다.

소장은 갑자기 얼굴이 창백해지더니 뿌리치려는 동작을 멈추고 그대로 서서 린다의 팔목을 움켜쥔 채 공포에 질린 표정으로 내려다보았다.

「전 아기를 낳았어요. 어머니가 된 거라구요.」

린다는 마치 도전장을 내던지듯 굴욕감을 느끼며 소장에게 이런 음탕한 말을 했다. 그리고 나서 갑자기 소장으로부터 몸을 떼고는 수치스럽다는 듯이 두 손으로 얼굴을 가린 채 울기 시작했다.

「토마킨, 그건 제 잘못이 아니에요. 전 항상 훈련을 받았으니까요. 항상 규칙적으로… …. 저도 모르겠어요. 어떻게 그런 끔찍한 일이……, 그것이 얼마나 끔찍한 일이었는지 당신이 아셨다면……, 그러나 그 아이는 저의 유일한 위안이었어요.」

린다는 여기서 잠시 말을 멈추더니 문 쪽을 향해 소리를 질렀다.

「존! 존! 이리로 좀 와 보렴.」

그때 존이 안으로 들어왔다.

존은 문 앞에서 잠시 걸음을 멈추고는 주위를 한 번 둘러본 다음 곧바로 방을 가로질러 소장에게 다가왔다. 그리고는 소장 앞에 무릎을 꿇고 또렷한 목소리로 '아버지!' 하고 외쳤다.

이 '아버지'란 말은 어린애를 낳는 행위의 혐오스러움이나 징그러움을 연상시켰다. 하지만 반면에 이 우습고도 상스러운 말이 참을 수 없는 긴장감으로 인해 딱딱해진 방안의 분위기를 부드럽게 풀어 주는 효과도 가져 왔다. 방안에 있던 사람들 사이에서 히스테릭한 웃음이 우레와 같이 터져 나왔다. 아버지? 그렇다. 아버지가 바로 소장이었던 것이다.

아버지? 오, 포드님 맙소사! 이건 해도 너무했다. 사람들 사이에서는 새로운 함성이 터져 나오기 시작했다. 모든 사람들의 얼굴은 분열되기 일보 직전이었고 눈에서는 눈물이 흘러내리고 있었다. 그때 정충이 든 시험관 여섯 개가 엎질러졌다.

아버지…….

얼굴이 창백해진 소장은 수치스러움을 느꼈는지 주위를 한 번 둘러보았다.

아버지…….

웃음이 가라앉으려 하자 다시 전보다 더 큰 소리가 들려 왔다. 소장은 두 손으로 자신의 귀를 틀어막고는 황급히 방을 빠져 나갔다.

11

수정실에서 이러한 사건이 일어난 이후로 런던의 알파 계급들은 소장 앞에서 무릎을 꿇고 '아버지!' 하고 부른 그 청년을 보고 싶어 안달이었다. 소장은 그 사건이 있은 지 얼마 안 되어 곧 소장직을 사임하고는 어디론가 사라져 버렸다.

소장은 연구소 근처에는 두 번 다시 모습을 나타내지 않았다. 반면에 린다는 사람들 사이에서 아무런 관심도 끌지 못했다. 그 어느 누구도 린다를 보고 싶어하지 않았기 때문이었다. 사람을 보고 '어머니'라고 부르는 것은 농담의 차원을 넘어 외설스러움에 가까운 말이었다. 게다가 린다는 진정한 의미의 야만인은 아니었다. 다른 사람들과 마찬가지로 병 속에서 부화되어 조건 반사화된 인간이었으므로 이러한 사고 방식을 가졌을 리가 만무했다. 사람들이 린다를 보고 싶어하지 않는 이유는 그밖에 그녀의 외모 때문이기도 했다. 지나칠 정도로 뚱뚱한 데다가 젊은 기색이라고는 전혀 찾아볼 수 없고 게다가 부서진 이, 부스럼투성이의 얼굴, 그리고 그 우스꽝스런 몰골이며……, (오! 포드님, 맙소사!) 그 누구라도 린다를 보는 순간 메스꺼움을 느끼지 않을 사람은 없을 것이다……. 그렇다. 정말 속이 메스꺼울 정도였다. 따라서 그러한 이유 때문에 소위 사회에서 구별된 사람들의 집단, 즉 상층 계급들은 린다를 보지 않기로 결심했다. 린다 역시 사람들을 보고 싶지 않았다. 린다에게 있어서 문명으로 되돌아간다는 것은 곧 소마로 되돌아가는 것이었으며, 그것은 두통이나 구토의 발작으로 돌아갈 필요가 없으며 페요틀 주(酒)를 마시고 난 후처럼 어떤 반(反)사회적인 행위를 저질러서 두 번다시 고개를 들 수 없는 수치를 느낄 필요가 없었기 때문이었다. 단지 침대에 편안히 누워 계속해서 휴식을 즐길 수 있는 그런 상태의 복귀를 의미했다. 소마가 가져다 준 휴식은 그야말로 완벽한 것이었다. 혹시 그 다음 날 아침이 불쾌하게 느껴진다면 그것은 소마 자체의 본질적인 원인 때문이 아니라 소마가 가져다 주는 휴식과 비교해 볼 때 상대적으로 그렇게 느껴질 뿐이었다. 그것에 대한 치료 방법이란 소마를 계속해서 복용하는 것이다. 린다는 시간이 지날수록 점점 더 많은 양의, 그리고 점점 더 빈번한 횟수로 소마를 요구하기 시작했다. 쇼 박사는 처음에 이를 반대했으나 나중에는 포기하고 린다가 마음대로 복용하도록 내버려 두었다. 린다는 심한 경우 하루에 20그램의 소마를 복용하기에까지 이르렀다.

「저런 식으로 소마를 복용하면 한 달이나 두 달 안에 죽고 말 걸세. 언젠가는 호흡 중추가 마비되어 숨조차 제대로 쉬지 못하게 되지. 그러면 한마디로 끝장이란 말일세. 아니, 어떤 의미에서 보면 그녀를 위해서는 오히려 그것이 잘된 일인지도 모르지. 젊음을 되돌릴 수만 있다면 문제는 달라지만…… 하지만 그건 불가능해.」

박사가 버나드에게 말했다.

존은 놀란 표정으로 이의를 제기했다.

「하지만 린다에게 많은 양의 소마를 복용시켜서 어머니의 생명을 임의로

단축시키고 있지 않습니까? 그러니까 당연히 생명을 임의로 연장시킬 수
도…….」

「어떤 의미에서 볼 때 그것이 틀린 말은 아니오. 그러나 다른 의미에서 볼
때 사실상 우리는 인간의 생명을 연장시키고 있는 거라오.」

　존은 이해할 수 없다는 표정으로 박사를 뚫어지게 쳐다보았다.

「평상시에는 시간이란 그냥 짧게 흘러가 버리고 마는 것이지만 소마를 복
용하게 되면 우리는 같은 짧은 시간 속에서도 엄청나게 긴 시간을 지낸 것
처럼 행복하게 지내다가 돌아올 수가 있는 거요. 그렇기 때문에 어느 날 우
리가 복용하고 있는 소마는 우리의 옛 조상인 인간들이 ‘영원’이라고 부르
던 것에 해당되는 거라오. 그러니까 어떤 의미에서 우리는 인간의 생명을
연장시키고 있다고 볼 수 있는 거라오.」

　존은 드디어 이해가 되기 시작했다.

「영원이란 우리의 입술과 눈 속에 있도다…….」[45]

　존이 중얼거렸다.

「뭐요?」

「아, 아무 것도 아닙니다.」

「물론, 당장 중요한 일을 해야 할 사람을 영원 속에 몰입시켜서는 안 되지
만 린다와 같이 별로 할 일도 없는 사람들은…….」

「어쨌거나 그건 옳은 것 같지 않습니다.」

　박사의 말에 존이 고집을 보였다.

　쇼 박사는 어깨를 으쓱해 보였다.

---

45) 셰익스피어의 〈안토니우스와 클레오파트라〉 1막 3장 중에 나오는 구절임.

「마음대로 생각하시오. 그 여자가 비명 지르고 미쳐서 날뛰는 꼴을 보고 싶다면 말이오…….」

결국 존은 항복하지 않을 수 없었다. 린다는 계속해서 소마를 복용해도 좋다는 허락을 받았다. 그 이후로 린다는 버나드의 아파트 37층에 있는 작은 방 침대에 누워 라디오와 텔레비전, 그리고 향수 수도꼭지를 항상 틀어 놓고 소마를 언제라도 자신의 손에 닿을 수 있는 위치에 갖다 놓은 채 시간을 보냈다. 사실 린다는 그곳에 있다기보다는 오히려 먼 곳, 즉 소마를 먹고 떠나는 영혼의 휴가를 즐기고 있었다.

「하지만 우린 사람을 젊게 소생시킬 수는 없소. 아무튼 노쇠한 인간을 볼 수 있는 기회를 갖게 되어 무한히 기쁘게 생각하오. 이렇게 나를 불러 주어 고맙소.」

박사는 이렇게 말하며 버나드와 다정하게 악수를 나눴다.

결국 사람들이 추구하는 것은 존이었다. 존을 만나려면 항상 존의 보호자 격인 버나드를 통해서만 가능했으므로 버나드는 태어나서 난생 처음으로 자신이 보통 사람이 아닌 유명 인사라는 생각을 갖게 되었다. 이제는 더 이상 버나드의 대용 혈액 속에 알코올이 들어갔다느니 하는 이야기도 들리지 않게 되었을 뿐더러 그의 외모가 어떻다느니 하는 이야기도 모두 사라졌다. 그렇게 불친절하던 헨리 포스터도 이제는 버나드에게 친절하게 대해 주었고 베니토 후버의 경우는 성 호르몬 껌을 여섯 상자나 선물했다. 계급 예정실 부주임도 그를 찾아와서는 버나드가 베푸는 저녁 파티에 자신을 초대해 달라고 비굴할 정도로 아부를 했다. 여자들의 경우에도 버나드가 맘에 드는 사람이면 언제든지 자기 마음대로 초대하여 관계를 가질 수가 있었다.

「버나드가 나더러 다음주 수요일에 야만인을 만나러 오라고 말했어.」

패니가 의기양양하게 말했다.

「잘됐구나. 하지만 전에 넌 버나드에 대해 오해했었다는 것을 인정해야만 해. 얘, 그 남자 진짜 멋지지?」

「그래, 그건 나도 인정해. 하지만 그 사람이 그렇게 멋있는 줄은 미처 몰랐어.」

레니나의 말에 패니가 고개를 끄덕이며 말했다.

배양실 실장, 계급 예정실 주임, 세 명의 수정실 총장 대리, 감정 공과대학 촉감 영화과 교수, 웨스터민스터 공동체 합창 단장, 보카노프스키국 총무……. 버나드의 파티 박명록에 기입된 유명 인사들의 명단은 끝이 없었다.

「지난 주엔 여섯 명의 여자들을 상대했지. 월요일에 한 여자, 화요일에 두 여자, 금요일에 또 두 여자, 그리고 토요일에 한 여자……. 솔직히 말해서 내가 시간만 더 있거나 의향만 좀더 있었다면 날 원하는 여자들을 적어도 열두 명은 더 상대할 수 있었다네.」

버나드가 헬름홀츠 윗슨에게 실토했다.

헬름홀츠가 자신의 이러한 자랑을 침울한 표정으로 듣고 있자 버나드는 기분이 상했다.

「자네, 속으로 나를 질투하고 있구먼.」

그러자 헬름홀츠가 힘없이 고개를 저으며 말했다.

「솔직히 말해서 난 슬프다네. 정말이라구.」

버나드는 불끈 화를 내며 자리를 떴다. 그리고 속으로 '다시는 상대하지 않을 거야.' 하고 다짐했다.

시간이 지남에 따라 성공했다는 생각이 버나드의 뇌리에 자리잡기 시작했다. 한때는 불만스러웠던 이 세계와 이제는 완전히 타협하기에 이르렀던 것이다. 세계가 자신을 중요한 존재로 인정하는 한 세계의 질서는 훌륭했다. 그러나 그의 성공으로 인해 세계와 화해는 되었지만 이 질서에 대해 비판할 특권을 포기하지는 않았다. 비판하는 행동은 자신이 중요한 인물이라는 의식을 고조시켰고 자신이 대단한 인물이라는 감정을 증대시켰기 때문이었다. 게다가 버나드는 사실상 비판할 일이 많다고 믿었다. 심지어 버나드는 야만인을 보기 위해 오는 사람들 앞에서 더없이 이단적인 발언도 서슴지 않았다. 사람들은 버나드가 하는 말에 귀를 기울였지만 뒤돌아서면 모두들 고개를 내저었다.

「저 친구 저러다가는 언젠가 큰코 다칠 텐데……. 그를 두 번 성공시킬 야만인을 또 하나 발견하진 못하겠지…….」

그러나 아무튼 버나드에게는 야만인이 있었다. 그 덕택에 사람들은 버나드에게 예의를 지키지 않을 수 없었으며, 또한 사람들이 자기에게 예의를 지켰기 때문에 그걸 믿고 버나드는 우쭐대지 않을 수 없었다.

「공기보다도 더 가벼워.」

버나드가 하늘 위를 가리키며 말했다.

그들 머리 위로는 기상대의 계류 기구(繫留氣球)⁴⁶가 마치 진주처럼 햇빛을 받으며 붉게 빛나고 있었다.

「……이상에서 언급한 야만인에게 문명인의 삶을 속속들이 다 보여 주기 위해…….」

버나드가 지시했다.

역장과 주재 기상대원이 안내하는 가운데 야만인은 채링 T탑의 옥상에서 아래를 내려다보고 있었다. 그러나 말은 대부분 버나드 혼자 했다. 흥분에 도취된 버나드는 마치 자신이 세계 국가 총통이라도 된 듯한 기분에 빠졌다. 한마디로 말해 버나드는 끊임없이 우쭐대고 있었던 것이다. 그때 봄베이 그린 로켓이 하늘로부터 착륙했다. 승객들이 로켓에서 내렸다. 카키색 옷을 입은 여덟 명의 드라비다 족[47] 쌍둥이들이 비행기 유리 창문을 통해 밖을 내다보고 있었다. 이들은 모두 승무원들이었다.

「저 로켓은 시속 1,250킬로미터로 날죠. 야만인 선생! 어떻게 생각하십니까?」

역장이 말했다. 존은 '그것 참 괜찮다' 고 생각했다.

「하지만 아리엘 요정[48] 은 40분 만에 지구를 한 바퀴 돌지요.」

「야만인은 놀랍게도 문명의 발명품들에 대해 별로 신기해 하지 않습니다. 틀림없이 린다라고 하는 여자가 그에게 문명의 발명품들에 관련된 이야기를 평소에 많이 들려주었기 때문에 익숙해져 있었던 것 같습니다. 린다는 야만인의 어…….」

버나드는 무스타파 먼드에게 보내는 보고서에 이렇게 기록했다. (무스타파 먼드가 인상을 찡그리며 말했다. '이 친구는 내가' 어머니 '란 단어를 끝까지 쓰면 화라도 낼 줄 알았나 보지? 왜 글은 쓰다가 마는 거야? 그래, 어머

----

46) 하늘에 고정된 채 떠 있는 기구(대형 풍선).
47) 인도 남부 또는 실론(오늘날의 스리랑카)의 북부 계열 사람.
48) 셰익스피어의 〈한여름밤의 꿈〉 2막 1장에 나옴.

니면 어머니지 어가 뭔가? 이런 한심한 녀석!)

「게다가 그 친구가 말하는 소위 '영혼' 이라는 것에 그 친구의 관심이 집 중되어 있는 것도 그런 이유 때문인 것 같습니다. 야만인은 그 '영혼' 이라는 것이 물질적인 환경과는 별개로 독립된 것이라고 하더군요. 제가 그 친구에 게 그게 그렇지 않다는 것을 수차례에 걸쳐 지적했습니다만…….」

세계 국가의 총통인 무스타파 먼드는 그 다음에 이어지는 문장들은 대충 뛰어넘고 좀더 중요하면서도 구체적인 대목이 없나 해서 다음 페이지를 넘 기려고 했다. 그러나 바로 그때 그의 눈에 이색적인 몇 구절이 들어왔다.

「그 야만인은 우리네 문명인들의 유치성을 아주 우습고도 값싼 것으로 여 기고 있습니다. 게다가 저도 그 점에는 동의하고 있음을 인정하지 않을 수 없습니다. 저는 이번 기회를 빌려 각하의 주의를 환기시켜 드리고 싶습니 다. 그것은 다름 아닌…….」

이 글귀를 본 무스타파 먼드는 처음에는 분노가 치밀었다. 그러나 그의 분 노는 이내 웃음으로 변해 버렸다. 버나드라고 하는 일개 보잘것없는 인간이 감히 세계 국가의 총통이라는 사람 앞에서 사회 질서를 뒤흔들어 놓는 이 따위 설교를 늘어놓다니…….

이는 실로 있을 수 없는 일이었다. 제정신이 아니고서야 어떻게 감히 이런 말을 늘어놓을 수 있단 말인가?

'이 친구한테 본때를 좀 보여 줘야겠군.'

총통은 속으로 생각했다.

그는 고개를 뒤로 젖히더니 크게 소리 내어 웃었다. 그러나 총통은 당분간 버나드에게 그런 본때를 보여 주지 않았다.

그곳은 전기 장치 제조 회사의 지점(支店)으로 헬리콥터용 조명 기구를 제조하는 공장이었다. 총통의 추천서가 얼마나 효력이 있었는지 그들이 도착하자마자 그 회사의 주임 기사와 인사 과장이 옥상으로 마중을 나왔다. 그들은 두 사람을 정중히 안내해 아래층으로 내려간 뒤 공장 안으로 들어갔다.

「모든 과정은 가능한 한 단일 보카노프스키 집단에 의해 진행되고 있습니다.」

인사 과장이 말했다.

거의 없다시피 할 정도로 납작한 코를 지닌 83명의 시커먼 델타 계급 노동자들이 냉각 압연을 하고 있었다. 네 개의 추가 달리고 철커덕철커덕하는 소리를 내며 돌아가는 기계 56대가 매부리코의 붉은색 감마 계급에 속한 56명의 노동자들에 의해 조작되고 있었다. 주조소에서는 더위에서도 이길 수 있게 조건 반사 교육을 받은 107명의 세네갈 출신 입실론 노동자들이 작업을 하고 있었다. 두개골이 길고 회색 머리카락에 골반이 좁고 모두가 169센티에서 20밀리미터 안팎의 신장을 가진 33명의 델타 계급 여자들이 나사를 깎고 있었다. 조립실에서는 두 개 조로 나누어진 감마 플러스 계급의 난쟁이들이 발전기를 조립하고 있었다. 두 줄의 낮은 작업대가 마주 보고 있었으며 그 가운데에는 부품이 실린 운반 벨트가 움직이고 있었다. 47명의 금발 머리가 47명의 갈색 머리와 마주 보고 있었다. 47개의 들창코가 47개의 매부리코와 마주 보고 있었다. 조립이 끝나면 18명의 감마 초록색 옷을 입은 잘생긴 쌍둥이 여자들이 이를 검사했으며 또한 그것이 끝나면 34명의 짧은 다리의 왼손잡이 델타 마이너스 계급 남자들이 차곡차곡 상자에 넣었다. 대기하고 있던 트럭과 화물차에 그 상자들을 적재하는 일은 푸른 눈을 가진 63명의 주근깨투성이 입실론 저능아들에게 맡겨졌다.

「오, 멋진 신세계여……, 그곳에는 이러한 인간들이 살고 있지.」

야만인이 말했다.[49]

「확실히 말씀드리지만, 이곳의 노동자들은 말썽을 피운 적이 한 번도 없습니다.」

그들이 공장을 떠날 무렵 인사 과장이 설명했다. 그때 갑자기 야만인이 그들의 대열에서 벗어나 월계수 숲 뒤로 가더니 구토를 하기 시작했다. 공장 안에서의 장면이 마치 헬리콥터를 탄 것처럼 멀미 증세를 느끼게 했기 때문이었다.

버나드의 보고서는 계속되었다.

「야만인은 소마 복용을 거부하고 있습니다. 자신의 어머니, 아니, 린다라는 여자가 항상 소마를 먹고 소마 휴일을 즐기는 것을 몹시 언짢게 느끼고 있는 것 같습니다. 특히 주목할 만한 점은 야만인이 린다의 노쇠함과 징그러운 외모에도 불구하고 자주 보러 가고 또한 그녀에게 상당한 애착심을 가지고 있다는 점입니다.」

이튼[50] 에 도착한 그들은 상급 학교 옥상에 착륙했다. 교정의 반대편에는 52층의 룹턴 탑이 햇빛을 받아 하얗게 빛나고 있었다. 그들의 왼쪽에 위치

---

49) 이 장에서 계속 등장하는 야만인은 존이다.
50) 영국 버크셔 남부의 도시 이름.

한 대학과 오른쪽에 위치한 공동체 합창당은 철근 콘크리트와 자외선 투과 유리로 된 장엄한 고층 건물을 치켜올리고 있었다. 중앙에 위치한 정원 한 가운데에는 위풍당당한 포드님의 크롬강 상(像)이 서 있었다.

그들이 헬리콥터에서 내리자 학장인 개프니 박사와 여자 교장인 키트 양이 그들을 마중 나왔다.

「여기에도 쌍둥이들이 많습니까?」

그들이 견학을 시작하려 할 때 야만인이 걱정스런 얼굴로 물었다.

「오, 아닙니다. 이곳 이튼은 상층 계급 소년 소녀들만을 위한 특수 학교입니다. 즉, 난자 하나를 가지고 한 명의 성인이 된 대상만을 수용하는 곳이죠. 물론 그렇기 때문에 가르치기가 상당히 어렵습니다. 하지만 그들은 여러 가지 책임을 맡아야 하고 예상치 못한 위급 상황 등에도 대처할 수 있어야 하기 때문에 어쩔 수가 없습니다.」

학장이 한숨을 내쉬며 말했다.

한편 버나드는 키트 양에게 강한 매력을 느꼈다.

「월요일이나 수요일, 아니면 금요일 저녁 중에서 시간이 나시면……저……, 저 친구는 신기한 사람입니다. 뭐라고 할까……, 아주 기이한 친구죠.」

버나드의 제안에 키트 양은 미소를 지었다. 버나드는 그녀의 미소가 참으로 매력적이라고 생각했다. 키트 양은 버나드에게 감사하다고 말했다. 그리고 아울러 버나드가 파티에 초대해 준다면 꼭 참석하겠다는 말도 잊지 않았다. 이때 학장이 문을 열었다.

알파 더블 플러스 계급 학생들이 수업하는 교실을 5분 간 둘러보는 동안 존은 약간 당황했다.

「초보 상대성 이론이라는 것이 뭐예요?」

존이 버나드에게 속삭이며 물었다.

버나드는 이것을 설명하려다가 잠시 멈추고는 다른 교실이나 둘러보자고 제안했다.

베타 마이너스 계급 학생 전용 지리 교실로 이어지는 복도의 문 뒤에서 복도 전체를 울리는 소프라노 소리가 들려 왔다.

「하나, 둘, 셋, 넷. 자, 그대로 계속!」

처음에는 낭랑하게 시작되던 목소리가 끝부분에 가서는 피곤한 음성으로 바뀌기 시작했다.

「저것이 바로 맬서스식 훈련입니다. 대부분의 여학생들은 물론 불임녀죠. 저 역시 불임녀고요. 하지만 임신이 가능한 여학생들이 약 800명 정도 있습니다. 이들은 저런 맬서스식 훈련 같은 것을 꾸준히 함으로써 비로소 불임녀가 될 수 있는 거죠.」

베타 마이너스 지리 교실에서 존은 야만인 보호 구역은 기후적으로나 지리적으로도 조건이 불리할 뿐 아니라 천연 자원 역시 부족하기 때문에 문명화시킬 비용을 투입할 가치가 없는 곳이라는 것을 깨닫게 되었다. 그 순간 찰칵 하는 소리가 들리더니 교실 안이 어두워졌다. 그리고 갑자기 키트 양의 머리 위에 위치해 있던 스크린에 성모 마리아 앞에 엎드린 아코마의 속죄자들의 모습이 나타났다. 그들은 울부짖으며 - 존이 듣기에는 울부짖는 것으로 들렸다 - 십자가에 매달린 예수와 푸콩 신의 독수리 상 앞에서 자신들의 죄를 고백하고 있었다. 그러자 이튼 학교의 젊은 학생들이 폭소를 터뜨렸다. 속죄자들은 계속해서 울부짖었다. 이어 그들은 자리에서 일어나 상의를 찢어 버리고는 매듭이 나 있는 채찍으로 자신들의 몸을 사정없이 때리기 시작했다. 학생들이 얼마나 큰소리로 웃어 댔는지 속죄자들이 울부짖는 소리는 하나도 들리지 않았다.

「학생들이 왜 웃는 거죠?」

존이 고통스러울 정도로 당황하며 물었다.

「왜냐구요?」

학장이 만면에 웃음을 띤 채 존에게 몸을 돌리며 말했다.

「왜라니, 도대체 그게 무슨 말입니까? 저걸 좀 보십시오. 저 모습을 보고도 우습지 않습니까?」

버나드는 영화를 상영하는 어둠 속에서 전 같으면 감히 엄두도 못 냈을 행동을 감행했다. 최근에 와서 자신이 중요한 인물이 되었다는 자신감을 믿고 버나드는 자신의 팔로 키트 양의 허리를 감았다. 키트 양은 버나드의 이러한 행동에 순순히 복종했다. 버나드가 그녀에게 키스를 하고 살짝 꼬집어 볼까 했는데 갑자기 교실의 커튼이 활짝 쳐졌다.

「아무래도 다음 교실을 계속해서 둘러보는 편이 낫겠군요.」

키트 양이 문 쪽으로 걸어가며 말했다.

잠시 뒤에 학장이 말했다.

「이곳이 바로 수면 학습 통제실입니다.」

수백 개의 인조 음악 연주기가 각 침실당 한 개의 비율로 그 방의 삼면에 설치된 선반 위에 비치되어 있었다. 또한 네 번째 벽 위에는 수면시 여러 가지 교육을 위한 교과 과정이 복사된 종이 녹음 테이프가 가지런히 놓여 있었다.

「이 테이프를 여기에 넣고 스위치를 누르면 되는 거지…….」

버나드가 개프니 박사의 말을 가로채며 설명했다.

「아닙니다. 그게 아니라…….」

학장은 언짢은 표정으로 버나드의 설명을 정정했다.

「아, 그러면 학장의 말대로 저것을 누릅시다. 그러면 테이프가 풀리게 되죠. 그리고 셀레늄 전지가 광선을 음파로 변형시키면서…….」

「그때부터 소리가 들려 오게 되는 것입니다.」

개프니 박사가 말을 맺었다.

「저 학생들에게도 셰익스피어를 가르치십니까?」

걸어가면서 존이 물었다.

그들은 생화학 실험실을 가로질러 학교 도서관을 지나쳤다.

「물론 가르치지 않죠.」

키트 양은 얼굴이 빨개져서 말했다.

「학교 도서관에는 참고서만 있습니다. 학생들이 기분 전환을 필요로 하게 되면 촉감 영화를 구경하면 되지요. 우린 학생들에게 독서와 같은 고립적인 오락은 권하지 않고 있습니다.」

개프니 박사가 말했다.

그때 학생들을 태운 다섯 대의 버스가 유리처럼 포장된 도로를 따라 그들 곁을 지나갔다. 버스 안에 있는 학생들은 노래를 부르거나 아니면 남녀 학생들이 서로 말없이 포옹하고 있었다.

「저 버스들은 시체 소각장에서 방금 돌아온 것입니다. 죽음에 대한 조건 반사 훈련은 생후 18개월부터 시작됩니다. 모든 아기들은 위독 환자 병원에서 매주 이틀 정도 오전 시간을 보내죠. 그곳에는 훌륭한 각종 장난감이 구비되어 있으며 그 아기들 중에서 사망자가 생기는 날에는 초콜릿 크림을 아기들에게 나눠 주고 있습니다. 아기들은 죽음을 당연한 것으로 받아들이는 훈련을 받게 되는 거죠.」

개프니 박사가 이렇게 설명하는 동안 버나드는 키트 양과 속삭이며 서로 다시 만날 날에 대해 이야기하고 있었다.

「그러니까 아기들은 죽음이라는 것을 마치 일반적인 생활과 같은 것으로 받아들이는 셈이죠.」

키트 양이 직업적인 수완을 발휘해서 한마디 거들었다.

사보이 호텔, [51] 8시. 약속은 쉽게 정해졌다.

런던으로 되돌아가는 길에 그들은 브래드퍼드에 있는 텔레비전 회사를 잠깐 방문했다.

「잠깐 나가서 전화를 하고 와도 상관없겠지?」

버나드가 물었다.

야만인 존은 버나드를 기다리면서 주위를 둘러보았다. 주간 근무 당번들은 막 근무를 끝마치는 중이었고 모노레일 정거장 앞에서는 하층 계급 노동자들이 줄지어 서 있었다. 이 하층 계급 노동자들은 7,800명에 달하는 감마, 델타, 입실론 계급의 남녀들이었는데 얼굴과 키는 단 12종류밖에 없었다. 그들은 모두 손에 티켓을 들고 있었는데 티켓을 수납하는 직원은 그들에게

---

51) 런던의 스트랜드 가에 위치한 호텔로 1891년에 완공되었으며 헉슬리가 살던 당시에는 일반적으로 사치스럽고도 고급스러운 것을 지칭할 때 속어 비슷한 성격으로 이 단어(Savoy)가 많이 쓰였다고 한다.

마분지로 만든 작은 상자를 건네 주고 있었다. 그들은 마치 애벌레가 기어가듯 천천히 앞으로 나가고 있었다.

「저 상자 안에는 뭐가 들어 있죠?」

버나드가 돌아오자 야만인은 〈베니스의 상인〉을 연상하며 이렇게 물었다.[52]

버나드는 베니토 후버가 준 추잉 껌을 씹고 있었으므로 다소 불명확하게 발음했다.

「그날 할당된 양의 소마를 배급하고 있는 거야. 그들은 작업이 다 끝난 뒤에 소마를 배급받지. 평일에는 반 그램짜리 소마 정제를 일인당 네 알씩, 그리고 토요일에는 여섯 알씩 배급받지.」

버나드는 존의 팔을 다정스럽게 잡고 헬리콥터가 주차되어 있는 곳을 향해 걸어갔다.

레니나가 노래를 흥얼거리며 탈의실로 들어왔다.

「너 기분이 상당히 좋아 보이는구나.」

패니가 말했다.

「응, 기분이 좋아. 30분 전에 버나드가 전화했거든. 버나드에게 예기치 못했던 약속이 생겼대. 나더러 오늘 저녁에 야만인을 데리고 촉감 영화를 구경시켜 주라는 거야. 그러니 서둘러야겠어.」

레니나는 지익 소리를 내며 바지의 지퍼를 내리고는 급히 욕실로 들어갔다.

---

52) '저 상자 안에는 뭐가 들어 있죠? What's in those caskets?'라는 구절은 셰익스피어의 〈베니스의 상인〉 2막 7장, 2막 4장, 3막 2장 등 여러 차례 나온다.

「레니나는 정말 행운아야……」

패니는 욕실로 들어가는 레니나를 바라보며 혼잣말처럼 중얼거렸다.

비록 말은 이렇게 했지만 패니의 말에 부러움은 없었다. 패니는 항상 사실 그대로를 말할 뿐이었다. 사실 레니나는 행운아였다. 버나드와 함께 그 야만인의 명성을 공유할 수 있었고, 과거에는 별 볼일 없던 그녀를 이제는 남들이 부러워했기 때문에 더욱더 행운아였던 것이다. 심지어 Y.W.F.A.(여자 포드 청년회)[53] 간사마저도 레니나에게 그녀가 경험한 것을 얘기해 달라고 요청할 정도였으며 아프로디테움 클럽에서는 연차 만찬회에 참석해 달라고 초청할 정도였다. 게다가 필리톤 뉴스의 취재 대상이 되어 전세계의 관심을 끌기도 했으며 많은 저명 인사들 역시 그녀에게 존경해 마지 않는다는 찬사를 늘어놓았다.

이 밖에도 레니나는 세계 국가 총통 제2비서의 만찬 초대를 받기도 했으며, 어떤 주말에는 포드 대법원 치안 판사와 함께 시간을 보내기도 했다. 또한 내외 분비물 회사의 회장으로부터는 전화가 끊임없이 걸려 오기도 했으며, 유럽 은행 부총재와는 휴양차 드빌[54]에 다녀오기도 했다.

「물론 멋진 일이지. 하지만 어떤 면에서는 내가 사실이 아닌 것을 가지고 인기를 누리고 있다는 기분이 들기도 해. 사람들은 내가 야만인하고 관계를 가졌을 때의 기분이 어떠냐고 자꾸 물어 오지만 사실 나는 모른다고밖에는 대답할 수가 없어. (여기서 레니나는 고개를 내저었다) 하지만 이건 사실이야. 난 그 야만인하고는 관계를 갖지 않았으니까 말이야. 솔직히 말해서 나

---

53) Young Women' s Fordian Association.

54) 프랑스 북부에 위치한 휴양지.

도 그 야만인과 관계를 가지고 싶어. 그 친구는 상당히 미남이잖아. 너는 그렇게 생각하지 않니, 패니?」

「그건 그렇다 치고, 그 친구는 널 좋아하지 않니?」

패니가 물었다.

「날 좋아하는 것 같기도 하고 아닌 것 같기도 해. 그는 될 수 있는 대로 날 피하려고 하거든. 내가 방안으로 들어가면 일부러 밖으로 나가고. 심지어 내 몸에 닿는 것조차도, 그리고 날 쳐다보는 것조차도 싫어하는 것 같아. 그러다가도 어떤 때는 내가 뒤를 돌아보면 나를 빤히 쳐다보고 있다가 들키기도 하지. 남자들이 여자를 좋아할 때 어떤 표정을 짓는지 너도 알고 있지?」

그렇다. 그 정도는 패니도 알고 있었다.

「하지만 난 그걸 모르겠어.」

레니나가 말했다.

사실 레니나는 몰랐다. 존의 그러한 행동에 레니나는 당황했을 뿐만 아니라 약간 화도 났다.

「패니, 사실 난……, 그 야만인을 좋아하고 있어.」

레니나는 시간이 갈수록 그를 점점 더 좋아하게 되었다.

목욕을 하고 난 후 자신의 몸에 향수를 뿌리면서 레니나는 이제야 좋은 기회가 왔다고 생각했다. 칙! 칙! 칙! 레니나는 계속해서 몸에 향수를 뿌려 댔다. 레니나는 기분이 너무도 좋은 나머지 노래까지 흥얼거렸다.

사랑하는 그대여! 내 몸이 마비될 때까지 포옹해 주세요.

정신을 잃을 때까지 내게 키스해 주세요.

사랑하는 그대여! 토끼처럼 부드러운 그대여! 나를 포옹해 주세요.

사랑이란 소마만큼이나 좋은 것이니까요.

방향(芳香) 오르간이 참신하고 유쾌한 식물성 카프리치오를 연주하고 있었다. 백리향(百里香)과 라벤더, 로즈메리, 도금양 등의 잔물결 치는 급속 연주 화음, 방향건(芳香鍵)에 의한 대담한 조 바꿈이 연속되고 용현향으로 변주된다. 또한 백단, 장뇌, 삼나무, 새로 잘라 낸 건초 등의 냄새를 거치면서 다시 서서히 처음의 평범한 방향으로 되돌아간다. 백리향의 마지막 향기를 뿜어 내는 소절이 끝났다. 그러자 관객들은 일제히 박수를 보냈다. 조명이 밝아졌다. 인조 합성 음악 장치 속에서 녹음 테이프가 돌아가기 시작했다. 이제 나른함으로부터 공기를 상쾌하게 하는 것은 초음파 바이올린과 초음파 첼로와 대용 오보에가 이루는 삼중주였다. 3,40 소절이 지속되다가 이윽고 이 악기들의 배경에서 육성 이상의 것으로 여겨질 수밖에 없는 소리가 흘러 나왔다. 그 소리는 사람의 목구멍에서 나오는가 했더니 머리로부터 나오고 피리처럼 공허한 소리가 나오기도 했다.

푹신한 의자에 몸을 기댄 채 레니나와 야만인은 방향 오르간의 향기를 맡으며 음악을 들었다. 이번에는 시각과 촉각을 만족시킬 차례였다.

장내의 조명이 꺼졌다. 불처럼 빛나는 글자들이 마치 어둠 속에서 공중에 떠 있는 것처럼 윤곽을 드러냈다.

'헬리콥터에서의 3주일. 슈퍼 음악. 인조 합성 육성. 총천연색 입체 화면의 촉감 영화. 반주는 방향 오르간.'

「의자의 팔걸이에 달린 금속성 손잡이를 꼭 잡으세요. 그렇지 않으면 촉감 효과를 느끼지 못하게 돼요.」

레니나가 존의 귀에다 대고 속삭이듯 말했다.

존은 레니나가 시키는 대로 했다.

그러는 동안에 불처럼 밝게 빛나던 글자들이 사라져 버렸다. 잠시 동안 칠흑 같은 어둠이 장내를 감돌았다. 그러자 갑자기 살아 있는 인간보다도 훨씬 더 입체적인, 그리고 실물을 훨씬 더 능가하는 거대한 흑인과 금발의 젊고 코가 납작한 베타 플러스의 여자가 서로 포옹하고 있는 영상이 눈부시게 나타났다.

존은 깜짝 놀랐다. 그의 입술에 감촉이 느껴지기 시작한 것이다. 존은 자신의 입술에 손을 갖다 댔다. 그러자 간지럽던 것이 멈춰졌다. 손을 다시 팔걸이에 달려 있는 금속성 손잡이에 갖다 대자 입술에 또다시 감촉이 느껴지기 시작했다. 한편 방향 오르간은 순수한 사향 냄새를 발했다. 녹음기에서는 '구구구' 하고 울어 대는 슈퍼 비둘기의 울음 소리가 들려 왔다. 그러자 1초에 32번 진동하는 아프리카 인의 저음보다 더 크게 들렸다.

'아아아, 우아하! 우아하!'

입체 영상의 입술이 다시 합쳐졌다.

그러자 알함브라 극장에 온 6천 명에 달하는 관객들은 한결같이 안면(顔面) 성감대에 극도의 쾌감을 느꼈다.

「우아하……」

영화의 줄거리는 매우 간단했다. '아아아' 와 '우아하' 가 지나고 난 뒤 몇 분 후에 그 흑인은 헬리콥터를 타고 가다가 사고를 당해 머리를 다친다는 내용이었다. '쿵' 하고 떨어짐과 동시에 두개골이 울렸다. '아아아', '우아하' 하는 외침이 관중석에서 일제히 터져 나온다. 머리에 입은 상처로 인해 흑인이 받은 조건 반사 교육은 모두 잊어버리고 만다. 그 흑인은 베타 계급의 여인을 미치도록 사모하게 된다. 그녀는 이를 완강히 거절하지만 흑인 역시 집요하다. 결국 싸움과 추격, 구타가 이어진다.

그러다 마침내 센세이션을 불러일으킬 만한 유괴극이 벌어지고 만다. 금발의 베타 여인은 하늘로 납치되어 그곳에 머무르면서 그 미친 흑인과 3주 동안 반사회적인 결합을 하며 지내게 된다. 마침내 세 명의 잘생긴 알파 계급 청년들이 갖은 고생과 모험을 통해 결국 그녀를 구하는 데 성공한다. 그리고 그 흑인은 성인용 재(再)조건 반사 교육국으로 추방당하게 되며 그녀는 이 세 구조자들의 정부가 되면서, 영화는 해피 엔딩으로 끝나게 된다.

여기서 갑자기 이 영화에 등장하는 사람들이 이야기의 진행을 중단하고 슈퍼 오케스트라의 반주에 맞추어 한편으로는 방향 오르간의 향기를 발산하며 종합 4중창을 불렀다. 그런 후 곰가죽과 요란하게 불어 대는 색소폰 소리로 마지막을 장식했다. 그러자 사람들의 입술에서는 힘없이 몸을 퍼드덕 거리며 죽어 가는 나방처럼 전자식 간지러움이 사라지기 시작했다. 마침내 장내는 고요해졌다.

그러나 레니나에게 있어서는 그 나방이 완전히 죽은 것은 아니었다. 조명이 켜지고 사람들 틈에 끼여 서서히 엘리베이터 쪽으로 발걸음을 옮기는 동안에도 나방의 유령이 레니나의 입술 위에서 날개짓을 계속하고 있었고, 레니나의 피부 속으로 들어와 떨리는 초조와 함께 쾌감을 불어넣고 있었다. 그녀의 볼은 흥분으로 인해 붉어져 있었으며 두 눈은 이슬에 젖은 듯 초롱초롱 빛났고 숨결은 거칠었다. 레니나는 존의 팔을 잡고는 지그시 누르면서 그 팔을 자신의 허리에 갖다 댔다. 존은 잠시 동안 레니나를 내려다보았다. 그의 얼굴은 창백해졌으며 고통스러움과 욕망이 교차하고 있었다. 게다가 한편으로는 그러한 자신의 욕망에 대해 부끄럽다는 생각마저 들었다.

「안 돼! 난 안 돼. 그럴 자격이 없다구⋯⋯.」

한순간 그들의 눈길이 마주쳤다. 보석과 같은 레니나의 눈! 자제하고 있는 듯한 레니나의 몸!

존은 얼른 시선을 다른 곳으로 돌리면서 자신의 팔을 레니나의 허리에서 떼었다. 자신이 자격 없는 남자라고 느끼게 만드는 레니나의 가치가 사라지지나 않을까 하는 막연한 생각에 존은 두려웠다.

「나는 레니나가 이런 것들을 봐서는 안 된다고 생각합니다.」

존은 마치 잘못은 레니나에게 있는 것이 아니라 주변의 다른 것에 있는 것처럼 말했다.

「이런 것들이라뇨, 존?」

「이런 끔찍한 영화 같은 것 말입니다.」

「끔찍하다고요? 전 아름답다고 생각하는데요.」

레니나가 당황해 하며 말했다.

「이건 한마디로 저속합니다. 쓸데없는 짓거리에 불과하다구요.」

존이 화를 내며 말했다.

「도대체 무슨 말씀을 하시는 건지 모르겠군요.」

레니나가 고개를 내저으며 말했다.

'이 남자는 왜 이렇게 분위기를 깨는 거지? 이상해! 왜 일부러 일을 망치는 거야?

헬리콥터 택시 안에서 존은 고개를 돌린 채 레니나를 쳐다보지도 않고 말없이 앉아 있었다. 가끔가다가 존은 마치 곧 끊어질 정도로 팽팽하게 죄어 있는 바이올린 줄을 손가락으로 잡아뜯듯이 갑작스런 경련을 일으키며 신경질적으로 몸을 떨곤 했다.

헬리콥터 택시는 레니나의 아파트 옥상에 착륙했다.

'결국……'

레니나는 헬리콥터 택시에서 내리며 이렇게 생각했다.

결국…….

존은 정말 이상한 남자였다. 레니나는 등불 아래 서서 손거울을 통해 자신의 얼굴을 들여다보았다.

그렇다. 결국…….

레니나의 코는 반짝거리며 빛나고 있었다. 레니나는 분첩을 열어 얼굴에 분을 발랐다. 존이 헬리콥터 요금을 지불하고 있는 동안 시간이 약간 있었던 것이다. 레니나는 분을 자신의 반짝거리는 코에 발랐다. 그리고 이렇게 생각했다.

'아무튼 얼굴은 기가 막히게 잘생긴 남자야. 저 정도의 얼굴이라면 버나드처럼 수줍음을 타거나 하지 않아야 하는데 말이야……. 다른 남자들 같았으면 옛날에 벌써 그런 관계를 가졌을 텐데……. 아무튼, 결국……'

레니나는 손에 쥔 작은 거울을 바라보고는 짧게 미소를 지어 보았다.

「잘 있어요.」

뒤에서 들려 온 쉰 듯한 목소리에 레니나는 뒤를 돌아다보았다. 존이 레니나를 뚫어지게 바라보면서 헬리콥터 입구에 서 있었다. 레니나가 얼굴에 분을 바르고 있는 동안 계속해서 그녀를 기다리며 쳐다보고 있었던 것이다. 하지만 무슨 이유로? 존은 도대체 자기를 쳐다보며 무슨 생각을 하고 있었을까? 레니나는 도무지 이해가 되지 않았다.

「잘 있어요, 레니나!」

존이 반복해서 말했다. 그리고 억지로 웃어 보이려고 시도했으나 결국은 찡그리고 말았다.

「하지만, 존! 내 생각으로는 당신이……, 아니, 내가 하고 싶은 말은…… 저, 혹시…….」

존은 헬리콥터의 문을 닫고는 몸을 굽혀 조종사에게 뭐라고 말했다. 그러자 헬리콥터는 곧 이륙하여 하늘로 사라져 버렸다.

존은 헬리콥터 안에서 바닥에 뚫려 있는 창문을 통해 아래를 내려다보았다. 그러자 얼굴을 하늘로 향해 들어올린 레니나의 모습이 보였다. 레니나의 모습은 멀리서도 창백해 보였다. 입을 벌린 채 뭐라고 외치고 있었다. 레니나의 모습은 이내 사라졌다. 옥상의 모습도 가물가물해져 존의 시야를 벗어나고 있었다.

5분 뒤 존은 자신의 방으로 돌아왔다. 존은 자신이 비밀리에 숨겨 놓았던 책을 꺼내 얼룩지고 구겨진 페이지를 조심스레 펼쳤다. 그 책은 쥐가 갉아먹고 구겨져 있어서 너덜너덜했다. 그는 책을 읽기 시작했다. 그 책은 다름 아닌 셰익스피어의 원작 〈오셀로〉였다. 존의 기억으로는 오셀로가 〈헬리콥터에서의 3주일〉이란 영화에 나오는 흑인 주인공 같아 보였다.[55]

레니나는 눈물을 닦으며 옥상을 가로질러 엘리베이터가 있는 곳으로 걸어갔다. 27층으로 내려가는 길에서 레니나는 자신의 소마 병을 꺼냈다. 그녀의 판단으로 1그램의 소마로는 불충분해 보였다. 자신의 고통은 1그램을 훨씬 넘는 고통이었기 때문이었다. 하지만 그렇다고 해서 2그램을 복용하면 틀림없이 내일 아침까지는 일어나지 못할 위험이 따를 것 같았다. 그래서 레니나는 그 중간에서 절충을 보기로 하고 왼손에다 반 그램의 소마 정제를 세 알 털어 냈다.

12

문이 잠겨 있어서 버나드는 밖에서 소리칠 수밖에 없었다. 그러나 존은 문을 열어 주려고 하지 않았다.

「고집 그만 부리고 문 좀 열어 주게. 모든 사람들이 자네를 기다리고 있네.」

「사람들이 나를 기다리는 것과 제가 무슨 상관이 있습니까?」

존이 방안에서 대답을 하는 바람에 말소리가 잘 들리지 않았다.

「하지만 이보게, 존! 난 일부러 사람들에게 자네를 보러 오라고 했네. 그러니 제발……」

목청을 높여 가며 사람을 설득하기란 정말로 어려운 일이었다.

「당신이 그러기 전에 최소한 제 의사 정도는 물어 봤어야 했어요.」

「하지만 전에는 그냥 만나 주었잖아, 존!」

---

55) 셰익스피어의 〈오셀로〉에 나오는 주인공 오셀로는 무어 인의 피가 섞여서 피부가 검다고 묘사되어 있다.

「바로 그것 때문에 다시는 사람들을 만나기 싫어진 거예요. 전 다시는 사람들을 만나지 않을 거예요.」

「하지만, 존. 나를 생각해서라도……, 자네가 나를 조금만이라도 생각해준다면……, 어때? 나와 줄 수 있겠나?」

「싫어요.」

「자네 그게 정말인가?」

「그래요.」

「그러면 난 어떡하란 말인가?」

버나드는 절망에 빠진 얼굴로 울부짖듯이 사정했다.

「제발 좀 가세요!」

화난 목소리가 방안에서 들려 왔다.

「하지만 오늘 밤엔 캔터베리 공동체 대주교님도 와 계신다구.」

버나드는 거의 울 것 같았다.

「아이 야아 타쿠와!」

존이 캔터베리 공동체 대주교에 대한 분노를 적절히 표현할 수 있는 방법은 주니 어(語)를 통해서 뿐이었다. 그는 잠시 생각한 뒤 '하니! 손스 에소트 세나……' 라고 덧붙였다. 그리고는 전에 포페가 그랬던 것처럼 땅에다 침을 뱉었다.

결국 버나드는 기가 꺾인 채 자신의 방으로 되돌아갔다. 그는 그곳에서 가슴을 졸이며 모여 있던 사람들에게, 오늘 밤은 야만인이 나타나지 않는다고 말했다. 사람들은 분노했다. 평판도 안 좋을 뿐더러 이단적인 견해를 가진 이 하찮은 인간에게 자신들이 속았다고 생각하게 된 것이다. 모인 사람들

중에서 지위가 높은 사람일수록 그 분노의 정도는 더 컸다.

「나한테 감히 그 따위 장난을 치다니! 감히 내게 말이야……」

공동체 대주교가 말했다.

여자들의 경우에는, 태아로 병 속에 있을 때 실수로 그 속에 알코올이 몇 방울 들어가서 이 모양이 되어 버린 불쌍하기 짝이 없는 알파 마이너스 계급의 버나드라는 친구가 엉터리 수작을 부려서 자신들을 속였다고 생각했다. 그들은 모두 화가 머리끝까지 치밀어 올랐다. 그래서 큰소리로 일제히 항의를 하기 시작했다. 그중에서도 특히 이튼 학교의 여자 교장인 키트 양의 항의가 가장 심했다.

말이 없는 사람은 레니나뿐이었다. 얼굴이 백지장처럼 창백하게 되어 버린 레니나의 푸른 눈에는 평소에는 보기 힘든 우울함이 가득 차 있었다. 레니나는 다른 사람들과 동참하지 않기 위해 방의 한쪽 구석에 쪼그리고 앉았다. 레니나는 걱정과 환희가 교차하는 감정으로 이 파티에 참석했었다.

레니나는 방안에 들어서면서 속으로 이렇게 생각했었다.

'잠시 후면 그 남자를 볼 수 있겠지. 그 남자를 만나게 되면 내가 좋아한다고 꼭 말하고 말 테야. 이 세상의 그 어느 남자보다도 더 사랑한다고 말이야. 그러면 그는 뭐라고 말할까……?

그러면 그는 뭐라고 말할까……? 갑자기 레니나의 얼굴이 홍당무가 되어 버렸다.

'촉감 영화를 관람한 후에 그는 왜 그렇게 알 수 없는 행동을 했을까? 그 사람은 어딘가 모르게 좀 이상한 데가 있어. 하지만 아무튼 그는 날 좋아하고 있는 것 같아. 그래, 맞아. 확실하다구…….'

바로 그 순간 버나드가 기죽은 목소리로 말했다.

「야만인은 오늘 밤 이 파티에 참석하지 못합니다……」

그러자 레니나에게는 갑자기 격정(激情) 대용 치료법의 초기 단계에서 느꼈던 감정이 재연되었다. 즉 감당하지 못할 공허감과 숨막히는 공포, 그리고 구토 증세를 느꼈던 것이다. 레니나는 심장 박동이 멎는 것만 같았다.

'아마 그가 나를 좋아하지 않고 있기 때문일지도 몰라.'

레니나의 생각이 맞는지도 모른다. 존은 레니나를 좋아하고 있지 않기 때문에 나와 주지 않는 것인지도 모른다.

「이건 정말 심하군요. 제 생각으로는……」

이튼 학교의 여자 교장 키트 양이 '시체 화장 및 인(燐) 재생 공장' 이사에게 말했다.

「맞는 말씀이에요. 버나드라는 사람에 대해 사람들이 이야기하고 있는 알코올 이야기가 맞기는 맞나 봐요. 제가 아는 사람이 그러는데, 이건 사실 제가 직접 들은 얘기는 아니고 제 친구의 친구가 하는 말을 들었는데 말이죠, 그가 태아로 병 속에 들어 있을 때 누군가가 실수로 그 병 속에다 알코올을 넣었다는 거예요.」

「이건 정도가 지나치군. 지나쳐도 보통 지나친 게 아니야……」

헨리 포스터는 조금 전에 말한 공동체 대주교의 말에 전적으로 동의한다는 것을 보여 주기 위해 큰소리로 항변했다.

「주교님께서도 이 사실을 아시면 상당히 흥미롭게 여기실 겁니다. 제 말은 다름이 아니라, 전에 이곳에서 근무했던 소장이 오죽했으면 버나드 저 친구를 아이슬란드로 전출시키려고까지 했겠습니까? 아무튼 저 친구는…….」

버나드는 여기저기서 쏟아져 나오는 비난 섞인 말을 듣자 어떻게 해야 할지 아무 생각도 나지 않았다. 얼굴이 창백해지고 정신은 혼미해진, 그리고도 마음을 가눌 길이 없어진 버나드는 그곳에 모여든 손님들 사이를 누비고 돌아다니면서 횡설수설하는 사과의 말로 대충 얼버무렸다. 그리고 비록 야만인이 오늘은 참석을 하지 못하지만 다음에는 반드시 참석할 예정이니 일단 자리에 앉아서 카로틴 샌드위치와 비타민 A가 든 고기만두와 대용 샴페인을 마시라고 권했다. 그들은 그럭저럭 음식은 먹었지만 버나드는 완전히 무시하고 있었다. 그들은 마치 자신들 곁에 버나드란 사람이 없는 것처럼 취급했다.

이때 캔터베리 공동체 주교가 마치 포드 탄신일의 기념 예배를 집행할 때와 같은 아름다운 목소리로 낭랑하게 말했다.

「여러분! 자, 이제 시간이 되었나 봅니다…….」

대주교는 잔을 내려놓으며 자리에서 일어났다. 그리고 자주색 인조견 조끼에서 여러 가지 음식 부스러기를 털어 내더니 문으로 걸어갔다.

대주교를 잡으려고 버나드가 앞으로 달려나갔다.

「아니, 대주교님! 벌써 가시는 겁니까? 아직 시간이……, 저는 주교님께서…….」

초대해 주기만 하면 대주교께서도 이에 응할 것이라고 레니나가 말했을 때 버나드는 기대에 부풀었던 것이다.

'그분은 정말 멋진 분이세요.'라고 말하며 레니나는 성가당에서 자신이 보낸 주말을 기념하여 대주교가 그녀에게 준 T형 황금 지퍼를 버나드에게 보여 주었었다.

버나드는 모든 초청장에 다음과 같이 썼다.

'캔터베리 공동체 대주교님과 야만인을 만나 보시기를⋯⋯.'

그러나 하필이면 이날 따라 야만인 존은 자신의 방에 틀어박힌 채 버나드가 이해할 수 없는 이상한 말을 지껄여 대며 나오지 않았던 것이다. 이번 일을 계기로 경력을 톡톡히 쌓아 보려고 했던 버나드의 계획은 수포로 돌아가 버렸다.

「저는 상당히 기대를 많이 했었습니다. 사실⋯⋯.」

버나드는 얼굴에 땀을 잔뜩 흘리며 더듬거렸다. 그러면서 이 위대한 대주교를 애원하는 듯한, 그리고 넋이 나간 듯한 눈길로 올려다보았다.

「이보게 젊은 친구! 자네에게 한마디 충고하겠네⋯⋯.」

공동체 대주교가 크고 위엄 있는 어조로 말했다. 그러자 모두들 침묵을 지켰다. 대주교는 자신의 손가락을 버나드 앞에 흔들어 보였다 .

「내 자네에게 너무 늦기 전에 한마디 충고를 하겠네만, 앞으로는 조심하게. 자네의 행실을 고치란 말일세.」

그리고 버나드에게 T자를 그려 보였다. 그런 다음 돌아서서 조금 전과는 다른 어조로 레니나에게 말했다.

「오, 내 사랑, 레니나! 나하고 같이 나갈까?」

레니나는 대주교의 말에 순종하며 그의 뒤를 따라갔다. 레니나의 얼굴에서는 이미 미소와 뽐내는 듯한 태도는 사라지고 없었다. 다른 손님들도 대주교를 존경하는 뜻에서 그가 나가고 난 뒤에야 방에서 나갔다. 맨 마지막에 나간 사람이 문을 쾅 하고 닫았다. 방안에는 버나드 혼자 남게 되었다.

마치 바람 빠진 고무풍선처럼 버나드는 의자에 털썩 주저앉아 얼굴을 두 손으로 가린 채 울기 시작했다. 그러나 잠시 후 버나드는 생각을 고쳐 먹고 소마 정제 네 알을 꺼내 입 속에 털어 넣었다.

한편 야만인은 〈로미오와 줄리엣〉을 읽고 있었다.

레니나와 캔터베리 공동체 대주교는 성가당 옥상에서 내렸다.
「서두르시오, 레니나!」
대주교가 엘리베이터 문 입구에서 초조한 표정으로 소리쳤다. 하늘에 떠 있는 달을 보기 위해 잠시 머뭇거리던 레니나는 하늘에서 시선을 거두고 옥 상을 가로질러 대주교가 있는 곳으로 서둘러 갔다.

세계 국가 총통 무스타파 먼드는 〈생물학의 신(新)이론〉이란 논문을 다 읽고 덮었다. 총통은 잠시 인상을 찌푸리며 앉았다가 펜을 들고서 그 논문 의 제목 페이지에다 뭔가를 쓰기 시작했다.

'필자의 목적 개념에 대한 수학적 검토는 상당히 새롭고 독창적이다. 하 지만 그것은 현재의 사회 질서를 고려해 볼 때 이단적인 견해다. 게다가 이 논문은 체제 전복적이면서 동시에 위험천만한 가능성이 내포되어 있다. 따 라서 출판을 불허하는 바임.'

총통은 여기서 출판을 불허한다는 것에 밑줄을 그었다.

'아울러 동 저자를 잘 감시해 두기 바람. 세인트헬레나 섬[56]의 해양 생물 학 연구소로 전출 명령을 내릴 필요가 있을지도 모름.'

총통은 서명하면서 '이 친구 가엾게 됐군!' 하고 생각했다. 사실 이것은 걸작이었다.

하지만 일단 목적관적(目的管的) 해석을 용인하기 시작하면 그 결과가 어떻게 될지 걷잡을 수 없다! 그것은 상층 계급 사이에서 확고한 사상을 지니지 못한 자들이 받은 조건 반사 교육을 해체할 가능성이 충분히 있는 사상이다. 그렇게 되면 그들은 자신들이 행복하다고 믿고 있던 기존의 신념에 금이 가게 되고, 따라서 자신들의 목표가 현재의 인간 영역을 벗어난 다른 곳에 있으며, 삶의 궁극적인 목적이란 복지를 유지하는 데 있는 것이 아니라 의식을 강화하거나 세련되게 하며 또한 지식을 쌓는 데 있다고 믿게 되는 끔찍한 결과를 초래할 것이다. 총통의 생각으로는 그렇게 될 것이 확실했다. 그러나 그것은 용납할 수 없는 일이다. 총통은 다시 펜을 들고는 출판을 불허한다는 구절에 조금 전보다도 더 굵고 진한 밑줄을 그었다. 그런 다음 한숨을 내쉬었다.

「자신이 행복하다는 사실을 모르다니 이 얼마나 우스운 짓거리인가!」

존은 눈을 감은 채 허공을 향해 부드러운 목소리로 읊조렸다. 그의 얼굴은 황홀감으로 빛나고 있었다.

오, 그녀는 횃불더러 밝게 타오르라고 말하고 있다네.

그녀는 밤의 뺨 위에 매달려 있지.

마치 에티오피아 흑인의 귀에 값비싼 보석이 매달려 있듯이.

---

56) 대서양 남쪽에 위치한 섬의 이름으로, 한때 프랑스의 나폴레옹 보나파르트가 1815년부터 1821년까지 6년 동안 감금된 적이 있는 곳이다.

사용하기엔 너무나 값비싸고, 지상에 머물러 있기엔 너무나 고귀한 그런 아름다움이…….[57]

금빛의 T형 목걸이가 레니나의 가슴에서 반짝이고 있었다. 공동체 대주교는 그것을 장난기 섞인 태도로 쥐고는 잡아당겼다.

「저……, 소마를 한두 알 먹어야 할 것 같군요.」

레니나가 갑자기 오랜 침묵을 깨고서 말했다.

이때 버나드는 깊이 잠들어 있었다. 버나드는 꿈속에서 전개되는 자신만의 낙원에서 행복해 하고 있었다. 미소, 미소, 끊임없는 미소를. 그러나 버나드의 머리맡에 있는 전기 시계의 바늘은 무정하게도 매 30초마다 찰칵찰칵 소리를 내며 앞으로 전진하고 있었다.

찰칵! 찰칵! 찰칵!

아침이 되었다. 버나드는 시간과 공간이라는 비참한 현실로 되돌아왔다. 버나드는 택시를 타고 연구소로 출근했다. 그의 컨디션은 아주 나빴다. 성공했다는 성취감은 이미 사라졌으며 그는 완전히 외톨이가 되어 버렸다.

이렇게 낙망해 있는 버나드에게 존이 놀랍게도 위로의 말을 건넸다.

「지금의 당신은 맬파이스에 있을 때와 같군요. 우리가 서로 처음 만나 이야기를 나누었던 때가 기억나세요? 작은 집 밖에서 말예요. 지금의 당신은 꼭 그때의 모습 같아요.」

「다시 불행해졌기 때문이야. 바로 그 때문이라고.」

「나 같으면 당신이 누렸던 거짓되고 기만적인 행복을 맛보느니 차라리 불

---

57) 셰익스피어의 〈로미오와 줄리엣〉 1막 5장에 나오는 구절임.

행 쪽을 택하겠습니다.」

「난 행복이 좋아. 그런데 이 불행은 모두 자네 때문에 생긴 거라구. 사람들을 파티에 초대해 놓았는데 정작 자네가 참석하지 않으니 사람들이 나를 원망하는 거야.」

버나드가 쓸쓸한 미소를 지어 보이며 말했다.

사실 버나드는 자신의 말이 부당하고 터무니없다는 것을 알고 있었다. 그까짓 조그만 실수가 있다고 해서 박해하는 적으로 돌변해 버리는 친구란 가치 없는 존재라는 야만인의 말이 옳다는 것을 마음속으로 시인했으며, 마침내는 마음속으로만이 아니라 현실적으로도 시인했다. 지금 이 친구의 지지와 동정이 그의 유일한 위안이긴 하지만 버나드는 존에 대해 순수한 애정을 품는 것과 동시에 은밀한 원한을 품고 있었다. 그렇기 때문에 이 야만인에게 약간의 분풀이를 하고 싶었다. 공동체 대주교에게 원한을 품어 보았댔자 쓸데없는 짓이었다.

그렇다고 태아를 병 속에 넣는 부서의 주임이나 계급 예정실 부주임에게 분풀이를 할 수도 없는 노릇이었다. 결국 버나드가 분풀이할 수 있는 대상은 야만인 존뿐이었다. 즉 존이 그 희생자로 선택된 것이다. 좀더 상징적인 의미로 말하면, '친구'라는 것의 주된 기능 중의 하나란 바로 우리가 적에게 가해야 할 고통을 자기가 대신 받아 주는 것이다.

버나드의 희생자가 될 수 있는 또 다른 사람은 헬름홀츠 윗슨이었다. 지속할 가치도 없다고 생각되었던 우정이었지만 이제 몰락한 입장에서 다시 우정의 부활을 구했을 때 헬름홀츠는 그것에 응했다. 즉 헬름홀츠는 우정을 내어준 것이다. 이에 감동한 버나드는 그와 동시에 그의 관용 앞에서 비굴함을 느꼈다. 그 관용이란 소마 같은 것의 영향을 받은 것이 아니라 헬름홀츠의 성격에서 기인한 것이었기 때문에 그만큼 더 특별한 관용이었고, 그렇기 때문에 오히려 더 비굴함을 느꼈던 것이다. 모든 것을 잊고 용서한 것은 소마의 영향으로 변해 버린 헬름홀츠가 아니라 평상시의 헬름홀츠였다. 따라서 버나드는 헬름홀츠에 대해 감사할 수밖에 없었으며 동시에 비굴함도 느꼈다. (헬름홀츠의 관용에 대해 복수로 대신한다는 것은 생각만 해도 유쾌한 일일 것이다.) 서로 만나지 않다가 오랜만에 다시 만나게 되자 버나드는 자신의 비참한 심경을 있는 그대로 헬름홀츠에게 털어놓았다. 그러자 헬름홀츠는 버나드에게 위로의 말을 해주었다. 며칠이 지난 후에야 비로소 버나드는 놀랍게도 곤경에 처한 사람은 자기 하나뿐이 아니라는 사실을 깨닫게 되었다. 헬름홀츠 역시 체제에 적응하지 못하고 있었던 것이다.

「그건 시와 관련된 것 때문이었어. 난 감정 공과 대학의 3학년 학생들에게 강의를 하고 있었지. 강의를 12시간 맡고 있었는데 그중에서 일곱 번째 강의는 시에 관한 것이었어. 그 강의의 정확한 제목은 〈도덕적 선전과 광고에 사용하는 작시법(作詩法)에 관하여〉였지. 난 강의를 할 땐 항상 구체적인 사례를 많이 들어 가며 기술적인 측면을 설명하지. 이번에도 역시 내가 직접 쓴 시를 가지고 예로 들면서 설명했던 거야. 물론 완전히 미친 짓이었지. 하지만 그럴 수밖에 없었어.」

여기서 헬름홀츠는 한바탕 웃었다. 그리고 계속해서 말했다.

「솔직히 말해서 난 학생들의 반응을 보고 싶었어. 게다가 일종의 자랑도 하고 싶었던 거지. 난 내가 이 시를 쓸 때 느꼈던 감정을 학생들도 함께 느껴주기를 바랐어. 오, 맙소사! 그런데 학생들은 모두들 나를 향해 야유를 퍼부

어 대더군. 사정없이 말이야. 게다가 학장은 나를 부르더니 해직시켜 버리
겠다고 협박하더군. 속된말로 난 찍히게 된 거지.」

「그렇다면 문제를 일으킨 자네의 그 시는 대체 어떤 시인가?」

「그 시는 고독을 노래한 시였어.」

버나드는 눈썹을 파르르 떨며 눈을 위로 치켜 떴다.

「자네가 원한다면 그 시를 한 번 암송해 주겠네.」

이렇게 말하며 헬름홀츠는 자신이 쓴 시를 암송하기 시작했다.

어제 있었던 위원회.

막대기는 있지만 북은 찢어져 있네.

런던 시가는 한밤중인데

진공 속의 피리,

다문 입술, 잠자는 얼굴,

멈추어 버린 모든 기계,

말을 잃고 지저분하게 어질러진 장소,

그곳엔 사람들이 모여 있지.

모든 침묵은 환호를 하고

소리 높여 또는 소리 낮추어 울며

말을 한다. 하지만 그 목소리의

주인공이 누구인지는 나도 모른다네.

예컨대, 수잔과

에게리아의

팔과 따뜻한 가슴이 없는 곳

입술과 엉덩이가 없는 곳

그곳에서 형체가 서서히 모습을 드러내고 있다네.

하지만 그것은 과연 누구의 것인가?

어떻게 그처럼 터무니없는 존재인가?

하지만 보이지 않는 그 무엇이

우리가 교접하는 도구보다

훨씬 더 견고하게

공허한 밤을 충만시킨다.

그것이 왜 더럽게 여겨져야 하는가?

「난 이 시를 학생들에게 예문으로 보여 준 거야. 그런데 그 학생들이 날 교장 선생에게 일러바친 거지.」

「별로 놀라운 일도 아닌데? 그건 당연히 수면 학습 교육에 위배되는 글이니까. 자넨 이 사실을 기억해야 해. 그 친구들은 고독에 대해 경고하는 소리를 적어도 수만 번은 들었을 거라구.」

「그건 나도 알아. 하지만 난 그 효과가 어떤지를 보고 싶었던 거야.」

「그러니까 이젠 그 결과를 알게 된 셈이로군.」

헬름홀츠는 짧게 웃었다.

「이제야 비로소 내가 써야 할 것이 뭔지를 알게 된 것 같아. 비로소 내 속에 잠재해 있다고 느껴지는 힘을 사용할 수 있게 된 거라구. 드디어 내게 뭔가 오고 있는 것 같아.」

　버나드는 헬름홀츠가 비록 곤경에 처해 있기는 하지만 그럼에도 불구하고 행복해 보인다고 생각했다.

　헬름홀츠와 야만인은 서로 곧 친해졌다. 두 사람이 너무나 다정했으므로 버나드는 그들을 질투하기 시작했다. 최근 몇 주 동안 버나드는 야만인과 사이가 좋지 않았다. 그들을 바라보면서, 그리고 그들이 서로 나누는 이야기를 들으면서 버나드는 자신이 헬름홀츠와 야만인을 서로 만나게 해준 것이 실수라고 생각했다. 버나드는 두 사람간의 다정함에 질투심을 느꼈다. 그리고 부러움의 스트레스로부터 벗어나고자 소마를 복용하기 시작했다. 그러나 버나드의 그러한 노력은 별 효과를 거두지 못했다. 소마를 복용해도 이따금 불쾌한 감정이 재발되는 것만은 어쩔 수 없었다.

　야만인과 세 번째 만나는 날 헬름홀츠는 그에게 자신이 지은 시를 들려주었다.

　「내가 지은 시를 어떻게 생각하나?」

　암송을 다 끝낸 후 헬름홀츠가 묻자 존은 고개를 흔들었다.

　「자, 이걸 들어 보십시오.」

　존은 이렇게 말하며 책상 서랍을 열었다. 그리고 그 안에서 군데군데 쥐가 갉아먹은 책을 하나 꺼내 펼친 후 읽어 내려갔다.

　새 한 마리가 요란하게 노래하고 있네.

　그 새는 외로운 아라비아 나무 위에 앉아 있지.

　그 새가 슬픈 전령이 되어 나팔을 불게 하라.[58]

헬름홀츠는 흥미있는 표정으로 존의 낭송을 듣고 있었다. 헬름홀츠는 '외로운 아라비아 나무' 라는 대목에서 자신도 모르게 깜짝 놀랐다. 그리고 '너 외치는 전령아' 라는 대목에서는 기쁨의 미소를 지었으며 '포악한 날개를 지닌 새들' 이라는 대목에서는 피가 거꾸로 치솟아 오르는 듯한 느낌을 받았다. 그러나 '장송곡' 이라는 대목에 와서는 얼굴이 창백해지더니 전에는 한 번도 경험해 본 적이 없는 감동으로 몸을 떨기 시작했다. 존은 계속해서 읽어 내려갔다.

소유는 이처럼 위협을 받으며
자아(自我)는 이제 예전과 같지 않고
하나의 사물이 두 개의 이름을 지니게 되었지만
그 두 개의 이름 중 그 어느 하나도 불려지지 않았다.

혼란을 일으킨 이성(理性)은
드디어 분열하기에 이르렀다…….

「둥둥둥! 둥둥둥!」

버나드가 존의 말을 가로채기 위해 중간에 끼여 들었다. 그리고는 한바탕 큰소리로 웃어 댔다. 그러나 버나드의 웃음에는 불쾌함이 가득 배어 있었다.

「그건 마치 공동체 단결 예배 찬가 같군.」

버나드는 존과 헬름홀츠의 다정함에 복수하고 있었던 것이다.

---

58) 셰익스피어가 쓴 몇 편 안 되는 시 중 〈불사조와 비둘기〉에 나오는 구절임.

그 후 그들이 두세 번 더 만나는 동안 버나드는 비록 강도는 약하지만 아무튼 이러한 복수극을 여러 번 반복했다. 버나드의 복수극이라는 것은 이처럼 간단했다. 게다가 존과 헬름홀츠는 자기들이 좋아하는 시가 이처럼 산산조각으로 모독되는 것에 심한 고통을 느끼는 만큼 이러한 복수 행위는 더욱더 효과가 컸다. 마침내 헬름홀츠는 버나드가 또다시 그런 식으로 방해하면 그를 방에서 쫓아내겠노라고 경고하기에 이르렀다.

존은 〈로미오와 줄리엣〉을 크게 소리 내어 읽고 있었다 - 읽을 때 존은 항상 자신은 로미오고 레니나는 줄리엣이라는 착각에 빠지곤 했다. - 존은 주인공의 대사마다 감정을 넣어 격렬하게 몸을 떨어 가며 읽고 있었다. 헬름홀츠는 사랑하는 연인 사이인 로미오와 줄리엣이 처음 만나는 대목에서 이상야릇한 호기심을 느끼며 경청하고 있었다. 과수원 장면은 그 시적 정취로 인해 헬름홀츠를 기쁘게 했다. 그러나 그곳에서 표현된 감정은 그를 미소 짓게 만들었다. 여자를 소유한다는 것을 가지고 그러한 감정에 빠진다는 것이 왠지 우습게 보였다. 그러나 단어 하나하나를 자세히 살펴볼 때 이는 감정 공학적으로 따져 보면 정말 놀라운 걸작이었다.

「그 늙은이에 비하면 우리네 선전 기술자들은 하찮은 존재로밖에는 보이지 않는군.」

헬름홀츠가 말했다.

존은 승리의 미소를 지어 보이며 계속해서 읽어 내려갔다. 존이 읽는 책의 내용은 그런대로 잘 진행되었다. 그러다가 3막의 마지막 장에서 캐퓰릿과 그의 부인이 줄리엣에게 패리스와 결혼하라고 윽박지르는 장면이 나왔다. 그러자 헬름홀츠는 3막이 모두 끝나는 부분까지 계속해서 초조해 하기 시작했다. 이야기는 서서히 진행되었고 존의 슬픈 어조는 줄리엣이 외치는 장면에 이르렀다.

구름 속에는 내 슬픔의 바닥을
들여다보는 연민이란 없는 것일까?
오, 사랑하는 나의 어머니! 저를 저버리지 마십시오.
이 결혼을 한 달만! 아니, 한 주일만이라도 연기해 주십시오.
아니면 티볼트가 잠자고 있는 어두운 묘지 속에
제 신방을 꾸며 주세요…….

줄리엣의 대사가 이렇게 시작되자 헬름홀츠는 참을 수 없다는 듯이 웃음을 터뜨리고 말았다.

어머니와 아버지 - 이 단어를 사용하는 것조차도 엄청난 외설이다 - 란 존재는 도대체 뭘 하는 인간들인가? 자신들의 딸에게 정작 본인은 원치도 않는 남자와 결혼하라고 강요하다니. 그리고 줄리엣이라는 여자도 문제가 있다. 왜 바보같이 자기가 정말로 사랑하는 남자가 있다고 말하지 못한단 말인가? 도대체가 상스러우면서 말이 안 되는 우스개 짓거리들뿐이다. 헬름홀츠는 터져 나오는 웃음을 가까스로 자제했다. 그러나 '사랑하는 어머니' 라든가 죽어서 누워 있을 뿐 화장도 하지 않은 채 인(燐)을 낭비하는 티볼트의 이야기에 이르자 더 이상 참을 수가 없었다. 헬름홀츠는 웃고 또 웃었다. 얼마나 웃었는지 눈물이 다 날 지경이었다. 헬름홀츠가 계속해서 웃어 대자 존은 화가 나서 읽던 책을 덮고는 마치 돼지 목에 걸려 있던 진주를 치워 버리듯이 그것을 서랍 속에 다시 집어넣고 잠가 버렸다.

한참만에 호흡을 회복한 헬름홀츠는 존을 달래며 자신의 설명을 들어 보라고 했다.

「나도 그같이 우습고도 광적인 장면이 필요하다는 것쯤은 알고 있네. 하지만 어째서 그 늙은이는 그처럼 훌륭한 선전 기술자가 되었을까? 그것은 흥분을 자아낼 만한 광적인 요소와 고통스러운 요소가 있었기 때문일 거라고 생각하네. 고통과 분노가 수반되지 않으면 좋은 글, 그리고 엑스레이처럼 마음을 꿰뚫어 보는 글을 쓸 수가 없는 법이지. 하지만 아버지 어머니라는 것은 왠지 좀……. (헬름홀츠는 여기서 고개를 내저었다.) 아버지와 어머니라는 부분에서도 내가 얼굴을 꼿꼿이 유지할 수 있으리라고는 생각지 말게. 남자가 여자를 차지하든 차지하지 못하든, 아무튼 그런 것을 가지고 누가 흥미를 느낄 수 있겠나? (이때 존은 몸을 움찔했다. 그러나 우울한 표정을 지으며 방바닥을 응시하고 있는 헬름홀츠는 아무 것도 깨닫지 못했다.) 그 따위 소재로는 그 어느 누구에게도 흥미를 제공할 수가 없다네. 암, 흥미를 제공하지 못하고말고 ……. 우린 다른 종류의 광기와 광란을 필요로 하지. 하지만 과연 그게 뭘까? 도대체 그것을 어디에서 찾을 수 있지? (헬름홀츠는 말없이 고개를 흔들었다.) 그건 나도 모른다네. 나도 모르겠단 말이야.」

13

헨리 포스터는 어두컴컴한 태아 저장실에서 모습을 나타냈다.

「오늘 저녁에 촉감 영화 구경하지 않겠소?」

레니나는 조용히 고개를 가로 저었다.

「다른 사람과 함께 외출이라도 하는 모양이지?」

헨리는 자신의 친구들 중 누가 누구하고 관계를 갖는가 하는 것에 대해 관심이 많았다.

「베니토를 만나나?」

레니나는 또다시 고개를 저었다.

헨리는 레니나의 자주빛 눈 속에 깃들인 피로감과 결핵성 부스럼 밑에 깔린 창백함, 그리고 미소를 잃은 주홍빛 입가에 근심이 어려 있음을 탐지했다.

「피곤한 모양이지?」

헨리는 혹시라도 레니나가 아직도 퇴치되지 않은 전염병 중의 하나에 걸린 것은 아닌가 하는 근심스런 표정으로 물었다. 그러나 레니나는 이번에도 역시 고개를 저을 뿐이었다.

헨리가 레니나의 어깨를 툭 건드리며 말했다.

「아무래도 병원에 가서 진찰을 받아 봐야 할 것 같군. 내가 보기엔 정신 불안 증세인 것 같은데, 병원에 가서 치료라도 받으면 좀 나아질 거야. 아니면 혹시 임신 대용약이라도 복용해야 할 필요가 있을지도 모르고 말이야. 그것도 아니면 초강력 격정 대용 요법이 필요한지도 모르지. 일반적인 격정 대용약으로는 전혀…….」

「오, 맙소사! 제발 입 좀 닥치세요.」

침묵을 깨뜨리며 레니나가 말했다. 그러더니 그 동안 방치해 뒀던 태아에게 다시 몸을 돌렸다.

'격정 대용 요법? 좋아하고 있네!'

울고 싶은 심정이었기에 망정이지, 그렇지 않았다면 레니나는 벌써 예전에 웃음을 터뜨렸을 것이다.

'격정 대용약을 충분히 복용하지 않았다고 생각하나?'

레니나는 주사기 용액을 가득 채우면서 한숨을 내쉬었다.

'존……, 존……, 아니, 내가 지금 뭘 하고 있는 거지? 맙소사! 내가 이 태아에게 수면용 주사액을 주입하지 않았는지 모르겠네.'

레니나는 걱정스러운 표정을 지으며 속으로 말했다. 레니나는 그것을 기억하지 못했던 것이다. 결국 태아에게 주사액을 다시 주입하는 위험성을 감행하지 말자고 마음 먹었다. 그런 후 레니나는 계속해서 이어져 오는 병으로 옮겨 갔다.

그 시점으로부터 22년 8개월 4일째 되는 날, 무완자무완자에서 앞날이 유망한 젊은 알파 마이너스 행정관 하나가 잠자는 병에 걸려서 죽게 되었다. 이는 반 세기가 넘는 기간 동안에 처음 있는 일일 것이다. 한숨을 내쉰 레니나는 계속해서 일을 했다.

한 시간 뒤 탈의실에서 패니가 강력하게 항의했다.

「하지만 이런 상태로 그냥 내버려 두는 것은 말도 안 돼! 이건 정말로 말도 안 된다구. 너 도대체 왜 그러는 거야? 그까짓 남자 하나 가지고 말이야……」

「하지만 그는 내가 원하는 남자야.」

「얘, 그 사람만 남자야? 이 세상엔 그 사람말고도 남자는 얼마든지 있어.」

「하지만 다른 남자들은 싫은 걸 어떡해.」

「시도도 해보지 않고서 그걸 어떻게 알아?」

「이미 몇 차례 해봤어.」

「그래? 그럼 도대체 몇 명쯤 시도해 봤지? 하나? 둘?」

패니가 어깨를 으쓱해 보이며 말했다.

「열두 명 정도. 하지만 모두가 다 별 볼일 없었어.」

레니나가 고개를 내저으며 말했다.

「하지만 좀더 인내심을 갖고 지속해 봐. 인내 없이 이루어지는 일은 없다구.」

패니가 격언조로 말했다. 하지만 그녀 역시 자신이 내린 처방에 대해 확실한 자신감은 없는 것 같았다.

「하지만…….」

「그 남자에 대해서는 더 이상 생각하지 말라니까.」

「하지만 그럴 수가 없어.」

「그럼 소마를 먹어 봐.」

「그렇잖아도 소마를 먹고 있는 중이야.」

「그럼 계속해서 먹으면 되잖아.」

「하지만 소마 기운이 다 떨어지고 나면 그 남자 생각이 더 강하게 나는 걸 어떡해? 난 그 남자를 영원히 잊지 못할 거야.」

「정 그렇다면, 가서 그 남자를 차지하지 그래? 그가 좋아하건 말건 상관없이 말이야.」

패니가 결단을 내리듯 말했다.

「하지만 그건 네가 잘 몰라서 그래. 그 사람은 걷잡을 수 없는 괴짜인걸.」

「그러니까 더욱 확실한 방법을 택해야지.」

「말로는 쉽지.」

「말뿐인 소리는 집어치워! 행동으로 하는 거야! 행동으로 옮기라고. 그것
도 즉시 말이야. 자, 지금 당장.」

패니의 음성은 마치 나팔 같았으며 베타 마이너스 계급의 청소년들에게
저녁 강연을 하는 Y.W.F.A.의 강사와도 같았다.

「하지만 난 두려워.」

「자, 우선 반 그램의 소마를 복용하도록 해. 그 동안 난 목욕이나 할 테니
까.」

패니는 이렇게 말하고 타월을 질질 끌며 욕실로 사라져 버렸다.

벨이 울렸다.

존은 레니나에 관한 자신의 감정을 헬름홀츠에게 털어놓기로 결심했다.
더 이상 자신의 감정을 숨길 수 없는 상황이어서 오후에 헬름홀츠가 오기를
초조하게 기다리고 있던 참이었다. 벨 소리가 울리자 존은 자리에서 벌떡
일어나 문으로 달려나갔다.

「헬름홀츠! 당신일 것 같은 예감이 들었어요.」

존이 문을 열면서 말했다. 그러나 뜻밖에도 문 앞에는 흰 아세테이트 공단
으로 된 선원 복장을 입고 둥글고 흰 모자를 왼쪽 귀 위로 기울여 쓴 레니나
가 서 있었다.

「오!」

존은 마치 누군가에 의해 뒤통수를 한 대 크게 얻어맞은 것처럼 놀란 표정으로 외마디 소리를 질렀다. 소마 반 그램을 복용해서인지 레니나는 두려움이라든가 당황함이라든가 하는 것들은 느낄 수 없었다.

「잘 있었나요, 존?」

레니나는 미소를 지으며 이렇게 말했다. 그리고 무턱대고 방안으로 들어왔다. 존은 문을 닫은 후 레니나를 따라 안으로 들어왔다. 레니나가 먼저 자리에 앉았다.

「저를 보고도 반갑지 않나 보군요.」

긴 침묵이 흐른 후 마침내 레니나가 말했다.

「반갑지 않다니요.」

존은 레니나를 연모의 눈길로 바라보았다. 그리고 그녀 곁에 무릎을 꿇고 앉아 그녀의 손에 입을 맞추었다.

「반갑지가 않다니, 그게 무슨 말입니까? 잘 알고 계시면서……. 사모하는 나의 레니나! 난 레니나를 너무나 사모하고 있습니다. 당신은 이 세상에서 가장 소중한 사람입니다! 당신은 완벽 바로 그 자체요.」

존은 레니나의 얼굴을 빤히 들여다보면서, 의미심장한 미소를 지어 보이며 속삭이듯 이렇게 말했다. 그러면서 레니나에게 점점 더 가까이 다가갔다. 그러더니 존은 갑자기 자리에서 벌떡 일어났다.

「바로 그렇기 때문에 난 먼저 뭔가를 하고 싶었습니다. 내가 당신을 차지할 자격이 있는 남자라는 것을 보여 주고 싶었거든요. 나도 전적으로 무가치한 남자만은 아니라구요. 그래서 뭔가를 하고 싶었단 말입니다.」

「도대체 그런 것이 왜 필요하다고 생각…….」

레니나는 이렇게 말하다가 도중에 말을 멈추었다. 레니나의 목소리에는 분노가 담겨 있었다. 그녀는 입술을 벌리고 몸을 앞으로 기울였는데, 아무리 혈관 속에 반 그램의 소마가 흐르고 있다 하더라도 화가 나는 것은 당연한 이치 아닌가?

「맬파이스에서는 여자와 결혼하고 싶으면 남자는 사자의 가죽을 가져 와야 합니다. 그렇지 않으면 늑대의 가죽이라도 가져 와야 합니다.」

「영국에서는 사자 같은 것은 찾아볼 수 없어요.」

존의 말이 채 끝나기도 전에 레니나가 재빨리 가로채며 말했다.

「설령 있다손치더라도 헬리콥터를 타고 독가스나 뭐 그런 것들을 살포해서 죽이겠죠. 나 같으면 그렇게 하지 않을 겁니다, 레니나.」

존은 경멸하는 듯한 표정을 지어 보이며 말했다. 그는 어깨를 똑바로 펴고 레니나를 쳐다보았다. 그러자 레니나는 이해할 수 없다는 표정으로 존을 바라보았다.

「난 뭐든지 하겠어요. 레니나, 당신이 하라는 것은 뭐든지 하겠다구요. '고통이 따르지 않는 것은 없다.' [59]

지금 난 바로 그런 기분입니다. 레니나 당신이 원한다면 난 마룻바닥 청소라도 하겠습니다.」

존은 갈수록 앞뒤가 맞지 않는 말만 했다.

「하지만 이곳엔 진공 청소기가 있어요. 그러니까 굳이 그러실 필요 없어요.」

레니나가 당황해 하며 말했다.

---

59) 셰익스피어의 〈템페스트〉 3막 1장에 나오는 구절임.

「물론 그럴 필요 없겠죠. 그러나 어떤 경우에는 천한 것도 고귀한 마음으로 행해지기도 합니다. 난 고귀한 그 어떤 것을 하고 싶단 말입니다. 제 말을 이해하실 수 있겠습니까?」

「하지만 진공 청소기가 있는데 왜 일부러 마룻바닥 청소를……..」

「그런 뜻이 아닙니다.」

「그런 짓은 입실론 세미 모론 계급들이나 하는 짓이에요. 그런데 왜……..」

「왜냐구요? 그건 바로 당신이 있기 때문입니다. 당신에게 뭔가를 보여 드리고 싶습니다. 난……..」

「그런데 진공 청소기하고 사자하고는 무슨 관계가 있는 거죠?」

「내가 당신에게 보여 드리고 싶은 것은……., 내가 얼마나……..」

「또 나를 만나서 기쁜 것과 사자와는 무슨 관계가 있는 건지……..」

레니나는 점점 더 화가 났다.

「레니나! 내가 얼마나 당신을 사랑하는지를.」

존은 거의 필사적으로 얘기했다.

레니나의 얼굴이 붉어졌다.

「진심으로 한 말이에요, 존?」

「사실은 입 밖에 내려고 하지 않았었습니다. 레니나, 내 말을 잘 들어봐요. 맬파이스에서는 나이가 차야 비로소 결혼합니다.」

「뭘 한다고요?」

그녀의 목소리에는 초조함이 담겨 있었다.

'이 사람이 지금 도대체 무슨 소리를 하는 거야?

「그들은 영원히 함께 살 것을 서로 약속합니다.」

「어휴! 끔찍하군요.」

레니나는 심한 충격을 받았다.

「용모의 아름다움은 쇠진되어도 마음은 피의 쇠퇴보다도 빨리 젊어지는 것.」[60]

「뭐라고요?」

「셰익스피어의 작품 속에서도 사정은 마찬가지더군요. '신성한 의식을 거행하기 전에 그대의 처녀성을 잃는다면……'」[61]

「오, 포드님, 맙소사. 존, 제발 정신 차리세요. 전 당신이 하는 말을 하나도 이해할 수가 없군요. 처음에는 진공 청소기에 대해 이야기하더니 이제는 처녀성에 관한 이야기를 하는군요. 도대체 무슨 말인지……」

레니나는 존이 육체적으로 뿐만 아니라 정신적으로도 벗어날 것만 같은 두려움이 들자 순간적으로 존의 손목을 잡았다.

「제 질문에 대답해 주세요. 당신은 정말로 절 좋아하세요? 아니면 싫어하나요?」

잠시 침묵이 흐른 뒤 존이 낮은 소리로 말을 꺼냈다.

「난 이 세상의 그 어떤 것보다도 당신을 더 사랑하고 있습니다.」

「그러면 왜 진작 그렇게 말하지 않았죠? 처녀성이니 진공 청소기니 사자니 하는 말만 늘어놓고……. 몇 주일 동안이나 저를 비참하게 만들어 놓고 말예요.」

레니나는 얼마나 화가 났는지 버럭 소리를 지른 후 자신도 모르게 그만 존

---

60) 셰익스피어의 〈트로일로스와 크레시다〉 3막 2장 중에 나오는 구절임.
61) 셰익스피어의 〈템페스트〉 4막 1장 중에 나오는 구절임.

의 손목을 자신의 날카로운 손톱으로 찔렀다.

레니나는 존의 손을 뿌리치듯이 놓아 주었다.

「만일 제가 진심으로 당신을 좋아하지 않았더라면 아마 당신을 그냥 놔두지 않았을 거예요.」

그때 갑자기 레니나는 그녀의 두 팔로 존의 목을 끌어안았다. 존은 레니나의 부드러운 입술이 자신의 입술에 포개지는 것을 느꼈다. 레니나의 입술이 얼마나 부드럽고 따뜻한지 존은 마치 〈헬리콥터에서의 3주일〉이란 영화를 연상했다. 우! 우! 입체적인 금발의 미녀! 아! 아! 실물을 능가하는 흑인. 공포, 공포, 공포…… 존은 레니나에게서 몸을 떼어 내려고 했으나 레니나는 그를 꽉 잡고 오히려 더욱더 세게 끌어안았다.

「왜 진작에 그렇게 말하지 않았어요?」

레니나는 이렇게 말하며 존의 얼굴을 자세히 보려고 자신의 몸을 뒤로 약간 젖혔다. 그녀의 눈에는 부드러운 질책이 서려 있었다.

'어두컴컴한 동굴, 더없이 알맞은 장소. 우리의 사악한 정신이 아무리 강한 유혹의 손길을 뻗칠지라도 나의 정조는 음탕으로 용해되지 않으리![62] 결코! 결코!

존의 마음속에서 양심의 소리가 이렇게 메아리쳤다.

「바보 같은 사람! 전 당신을 얼마나 원했는지 몰라요. 당신도 나를 그렇게 원했었다면 왜 진작에…….」

「하지만 레니나…….」

존이 이렇게 말하려 하자 레니나는 갑자기 그를 끌어안고 있던 팔을 빼면

---

62) 셰익스피어의 〈템페스트〉 4막 1장 중에 나오는 구절임.

서 자신의 몸을 떼었다. 존은 그제서야 레니나가 자신의 의도를 알아챘다는 생각을 하게 되었다. 그러나 이게 웬일이란 말인가? 잠시 후 레니나는 자신의 하얀 피임 대용 혁대를 끌러서 그것을 의자 등받이 위에 올려놓았다. 존은 자신이 잠시 동안 뭔가에 홀렸다는 생각이 들었다.

「레니나!」

존이 근심 어린 표정으로 말했다.

레니나는 손을 목으로 가져 가더니 블라우스의 뒷지퍼를 수직으로 길게 잡아 내렸다. 그녀의 흰 블라우스가 끝단까지 양쪽으로 벌어졌다. 의심에 불과했던 것이 이제는 너무나 확연한 현실로 탈바꿈해 버린 것이다.

「레니나, 당신 지금 뭐 하는 겁니까?」

지익! 지익!

레니나는 존의 말이 들리지 않는지 아무 대답도 하지 않았다. 그리고는 옷을 벗어 던져 버린 채 앞으로 걸어 나왔다. 지퍼가 달린 레니나의 속옷은 엷은 핑크색이었다. 그녀의 가슴에는 캔터베리 공동체 주교가 선물한 금빛의 T형 목걸이가 걸려 있었다.

「창살을 통해서 바라보는 저 젖꼭지가 남자의 눈을 매료시키는도다……」[63]

음악과 같고 천둥과도 같은 마술적인 언어는 레니나를 더욱 위험스러운 존재로 느끼게 했고 동시에 매혹의 강도를 증가시키고 있었다. 부드러우면서도 관통하듯 꿰뚫는 것! 이성(理性)에 구멍을 내기 시작하여 결국에는 결심이라는 터널을 만들어 내는 것 같았다.

---

[63] 셰익스피어의 〈아테네의 타이몬〉 4막 3장에 나오는 구절임.

「아무리 강한 맹세라도 타오르는 피 앞에서는 지푸라기에 불과하다. 더욱 더 절제하라. 그렇지 않으면…….」[64]

지익!

둥글게 부풀어 오른 분홍색 속옷이 사과가 두 쪽으로 갈라지듯 벌어졌다. 두 팔이 꿈틀거리고 오른쪽 다리가 먼저 들리고 다시 왼쪽 다리가 들렸다. 그리하여 지퍼가 달린 속옷은 바닥에 흘러내려 생명을 잃은 것처럼, 아니 공기가 빠져 버린 튜브처럼 덩그러니 놓여 있었다.

신발과 양말을 신은 채, 그리고 둥글고 흰 모자를 기우뚱하게 비껴 쓴 채 레니나는 존에게 다가갔다.

「오, 나의 사랑! 당신이 진작에 그렇게만 얘기했었더라도…….」

레니나는 자신의 두 팔을 앞으로 내밀었다.

그러나 존은 공포에 질려 뒤로 물러섰다. 그리고 앞으로 내민 레니나의 두 팔이 마치 지저분하고도 위험한 동물인 양 자신의 두 손으로 '탁' 하고 쳤다. 뒤로 네 발자국 물러서자 이제는 더 이상 후퇴할 수 없는 벽에 부딪쳤다.

「오, 나의 사랑! 당신의 두 팔로 나를 안아 주세요. 내가 황홀해질 때까지 세게 안아 달라구요.」

레니나는 자신의 두 손을 존의 어깨 위에 올려놓으면서 마치 명령하듯이 말했다.

레니나에게도 자유자재로 인용할 수 있는 시구가 있었고, 음악이 되고 주문이 되고 북 소리가 되는 언어들이 있었다.

「키스해 주세요. 내가 혼수 상태가 될 때까지 키스해 달라구요. 오, 나의

---

64) 셰익스피어의 〈템페스트〉 4막 1장에 나오는 구절임.

사랑! 날 안아 줘요. 편안하게 말예요…….」

레니나는 눈을 감고 있었고 목소리는 잠 속에서의 중얼거림처럼 작아지고 있었다.

존은 레니나의 팔목을 잡았다. 그리고 자신의 어깨에서 레니나의 손을 잡아떼며 뿌리쳤다.

「아이, 아파! 그렇게 하다가는 다치겠어요.」

레니나는 이렇게 말하더니 갑자기 입을 다물었다. 공포감으로 인해, 고통마저도 느낄 수가 없었던 것이다. 레니나는 눈을 뜨고 존의 얼굴을 쳐다보았다. 그러나 그 얼굴은 조금 전에 보았던 존의 얼굴이 아니었다. 전혀 낯설고도 창백한, 그러면서도 분노로 일그러진 그런 얼굴이었다.

「왜 그래요, 존?」

레니나가 놀란 얼굴로 물었다.

존은 대답 대신 자신의 광기 어린 두 눈으로 레니나의 얼굴만을 응시할 뿐이었다. 레니나의 팔목을 잡고 있던 손이 떨리고 있었다. 존은 씩씩거리며 깊고도 불규칙적인 호흡을 했다. 거의 들리지 않을 정도였지만 공교롭게도 존은 이를 갈고 있었다.

「도대체 왜 그러세요?」

레니나는 비명에 가까운 소리로 말했다.

그러자 레니나의 고함 소리에 정신을 차린 듯 존은 그녀의 어깨를 잡고 흔들어 댔다.

「창녀! 창녀! 뻔뻔스럽고도 더러운 창녀 같은 년!」

존이 소리쳤다.

「그만! 제발 그만 하세요.」

레니나가 거부했다. 그러나 그녀의 목소리는 존이 그녀의 몸을 마구 흔드는 바람에 기이할 정도로 떨렸다.

「창녀!」

「제발…….」

「망할 놈의 창녀 같은 년!」

「1그램의 소마가 차라리…….」

레니나가 더듬거리며 말했다.

존이 그녀를 얼마나 세게 밀었는지, 레니나는 그만 몸을 휘청거리며 넘어졌다.

「꺼져 버려! 내 눈앞에서 썩 꺼져 버리라구. 그렇지 않으면 당장 죽여 버리고 말겠어.」

존은 넘어져 있는 레니나 위에서 위협하듯이 이렇게 말하며 주먹을 불끈 쥐었다.

겁이 난 레니나는 팔을 들어 자신의 얼굴을 가렸다.

「안 돼요. 제발……, 그러지 마세요, 존!」

「어서 썩 꺼지라니까! 빨리!」

팔 하나를 아직도 위로 들어 올린 채, 그리고 공포에 질린 눈으로 존의 행동을 주시해 가며 레니나는 자리에서 일어났다. 그리고 쪼그린 자세를 취한 채 욕실로 달려갔다.

레니나는 마치 따발총 같은 소리를 내며 달려나갔다.

그녀는 앞으로 돌진했다. 욕실에 안전하게 도착한 레니나는 욕실 문을 잠갔다. 그리고 방금 전에 다친 상처를 살피기 시작했다. 자신의 등을 거울에 기대고 선 채 레니나는 머리를 흔들었다. 고개를 돌려 왼쪽 어깨를 보니 그녀의 진주 같은 아름다운 살결 위에 주홍빛의 선명한 손자국이 있었다. 레니나는 상처 부위를 부드럽게 어루만졌다.

밖에 있는 다른 방에는 마치 마법의 북 소리와 같은 음악에 맞추어서 방안을 서성대는 존이 있었다.

「굴뚝새도 그짓을 하고, 조그만 똥파리도 내 눈앞에서 음탕한 짓거리를 저지르는도다. 암내 나는 고양이와 포식한 말조차도 이보다 더 음탕한 짓은 안하리라. 허리 위는 여자지만 허리 아래로는 반인반마(半人半馬)인 저들……, 허리띠까지는 신으로부터 물려받았지만 허리띠 아래로는 악마의 것……, 저들에겐 지옥의 어둠과 유황 구덩이의 타오름과 펄펄 끓는 것과 악취와 소멸만이 있을 뿐! 더럽도다, 더러워! 에이 퉤! 어이, 거기 지나가는 약장수 누구 없소? 혹시라도 있거들랑 내게 기분 전환할 사향 1온스를 갖다 주시오.」[65]

「존! 존!」

레니나는 존의 비위를 맞추려는 듯 가냘픈 목소리로 존의 이름을 불렀다.

「오, 그대는 독초! 색깔과 향기가 너무도 아름다워 그대의 모습에 나의 감각이 병들어 버리는구려. 이 훌륭한 책은 그 위에 '창녀'라는 표제를 붙이기 위해 쓰여졌을까? 하늘도 그것 앞에서는 코를 막고…….」[66]

그러나 레니나의 향수는 아직도 존의 몸을 에워싼 채 감돌고 있었으며 그

---

65) 셰익스피어의 〈리어 왕〉 4막 6장에 나오는 구절임.
66) 셰익스피어의 〈트로일로스와 크레시다〉 5막 2장에 나오는 구절임.

의 상의에는 레니나의 매끈한 몸에 발랐던 분가루가 묻어 있었다.

「뻔뻔스런 창녀! 뻔뻔스런 창녀! 더러운 창녀 같은 년!」

뻔뻔스런 창녀라는 말이 하나의 리듬이 되어 존의 머릿속에 계속해서 맴돌았다.

「뻔뻔스런……」

「존, 옷 좀 주세요.」

존은 바지와 블라우스 그리고 지퍼가 달린 레니나의 속옷을 하나하나 집어들었다.

「문을 열어요!」

존은 문을 발로 차며 신경질적으로 말했다.

「안 돼요, 그럴 순 없어요.」

공포에 질린 레니나의 목소리가 안에서 들려 왔다.

「문을 열지 않는데 어떻게 옷을 건네준단 말이오?」

「문 위에 나 있는 통풍 구멍으로 넣어 주세요.」

존은 레니나가 시키는 대로 하고는 다시 불안한 걸음걸이로 방을 왔다갔다했다.

「뻔뻔스런 창녀! 뻔뻔스런 창녀! 살찐 엉덩이와 통통한 손가락을 지닌 색욕의 악마가 ……」[67]

「존!」

존은 못 들은 체했다.

「살찐 엉덩이와 통통한 손가락을……」

---

67) 셰익스피어의 〈트로일로스와 크레시다〉 5막 2장에 나오는 구절임.

「존!」

「왜 그래요?」

존이 퉁명스럽게 물었다.

「저, 실례가 되지 않는다면 제 피임 대용 혁대를 넣어 주시겠어요?」

레니나는 다른 방에서 들려 오는 발소리에 귀를 기울이고 앉아 언제까지 저렇게 계속 왔다갔다할 것인가를 생각하고 있었다.

'존이 나갈 때까지 이곳에서 기다려야 하나? 아니면 그의 광기가 가라앉을 때까지 기다리고 있다가 욕실 문을 열고 나가야 하나……?'

레니나가 이런저런 생각을 하고 있을 때 갑자기 다른 방에서 전화벨이 울렸다. 그러자 방안을 왔다갔다하는 소리가 멎었다. 레니나는 존이 누군가와 통화하는 소리를 들었다.

「여보세요?」

「……」

「네.」

「……」

「제 말이 잘 들리지 않나 보죠? 네, 접니다.」

「……」

「네, 그렇다니까요. 제가 야만인이라니까요.」

「……」

「뭐라고요? 누가 아프다구요? 물론 관심이 있죠.」

「……」

「어느 정도로 심합니까? 정말 그 정도로 아픕니까? 알겠습니다. 곧 가도록 하죠.」

「……」

「방에 없다고요? 그럼 어디로 데리고 갔죠?」

「……」

「오, 맙소사! 주소가 어떻게 됩니까?」

「……」

「공원가 3번지. 맞습니까? 3번지라고 하셨죠? 감사합니다.」

레니나는 수화기 놓는 소리를 들었다. 존은 문을 거칠게 닫고는 서둘러 계단을 내려갔다. 잠시 동안 침묵이 흘렀다.

'존이 정말로 가버린 것일까?

레니나는 문을 살짝 열고 밖을 내다보았다. 아무도 보이지 않았다. 레니나는 안심이 되었다. 그래서 문을 조금 더 열어 보았다. 그리고 머리를 문 밖으로 천천히 내밀었다. 마침내 아무도 없다는 걸 확인한 레니나는 까치 걸음으로 방안으로 들어갔다. 여전히 귀를 곤두세운 채 가슴은 조마조마했다. 그리고 문으로 달려가서는 재빠르게 방을 빠져 나와 세차게 문을 닫고는 서둘러 그곳을 나왔다. 엘리베이터를 타고 아래로 내려갈 때야 비로소 레니나는 안도의 한숨을 내쉬었다.

14

공원가에 위치한 위급 환자 병원은 미색 타일의 60층 건물이었다. 존이 헬리콥터 택시에서 내리자 밝은 색깔의 영구(靈柩) 비행기 호위대가 옥상으로 부터 공원을 가로질러 서쪽에 위치해 있는 화장터를 향해 날아갔다. 존은 엘리베이터 입구에 서 있는 안내원이 가르쳐 주는 대로 17층 81병동으로 내려갔다. 안내원의 말에 따르면 그곳은 급성 노쇠 환자 수용실이라고 했다.

그곳은 햇빛과 노란색 페인트로 인해 밝은 인상을 주었으며 침실이 열두 개나 되는 무척 큰 방이었는데 모두 환자로 가득 차 있었다. 린다는 그곳에 입원해 있는 다른 동료들과 마찬가지로 죽어 가고 있었다. 여럿이 함께, 그리고 각종 최신 설비로 이루어진 가운데에서 말이다. 방안의 대기는 명랑한 인조 음악으로 가득 차 있었다. 모든 침대 밑바닥에는 죽어 가는 환자들이 볼 수 있도록 텔레비전 수상기가 설치되어 있었으며 그 텔레비전들은 마치 물이 흐르는 수도꼭지처럼 아침부터 밤늦게까지 켜져 있었다. 게다가 방안의 환기를 위해 매 15분마다 향수가 자동적으로 교환되고 있었다.

「우리는 이곳의 분위기를 쾌적하게 하기 위해 갖은 노력을 다하고 있습니다. 이곳을 마치 특급 호텔이나 촉감 영화관처럼 만들기 위해서 말입니다. 제 말을 이해하실 수 있을는지 모르겠군요.」

문 앞에서 존을 만난 간호사가 설명했다.

「린다는 어디에 있죠?」

존은 간호사의 호의 섞인 설명을 무시한 채 대뜸 이렇게 물었다.

「성미가 급하시군요.」

간호사는 기분이 상했다.

「가망성이 있습니까?」

「죽지 않을 가망성을 말하시는 겁니까?」

존이 고개를 끄덕였다.

「물론 없습니다. 이곳에 보내지는 환자들은 거의가 다 가망이 없는……..」

이때 존이 몹시 슬퍼하는 얼굴을 하자 깜짝 놀란 간호사가 갑자기 말을 중단했다.

「저, 그런데 무슨 일이죠? 안색이 안 좋아 보이는데……..」

그녀는 자신이 접해 본 방문객들 중에서 이런 표정을 한 사람은 처음 보았던 것이다. 그렇다고 방문객들이 많았었다는 것은 아니다. 방문객들이 많을 이유가 없었다 .

존은 고개를 내저었다.

「그 여자는 제 어머니입니다.」

존은 들릴 듯 말 듯한 음성으로 말했다.

간호사는 겁에 질린 얼굴로 존을 바라보았다. 그러더니 재빨리 시선을 다른 데로 돌렸다. 간호사는 목 부분부터 관자놀이까지 새빨개졌다.

「나를 그곳으로 안내해 주십시오.」

존은 안정된 표정을 억지로 지어 보이며 말했다.

간호사는 아직도 얼굴을 붉힌 채 병실로 안내했다. 그들이 지나가자 아직까지도 생생한- 노쇠는 너무도 빨리 진전되고 있었지만 심장과 두뇌만 시들게 했을 뿐 얼굴까지는 아직 시들게 하지 않았다 - 환자들의 얼굴이 존과 간호사를 바라보았다. 이들을 바라보자 존은 소름이 끼쳤다.

린다는 벽에서 가까운 긴 대열의 맨 마지막 침대에 누워 있었다. 베개에 몸을 의지한 린다는 남미 리만 식(式) 테니스 선수권 대회 준결승전을 시청하고 있었는데 그것은 침대 밑의 텔레비전 화면에 무성(無聲)으로 방영되고 있었다. 네모난 유리바닥 위에서 작은 인간들이 마치 수족관 속의 물고기처럼 이리저리 소리없이 움직이고 있었다. 이들은 마치 말이 없는, 그러면서도 흥분된 다른 세계의 인간들 같았다.

린다는 멍청하게, 그리고 아무 것도 모르면서 마냥 웃고 있었다. 린다의 창백하고도 부어 오른 얼굴에는 천진난만한 행복감이 있었다. 때로는 두 눈을 감고 잠시 졸기도 했다. 그러다가는 깜짝 놀라 졸음에서 깨어나곤 했다. 깨어나면 그녀의 눈에 비치는 것은 다시 테니스 선수권 대회였고, 그녀의 귀에 들리는 것은 '오, 나의 사랑! 황홀할 때까지 날 안아 주세요'라고 하는 슈퍼 음성 전기 오르간 연주였다. 게다가 그녀의 머리 위에 있는 통풍구로부터는 버베나[68] 향기가 흘러 나왔다. 눈을 떠서 이러한 것들에 탐닉한다기보다는 그런 것들이 소마의 덕택으로 그녀의 혈관 속에서 미화되고 변형되어 신기한 몽상의 세계를 이루고 있었다. 그녀는 어린아이 같은 만족감에 사로잡혔고 무의식적인 미소를 머금는 것이었다.

「전 이제 가봐야 할 것 같군요. 가서 돌봐 줘야 할 아이들이 많거든요. 게다가 제3병동에도 볼일이 있어요. 댁의 어머니가 언제 눈을 감으실지 모르지만 아무튼 마음 편히 있다가 가시도록 하세요.」

간호사는 이렇게 말하고 총총 걸음으로 방을 빠져 나왔다.

존은 린다가 누워 있는 침대 곁에 가서 앉았다.

「린다!」

존이 린다의 손을 잡으며 속삭였다.

자신의 이름을 부르는 소리가 들리자 린다는 고개를 돌렸다. 그녀의 희미

---

68) 레몬 향내가 나는 식물의 일종임.

한 눈동자는 상대방이 누구인지 알아볼 수 있다는 표정으로 밝게 빛났다. 린다는 존의 손목을 꼭 잡았다. 그리고 입술을 움직였다. 그러더니 갑자기 고개를 앞으로 수그린 채 고꾸라졌다. 린다는 잠들어 있었던 것이다. 존은 린다의 곁에 앉은 채 그녀를 바라보았다. 존은 옛날 맬파이스에서의 어린 시절, 자신의 얼굴을 위에서 내려다보던 젊고도 아름다웠던 어머니의 모습을 회상했다. 린다의 아름다웠던 그 목소리, 그 몸동작, 그리고 자신과의 행복했던 추억, '스트렙토코크지에서 밴버리 T까지……' 를 불러 대던 노랫소리……! 게다가 자신에게 들려주었던 가락은 거의 마법적이고 신비로웠다.

에이, 비, 시, 그리고 비타민 디
지방은 간장에, 대구는 바다에

이것들을 회상하자 존은 자신도 모르게 두 눈에서 뜨거운 눈물이 흘러내렸다. 존은 슬며시 눈을 감았다. 그러자 읽기 연습을 시키던 생각이 났다.

「젖먹이는 병 속에 있습니다. 고양이는 멍석 위에 있습니다……」

다음엔 부화실에서 근무하는 베타 계급을 위한 기초 교육이 생각났다. 그 다음으로는 화롯가에서 보낸 긴긴 밤, 작은 집 옥상에서 야만인 보호 구역 밖의 다른 세계에 관한 이야기를 들려주던 그 여름날의 추억…….

이때 갑자기 날카로운 비명 소리가 들리는 바람에 존은 깜짝 놀라 눈을 떴다.

그는 재빨리 눈에 고인 눈물을 닦은 후 주위를 둘러보았다. 여덟 살 가량 된 수많은 쌍둥이들이 마치 밀물처럼 떼를 지어 방안으로 들어왔다. 계속

줄지어 들어오는 쌍둥이들……, 이는 마치 악몽과도 같았다. 똑같이 반복되는 얼굴들……, 아이들은 그렇게도 많았지만 얼굴은 단 한 종류뿐이었다. 이들은 마치 강아지처럼 응시하고 있었으며 이들에서 볼 수 있는 것은 콧구멍과 창백하게 굴리는 눈동자들뿐이었다. 그들은 카키색 제복을 입고 있었으며 입은 모두 벌어져 있었다. 그들은 시끄럽게 떠들면서 안으로 들어왔다. 병실은 이들로 인해 순식간에 아수라장이 되었다. 그들은 침대 사이로 몰려들더니 침대 위로 기어오르고 침대 밑으로 기어들면서 텔레비전 수상기를 들여다보고는 환자들을 향해 인상을 찌푸렸다.

그러나 린다의 모습을 본 그들은 깜짝 놀랐다. 아니, 린다의 모습이 오히려 그들로 하여금 경계심을 품도록 했다. 린다의 침대 밑에 한 떼의 아이들이 모여들었다. 그들은 놀라울 정도로 신기하다는 표정을 지어 보이며 린다를 응시했다.

「오, 저것 좀 봐! 저것 좀 보라구! 저 여자는 어째서 저럴까? 게다가 어떻게 했길래 저다지도 뚱뚱하지?」

그들은 린다처럼 늙은 얼굴은 처음 보았다. 젊지도 않고 팽팽하지도 않은 린다의 얼굴……, 게다가 날씬하지도 않고 휘어져 있는 린다의 몸매……, 다 죽어 가는 60대 여성들도 앳된 소녀의 얼굴을 하고 있는 마당에 린다의 이런 모습이란……. 불과 44세밖에 안 되는 린다는 축 처지고 일그러진 괴물의 형태였다.

「저 여자 정말 끔찍하지? 저 이것 좀 봐!」

그들 중의 누군가가 이렇게 속삭였다.

갑자기 침대 밑에서 강아지처럼 생긴 쌍둥이가 존이 앉아 있는 의자와 벽 사이로 고개를 들고 나왔다. 그리고 잠자고 있는 린다의 얼굴을 바라보았다.

「내가 보기에는……」

그 쌍둥이 아이가 말을 시작하려다가 곧 멈추었다.

이때 존이 그의 멱살을 잡고 그를 의자에서 들어 올렸다. 그리고 따귀를 한 대 후려갈기고는 아이를 내던져 버렸다.

아이가 소리 내어 울어 대자 그를 도우려고 수간호사가 달려왔다.

「아이에게 이 무슨 행패입니까? 난 아이를 때리는 것은 참을 수 없어요.」

수간호사가 화를 내며 말했다.

「그러면 어서 그 아이를 이 침대에서 꺼지도록 해주시오. 아니, 도대체 이 망할 놈의 아이들이 떼거리로 몰려와서 여기서 뭘 하자는 거죠? 재수없게 말입니다.」

존은 분노로 인해 몸을 부르르 떨고 있었다.

「재수없다고요? 그게 무슨 말씀입니까? 이 아이들은 지금 죽음에 관한 조건 반사 훈련 을 받고 있는 중입니다. 당신에게 한마디 충고해 두겠는데, 만일 또다시 이 아이들이 받고 있는 조건 반사 훈련을 방해하면 포스터를 불러 당장 이곳에서 쫓아낼 테니 그런 줄 알아요.」

수간호사가 매몰차게 말했다.

존은 자리에서 일어났다. 그리고 그녀를 향해 몇 발자국 앞으로 걸어갔다. 존의 행동과 얼굴 표정이 얼마나 위협적이었는지 그녀는 공포에 질려 있었다. 존은 갖은 애를 다 쓰며 자신을 억제했다. 그는 아무 말 없이 돌아서서 린다가 누워 있는 침대 곁으로 가 다시 앉았다.

「이제 당신에게 경고했으니 조심하세요.」

안심은 되었지만 약간 불안한 위엄을 과시하며 수간호사가 말했다.

수간호사는 호기심이 왕성한 쌍둥이들을 데리고 그 자리를 떠나 한쪽 구석에서 그녀의 동료 간호사가 주관하고 있는 지퍼 찾기 놀이에 그들을 합류시켰다.

「넌 가서 카페인 용액이나 한 잔 마시도록 해.」

수간호사가 다른 간호사에게 말했다.

그녀는 이렇게 권위를 행사함으로써 자신감을 회복했다.

「자, 어린이 여러분!」

수간호사가 이번에는 아이들에게 소리쳤다.

린다는 불편한 거동으로 몸을 움직이려고 했다. 그러더니 잠시 눈을 뜨고 주위를 희미하게 둘러본 뒤 다시 잠을 자기 시작했다. 계속해서 린다 곁에 앉아 있던 존은 조금 전 생각했던 추억을 다시 맛보고 싶었다.

「에이, 비, 시, 그리고 비타민 디……」

존은 마치 이 말이, 이미 죽어 버린 것이나 다름없는 과거를 회생시킬 수 있는 주문인 양 계속해서 반복했다. 그러나 이러한 주문은 별로 효과가 없었다. 그 아름다웠던 추억들이 고집을 부리며 이제는 더 이상 그의 마음속에 떠오르지 않았던 것이다. 질투와 추함과 비참함만이 증오스럽게 부활하고 있었다. 어깨를 칼에 찔려 피가 뚝뚝 떨어지고 있는 포페, 흉칙한 모습으로 잠들어 있는 린다, 마룻바닥에 엎질러진 메스칼 주위에 윙윙대며 몰려들던 파리떼들, 린다가 길을 지나면 욕을 해대는 아이들. 오, 안 돼! 안 돼!

존은 눈을 감아 버렸다. 그리고 그 기억들을 부정하려고 머리를 사정없이 흔들었다.

「에이, 비, 시, 그리고 비타민 디…….」

존은 린다의 무릎 위에 앉아 그녀의 사랑을 받으며 그녀가 불러 주던 노래들을 상기해 보려고 노력했다. 어머니 린다가 부드러운 손길로 토닥거리며 재워 주던 일…….

「에이, 비, 시, 그리고 비타민 디. 비타민 디. 비타민 디…….」

이때 슈퍼 음성 전기 오르간이 흐느끼는 듯한 크레센도로 치솟아 올랐다. 그러자 갑자기 방향(芳香) 회전 장치에서는 버베나 향기가 그치고 강렬한 박하 향기가 분출되었다. 린다가 몸을 꿈틀대며 잠에서 깨어났다. 그녀는 잠시 동안 넋이 나간 채 테니스 준결승전 장면을 바라보고는 얼굴을 위로 쳐들었다. 그리고 새롭게 교체된 향수를 한두 번 킁킁거리며 맡아 보더니 만족스러운 듯 미소를 지었다. 황홀해 하는 어린아이의 미소였다.

「포페! 정말 좋아요. 정말…….」

린다가 이렇게 중얼거리며 눈을 감았다. 그리고 한숨을 내쉬더니 다시 베개 속에다 자신의 얼굴을 파묻었다.

「린다! 날 모르겠어요?」

존이 애원하듯 말했다.

존은 마치 린다가 헛된 꿈과 저속한 옛 기억 속에서 깨어나 현실로 돌아오게 하기 위한 것처럼 그녀의 힘없는 손을 세게 쥐었다. 이 소름 끼치는 현실, 그러면서 동시에 숭고한 현실로 말이다.

존은 자신의 행동에 린다가 희미하게나마 응답하는 표시로 자신의 손을 슬며시 쥐는 것을 느낄 수 있었다. 존의 눈 주위에 눈물이 고였다. 존은 몸을 굽혀 린다에게 키스했다.

린다의 입술이 움직였다.

「포페!」

린다가 다시 말했다.

이 말을 들은 존은 마치 자신의 얼굴에 오물이 끼얹어진 듯한 더러운 느낌을 받았다. 존은 분노가 치밀어 올랐다. 잠시 동안 제지되었던 슬픔의 격정이 또 하나의 탈출구를 찾아 분노의 격정이라는 형태로 변모해 버린 것이다.

「린다, 저예요. 존이란 말예요.」

존이 소리쳤다.

정도를 넘은 비참함을 느낀 존은 린다의 어깨를 잡고는 마구 흔들어 댔다. 린다는 몇 번 깜빡거리더니 눈을 떴다. 존을 보자 마침내 그가 누구인지를 알아차렸다 .

「존!」

그러나 린다는 존의 얼굴이나 자신의 손을 꼭 잡고 있는 그의 손을 상상의 세계에서 만나 보는 것으로 생각하고 있었다. 린다는 존을 자신의 아들로 알고는 있었지만, 포페와 소마 휴일을 즐기는 그 천국 같은 맬파이스를 침범한 원흉으로 상상하고 있었다. 존은 린다가 포페를 좋아했기 때문에 화가 났으며 린다가 누워 있는 바로 그 침대 속에 상상의 포페가 있었기 때문에 린다를 깨우기 위해 마구 흔들어 댔던 것이다.

「만인은 만인을 위해 존재한다……」

갑자기 린다의 목소리는 거의 들리지 않는 가래 끓는 소리로 변했다. 그녀의 입술은 벌어져 있었고 숨을 들이마시려는 필사적인 노력을 하고 있었다. 그러나 린다는 이미 숨쉬는 방법을 잊어버린 것 같았다. 린다는 소리쳐 보려고 했다. 그러나 그녀의 입에서는 아무런 소리도 나오지 않았다. 단지 린다의 눈 속에 서려 있는 공포감만이 그녀의 고통을 말해 주고 있었다. 린다는 자신의 두 손을 목 부분으로 가져 갔다. 그리고는 손을 위로 올려 허공에다 대고 허우적거렸다. 그 허공이란 린다가 이제는 더 이상 숨을 쉴 수 없는, 아니 이제는 더 이상 린다가 존재하지 않는 그런 허공이었다.

존은 자리에서 일어나 린다에게 몸을 굽혔다.

「왜 그래요, 린다? 왜 그러냐구요?」

존의 목소리는 마치 자신을 좀 안심시켜 달라고 조르는 듯한 애원조였다. 린다의 얼굴은 공포로 가득 차 있었다. 아니, 그가 보기에는 비난과 원망으로 가득 차 있는 것 같았다. 린다는 침대에서 일어나려고 했으나 고작 베개 위로 다시 쓰러질 뿐이었다. 그녀의 얼굴은 공포로 인해 완전히 일그러져 있었으며 입술은 새파랗게 질려 있었다.

존은 몸을 돌려 윗병동으로 달려 올라갔다.

「빨리요! 빨리…….」

존이 외쳤다.

수간호사는 둥글게 모여서 지퍼찾기 놀이를 하고 있는 쌍둥이들의 무리 중앙에 서 있었 다. 수간호사가 뒤를 돌아보았다. 처음에는 놀라는 표정이었으나 이내 못마땅한 표정으로 변해 버렸다.

「소리 치지 말아요! 이 아이들도 좀 생각해 줘야 할 것 아녜요? 그러다가는 이 아이들의 조건 반사 훈련이 수포로 돌아갈 수가 있어요. 도대체 왜 이러는 거예요?」

수간호사가 잔뜩 인상을 찌푸리며 말했다.

존은 이에 아랑곳하지 않고 쌍둥이들을 헤치고 수간호사에게 다가갔다.

「조심해!」

그들 중의 한 아이가 외쳤다.

「빨리 좀 가요!」

존은 수간호사의 소맷부리를 잡고 그녀를 잡아 끌며 밖으로 나왔다.

「빨리 서둘러 주시오. 아무래도 심상치 않단 말입니다. 내가 그녀를 죽였소.」

그들이 병동 맨 끝에 도착했을 때 린다는 이미 숨을 쉬지 않고 있었다.

존은 몸이 얼어붙은 채 잠시 동안 그 자리에 서서 말이 없었다. 그는 이윽고 린다의 침대 곁에 무릎을 꿇고 앉아 얼굴을 가리고 억제할 수 없을 정도로 흐느끼기 시작했다.

수간호사는 어찌할 바를 모르고 서서 침대 곁에 무릎을 꿇은 인간(한심한 동물 같으니!)을 쳐다보다가 지퍼 찾기 놀이를 중지하고(가엾은 아이들!) 한쪽 구석에 서서 지금 20호 침대 주위에서 연출되는 충격적인 장면을 꼿꼿이 고개를 들고 응시하는 쌍둥이들을 보았다. 그에게 점잖게 굴라고 말해야 하나? 그리고 그에게 여기가 어디라는 것을 상기시켜야 하나? 이 불쌍하고 천진난만한 아이들에게 무슨 속셈으로 그런 피해를 끼치고 있는가 하는 것을 상기시켜 줘야 하나? 별것도 아닌 죽음을 가지고 이렇게 소란을 피워 대며 죽음에 관한 조건 반사 훈련을 망치다니! 조건 반사 훈련을 받고 있는 아이들을 이런 식으로 방해하면 이 아이들은 나중에 죽음에 관해 잘못된 개념을

272

갖게 될 뿐만 아니라 완전히 반사회적인 반응을 체득하게 될 수도 있다.

수간호사가 앞으로 걸어왔다. 그녀가 존의 어깨를 건드렸다.

「좀 점잖게 행동할 수 없습니까?」

수간호사가 화난 어조로 나지막하게 말했다. 그러나 그녀가 뒤돌아보았을 때 벌써 몇몇 아이들은 이미 자리에서 일어나 병동을 따라 내려오고 있었다. 둥근 원은 해체되었다. 잠시 후. 맙소사! 이건 너무 위험한 일이었다. 이 집단의 훈련이 6,7개월 후퇴할지도 모르는 상황이 되었다. 수간호사는 위험에 휩싸인 아이들을 향해 황급히 달려갔다.

「자, 초콜릿 에클레어를 원하는 사람 손들어 봐!」

수간호사가 명랑한 소리로 크게 말했다.

「저요!」

보카노프스키 집단 전체가 일제히 손을 들었다. 그들은 20호 침대는 완전히 잊고 있었다.

'오, 하느님! 하느님! 하느님!

존의 마음을 가득 채운 슬픔과 한탄의 혼돈 속에서 그가 할 수 있는 말이라고는 '오, 하느님!' 뿐이었다.

「저 친구 지금 무슨 말을 하고 있는 거야?」

슈퍼 음성 전기 오르간에서 시끄러운 소리가 흘러 나오는 가운데 선명하고도 날카로운 음성이 이렇게 말했다.

존은 깜짝 놀라 얼굴을 가리고 있던 손을 내렸다. 그리고 주위를 둘러보았다. 카키색 제복을 입은 다섯 명의 쌍둥이들이 초콜릿으로 완전히 뒤범벅이 된 얼굴로 존을 바라보며 한 줄로 서 있었다.

그들의 눈이 존의 눈과 마주치자 그들은 씨익 하고 웃었다. 그들 중의 하나가 초콜릿 에클레어 토막으로 린다를 가리켰다.

「이 여자는 죽었나요?」

존은 아무 말 없이 그들을 쳐다보았다. 그리고 자리에서 일어나 천천히 문가로 걸어갔다.

「이 여자는 죽었나요?」

그 아이가 존의 옆으로 다가서며 다시 물었다.

존은 그 아이를 내려다보았다. 그리고 아무 말 없이 그를 밀쳐 버렸다. 그 아이는 마룻바닥 위에 쓰러지자 곧 고함을 질러 대기 시작했다. 그러나 존은 뒤도 돌아보지 않았다.

15

공원가 위급 환자 병원의 사환은 보카노프스키 집단의 델타 계급으로 이루어져 있었다. 그들은 모두 162명으로 이들은 84명의 붉은 머리의 여자들과 78명의 검은 머리의 남자들로 구성되어 있었다. 작업이 끝나는 6시에 이 두 집단은 병원 현관에 모여 부(副)출납 계장이 나눠 주는 소마를 배급받고 있었다.

존은 엘리베이터에서 내려 그들이 있는 곳으로 다가갔다. 그러나 그의 마음은 다른 곳, 즉 죽음과 슬픔과 통한에 휩싸여 있었다. 존은 자신이 지금 무얼 하고 있는지 아무 생각 없이 그들의 틈바구니를 헤치며 지나가고 있었던 것이다.

「당신 지금 누굴 밀치고 지나가는 거야? 당신 지금 어딜 가고 있는 거요?」

군중들의 목에서는 가지각색으로 높은 음과 낮은 음이 발성되고 있었다. 게다가 일부 군중들은 악을 쓰며 소리치기도 했다. 거울을 늘어놓은 듯 반복되는 두 종류의 얼굴. 하나는 오렌지색의 후광이 비치는 수염이 나지 않은 주근깨투성이의 얼굴이었고, 또 다른 하나는 말라빠지고 마치 새같이 주둥이가 삐죽 튀어나온 데다가 수염이 텁수룩한 얼굴이었다. 이 두 종류의 얼굴들은 화난 표정으로 존을 쳐다보았다. 그들이 하는 말과 팔꿈치로 존의 옆구리를 건드리는 그들의 행동이 존을 무의식에서 깨어나도록 만들었다. 존은 다시 외부의 현실에 눈을 뜨고 주위를 둘러보았다. 그제서야 눈에 비치는 것을 이해했다. 공포와 염증에 사로잡힌 채 이것이 밤낮을 가리지 않고 반복되는 망상적인 광경, 악몽 같은 획일, 구분할 수 없는 닮은꼴의 집합들이라는 것을 깨달았다. 쌍둥이들, 쌍둥이들……. 마치 구더기떼처럼 그들은 린다의 신비한 죽음을 더럽히기 위해 몰려든 것이다.

존은 걸음을 멈추었다. 그리고 당황하고 공포에 질린 눈으로 카키색 제복을 입은 이들 집단을 둘러보았다.

'아, 이 멋진 인간들이여! 이 얼마나 아름다운 인간들인가! 오, 멋진 신세계여…….'

노래 속의 가사가 존을 야유하듯 귓가에 맴돌고 있었다.

「자, 이제부터 소마를 배급하니 모두 줄을 서도록! 자, 어서…….」

누군가가 소리쳤다.

문이 열리고 탁자와 의자 하나가 현관으로 내어졌다. 조금 전에 외친 소리는 원기에 찬 알파 계급 청년이 외친 소리였다. 그 청년은 철로 만든 검은 상자를 가지고 들어왔다. 기대에 부푼 쌍둥이들은 만족스러운 얼굴로 웅성거리고 있었다. 그들에게는 이미 존에 대한 관심이 사라지고 없었다. 이제 그들의 관심은 온통 검은 상자에만 쏠렸다. 청년은 상자를 탁자 위에 올려놓았다. 그리고 그것을 열기 시작했다. 마침내 뚜껑이 열렸다.

「우우!」

162명은 마치 불꽃놀이를 구경할 때 외치듯이 일제히 소리쳤다.

청년은 작은 알약 상자를 한 움큼 꺼냈다.

「자, 모두들 앞으로 나와! 한 번에 한 사람씩! 자, 밀지들 말고……」

그가 말했다.

한 번에 한 사람씩, 그리고 한 줄로 서서 그들은 앞으로 나왔다. 앞줄부터 보았을 때 남자, 남자, 여자, 남자, 그리고 연이어서 여자 세 명. 이런 식이었다.

존은 가만히 선 채로 그것을 바라보았다.

'오, 멋진 신세계여, 오, 멋진 신세계여……'

존의 머릿속에서 이 노래 가사들은 음조가 변하는 것 같았다. 그 가사는 비참함과 한탄에 휩싸인 존을 조롱하고 있었다. 그 가사는 마치 악마처럼 웃으면서 저급하고도 불결한, 그리고 구역질 나는 악몽의 추함을 고집했던 것이다. 그런데 지금 이 가사는 완전 군장을 하고 정렬하라는 나팔 소리로 변했다.

'오, 위대한 신세계여!

미란다는 '아름다움은 가능한 것'이라고 선언하고 있었다. 악몽의 세계조차 훌륭하고 고상한 것으로 변형시킬 수 있다고 선언하고 있었다.

'오, 멋진 신세계여!'

이것은 일종의 도전장이요, 명령이었다.

「밀지 좀 마! 거기, 자네 말이야.」

부출납 계장 대리가 화가 나서 고함을 쳤다. 그리고 상자 뚜껑을 세게 닫아 버렸다.

「그런 식으로 계속 행동하면 소마의 분배를 중단할 테니 그렇게들 알아.」

델타 계급들은 중얼대며 서로의 옆구리를 쿡쿡 찔렀다. 이내 주변이 잠잠해졌다. 위협의 효과는 대단했다. 소마의 박탈……, 이는 생각만 해도 끔찍한 일이었다.

「좋아.」

부출납 계장 대리가 이렇게 말하며 상자를 다시 열었다.

린다는 노예였다. 그리고 그녀는 지금 죽고 없다. 이 계급의 다른 사람들이라도 자유롭게 살아야 한다. 그리고 세상을 아름다운 곳으로 만들어야 한다. 배상이란 곧 의무다. 그때 갑자기 존은 자기가 할 일이 무엇인지를 깨달았다. 그것은 마치 내려졌던 셔터가 다시 올라가고, 닫혀졌던 커튼이 다시 펼쳐지는 것처럼 선명하게 그의 마음속에 떠올랐던 것이다.

「자, 이제부터…….」

부출납 계장 대리가 말했다.

카키색 제복을 입은 다른 여자가 소마를 배급받기 위해 앞으로 나왔다.

「그만! 그만 하란 말이야!」

존은 천장이 무너지리만큼 우렁찬 목소리로 외쳤다. 그리고 탁자가 있는 곳으로 뛰어갔다. 델타 계급들은 당황한 나머지 존이 하는 대로 내버려 두었다.

「포드님 맙소사! 저건 야만인이잖아?」

부출납 계장 대리가 이렇게 말했다. 그는 덜컥 겁이 났다.

「내 말 좀 들어 보시오. 부탁하겠소. 내가 하는 말을 잘 들어 두란 말이오……」

존은 진지한 얼굴로 말을 시작했다.

존은 이렇게 대중들 앞에서 말해 본 적이 한 번도 없었으므로 자신이 하고 싶은 말을 표현한다는 것이 결코 쉬운 일이 아니라는 것을 깨달았다.

「저……, 그 끔찍한 것을 먹지 말기 바랍니다. 그건 독약입니다. 그건 한마디로 독약이라구요.」

「여보시오, 야만인 씨! 죄송하지만 제발 그런……」

부출납 계장 대리가 말했다.

「그건 육체뿐만 아니라 정신도 죽이는 것입니다.」

「설혹 그렇다 하더라도 난 우선 이 소마를 나눠 줘야겠소. 그러니 방해하지 마시오.」

부출납 계장 대리는 이렇게 말하며 마치 사나운 동물을 길들일 때처럼 조심스럽고도 부드럽게 존의 어깨를 쓰다듬었다.

「부탁인데, 내가 하는 일을 방해하지 말아요.」

「안 돼!」

존이 소리쳤다.

「하지만 이것 보시오!」

「그걸 내다 버리시오. 그건 끔찍한 독약이라구요.」

'내다 버리시오' 라는 존의 말은 이내 곧 델타 계급들의 몰이해의 두꺼운 층을 뚫고서 의식 속으로 파고 들어갔다. 화난 웅성거림이 군중들 사이에서 들려 왔다.

「난 당신들에게 자유를 가져다 주려고 왔습니다. 난 여러분에게 자유를……」

존은 이렇게 말하며 몸을 돌려 쌍둥이들을 바라보았다.

부출납 계장 대리는 듣는 척하며 살짝 뒷걸음질했다. 그는 병원 현관에서 빠져 나와 전화 번호부를 뒤적였다.

「존 그 친구 말이야, 자기 방에도 없고, 내 방에도 없고, 그리고 자네 방에도 없고, 더군다나 아프로디티움이나 연구소에도 없고……. 그럼 도대체 어디로 갔단 말이야? 나 원 참!」

버나드가 말했다.

헬름홀츠는 어깨를 으쓱해 보였다. 그들은 서로 늘상 만나는 장소에서 존이 기다리고 있을 거라고 예상하고 일을 끝내고 돌아왔던 것이다. 그러나 그곳에는 존의 그림자조차 보이지 않았다. 그들은 헬름홀츠의 4인승 스포츠 헬기를 타고 비아리츠[69]로 여행을 가려던 참이었으므로 존의 행방불명은 실로 난처한 일이었다. 존이 곧 나타나지 않는다면 그들은 아마도 저녁 식사도 늦을 것이다.

「5분 더 기다려 보는 것이 어때? 그때까지도 나타나지 않는다면 우리

---

69) 휴양지로 유명한 프랑스 서남부 지역.

는······.」

헬름홀츠가 이렇게 말하는데 갑자기 전화벨이 울렸다. 헬름홀츠는 수화기를 들었다.

「여보세요, 말씀하십시오.」

수화기를 통해 상대방 얘기를 듣고 있던 헬름홀츠는 욕을 해댔다.

「맙소사! 젠장! 아무튼 알겠습니다. 곧 그리로 가도록 하죠.」

「무슨 일인데 그래?」

버나드가 물었다.

「공원가 위급 환자 병원에 근무하고 있는 사람인데, 존이 그곳에 있다는 거야. 정신 나간 행동을 하고 있다는군. 어쨌든 심각하고 안 좋은 상태에 있는 것만은 틀림없는 것 같아. 자네도 나와 같이 가겠나?」

버나드와 헬름홀츠는 서둘러 복도를 따라 엘리베이터가 있는 곳으로 갔다.

「여러분들은 노예가 되는 것이 좋습니까?」

그들이 병원에 들어서자 존은 이렇게 외치고 있었다.

존의 얼굴은 붉어져 있었고 눈은 열의와 분노로 번뜩이고 있었다.

「아니, 유치한 어린아이에 불과한 것이 그렇게도 좋단 말입니까? 보채고 징징 울기만 하는 그런 어린아이들 말입니다.」

존은 그들의 짐승 같은 우둔함에 너무나 화가 나서 자신이 구해 주려고 온 대상인 그들에게 모욕적인 발언을 서슴지 않고 해댔다. 존이 퍼부어 대는 이러한 모욕적인 발언은 딱딱한 거북이 등과 같은 완고한 그들의 우둔함 앞에서 무기력한 메아리가 되어 다시 원위치로 되돌아올 뿐이었다. 그들은 분노의 눈빛으로 존을 바라보았다.

「그렇습니다. 보채고 징징 울어 대기만 하는 그런……」

존에게는 이제 슬픔과 회오, 동정과 의무감, 이 모든 것들을 생각할 겨를이 없었다.

그는 이제 이들 인간 이하의 괴물들에 대한 강렬하고도 위압적인 증오심에 빠져 들고 있었던 것이다.

「여러분! 자유롭고 싶지 않습니까? 그리고 참다운 인간이 되고 싶지 않습니까? 여러분! 인간성이 뭔지, 그리고 자유가 뭔지 느낄 수 있겠습니까?」

흥분한 탓인지 존의 입에서는 말이 유창하게 흘러 나오고 있었다.

「여러분 어떻습니까?」

그러나 존의 이러한 질문에 대답을 하는 사람은 하나도 없었다.

「좋습니다. 그럼 제가 여러분에게 가르쳐 드리겠습니다. 여러분들이 원하든 원하지 않든간에 여러분들을 자유롭게 만들어 드리겠습니다.」

존은 이렇게 말하며 병원의 안뜰로 향한 창문을 열더니 약상자를 열고 소마 알약을 한 주먹씩 꺼내어 던지기 시작했다.

카키색 제복의 군중들은 마치 굳어 버린 화석처럼 말이 없었다. 그들은 존의 이러한 신성 모독과도 같은 행동을 놀라움과 공포에 싸인 표정으로 그저 바라보고만 있을 뿐이었다.

「저 친구 완전히 미쳤군. 저러다가는 저 사람들한테 맞아죽을지도 몰라. 저러다가는……」

버나드가 눈을 동그랗게 뜬 채 걱정되는 투로 말했다.

갑자기 군중들 사이에서 요란한 함성이 터져 나왔다. 무서운 인파가 존을 향해 움직이기 시작했다.

「포드님, 존을 도우소서!」

버나드는 이렇게 말하며 시선을 다른 데로 돌렸다.

「포드님은 스스로 돕는 자를 돕는다.」

헬름홀츠가 이렇게 말하며 웃었다. 그리고 군중들 속으로 뛰어들어갔다.

「자유! 자유!」

존은 한 손으로는 계속해서 소마를 밖으로 내던지면서 다른 한 손으로는 자기를 향해 공격해 오는 델타 계급들의 면상을 주먹으로 휘갈겨 대고 있었다.

「자유!」

이때 헬름홀츠가 존의 옆으로 다가왔다.

「훌륭한 헬름홀츠! 마침내 인간이 된 거야.」

존은 헬름홀츠에게 이렇게 말하며 자기에게 다가오고 있는 델타 계급들을 향해 계속해서 주먹을 휘둘러 대고 있었다. 그러면서도 다른 한 손으로는 여전히 소마를 밖으로 내던졌다.

「마침내 인간이 되었어. 인간이 된 거라구.」

소마는 한 알도 남지 않게 되었다. 존은 이번에는 상자를 들어서 그 상자가 비어 있음을 보여 주었다.

「여러분들은 이제 자유로운 인간이 된 것입니다.」

델타 계급들은 조금 전보다도 더 성이 난 모습으로 존을 향해 돌진했다. 싸움이 계속되자 버나드는 망설였다.

「저러다간 존은 말할 것도 없고 헬름홀츠마저 다치겠어.」

버나드는 이렇게 말하며 그들을 구하려고 앞으로 달려나갔다. 그러다가 다시 한 번 생각해 본 후 발걸음을 멈추었다. 발걸음을 멈추고 나자 부끄럽고도 수치스런 느낌이 들었다. 버나드는 그런 감정을 잊기 위해 다시 앞으로 달려나갔다. 그러다가는 다시 한 번 생각을 고쳐먹고 발걸음을 또다시 멈추었다.

'안 돼! 내가 구해 주지 않으면 모두 죽고 말 거야. 아니, 그러다가는 내가 죽을지도 몰라. 이걸 어떡하지…….'

바로 그때 가스 마스크와 물안경을 쓰고 돼지 주둥이 모양을 한 경찰들이 들이닥쳤다.

버나드는 경찰들 쪽으로 달려갔다. 그는 두 팔을 흔들며 '도와 줘요!'라고 몇 번이나 외쳐 댔다. 자기도 구조 업무를 행하고 있다는 착각을 주기 위해 더욱 큰소리로 외쳐 댔다.

「도와 줘요! 도와 줘요! 도와 줘요!」

경찰들은 버나드를 밀쳐 버리고 자신들의 임무를 수행했다. 살포제를 어깨에 부착한 세 명의 경찰이 공중에다 대고 소마 기체(氣體)를 뿜어 댔다. 다른 두 명은 휴대용 인조 합성 음악기 주위에서 분주히 작업을 하고 있었으며 강력한 마취제를 장전한 물권총을 든 네 명의 경찰은 군중 속을 파고들어 가장 맹렬하게 싸우는 놈들에게 그것을 발사하여 하나씩 하나씩 쓰러뜨리고 있었다.

「빨리, 빨리! 제발 서둘러 주세요. 서두르지 않으면 그들은 죽는단 말예요. 그들은 오…….」

버나드가 귀찮게 떠들어 대는 소리에 화가 난 경찰 하나가 그를 향해 물권총을 발사했다. 버나드는 잠시 동안 마치 뼈와 힘줄과 근육의 힘이 사라지는 것 같은 느낌을 받았다. 결국 버나드는 비틀거리며 바닥에 쓰러지고 말았다.

이때 갑자기 인조 합성 음악기로부터 목소리가 흘러 나왔다. '이성의 목소리'와 '우정의 목소리'였다. 녹음 테이프가 돌아가기 시작하더니 합성 폭동 진압 연설 제2호가 시작되었다. 실재하지 않는 인간의, 마음 깊은 곳에서부터 애조를 띠고 말하는 목소리였다.

「나의 친구들이여! 나의 친구들이여!」

약간 질책이 섞여 있기는 했지만 그 목소리가 얼마나 애조를 띠고 흘러 나왔는지 심지어 경찰들의 눈에도 눈물이 고였을 정도였다.

「여러분들은 지금 뭐하고 있는 겁니까? 왜 여러분은 모두들 다함께 행복하고 사이좋게 지내지 못하는 거죠? 행복하고 사이좋게 말입니다. 평화롭게 지내세요. 평화롭게……. 난 여러분들이 행복하기를 원해요. 그리고 사이좋게 지내기를 원해요. 제발 사이좋게 지내세요. 제발…….」

그 목소리는 떨리면서 점점 작아졌다. 그러더니 마침내 들리지 않게 되었다.

2분 뒤 그 목소리와 소마 살포제가 효과를 발했다. 델타 계급들이 갑자기 눈물을 흘리며 서로 부둥켜안고 키스를 하기 시작한 것이다. 한꺼번에 대여섯 명의 쌍둥이들이 서로 부둥켜안고 키스를 해댔다. 심지어 헬름홀츠와 존도 거의 울상이었다. 출납계로부터는 새로운 소마 정제 상자가 들어왔다. 그리고 빠른 속도로 배급되었다. 애정이 가득 담긴 그 목소리가 바리톤으로 고별사를 하자 쌍둥이들은 마치 가슴이 찢어지는 듯 흐느끼며 흩어지기 시작했다.

「잘 있어요, 나의 귀여운 친구들이여! 포드님의 가호가 여러분에게 항상 임하기를! 잘 있어요, 나의 귀여운 친구들이여! 포드님의 가호가 여러분에게 항상 임하기를! 잘 있어요, 나의 귀여운…….」

하나둘 흩어지기 시작한 델타 계급 중 맨 마지막에 남은 사람마저 가버리자 경찰은 소마 살포제의 스위치를 껐다. 천사 같은 목소리도 끊어졌다.

「순순히 따라오겠습니까? 아니면 마취를 받으시겠습니까?」

수사 대장이 위협적으로 물권총을 가리켜 보이며 말했다.

「순순히 따라가겠소.」

존이 찢어진 입술과 할퀸 목, 그리고 얻어터진 왼손을 번갈아 어루만지며 말했다.

코피가 흐르는 코를 손수건으로 아직도 틀어막고 있는 헬름홀츠는 존의 말에 동의를 표한다는 뜻으로 고개를 끄덕여 보였다.

그제서야 정신이 든 버나드는 눈치를 살피며 슬그머니 문 쪽으로 다가갔다.

「어이, 거기!」

수사 대장이 버나드를 불러 세웠다.

그러자 돼지 주둥이 모양의 마스크를 뒤집어쓴 경찰 하나가 방을 가로질러 달려가 버나드의 어깨를 잡았다. 버나드는 자신은 무죄라는 표정을 지어 보이며 화난 몸짓으로 몸을 돌렸다. 도망을 치느냐고? 천만에! 버나드는 그런 것은 꿈도 꾸고 있지 않다는 태도를 취했다.

「도대체 왜 날 잡는 거죠? 정말 이해할 수 없군요.」

버나드가 수사 대장에게 따졌다.

「당신, 저 사람들의 친구죠? 그렇죠?」

「저……」

버나드는 뭔가 말을 하려고 하다가 머뭇거렸다. 상황이 상황인지라 이를 부인할 수도 없는 노릇이었다.

「왜, 그러면 좀 안 됩니까?」

「자, 그럼 우릴 따라오시오.」

수사 대장은 이렇게 말하며 대기시켜 놓은 경찰 차량이 있는 곳으로 그들을 데리고 나갔다.

16

세 사람이 안내를 받아 들어간 방은 총통의 서재였다.

「곧 총통께서 내려오실 겁니다.」

감마 계급의 집사가 이렇게 말하며 손님들을 내버려 둔 채 밖으로 나갔다.

헬름홀츠는 소리 내어 웃었다.

「이건 마치 신문이라기보다 마약을 나눠 먹는 파티 같군.」

헬름홀츠는 이렇게 말하며 가장 고급스러워 보이는 푹신한 안락의자로 가서 털썩 주저앉았다.

「버나드, 힘내!」

헬름홀츠는 버나드의 가엾은 얼굴을 힐끗 쳐다보고는 이렇게 말했다.

그러나 버나드는 여전히 기운을 차리지 못하는 표정이었다. 대답은커녕 헬름홀츠의 얼굴조차 쳐다보지 못한 채 버나드는 방안에 있는 가장 불편해 보이는 의자로 다가가 앉았다. 이는 권력자의 진노를 조금이나마 누그러뜨려 보겠다는 막연한 희망에서 나온 발상이었다.

한편 존은 초조한 얼굴로 방안을 어슬렁거리며 책장에 꽂힌 책이라든가 번호가 붙은 서류함에 있는 녹음 테이프와 낭독기들을 호기심 어린 눈으로 들여다보았다.

창 밑 탁자 위에는 유연한 인조 가죽으로 제본된 커다란 책 한 권이 큼지막한 금빛의 T자 도장이 찍힌 채 놓여 있었다. 존은 그 책을 집어들었다. 그리고 그것을 펼쳐 보았다. 그 책의 제목은 포드가 지은 〈나의 삶, 나의 일〉이었고 포드 지식 전도 협회가 디트로이트에서 출간한 것이었다. 존은 무심코 페이지를 넘기며 여기저기 읽어 보았다. 몇 페이지를 읽어 본 존은 이 책이 자기에게는 별다른 흥미를 가져다 주지 못할 것 같다는 결론을 내렸다. 바로 그때 문이 열리며 서유럽 주재 세계 총통이 거만하게 방안으로 걸어 들어왔다.

무스타파 먼드는 그들 세 사람과 일일이 악수했다. 그러나 야만인에게 먼저 말을 걸었다.

「듣자하니 야만인 당신은 문명을 좋아하지 않는다고 하던데…….」

존은 총통을 조심스럽게 쳐다보았다. 이곳에 오기 전 거짓말을 하거나, 소리를 지르거나, 아니면 묵묵부답의 침묵으로 일관하려고 마음의 준비를 단단히 했던 존은 총통의 얼굴에서 드러나는 선하면서도 지적인 모습에 자신감을 얻어 사실을 있는 그대로 이야기해야겠다고 마음 먹었다.

「네, 싫어합니다.」

존은 싫다는 것을 강조하기 위해 고개를 저었다.

순간 버나드는 깜짝 놀란 표정으로 야만인을 쳐다보았다. 그의 얼굴은 거의 공포에 질린 모습이었다. 총통은 뭐라고 생각하실까? 문명을 싫어한다고 말하는 사람의 친구라는 낙인이 찍히게 되면, 아니 그것도 공공연히 모든 사람들 앞에서, 그리고 더군다나 총통의 면전에서 그런 말을 하다니……, 이건 그야말로 끔찍한 사태가 아닐 수 없다.

「하지만 존!」

그러나 버나드는 총통의 얼굴을 보자 기가 죽어 더 이상 말을 이을 수가 없었다.

「물론 좋은 면도 있기는 하죠. 예를 들어 허공에 울려 퍼지는 인조 합성 음악인지 뭔지 하는 그런 이상한 음악 소리와 그리고……」

「때로는 수많은 악기에서 나오는 음악 소리와 목소리들이 내 귓전을 맴돌도다……」[70]

이때 갑자기 존의 얼굴에 화색이 감돌았다.

「선생님도 그걸 읽으셨습니까? 난 영국에서는 그 책을 읽은 사람이 하나도 없다고 생각하고 있었는데요.」

「하나도 없는 것은 아니지만 거의 없는 셈이지. 난 그것을 읽은 사람들 중의 하나야. 하지만 그 책은 금서(禁書)지. 난 이곳의 법을 내 마음대로 만들 수 있어. 그것을 내 마음대로 금지시킬 수도 해금시킬 수도 있지. 그렇기 때

---

70) 셰익스피어의 〈템페스트〉 3막 2장 중에 나오는 구절임.

문에 난 그 법을 어겨도 되고 말이야.(총통은 여기서 버나드가 있는 곳으로 몸을 돌렸다.) 알아듣겠나, 버나드? 하지만 자네는 안 돼! 자넨 법을 어겨서는 안 돼.」

버나드는 조금 전보다도 더 가망성 없는 비참함 속으로 빠져 들었다.

「하지만 왜 그 책이 금서가 되었죠?」

셰익스피어의 작품을 읽은 사람을 만났다는 흥분으로 존은 다른 모든 것들은 잠시 잊어버리고 있었다.

총통은 어깨를 으쓱해 보였다.

「왜냐하면 그 책은 너무 낡았기 때문이지. 단지 그 이유 때문이라네. 여기서는 낡은 것들이란 존재하지 않아.」

「하지만 비록 오래되기는 했어도 그래도 아름답지 않습니까?」

「아름다우면 특히 더 그렇지. 아름다움이란 매력을 끄는 법이거든. 우린 사람이 낡은 것들에게 마음을 빼앗기게 되기를 원하지 않아. 항상 새로운 것을 찾도록 만들어야 해 .」

「하지만 새로운 것들은 하찮을 뿐더러 어리석기까지 하죠. 한번 생각해 보십시오. 영화랍시고 고작해야 헬리콥터 정도만 나오고 남녀가 부둥켜안고 키스 따위나 하는 그런 것들을 보고 어떻게 어리석지 않다고 할 수 있겠습니까? 염소와 원숭이들 같으니라고.」[71]

존이 인상을 찡그리며 말했다. 존은 자신의 경멸감과 증오를 표현할 수 있는 유일한 길은 오셀로를 인용하는 것밖에는 없다고 생각했던 것이다.

「아무튼 예쁘고 순한 동물들이야.」

---

71) '염소와 원숭이들 같으니라고!' 라는 구절은 셰익스피어의 〈오셀로〉 4막 1장에 나옴.

총통이 중얼거렸다.

「이왕이면 사람들에게 〈오셀로〉를 보여 주는 게 어떻습니까?」

「자네에게 말했지 않은가? 그건 너무 낡았다고. 게다가 요즘 사람들은 그 걸 이해조차 못 해.」

그렇다. 그들은 그걸 이해하지 못한다. 존은 헬름홀츠가 〈로미오와 줄리 엣〉을 보고 웃었던 것이 생각났다.

「그러면 새로운 것이면서 동시에 〈오셀로〉와 같은 것이면 어떻겠습니까? 그러면 모두들 이해할 수 있을 텐데 말입니다.」

존이 말했다.

「바로 그것이 우리가 원하는 겁니다.」

오랜 침묵을 깨며 헬름홀츠가 말했다.

「하지만 그런 것은 자네들이 쓰지 못할 걸세. 왜냐하면 정말로 〈오셀로〉 와 비슷하면 그것이 아무리 새롭다 해도 사람들은 이해할 수 없기 때문이 야. 게다가 만약 그 작품이 새롭다면 그건 아마도 〈오셀로〉가 아닐 테니까.」

「왜죠?」

「네, 맞아요. 왜 그렇죠?」

헬름홀츠가 존의 말을 따라서 했다. 그 역시 자신들이 처해 있는 이러한 불합리한 현실 상황을 잊고 있었던 것이다. 오직 버나드만 자신들이 지금 처해 있는 이 상황을 상기하고 있었다.

「왜 그렇죠?」

「왜냐하면 오늘날 우리들의 세계는 오셀로의 세계와 다르기 때문이지. 강 철이 있어야지 비로소 자동차를 만들 수 있지. 게다가 사회가 불안정해야만 비로소 비극이라는 것을 만들 수 있고 말이야. 하지만 지금 세계는 안정되었어. 게다가 인간들은 행복하고 말이야. 그들은 원하기만 하면 모든 것을 얻을 수가 있지. 그리고 얻을 수 없는 것들은 아예 원하지를 않아. 그들은 이제 불편함을 모르지. 게다가 결코 질병이라는 것을 모르고 말이야. 그들은 죽음을 두려워하지 않을 뿐 아니라 행복하게도 열정이니 고령이니 하는 것들에 대해서는 모르고 있지. 왜냐하면 그런 것들을 경험할 필요가 없기 때문이지. 또한 그들은 '아버지'니 '어머니'니 하는 그런 것들로 인해 정신적인 시달림을 받지도 않아. 애정을 모두 쏟아 부어야 하는 아내, 자식, 연인…… 이런 것들은 말할 나위 없이 생각할 필요조차 없고 말이야. 그들은 조건 반사 교육을 받아서 사실상 마땅히 해야만 하는 행동을 하게 되어 있지. 문제가 생기면 항상 '소마'라는 것이 있고 말이야. 그런데 당신은 그 소마를 자유라는 이름을 내걸고 창 밖으로 내던져 버렸지. 안 그런가, 야만인? 자유라고 하면서 말이야. 델타 계급들에게 자유를 이해시키려 하다니……. 그런데 이번엔 또 뭐라고? 사람들에게 〈오셀로〉를 보여 주라고? 오셀로? 불쌍한 친구 같으니라고……」

존은 주장을 굽히지 않았다.

「물론 그렇긴 하지만 그러기 위해서는 안정이라는 것을 희생해야만 해. 행복을 택할 것이냐, 아니면 사람들이 고급 예술이라고 부르는 것을 택할 것이냐 하는 선택의 기로에 놓이게 되는 거라구. 우린 이미 고급 예술이라는 것을 희생시켰어. 그 대신 촉감 영화와 방향 오르간 같은 것을 얻게 된 것이지.」

「하지만 그건 아무런 의미가 없잖아요?」

「그건 바로 그 자체에 의미가 있는 거야. 그것들은 관객에게 유쾌한 감정을 가져다 주 지.」

「하지만 그것들은……, 그 촉감 영화인지 방향 오르간인지 하는 것들은 바보 천치들이나 하는 짓거리입니다.」

그러자 총통은 폭소를 터뜨리며 말했다.

「자넨 지금 자네의 친구 헬름홀츠 윗슨 군한테 결례를 범하고 있는 걸세. 윗슨 군으로 말할 것 같으면 가장 뛰어난 감정 공학 기사 중의 한 사람인데 말이야……」

「하지만 이 친구의 말이 전적으로 맞습니다. 그런 것들은 백치들이나 하는 짓거리에 불과합니다. 사실상 알맹이는 하나도 없는 그런 것을 작품이라고 쓰는……」

헬름홀츠가 침울한 표정으로 말했다.

「바로 그거야. 그러니까 더욱더 엄청난 창의력을 필요로 하는 거지. 말하자면 자네는 최소한의 강철로 자동차를 만들고 있는 셈이라구……. 실제적으로 순수한 감정만으로 예술 작품을 만들고 있는 거란 말일세.」

「제가 느끼기에는 그저 소름만 끼칠 뿐입니다.」

존이 고개를 흔들며 말했다.

「물론 그렇겠지. 실제로 행복이란 것은 불행에 대한 과잉 보상에 비하면 항상 추하게 보이는 법이라네. 게다가 안정이라는 것은 불안정처럼 큰 구경거리가 될 수 없는 것이고 말이야.」

「하지만 쌍둥이들처럼 그렇게 형편없을 필요가 있는 겁니까?」

존은 이렇게 말하며 마치 구더기떼처럼 꾸역꾸역 몰려들며 공격하던 쌍둥이들의 모습을 자신의 눈에서 제거하기라도 하려는 듯 손으로 눈을 가렸다. 브래드퍼드 모노레일 정거장에서 일렬로 서 있던 쌍둥이들, 죽어 가는 린다의 침대 주위에 벌떼처럼 몰려들던 쌍둥이들……

존은 자신의 붕대 감은 왼손을 쳐다보고는 몸서리를 쳤다.

「끔찍합니다.」

「하지만 이 얼마나 유용한 것들인가! 자네가 보카노프스키 집단을 싫어한다는 것은 알고 있네. 하지만 분명한 건 이들은 모든 집단의 기초가 되는 집단이야. 바로 이 보카노프스키 집단을 기초로 하여 다른 모든 집단들이 존재하게 되는 것이지. 그들은 국가라는 로켓이 흔들리지 않고 똑바로 날아오르게 하는 장치와도 같단 말일세.」

총통의 깊은 목소리는 감동적으로 떨리고 있었으며 손의 움직임은 모든 공간을 포용하고 동시에 억제하려고 해야 억제할 수 없는 기체의 돌진을 암시하고 있었다. 무스타파 먼드의 연설은 거의 인조 합성 음악의 경지에 달해 있었다.

「부화 병에서 원하는 것은 무엇이든지 만들어 낼 수 있다고 하면서 왜 그런 형편없는 것들을 제조해 내는지 의심스럽군요. 인간 제조를 수행할 때 왜 모든 인간을 알파 더블 플러스로 제조하지 않습니까?」

존의 말에 무스타파 먼드가 파안대소했다.

「그건 우리가 살아남기 위해서지. 우린 행복과 안정을 믿고 있다네. 알파 계급으로만 구성된 사회는 불안정하고 비참해지지 않을 수 없는 걸세. 알파 계급 노동자들로만 구성된 공장을 한번 상상해 보게나. 다시 말해서 좋은 유전자와 자유로운 선택권과 비록 제한적이나마 책임을 부여받는 것이 가능하게끔 조건 반사적으로 훈련된 개별적이고도 상호 연관이 없는 인간들로 구성된 그런 사회를 상상해 보란 말일세.」

존은 총통이 말한 그런 사회를 상상해 보려고 노력했으나 잘 되지 않았다.

「그건 가당치도 않아. 알파 계급으로 예정된 병에서 제조되어 알파 계급으로 조건 반사화된 인간이 입실론 세미 모론 계급들이나 하는 일을 해야만 한다면 그들은 아마 미쳐 버릴 걸세. 미치든가 아니면 기물을 다 때려부수거나 할걸세. 알파 계급들도 완전히 사회화가 될 수는 있지. 하지만 단 그들로 하여금 알파 계급의 일을 하게끔 해준다는 조건하에서만 그렇다네. 입실론적 희생은 오로지 입실론 계급에게서만 기대할 수 있는 거야. 입실론 계급들에게 있어서 입실론적 희생은 '희생'이 아니라 단지 일상적인 생활에 불과한 거지. 그렇기 때문에 그들은 그것을 아무런 저항 없이 받아들이게 되는 거라구. 그들이 받은 조건 반사 훈련이 그들이 걸어가야만 하는 삶의 궤도를 정해 준 셈이지. 다시 말해서 입실론 계급은 자신들의 궤도를 따라가기만 하면 되는 거야. 비록 병 속에서 제조되어 이 세상에 나오더라도 그들은 여전히 병 속에 있는 것이나 마찬가지라네. 비록 눈에는 보이지 않지만 여전히 유아적이고 태아적인 고정 상태로 머무르면서 말이야. 물론 우리들도 모두가……, 우리들도 모두가 평생을 병 속에서 살아가고 있는 거지. 하지만 만약 우리가 알파 계급으로 태어나기라도 하는 날이면 우리는 다른 것들보다는 비교적 큰 병 속에 머무르게 되는 거지. 좁은 공간 속에 머물러 있으면 고통이 심하기 때문이야. 상류 계급이 마시는 샴페인 대용액을 하층 계급의 병 속에 부을 수 없는 이치와 마찬가지로 말일세. 이건 이론적으로 확실하네. 게다가 실제로 입증도 되었고 말이야. 사이프러스에서 실시한 실험 결과는 아주 신빙성이 있다네.」

「그게 뭔데요?」

존이 궁금하다는 듯이 다가앉으며 물었다.

무스타파 먼드가 얼굴에 가득 미소를 머금었다.

「자네가 원한다면 그걸 재투입 실험이라고 불러도 상관없지. 그 실험은 포드 기원 473년에 시작되었다네. 세계 국가 총통들은 기존의 사이프러스 섬 원주민들을 모조리 몰아내고 특별히 준비한 2만 2천 명의 알파 계급들로 하여금 그곳에서 살도록 만들었지. 그들에게 모든 농공업 장비를 건네 주고 알아서 자신들의 일을 처리하라고 내버려 두었던 거지. 그 결과 모든 이론적 예언이 적중했다네. 땅은 제대로 경작이 되지 않았을 뿐더러 공장에서는 날이면 날마다 파업이 이어졌고, 법은 파괴되었으며, 질서는 있으나마나 한 것이 되어 버렸다네. 결국 하층 계급의 일을 맡은 자들은 상층 계급의 일을 맡기 위해 끊임없이 권모술수를 부렸고, 상층 계급의 일을 맡은 자들은 그 자리를 그대로 유지하기 위해 끊임없이 음모를 꾸며 댔지. 6년이 채 못 되어서 그들은 치열한 내란을 벌이게 되었다네. 그런 상황에서 19명이 살해당했지. 결국 그들은 세계 국가 총통들에게 이 섬의 통치를 다시 맡아 달라고 탄원하기에 이르렀다네. 그래서 총통들은 그들의 탄원을 받아들였지. 바로 그것이 알파 계급으로만 구성되었던 사회의 종말이었다네.」

존은 한숨을 길게 내쉬었다.

「가장 적절한 인구는 빙산과 같은 형태가 되도록 만드는 거야. 9분의 8은 수면 아래에 있고 9분의 1은 수면 위에 있도록 말이야.」

「그렇게 된다고 가정할 때 수면 아래 있는 자들은 행복할까요?」

「위에 있는 자들보다 더 행복하지. 예를 들어 여기 있는 자네 친구들보다도 더 행복하지.」

총통은 이렇게 말하며 손가락으로 헬름홀츠와 버나드를 가리켰다.

「그 지겨운 일을 하는데도 행복하다는 말입니까?」

「지겹다고? 천만에 그들은 그렇게 생각하지 않는다네. 지겨워하는 것이 아니라 오히려 좋아하지. 작업은 경쾌하고 어린아이도 할 수 있을 정도로 간단하거든. 정신적 육체적 스트레스도 없고 말이야. 쉽고도 피로감을 가져다 주지 않는 작업을 일곱 시간 반 동안 하고 그런 후에는 소마를 배급받고 게임을 하며 성행위도 즐기고 촉감 영화도 관람하지. 더 이상 그들이 뭘 원하겠나? 하긴, 작업 시간의 단축을 원할는지도 모르지.

만일 그렇다면 우린 그들에게 작업 시간을 단축시켜 줄 수도 있다네. 하층 계급 인간들의 작업 시간을 하루에 서너 시간으로 단축시키는 것은 기술적으로 볼 때 별로 어려운 일이 아니거든. 하지만 그렇게 한다고 해서 과연 그들이 더 행복해 할까? 결코 그렇지 않다네. 그런 실험은 이미 150년 전에 시행되었지. 아일랜드 전역에 하루 네 시간 노동을 실행했었지. 그런데 그 결과가 어땠는지 알기나 하는가? 불안감과 소마 복용의 급증만을 초래했다네. 그것이 전부라네. 추가로 생긴 것이나 다름없게 된 세 시간 반이라는 시간은 그들에게 행복의 원천이 되기는커녕, 오히려 어떻게 하면 그 시간에서 벗어날 수 있을까 하는 불안감을 가져왔지. 발명국에는 노동 절약을 위한 계획들이 천지로 쌓여 있지. 아마 수천 가지는 족히 될 걸세. 그런데 그런 계획을 왜 실행에 옮기지 않느냐고? 그건 바로 노동자들을 위해서지. 과도하게 많은 여가 시간으로 그들을 괴롭힌다는 것이 너무나도 잔인하기 때문이야. 농업의 경우도 마찬가지라네. 사실 우리는 우리가 원하기만 한다면 모든 식량을 인공 합성으로 제조할 수가 있다네. 하지만 일부러 그렇게 하지 않아. 우리는 인구의 3분의 1만 토지에 배당시키고 있다네. 그건 바로 그들을 위해서 그렇게 하고 있는 거지. 왜냐하면 공장에서 식량을 얻는 것보다 농토에서 식량을 얻는 것이 더 오래 걸리기 때문이야. 게다가 우리는 안정이라는 것도 고려를 해야 되기 때문이지. 우린 변화를 원하지 않아. 모든 변화란 안정에게는 위협적인 요소거든. 바로 그러한 이유들 때문에 우린 새로운 발명들을 적용할 때 조심하는 거라네. 순수 과학에 있어서의 모든 발견들이란 기존의 모든 것들을 잠재적으로 뒤엎을 수 있는 가능성이 있는 법이거든. 심지어 과학도 때로는 충분히 가능성이 있는 잠재적 적(敵)으로 취급해야만 한다네. 암, 과학도 해당되고말고……」

과학? 존은 인상을 찌푸렸다. 존은 그 단어를 알고 있었으나 정확하게 그 단어가 무엇을 의미하는지는 설명할 수 없었다. 셰익스피어도 그리고 맬파이스의 노인들도 과학이란 단어는 언급한 적이 없었기 때문이다. 그러나 오직 린다에게서만 그것에 관한 막연한 자료를 얻을 수 있었다. 과학이란 헬리콥터를 만드는 데 기여하고, 추수 때 춤추는 의식은 미신이라고 조소를 하며, 고령(高齡)과 치아가 빠지는 것을 방지해 준다는 것이었다. 존은 총통이 하는 말의 의미를 파악하기 위해 필사적인 노력을 기울였다.

「그렇지. 그것도 안정을 위한 중요한 요소 중의 하나지. 행복과 대립되는 것은 예술 뿐만이 아니야. 과학도 마찬가지라고. 과학은 위험해. 우린 최대한 그것을 매우 조심스럽게 묶어 놓고 재갈을 물려야 해.」

「뭐라고요? 하지만 우린 항상 과학이 만병 통치약인 것처럼 말하고 있잖아요. 그건 수면 학습에 나오는 상식적인 이론입니다.」

헬름홀츠가 놀란 얼굴로 말했다.

「13세 때부터 17세 때까지 모두 4년이란 기간 동안에 주당 3회씩 교육을 받았죠.」

버나드도 한마디 던졌다.

「게다가 대학에서 우리가 하는 과학 선전은……」

「물론 그렇지. 하지만 그게 어떤 종류의 과학인지 생각해 봤나? 자네들은 과학적 훈련이 결여되어 있네. 따라서 자네들은 판단을 할 수가 없는 거지. 나도 한때는 꽤나 유능한 물리학자였다네. 얼마나 유능했는지, 우리의 과학이 누구도 의심할 수 없는 정통적 요리 이론으로 가득 찬 요리 교본이라는 것을 깨달을 수 있었지. 요리장(長)의 특별한 허락 없이는 요리 기법이 하나도 추가될 수 없는 그런 요리 교본 말일세. 이제 내가 그 요리장이 되어 버린 거야. 그러나 한때는 나도 탐구심이 강한 젊은 조수였지. 내 독자적으로 요리를 만들어 본 적이 있어. 비정통파적인 요리, 비합법적인 요리를 만들어 보았다는 말일세. 실은 그것이 진정한 과학의 임무였던 거야.」

여기서 총통은 입을 다물었다.

「그래서 어떻게 되었습니까?」

헬름홀츠 윗슨이 묻자 총통은 한숨을 내쉬었다.

「자네들 같은 젊은 친구들이 곧 당하게 될 일이 내게도 일어날 뻔했다네. 다시 말해서 난 섬으로 전출당할 뻔했지 뭔가.」

총통의 말은 버나드에게 전기 충격과 같은 섬뜩함을 느끼게 했다.

「나를 섬으로 전출시킨다고?」

버나드는 자리에서 벌떡 일어나 방을 가로질러 총통 앞으로 가 그에게 손짓 발짓을 해대며 말했다.

「설마 저를 외딴섬으로 전출시키지는 않으시겠죠? 전 잘못한 것이 하나도 없습니다. 잘못은 다른 사람들이 저질렀어요. 정말로 맹세합니다.」

버나드는 이렇게 말하며 야만인 존과 헬름홀츠를 손으로 가리켰다.

「오, 제발 저를 아이슬란드로 보내지 말아 주십시오. 앞으로 제 소임을 다할 것을 총통님 앞에서 서약하겠습니다. 한 번만 더 기회를 주십시오. 제발 부탁입니다. 총통님. 한 번만 더 기회를 주십시오.(그는 여기서 눈물을 흘렸다.) 정말입니다. 제 잘못이 아니라 저 친구들 잘못이라구요. 그러니 제발 아이슬란드로 전출시키는 일만큼은…, 오, 제발 총통님…, 제발……」

그야말로 기절할 정도로 비참해진 버나드는 총통 앞에 자신의 몸을 내던지며 무릎을 꿇었다. 무스타파 먼드는 버나드를 일으켜 세우려고 했다. 그러나 버나드는 이를 완강히 거부하고 오히려 비굴함을 택했다. 버나드의 입에서는 쉴 새 없이 용서의 말이 흘러 나왔다. 마침내 총통은 자신의 제4비서를 부를 수밖에 없었다.

「세 명의 사나이를 데리고 오게. 그리고 막스 군은 침실로 안내하여 소마 증기를 쏘여 침대에 뉘도록 하게.」

총통의 제4비서는 밖으로 나가더니 세 명의 초록색 제복을 입은 쌍둥이 보병을 데리고 들어왔다. 버나드는 여전히 흐느끼고 애원하며 밖으로 끌려 나갔다.

버나드가 밖으로 나감과 동시에 문이 닫히자 총통이 말했다.

「남들이 보면 누가 저 친구의 목이라도 자른 것처럼 생각하겠군. 저렇게 호들갑을 떠니 말이야. 하지만 저 친구가 조금이라도 지각이 있는 친구라면 자기에게 내리는 벌이 사실은 보상과도 같은 것이라는 걸 이해할 수 있을 텐데. 저 친구를 섬으로 전출 보내야겠어. 다시 말해서 이 세상에서 발견할 수 있는 가장 재미있는 남녀들이 있는 곳으로 말이야. 이러저러한 이유로 자아 의식이 지나치게 강해서 세계 국가에는 적합치 않은 사람들이 모여 있는 곳으로 말이야. 게다가 그곳에 전출당해 있는 사람들은 모두가 다 정통 (正統)에는 만족하지 않고 각자 자기들 나름대로의 독특하고도 독립적인 사고 방식을 소유하고 있는 사람들이지. 윗슨 군, 난 자네가 부럽네.」

「그렇다면 총통 각하 자신은 왜 그 섬에 가지 않습니까?」

헬름홀츠가 웃으며 말했다.

「왜냐하면 난 이곳을 택했기 때문이야. 난 선택을 해야만 했지. 내가 계속해서 순수 과학을 연구할 수 있는 섬으로 갈 것이냐, 아니면 조만간에 내가 실제로 세계 국가 총통 자리를 승계할 수 있게 되는 총통 위원회로 가느냐 하는 그런 양자택일의 선택 말일세. 난 과감하게 후자를 택하고 과학을 버렸던 거야. 때때로 난 과학을 버린 것에 대해 후회하기도 한다네. 행복이란 호랑이 선생님과도 같은 존재야. 특히 타인의 행복에 대해선 더욱더 그렇다네. 사람이 행복을 아무 말 없이 받아들이도록 훈련되지 않은 경우에는 진리보다도 더 무서운 선생님이지. 의무는 의무야. 자신의 기호를 타진할 여유가 없는 거야. 난 진리에 관심이 많네. 게다가 과학도 좋아하고 말이야. 하지만 진리는 위협적이고 과학은 대중의 위험물이지. 유용한 것만큼 위험하기도 하다는 뜻일세. 역사를 되돌아볼 때 과학은 우리에게 가장 안정된 균형을 가져다 주었어. 오늘날과 비교해 볼 때 중국은 형편없이 불안정했지.

심지어 원시의 모계 사회도 우리들보다는 덜 안정되었었지. 되풀이해서 말하지만, 이 모든 것은 분명히 과학의 덕택이야. 그러나 과학이 이룩한 성과를 과학이 망치도록 방치할 수는 없는 거야. 바로 그렇기 때문에 우린 과학의 연구 영역을 조심스럽게 제한시키는 거지. 내가 섬으로 전출당할 뻔한 이유도 바로 그 때문이었어. 우리는 당면한 급박한 문제만을 과학이 다루도록 허용하고 있었어. 그 이외의 문제에 대한 연구는 용납이 안 되네. 일찍이 포드님 시대에 살고 있던 사람들이 과학의 진보에 대해 기술한 글을 읽으면 이상한 기분이 들더군. 그들은 아무 것이나 상관없이 자신이 원하는 과학은 무조건 무한히 발달하도록 허용된다고 상상했었던 것 같아. 지식은 최고의 선이고 진리는 최고의 가치였지. 그 이외의 다른 모든 것들은 부차적이고도 종속적인 개념이었어. 그런데 그 이후로 관념이 바뀌기 시작했던 거야. 포드님께서는 진리와 미(美)로부터 안락과 행복으로 중요성을 옮기는 데 커다란 공헌을 하셨지. 대량 생산이 이러한 변화를 요구했던 거야. 대중의 보편적인 행복이라는 것이 계속해서 바퀴를 회전시키는 것이니까 말이야. 반면에 진리와 미는 그렇지 못하지. 물론 대중이 정권을 잡을 때마다 중요시되는 것은 진리와 미보다는 행복이었어. 그럼에도 불구하고 무제한의 과학 연구가 여전히 허용되고 있었지. 사람들은 여전히 진리와 미가 최고의 선인 것처럼 말하고 있었어. 9년 전쟁 당시까지만 해도 말이야. 그 전쟁은 인간의 성향을 바꾸어 놓았지. 비탈저 폭탄이 여기저기에서 터지고 있는 마당에 진리니 미니 지식이니 하는 것들이 무슨 소용이 있었겠나? 바로 그때부터 과학이 통제당하기 시작했지.

그때는 인간의 식욕을 통제한다 해도 기꺼이 받아들일 수 있는 그런 시기였다네. 조용히 살기 위해서는 무엇이라도 용납이 되었던 거지. 그 이후부터 우리는 과학을 계속해서 통제해 온 거라네. 하지만 그것이 물론 진리를 위해서는 좋지 못한 일이었지. 그러나 행복을 위해서는 최고의 방법이었어. 이 세상에는 공짜란 없는 법. 행복도 대가를 받아야만 되지. 윗슨 군, 바로 자네가 그 대가를 치르고 있는 거야. 왜냐하면 자네는 미에 대해 지나치게 관심이 많기 때문이지. 나도 한때는 진리에 지나칠 정도로 관심이 많았었지. 나 역시 그 대가를 치렀고 말일세.」

「하지만 총통께서는 아이슬란드로 가시지 않았잖아요?」

존이 오랜 침묵을 깨고 말했다.

총통은 미소를 지었다.

「그게 바로 내가 치른 대가라네. 행복을 섬기는 것을 택함으로써 대가를 치렀단 말일세. 그것도 나 자신의 행복이 아닌 타인의 행복을……. 아무튼 이 세상에 많은 섬들이 있다는 것은 다행이야. 섬이 없다면 우린 어떻게 했을까? 아마 모르기는 해도 자네들 같은 사람들은 독가스실에 집어넣어졌을지도 모르지. 그건 그렇고, 윗슨 군! 자네는 열대성 기후를 좋아하는가? 예를 들어, 마르케사스 군도라든가 사모아 섬이라든가 아니면 기운을 돋우는 좀 더 색다른 곳이라든가 말일세.」

헬름홀츠는 폭신한 의자에서 일어섰다.

「저는 나쁜 기후를 좋아합니다. 저는 기후가 나쁠수록 더 좋은 작품이 나온다고 생각합니다. 예를 들어 바람이라든가 폭풍이 몰아치는 그런…….」

총통은 헬름홀츠의 말에 동의한다는 표시로 고개를 끄덕였다.

「윗슨 군! 난 자네의 정신이 마음에 드네. 아주 마음에 쏙 들어. 공식적으로는 못마땅하지만…….」

그러면서 총통은 미소를 지었다. 그리고 계속해서 말을 이었다.

「그러면 포클랜드 섬은 어떤가?」

「좋습니다. 그곳이라면 이의가 없습니다. 하지만 총통께 실례가 안 된다면 버나드가 있는 곳으로 가서 버나드의 상태를 지켜 보고 싶습니다.」

17

「예술과 과학이라……. 총통님께서는 행복을 위해 값비싼 대가를 치르신 것 같군요. 그 밖에 대가를 치른 것은 없습니까?」

존은 총통과 단둘이 있게 되었을 때 이렇게 물었다.

「물론 있지. 그건 바로 종교라네. 한때는 신이라고 불리는 것이 있었지. 9년 전쟁 이전에 말이야. 하지만 지금은 다 잊어버렸어. 자네는 신이라는 것에 대해 좀 알고 있겠지?」

「저…….」

존은 주저했다. 고독과 밤과 달빛 아래 창백하게 놓여 있는 고원, 그리고 절벽과 어둠에 관해 이야기하려 했으나 마땅한 단어가 없었다. 심지어 셰익스피어의 작품 대목에서도 인용할 수가 없었다.

그러는 동안 총통은 방안의 다른 한쪽 구석으로 가더니 책장 선반 사이에 나 있는 벽 속에 넣어 둔 커다란 금고를 열었다. 육중한 금고 문이 열렸다.

「자네에게 보여 줄 것이 있네. 이건 항상 나의 관심을 끄는 것이지. 아마도 자넨 이걸 한 번도 읽어 본 적이 없을걸?」

어두컴컴한 금고 안을 들여다보며 총통이 말했다.

총통은 시커멓고 두꺼운 책을 한 권 꺼내 존에게 건네 주었다. 존은 그것을 받았다.

「구약과 신약을 겸한 성경.」

존이 책 제목을 소리 내어 읽었다.

「그리고 이것도.」

이번에는 겉장이 떨어져 나간 작은 책이었다.

「그리스도를 본받아.」[72]

「그리고 이 책도 읽어 보지 못했을걸?」

총통은 이렇게 말하며 또 다른 책을 한 권 존에게 넘겨 주었다.

「다양한 종교 경험. 윌리엄 제임스 저.」

「이 밖에도 더 많이 있지. 오래된 도색(桃色) 서적도 수집해 놓았지. 금고 안에는 신이 들어 있고 책장에는 포드님이 계신 셈이야.」

무스타파 먼드는 자리에 앉으며 손가락으로 자신의 서재를 가리켰다. 책이 즐비하게 꽂혀 있는 책장의 선반과 낭독기 그리고 녹음 테이프를 향해.

「신에 관해 알고 계시다면 왜 사람들에게 전하지 않는 거죠? 왜 사람들에게 이런 책들을 읽으라고 하지 않느냔 말이에요.」

존이 화난 어조로 물었다.

---

72) 〈그리스도를 본받아〉는 1427년에 독일의 토마스 아켐 피스가 지은 책으로 그리스도 인으로서 살아가야 할 자세 등에 관해 기술하고 있다. 이 책은 파스칼에게도 영향을 미쳤으며, 심지어 오늘날 우리 나라 독자들에게도 널리 읽히고 있는 책 중의 하나이다.

「그건 우리가 〈오셀로〉를 알려 주지 않는 것과 같은 이유에서지. 이것들 역시 마찬가지로 낡고 오래됐기 때문이야. 즉 수백 년 전의 신에 관한 것들이지. 지금 현재의 신이 아니고 말이야.」

「하지만 신은 변하지 않잖아요.」

「물론 그렇지만 인간은 변해.」

「그게 무슨 상관이죠?」

「상관이 있지.」

총통은 다시 자리에서 일어나 금고가 있는 곳으로 다가가며 말했다.

「뉴먼 추기경이라고 하는 사람이 있었지. 추기경이란 오늘날로 말하면 일종의 공동체 주교와 같은 직분이라네.」

「'나, 팬덜프는 아름다운 밀라노의 추기경입니다.'[73] 이는 제가 셰익스피어의 작품에서 읽은 구절입니다.」

「물론 읽었겠지. 아무튼 뉴먼 추기경이라는 사람이 있었어. 아, 여기 그 책이 있군.」

총통은 책을 하나 꺼냈다.

「이것을 꺼내는 김에 이 책도 꺼내야겠네. 이 책은 '멘 드 비'라는 사람이 저술한 것인데, 그 사람은 자네가 알는지 모르겠지만 철학자였다네.」

「'하늘과 땅에 있는 사물의 숫자보다도 적은 것들을 꿈꾸는 사람'[74]을 말씀하시는 거죠?」

존이 재빨리 말했다.

---

73) 셰익스피어의 〈존 왕〉 3막 1장 중에 나오는 구절임.
74) 셰익스피어의 〈햄릿〉 1막 5장에 나오는 구절임.

「그렇다네. 그가 꾼 꿈 중의 하나를 읽어 주겠네. 자, 잘 들어 보게. '우리가 소유하고 있는 것이 우리의 것이 아닌 것처럼 우리 자신도 우리의 것이 아니다. 우리는 우리 자신을 만들지 않았으며 우리는 우리 자신에 대해 지고의 권위를 갖지 못한다. 우리는 우리 자신의 주인이 아니다. 우리는 신의 소유물인 것이다. 문제를 이렇게 보는 것이 우리의 행복이 아닌가? 우리가 우리의 소유물이라고 생각하는 것이 무슨 행복이 되며 무슨 위안이 되는가? 앞날이 창창한 젊은이들은 그렇게 생각할지 모른다. 이들은 모든 것을 자기들 멋대로 하고 아무에게도 의지하지 않는 것, 눈앞에 보이는 일 외에는 일절 생각하지 않는 것, 계속적인 확인 내지 계속적인 기도, 자신의 행동을 타인의 의지에 계속적으로 조회하는 따위를 번거롭게 여겨 생략하는 것, 이런 것을 훌륭한 행위로 생각할지 모른다. 그러나 세월이 흐름에 따라 그들도 모든 인간과 마찬가지로 독립이란 것은 인간을 위해 만들어지지 않는다는 것, 그것은 부자연한 상태이며, 잠시 동안은 효과가 있을는지 모르지만 결국에는 해롭다는 것을 깨닫게 될 것이다⋯⋯.'」

무스타파 먼드는 여기서 잠시 말을 멈추었다. 그리고 그 책을 내려놓은 다음 다른 책을 집어들고는 페이지를 뒤적거렸다.

「예로 이걸 한번 들어 볼까?」

총통은 이렇게 말하며 침착한 목소리로 읽기 시작했다.

「인간은 늙는다. 인간은 어느 날 갑자기 자신이 나약해지고, 나른해지며, 불쾌해짐을 느끼게 된다. 이것은 나이가 들어감에 따라 자연스럽게 나타나는 현상들이다. 이런 느낌이 들 때 인간은 단순히 자신이 아프다는 상상을 하게 되며, 이런 고통스러운 상태는 마치 질병처럼 자신이 회복해야만 하는 것이라는 착각을 하게 된다. 이 얼마나 어처구니없는 상상인가! 자신이 늙었다는 것에 그 원인이 있는 줄도 모르고……, 그 질병은 다름 아닌 고령이다. 고령은 그야말로 끔찍한 병이다. 사람이 나이가 들어 감에 따라 종교에 매달리게 되는 것은 죽음과 죽음 이후의 삶에 대한 공포 때문이라고들 말한다. 그러나 내가 경험한 바로는 확신하건대, 종교적 감정은 그러한 공포와는 상관없이 나이가 들어 감에 따라 저절로 발전되어 가는 경향을 지닌다. 이전과는 달리 격정과 감정이 진정되어 감에 따라 우리의 이성은 그 활동에 있어서 침착하게 되고 전에는 심취되었던 상상이나 욕망이나 기분 전환 등에 의해 흐려지던 상태에서 벗어나게 됨에 따라 종교 감정이 성장하게 되는 것이다. 거기에서 신이 마치 구름 뒤편에서 나오듯 모습을 드러내는 것이다. 우리의 영혼은 모든 빛의 원천을 보고 느끼고, 그리고 그곳으로 향하게 된다. 그렇다. 결국 우리는 신이라는 존재에게로 향하지 않을 수가 없다. 이러한 종교적 감정은 그 본질상 그것을 경험하는 영혼에게는 매우 순수하고도 행복한 것이기 때문에 그 밖의 모든 다른 손실들은 보상을 받게 되는 것이다.」 무스타파 먼드는 책을 덮고는 앉아 있던 의자에 등을 기댔다.

「이 철학자들이 하늘과 땅에 있는 모든 것들 중에서 꿈도 꾸지 못한 것이 하나 있는데 그게 바로 우리들, 즉 현대 세계라네.(총통은 여기서 손을 내저었다.) '앞길이 창창한 젊은 날에는 신을 의존하지 않을 수 있을지 모른다. 그러나 신을 의지하지 않고 신으로부터 독립하게 되면 결국은 궁극적인 목표에 안전하게 도달할 수 없게 된다…….' 과연 그럴까? 우린 지금 젊음과 번영을 죽을 때까지 간직하고 있어. 그 결과가 뭐냐고 묻겠지? 우리는 명백히 신으로부터 독립할 수 있게 되었단 말일세. '종교적 감정은 우리들의 모든 손실을 보상해 준다…….' 과연 그럴까? 우린 지금 보상이니 뭐니 할 만한 손실을 경험조차 하지 못하고 있다네. 종교적 감정이란 쓸데없는 것이지. 젊음의 욕망이 시들어 가고 있지 않은데 왜 굳이 그것의 대용품을 찾으려고 하겠나? 또한 즐길 것이 산더미처럼 쌓여 있는데 왜 굳이 기분 전환 거리를 찾겠는가? 게다가 우리들의 마음과 육체가 항상 즐거움을 누리고 있는데 왜 굳이 휴식을 취할 필요가 있으며, 또한 소마라는 것이 있는데 왜 굳이 다른 것에서 위안 거리를 찾으려고 하겠나? 게다가 사회 질서라는 것이 있는데 그 밖의 불변의 것을 왜 굳이 찾으려…….」

「그럼 총통께서는 신이 없다고 생각하십니까?」

「아니. 난 그래도 신이 존재할 거라고 생각하네.」

「그런데 왜……?」

무스타파 먼드가 존의 말을 제지하며 말했다.

「그런데 신은 사람에 따라 각기 다른 모습으로 자신을 드러내지. 근대 이전에는 이런 책에서 묘사된 것과 같은 존재로 자신을 드러냈고, 오늘날에는…….」

「오늘날에는 자신을 어떻게 드러내고 있는데요?」

존이 물었다.

「글쎄, 오늘날에는 자신을 부재(不在)로서 드러내고 있지. 즉 마치 존재하지 않는 것처럼 말이야.」

「그건 총통님의 잘못입니다.」

「아니, 내 잘못이 아니라 문명의 잘못이라고 할 수 있지. 신은 기계와 과학과 보편적 행복 같은 것과는 조화될 수 없는 개념이라네. 자네도 선택을 해야 하네. 우리네 문명은 기계와 과학과 행복을 택한 거지. 바로 그러한 이유 때문에 이런 책들을 금고 속에다 처박아 두고 있는 거라네. 한마디로 이것들은 상스러운 것들이지. 사람들은 아마도 충격을 받을 거야. 만약에……」

이때 존이 총통의 말을 가로막으며 말했다.

「하지만 신이 있다고 느끼는 것은 자연스러운 일이 아닌가요?」

「왜? 차라리 바지를 지퍼로 올리는 편이 자연스럽다고 말하지 그러나?」

총통은 비꼬는 어조로 말했다.

「자네가 그렇게 말하니 브래들리라는 옛날 사람이 생각나는군. 그 사람은 철학이란 사람들이 본능으로 믿는 것에 대해 형편없는 이유를 갖다 붙인 것이라고 정의했네. 마치 사람들이 본능으로 무언가를 믿는 것처럼 말일세. 사람이 본능적으로 믿음이라는 것을 지닐 수 있을까? 천만에! 인간이란 조건 반사 교육을 받음으로써 무언가를 믿게 되는 거라네. 인간이 어떤 잘못된 이유로 무엇을 믿게 될 때 그에 대한 또 다른 잘못된 이유를 발견하는 것, 바로 그것이 철학이지. 사람들이 신을 믿는 이유는 바로 그들이 신을 믿도록 조건 반사화되었기 때문이라네.」

「그러나 인간이 홀로 있을 때, 예를 들어 밤중에 혼자서 죽음에 대해 생각할 때 신을 찾게 되는 것은 지극히 자연스러운 일이죠.」

존이 주장했다.

「하지만 인간들은 이제 혼자가 아니야. 우린 그들로 하여금 고독을 증오하도록 만들고 있지. 우리는 그들의 삶을 조종하기 때문에 그들이 그런 생각을 가진다는 건 전혀 불가능해.」

무스타파 먼드가 말했다.

존은 침울한 표정을 지으며 고개를 끄덕였다. 맬파이스에서는 사람들이 자기를 따돌리고 외톨이 취급을 했기 때문에 많은 고통을 겪었지만 이제 이 곳에서는 공동체로부터 전혀 빠져 나갈 수 없어서, 즉 홀로 있고 싶어도 홀로 있을 수 없는 그런 처지가 되었기 때문에 고통을 겪고 있는 셈이었다.

「총통님, 〈리어 왕〉에 나오는 이 장면을 기억하십니까? '신은 정의로우시며 사악한 우리들의 쾌락을 가지고 우리를 괴롭힐 연장을 만드신다. 그대를 낳은 어둡고도 사악한 장소가 신의 눈을 멀게 하였도다.' 이때 에드먼드가 말했죠. 총통께서 기억하고 계실지 모르지만 이때 그는 부상을 입어서 다 죽어 가고 있었죠. '그대의 말이 옳도다. 운명의 수레바퀴가 한 바퀴 돌아서 지금 내가 여기 있도다.' 자, 어떻습니까? 이제 신이 계셔서 사물을 조종하시고 벌하시며 응분의 보답을 내려 주신다고 생각되지 않습니까?」

「글쎄, 과연 그럴까? 이곳은 불임녀가 있고 수없이 많은 사악한 쾌락을 즐기더라도 자기 아들의 애인한테 눈알이 뽑힐 위험은 전혀 없다네. '운명의 수레바퀴가 한 바퀴 돌아서 여기 내가 있도다.' 라고 자네가 말했지만, 오늘날 에드먼드는 없다네. 만약 에드먼드가 있다면 그는 아마도 지금 푹신한 의자에 앉아 여자의 허리를 팔로 안은 채 성 호르몬 껌을 씹으며 촉감 영화나 보고 있을 걸세. 신은 정의롭다고? 그래, 그건 의심할 여지가 없어. 그러나 신의 법전(法典)도 궁극적으로 볼 때는 사회를 구성하고 있는 인간들에 의해 기술되어진 거야. 신의 섭리도 인간으로부터 얻어지는 거라구.」

총통이 말했다.

「그걸 확신하십니까? 방금 말씀하신 푹신한 의자에 앉아 있는 에드먼드가 부상으로 인해 피를 흘리며 다 죽어 가는 에드먼드만큼 가혹한 벌을 받지 않고 있다고 확신하십니까? 신은 정의롭습니다. 신은 인간을 타락시키기 위해 인간의 사악한 쾌락을 사용하지는 않았을까요?」

「어떤 위치로부터 인간을 타락시킨단 말인가? 인간은 행복하고 열심히 일하며 상품을 소비하는 시민들로 완벽한 존재야. 이런 완벽한 존재인 인간을 어떻게, 아니 어떤 위치로부터 타락시킨단 말인가? 물론 자네가 다른 기준을 가지고 말한다면 인간이 타락했다고 말할 수도 있겠지만 말이야. 하지만 일관성 있는 가정(假定)을 고수해야 돼. 게임은 전자기 골프를 하고 있으면서 규칙은 원심력 범블 테니스 규칙을 적용할 수는 없는 거라구.」

「가치란 특정한 개인 의지로 결정되는 것이 아닙니다. 가치란 가치를 부여하는 사람에 의해서 뿐만 아니라 그 자체가 귀중한 것일 때 위엄과 더불어 저절로 따라붙게 되는 것입니다.」[75]

「이보게. 이건 좀 지나치다고 생각하지 않나?」

무스타파 먼드가 짜증스러운 목소리로 말했다.

「총통께서 신에 관해 생각해 보셨다면 사악한 쾌락으로 타락되는 자신을 용납하지 않으셨을 겁니다. 게다가 총통께서는 인내와 용기를 가지고 일을 처리하실 수 있었을 것입니다. 저는 인디언에게서 그 실례를 보았습니다.」

「그렇겠지. 하지만 우리는 인디언이 아니야. 문명인은 불쾌한 것을 억지로 참아야 할 필요가 없어. 게다가 일을 행하는 데 있어서도 포드님은 그런 생각을 한다는 것조차도 금지시키셨네. 인간이 독자적으로 일을 한다면 그건 곧 사회 전체의 질서를 혼란스럽게 할 따름이지.」

「그러면 자아 부정은 어떻습니까? 신을 가지고 있다면 자아 부정을 할 이

---

75) 셰익스피어의 〈트로일로스와 크레시다〉 2막 2장에 나오는 구절임.

유도 갖게 되는 것 아닙니까?」

「하지만 산업 문명은 자아 부정이라는 것이 없을 때에만 비로소 가능하다네. 자아 부정이라는 것이 있다면 운명의 수레바퀴는 곧 멈추게 되는 거지.」

「그러면 순결에 대해서는 어떻게 생각하십니까?」

존은 이 말을 할 때 자신도 모르게 얼굴이 벌겋게 달아올랐다.

「순결은 정열과 신경 쇠약을 의미하지. 그런데 정열과 신경 쇠약은 불안정을 의미한다네. 게다가 불안정은 문명의 종말을 의미하지. 다량의 사악한 쾌락이 없으면 문명도 끝장이야.」

「……」

「이보게, 젊은 친구! 문명에는 고상한 것이건 영웅적인 것이건 다 필요 없어. 이런 것들은 정치적 비효율성의 증상들이지. 우리처럼 제대로 조직된 사회에서는 그 어느 누구도 고상하거나 영웅적일 필요가 없어. 사태가 발생하기 전에 조건들이 이미 완전히 불안정해지게 되겠지. 전쟁과 배신과 이겨 내야만 할 유혹과 보호해야 할 사랑의 대상이 있는 곳에서나 ‘고상한’,이라든가 ‘영웅적인’ 이라는 말이 통하는 거야. 그런데 미안한 말이지만 오늘날에는 전쟁이라는 것이 없어. 우린 누군가를 지나치게 사랑하지 못하도록 각별히 주의를 기울이고 있지. 우리에게는 배신이라는 것이 없어. 그렇게 되도록 조건 반사 교육을 받았기 때문이지. 게다가 우리가 마땅히 해야만 하는 일들이란 쾌락적이고도 즐거운 것들이지. 또한 우리에게는 이겨 내야만 하는 유혹이란 것도 없어. 왜냐하면 자연스런 충동들이 자유롭게 주어지기 때문이야. 그리고 만약 불행하게도 불쾌한 어떤 것이 발생한다고 하더라도 우리에겐 항상 소마가 있지. 현실로부터 마음 편히 도피하게끔 만들어 주고

적과는 화해를 하도록 해주며 참고 인내하도록 만들어 주는 그런 소마가 말이야. 과거에는 힘든 도덕적 훈련을 통해서만 비로소 이런 목적들을 달성할 수 있었지. 그런데 이제는 세상이 달라졌어. 반 그램짜리 소마 정제를 두세 알 정도만 먹어 보게. 그러면 모든 것이 다 해결되지. 이젠 너나 할 것 없이 누구나가 다 성인 군자가 되었어. 소마 덕택에 덕망이라는 것을 반쯤은 병 속에 넣어 가지고 다니게 된 거지. 눈물 없는 기독교! 이것이 바로 소마의 본질이야.」

「하지만 눈물은 필요한 것입니다. 오셀로가 한 말을 기억하시죠? '만일 폭풍이 지난 후에 이런 평온이 오는 것이라면 바람아 불어다오. 죽음을 깨울 때까지!'[76]

인디언들이 우리들에게 들려주던 마타스키의 소녀에 관한 이야기가 있습니다. 그 여자와 결혼하기를 원하는 청년들은 그녀의 정원에서 매일 아침 호미질을 해야 했습니다. 보기에는 쉬운 것 같아 보였지만 사실은 그게 아니었죠. 파리와 모기들이 있었는데 이것들은 보통 파리 모기와는 차이가 있었어요. 대부분의 청년들이 이것들이 물고 쏘는 것을 참을 수 없어했습니다. 그러나 한 사람은 이를 참아 냈죠. 결국은 그 청년이 그녀를 차지했답니다.」

「아름다운 이야기로군. 하지만 문명국에서는 호미질을 하지 않아도 여자를 차지할 수 있다네. 게다가 물어 대고 쏘아 대는 파리 모기들도 없단 말이야. 우린 이미 수백 년 전에 이것들을 제거해 버렸지.」

존은 얼굴을 찌푸린 채 고개를 끄덕이며 말했다.

---

76) 셰익스피어의 〈오셀로〉 2막 1장 중에 나오는 구절임.

「그렇군요. 총통님다운 말씀이십니다. 불쾌하다고 해서 이를 참는 법을 배우는 것 대신에 모두 제거해 버리다니……. '포악한 운명의 돌팔매나 화살을 참을 것인가, 아니면 고난의 바다를 향해 무기를 들고 싸워 그것을 제거할 것인가?[77] 하지만 총통께서는 그 어느 쪽도 하지 않고 있는 것입니다. 참지도 않고 저항도 하지 않고 다만 돌팔매와 화살을 버리고 있을 따름입니다. 이건 너무 안일한 처사군요.」

여기서 존은 갑자기 입을 다물었다. 어머니 린다가 생각났기 때문이다. 37층의 병실에서 린다는 노래하는 조명과 방향의 애무라는 바다에 떠 있었지. 그런 후 공간과 시간, 기억의 감옥과 습관, 그리고 늙고 부어오른 육체로부터 먼 곳으로 영원히 떠나가 버렸지. 인공 부화 · 조건 반사 연구소의 전 소장이었던 토마킨은 아직도 소마 휴일을 즐기고 있겠지. 수치와 고통의 세계에서 벗어나 자신을 비난하는 말과 조소가 들리지 않고, 자신을 미워하는 얼굴들이 보이지 않는 그런 아름다운 세계에서 말이야…….

「당신들이 필요로 하는 것은 변화에 따른 눈물입니다. 이곳에는 희생을 치를 가치가 있는 것이라고는 하나도 없습니다.」

존이 말했다.('새로 만든 조건 반사 연구소는 1천 2백만 달러가 들었다네. 정확히 1센트도 틀리지 않고 말일세.' 이것은 존이 물어 봤을 때 헨리 포스터가 대답한 말이었다.)

「없어져 버리고 불확실한 육신을 운명과 죽음과 위험에 내맡기고 그에 대한 대가로 얻는 것이라고는 겨우 달걀껍질 하나에 불과하다니![78] 이 말에도 의미가 있지 않습니까? 신에 관해서는 차치하고서라도 말입니다. 위험하게

---

77) 셰익스피어의 〈햄릿〉 3막 1장 중에 나오는 구절임.

산다는 것에도 어떤 의미가 있는 것 같습니다.」

「의미가 많지. 인간들은 때때로 아드레날린의 자극을 받아야 해.」

총통이 말했다.

「뭐라고요?」 존은 믿어지지 않는다는 듯이 물었다.

「그게 바로 완벽한 건강을 위한 조건 중의 하나야. 그래서 우리는 V.P.S. 치료법을 강제로 실시하는 거지.」

「V.P.S.라고요?」

「그렇다네. 쉽게 말하면 격정 대용약을 의미하지. 한 달에 한 번씩 주기적으로 말이야. 신체의 모든 조직에 아드레날린이 충만하도록 하는 거라구. 이것은 공포와 분노를 가져다 주는 생리학적 대용물이지. 데스데모나를 살해하고 오셀로에 의해 살해당하는 것 같은 강장 효과가 있는 걸세. 게다가 전혀 불편하지 않고 말이야.」

「하지만 저는 불편한 것이 더 좋아요.」

「그러나 우린 그렇지 않다네. 우린 편한 것이 좋지.」

총통이 말했다.

「하지만 저는 편안하고 안락한 것이 싫어요. 저는 신과 시와 진정한 위험과 자유와 선과 죄를 원합니다.」

「그럼 자네는 사실상 불행한 권리를 원하는 셈이군.」

「그래도 좋습니다. 그래요, 전 불행한 권리를 원하는 셈이죠.」

「물론 늙고 추하고 성 불능의 권리를 원하는 것도 당연하고 말이야. 어디 그뿐인가? 게다가 매독과 암에 걸리는 권리도 원한단 말이지. 먹을 것은 없

---

78) 셰익스피어의 〈햄릿〉 4막 5장 중에 나오는 구절임.

어지고 이가 들끓고 미래에 일어나게 될 일을 끊임없이 걱정하고 장티푸스에 걸리고 말할 수 없는 각종 고통으로 고통받게 되는 그런 권리도 원하는 셈이지.」

그들 사이에 잠시 동안 침묵이 흘렀다.

「네, 좋습니다. 전 그런 것들을 원하고 있습니다.」

침묵을 깨고 존이 말했다.

무스타파 먼드가 어깨를 으쓱해 보이며 말했다.

「마음대로 하게.」

18

문이 살짝 열려 있었다. 그들은 안으로 들어갔다.

「존!」

욕실에서 들떠 있으면서도 특징이 있는 쉰 목소리가 들려 왔다.

「무슨 일이라도 있나?」

헬름홀츠가 소리쳤다.

대답이 없었다.

불쾌한 목소리로 다시 한 번 소리 질렀다. 역시 대답이 없었다. 그러자 딸깍 하는 소리와 함께 욕실 문이 열리고 존이 창백한 얼굴로 나타났다.

「어이, 존! 자네 어디 아픈가?」

헬름홀츠가 근심스런 목소리로 물었다.

「자네 혹시 음식을 잘못 먹은 것 아닌가?」

버나드가 물었다.

「난 문명을 먹었어요.」

존이 고개를 끄덕이며 말했다.

「뭐라고?」

「난 문명이라는 독약을 먹었다구요. 난 몸을 버렸어요. 게다가 난 사악함까지 먹고 말았어요.」

「좋아. 하지만 좀더 정확히 말해 주게. 내 말뜻은……, 자네는 지금…….」

「그러나 난 지금 깨끗하게 정화되었어요. 겨자와 뜨거운 물을 마셨기 때문이죠.」

버나드와 헬름홀츠는 놀란 얼굴로 존을 바라보았다.

「자네 혹시 일부러 그것을 먹었다는 말은 아니겠지?」

「인디언은 이런 식으로 자신들을 정화시키죠.」

존은 이렇게 말하며 자리에 앉아서 한숨을 내쉬었다. 그리고 손으로 머리카락을 쓸어 올렸다.

「난 잠시 쉬어야겠어요. 몹시 피곤하군요…….」

「어쨌든 난 별로 놀랍지 않네. 작별 인사를 하려고 왔어. 우린 내일 아침 떠나거든.」

「그렇다네. 우린 내일 떠나지.」

헬름홀츠에 이어 버나드가 말했다. 존은 버나드의 얼굴에서 모든 것을 체념한 듯한 모습을 새삼스럽게 읽었다.

「그건 그렇고, 어제 일어난 일에 대해서는 사과하고 싶네. 정말 부끄러운 일이야……, 너무나 말이야…….」

버나드는 의자에 앉은 채 몸을 앞으로 구부리며 존의 무릎에 손을 얹고 말했다. 버나드의 얼굴이 갑자기 붉어졌다. 그러자 존이 갑자기 버나드의 말을 가로막고는 애정이 깃들인 몸짓으로 그의 손을 꼭 잡았다.

「헬름홀츠는 내게 잘해 줬어. 그 친구가 아니었더라면 난 아마…….」

버나드가 잠시 후에 이렇게 말했다.

「이보게, 왜 그런 말을 하는가!」

헬름홀츠가 버나드의 말을 가로막았다.

모두들 잠시 침묵을 지켰다. 슬픔에도 불구하고, 아니 슬펐기 때문에 - 서로 슬퍼한다는 것은 서로간에 애정이 있다는 것을 의미한다 - 이들 세 젊은이는 행복했다.

「난 오늘 아침 총통을 만나러 갔었어요.」

마침내 존이 말을 꺼냈다.

「왜?」

「나도 당신들하고 같이 그 섬으로 갈 수 없을까, 물어 보려고요.」

「총통이 뭐라고 하던가?」

헬름홀츠가 진지하게 물었다.

「총통은 그렇게는 안 된다고 하더군요.」

존이 고개를 내저으며 말했다.

「왜, 왜 안 된다고 그러지?」

「실험을 계속하고 싶다고 하더군요. 난 끝장이에요. 날 계속해서 실험 대상으로 삼으면 난 끝장이란 말이에요. 모든 총통들이 내게 와서 부탁을 한다고 해도 그건 안 돼요! 나도 내일 이곳을 떠나겠어요.」

존이 분노를 폭발하며 말했다.

「하지만 어디로?」

버나드와 헬름홀츠는 마치 합창이라도 하듯이 동시에 말했다.

존은 어깨를 으쓱해 보였다.

「아무 곳이나. 난 상관 안해요. 나 혼자 있을 수 있는 곳이면 어디든지……」

하행 항로(下行航路)는 길패드에서 웨이 계곡을 따라 고딜밍에 이르고 여기서 다시 밀퍼드와 위틀리를 지나 헤슬미어에 이른 다음, 피터스필드를 통과한 후에 포츠머스를 향한다. 이것과 거의 평행선을 이루는 상향 항로(上向航路)는 워플즈덴, 통검, 퍼튼햄, 엘즈테드, 그레이샷을 가로지르고 있다. 흑주백과 하인드헤드 사이에는 이 두 항로의 거리가 6,7킬로미터도 채 안 되는 지점이 있었다. 이 거리는 부주의한 비행가들에게는, 특히 야간 비행이라든가 소마를 지나치게 많이 복용한 경우에는 너무 가까운 거리였다. 그래서 사고가 자주 있었다. 그것도 대형 사고들이었다. 그런 이유로 해서 상향 항로를 서쪽으로 몇 킬로미터 비켜나게 하자고 결정했었다. 아직도 그레이샷과 통검 사이에는 네 개의 폐쇄 조치된 항로 등대가 남아 있어 이것들이 과거의 포츠머스 런던 항로의 흔적을 나타내 주고 있었다. 그 위의 하늘은 적막하고 인적이 없었다. 이제 헬리콥터들이 끊임없이 윙윙거리며 날고 있는 곳은 셀본, 보든, 판햄 상공이었다.

존은 퍼튼햄과 엘즈테드 사이에 위치한 산꼭대기에 있는 낡은 등대를 자신의 은둔처로 택했다. 이 건물은 철근 콘크리트로 지어져 있었으며 건물 상태 역시 양호했다. 존이 처음에 이곳을 탐사했을 때 이곳은 문명화된 곳답게 너무나 안락하고 사치스럽다는 생각이 들었다. 존은 자아 훈련을 더욱 더 열심히 하고 자아 정화를 한층 더 철저하게 하겠다고 다짐함으로써 자신의 양심을 달랬다. 존은 그곳에 들어온 첫날밤에는 잠을 이룰 수가 없었다. 그는 무릎을 꿇고 하늘을 향해 기도하며 시간을 보냈다. 클로디우스[79]도 죄책감으로 인해 자신의 죄를 용서해 달라고 빌었던 그 하늘에다 대고. 그런 다음 존은 주니 어로 아오나윌로나와 예수와 푸콩과 자신의 수호신인 독수리를 향해 기도했다. 이따금 존은 십자가에 매달린 것처럼 두 팔을 뻗고 몇 시간이고 아픔을 참으며 팔을 내리지 않았다. 그 팔의 아픔은 차츰차츰 더하여 결국은 참을 수 없는 고통이 찾아왔다. 존은 자진해서 십자가에 처형된 자세를 취하며 팔을 뻗은 채 이를 악물고 기도했다.

「오, 나를 용서하여 주시옵소서! 나를 깨끗하게 하여 주소서! 오, 나로 하여금 선하게 해주소서.」

존은 거의 기절할 지경에 이를 때까지 이 말을 반복했다.

아침이 되자 존은 드디어 이 등대가 자신이 거주할 권리가 있는 곳이라는 느낌이 들게 되었다. 사실 존이 이 등대를 자신의 은신처로 선택한 이유는 언제라도 이곳을 떠나겠다는 생각을 가졌기 때문이었다.

이곳의 경치는 무척이나 아름다웠다. 이곳에서 보면 마치 신의 성육신(聖肉身)[80]을 바라보고 있는 듯한 느낌이었다. 하지만 이렇게 아름다운 조망을 날마다 바라볼 수 있는 자신은 도대체 누구란 말인가? 그리고 신의 현현(顯

---

79) 형(햄릿의 아버지)을 죽이고 왕권을 빼앗은 자로 햄릿의 어머니는 그의 부인이 되어 버리며 결국 햄릿은 그에게 죽음으로써 복수를 하게 된다.

現)과 더불어 살아가고 있는 자신은 도대체 누구란 말인가? 자신은 더러운 돼지우리나 땅속에 파인 구덩이 속에서나 살 존재가 아니던가?

고통 가운데서 긴 밤을 보내고 났더니 몸이 뻣뻣해지고 아파 오기 시작했다. 그러면서도 동시에 마음속으로는 이곳이야말로 자기가 지낼 곳이 틀림없다는 자신감을 갖게 되었다. 존은 등대의 발코니로 올라가 떠오르는 아침 해를 바라보았다. 북쪽은 혹스백의 길고 흰 산봉우리로 인해 시계(視界)가 가려져 있었다. 그리고 동쪽 끄트머리로부터는 길퍼드를 구성하고 있는 일곱 개의 높은 건물의 탑이 솟아 있었다. 이것들을 본 존은 얼굴을 찌푸렸다. 하지만 시간이 지남에 따라 존은 그런 것들에 대해 점차 익숙해져 갔다. 왜냐하면 그 건물들은 밤이 되면 밝은 빛을 발하며 측량할 수 없을 정도로 신비스런 하늘을 향해 마치 인간이 손가락질을 하고 있는 것처럼 보였기 때문이었다.

혹스백과 등대가 서 있는 모래 언덕을 가르고 있는 계곡에 위치한 퍼튼햄은 곡물 저장소와 가금(家禽) 사육장과 작은 비타민 D 공장이 들어서 있는 9층짜리 건물로 된 평범하고도 작은 마을이었다. 등대의 다른 한쪽은 기울기가 완만한 곳으로서 히스 초원으로 이루어져 있었는데 여러 개의 연못으로 이어지고 있었다.

그 너머로는 여기저기 숲이 있었고 그 위로는 엘즈테드의 14층 건물이 우뚝 솟아 있었다. 안개 낀 영국의 대기 속에서 희미하게 보이는 하인드헤드와 셀본은 낭만적인 푸른 모습으로 사람들의 시선을 끌기에 충분했다. 존을 등대가 있는 곳으로 오게끔 매혹시킨 것이 멀리 보이는 경치 뿐만은 결코

80) 신이 인간의 몸을 입고 이 땅에 오심. (마치 신이신 예수가 인간의 형상을 입고 이 땅에 오신 것처럼)

아니었다. 가까운 경치도 먼 경치만큼이나 매혹적이었다. 숲과 넓게 펼쳐진 히스 초원, 노란 덩굴나무, 그리고 스코틀랜드산 전나무, 자작나무가 있는 연못, 물백합……, 이 모든 것들이 그야말로 아름답기 그지없었다. 아메리카의 메마른 사막에만 익숙해져 있는 존의 눈에는 더욱더 아름답게 보일 수밖에 없었다. 게다가 고독감! 하루가 지나고 또 하루가 지나가도 사람의 모습이라곤 찾아볼 수가 없었다. 존이 머무르고 있는 등대는 채링 T탑으로부터 비행기로 15분 거리였다. 맬파이스도 이곳만큼은 황량하지 않았다. 매일 런던을 떠나는 군중들은 단지 전자기 골프나 테니스를 치기 위해서 떠나는 것이었다.

퍼튼햄에는 그런 경기를 할 만한 장소가 없었다. 가장 가까운 리만식 테니스 코트는 길패드에 있었다. 꽃과 아름다운 경치가 이곳 퍼튼햄의 유일한 매력이었다. 그렇기 때문에 사람들이 이곳에 올 이유는 전혀 없었다. 존은 이곳에 온 처음 며칠 동안은 아무런 방해도 받지 않고 혼자 살아갈 수 있었다.

존이 영국에 처음 도착했을 때 개인적인 지출 경비조로 받은 돈은 거의 대부분 이곳에 오기 전에 장비를 구비하는 데 써 버렸다. 영국을 떠나 오기 전에 존은 네 개의 인조 양털 담요, 밧줄, 끈, 못, 풀, 작은 소도구, 성냥 - 비록 그는 조만간에 원시적인 불을 만들어 사용할 작정이었지만 - 몇 개의 병과 프라이팬, 24봉지의 종자, 밀가루 10킬로그램을 구입했다.

「아닙니다. 인조 녹말과 목화씨로 만든 대용 밀가루는 필요 없습니다. 비록 그것이 더 영양가가 있을는지는 몰라도 말입니다.」

그러나 각종 내분비선 비스킷과 비타민이 들어있는 대용 쇠고기에 관해서는 상점 주인의 설득에 저항할 수 없었다. 존은 지금 그 깡통들을 보면서 자신의 나약함을 질책했다. 이놈의 지긋지긋한 문명의 부산물들! 존은 비록 자신이 굶어죽는 한이 있더라도 다시는 그것들을 먹지 않기로 결심했다.

'본때를 보여 줘야지.'

존은 이를 갈며 다짐했다.

존은 돈을 세어 보았다. 조금밖에 남지 않았지만 겨울을 나기에 충분하기를 바랐다. 내년 봄이면 자신의 밭에서 나오는 소출로 인해 외부 세계에 의존하지 않고서도 살아갈 수 있다. 게다가 사냥감도 항상 있을 것이다. 존은 이미 수많은 토끼와 물오리 떼를 목격한 터였다. 존은 즉시 활과 화살을 만들기 시작했다.

등대 근처에는 물푸레나무들이 있었고 화살 만들기에 적합한 아름다운 나뭇가지를 가진 개암나무들도 많았다. 존은 우선 물푸레나무를 베어 쓰러뜨린 다음 6피트 정도의 가지 없는 줄기를 잘라 내었다. 그리고 껍질과 나무 속의 흰 부분을 하나씩 하나씩 벗겨 냈다. 이것은 미치마 노인이 가르쳐 준 것이었다. 드디어 존의 키만한 막대기가 생기게 되었다. 막대기의 가운데는 딱딱했고 끝부분은 부드러웠다. 이 작업은 존에게 즐거움을 가져다 주었다. 런던에서 아무 할 일도 없이 몇 주일 동안 지내다 보니 지금 이 기쁨은 말할 수 없이 컸다. 런던에서는 언제든지 원하기만 하면 스위치를 누르거나 지렛대를 누르기만 하면 모든 것이 해결되었었다.

나무 막대기를 깎아 내어 모양 다듬는 일을 거의 마칠 무렵 존은 자신도 모르게 노래를 부르고 있다는 사실을 깨닫게 되었다. 존은 노래를 부르고 있었던 것이다! 그건 마치 밖에서 들어왔을 때 자기 자신과 똑같이 생긴 사람이 나쁜 짓을 하다가 들킨 것과 같은 기분이었다. 그가 이곳으로 온 것은 노래나 흥얼거리면서 즐기려고 온 것이 아니었다. 그가 이곳으로 온 목적은 더러운 문명의 삶으로부터 도피하고 자신을 정화시켜 선하게 하기 위한 것이었다. 즉 적극적으로 보상을 하고자 함이었다. 활 만드는 일에 열중한 나머지 영원히 잊지 않겠다고 맹세했던 것을 잊었다는 것을 깨닫고는 존은 정신을 차렸다. 불쌍한 린다, 린다에 대한 자신의 불효, 린다의 죽음의 현장에 벌떼처럼 몰려들던 그 징그러운 쌍둥이들, 자신의 슬픔과 통한……. 존은 영원히 잊지 않으리라 맹세했었다. 그리고 끊임없이 보상하겠노라고 맹세했었다. 그런데 지금 자기가 활을 만들면서 노래 따위나 흥얼거리고 있다니……, 노래 따위를…….

존은 안으로 들어갔다. 그는 겨자가 들어 있는 상자를 열고는 불 위에 물을 올려놓고 끓였다.

30분쯤 후, 퍼튼햄 보카노프스키 집단에 속한 세 명의 델타 마이너스 계급 노동자들은 우연히 엘즈테드를 향해 화물 트럭을 몰고 언덕을 올라가다가 한 젊은 청년이 이미 폐쇄되어 사용하지 않고 있는 등대 바깥에서 웃옷을 벗은 채 매듭이 있는 채찍으로 자신을 때리고 있는 모습을 보고는 깜짝 놀랐다. 그의 등에는 시뻘건 줄이 수직으로 그어져 있었고 채찍 자국에는 진한 핏방울이 맺혀 아래로 줄줄 흘러내리고 있었다. 화물 트럭 운전사는 길가에 차를 세웠다. 그리고 자신의 두 동료와 함께 입을 떡 벌린 채 그 광경을 넋 나간 듯이 바라보았다.

하나, 둘, 셋…….

그들은 청년이 내리치는 채찍의 수를 세었다. 여덟 번의 채찍질을 끝낸 청년은 채찍질을 멈추고 숲의 가장자리로 달려가서는 그곳에서 잠시 쉬었다. 휴식을 취한 청년은 다시 채찍을 집어들고 조금 전과 마찬가지로 자신의 몸에다 채찍질을 했다.

아홉, 열, 열하나…….

「세상에!」

운전사의 탄성에 그의 두 동료 역시 감탄했다.

「세상에!」

3일 뒤에 마치 시체 위에 올라가 그것을 뜯어먹는 독수리들처럼 기자들이 모여들었다 .

나무 막대기를 불 위에다 서서히 휘면서 그을린 후, 말려서 딱딱하게 하자 활이 완성되었다. 존은 화살을 만드느라 몹시 바빴다.

서른 개의 개암나무 막대기의 껍질을 벗겨 말린 뒤 그 끝 부분에 못을 박았다. 존은 얼마 전 퍼튼햄 양계장을 습격하여 화살에 달 깃털을 충분히 준비해 놓았다. 존이 화살대에 깃털을 매달고 있을 때 맨처음 들이닥친 기자 하나가 존을 발견했다. 푹신한 구두를 신고 있던 탓에 그 기자는 존의 뒤로 조용히 다가설 수 있었다.

「안녕하십니까, 야만인 씨! 난 〈라디오 시보〉 기자입니다.」

존은 마치 뱀에 물린 사람처럼 놀란 표정을 지으며 자리에서 벌떡 일어났다. 그러는 바람에 화살과 깃털, 풀통과 솔들이 사방으로 흩어졌다.

「죄송합니다. 저, 그렇게 놀라게 할 생각은 아니었는데…….」

기자의 얼굴에는 미안한 표정이 담겨 있었다. 그러면서 그는 자신의 모자를 건드렸다. 그 모자는 알루미늄으로 만든 중절모였으며 그 안에는 라디오

무선 수신기와 송신기가 달려 있었다.

「그러고 보니 모자를 벗지 않았군요. 죄송하게 되었습니다. 이건 약간 무거워서……. 아무튼 저는 아까 말한 대로 〈라디오 시보〉의 기자입니다.」

「뭘 원하죠?」

존이 얼굴을 찌푸리며 말했다.

기자는 존의 비위를 맞추려는 비굴한 미소를 지어 보였다.

「저……, 우리 독자들이 대단한 흥미를 보일 것 같아서요. 몇 마디만 대답해 주십시오. 야만인 씨!」

그가 고개를 한쪽으로 기울이면서 이렇게 말하자 그의 미소는 거의 애교조에 가까워 보였다. 그는 의식(儀式)에 가까운 여러 가지 몸동작을 취한 다음 허리춤에 차고 있던 휴대용 전지에 연결된 전선을 두 개 끌렀다. 그리고 이 두 개의 전선을 자신의 알루미늄제 모자 양옆에 동시에 꽂은 다음 모자에 달린 스프링을 건드렸다. 그러자 모자에서 안테나가 불쑥 튀어나오더니 위로 올라갔다. 이번에는 모자챙 끝에 달린 스프링을 눌렀다. 그러자 이번에는 마치 도깨비 상자 속에서 뭔가 튀어나오는 것처럼 마이크가 튀어나오더니 그의 코에서 6인치 정도 떨어진 지점 앞에서 흔들리며 매달려 있었다. 그는 자신의 양쪽 귀에 있는 수신기를 잡아 뺐다. 그리고 모자 왼쪽에 있는 스위치를 눌렀다. 그러자 마치 말벌이 윙윙거리며 날아다니는 듯한 소리가 희미하게 들렸다.

「여보세요. 여보세요. 여보세요…….」

그가 마이크에다 대고 말했다. 그러자 갑자기 모자 안에서 벨소리가 울렸다.

「에젤, 자넨가? 난 프리모렐론일세. 그래, 그 사람을 만났네. 잠시만 기다려 주게. 야만인 씨에게 마이크를 넘길 테니! 자, 야만인 씨, 몇 마디만 해주시겠습니까?」

그는 이렇게 말하며 또다시 존에게 호소력이 깃든 미소를 지어 보였다.

「우리 독자들에게 왜 당신이 이곳에 왔는지 한마디만 해주시기 바랍니다. 왜 그렇게 갑작스럽게 런던을(이때 그는 마이크에다 대고 '에젤, 끊지 말고 기다려 주게.'라고 말했다.) 떠나오셨는지에 대해서 말입니다. 그리고 당신의 그 채찍질에 대해서도요…….」

존은 깜짝 놀랐다.

'어떻게 나의 채찍질에 대해서 알고 있을까?'

「우린 당신의 그 채찍질에 대해서 알고 싶습니다. 그리고 문명에 관해서도 한 말씀해 주시고요. 예를 들어 '문명 사회의 여성들에 대해 내가 알고 있는 것은……' 뭐 이런 식으로라도 말입니다. 길게 하지 않아도 됩니다. 단지 몇 마디만이라도…….」

존은 당혹감을 느끼며 마지못해 대답했다. 존은 다섯 마디만 했을 뿐이었다. 지난번에 캔터베리 공동체 주교에 대해 버나드에게 말했던 것과 똑같은 다섯 마디.

「하니! 손스 에소 체 나!」

존은 기자의 어깨를 잡고는 그를 한 바퀴 빙 돌렸다. 그리고는 힘차고도 정확하게 그를 향해 발길질을 했다.

8분 뒤 〈라디오 시보〉의 신간이 런던의 거리거리에서 팔리고 있었다.

'서리 주의 대소동! 라디오 시보의 기자 하스 코킥스, 신비의 야만인에게

몰매 맞다! 라는 제목이 신문의 1면을 장식하고 있었다.

'서리 주에서 뿐만 아니라 런던에서도 대소동이군!

그곳에서 돌아오는 길에 기자는 자기와 관련된 그 기사를 보면서 속으로 이렇게 생각했다. 그것은 보통 대소동이 아니라 고통스러운 대소동이었다.

그들의 동료 코킥스가 타박상을 입었다는 경고에도 아랑곳하지 않고 네 명의 다른 기자들, 즉 〈뉴욕 타임스〉, 〈프랑크푸르트 4차원 연속체〉, 〈포드 과학 모니터〉, 〈델타 미러〉지의 기자들은 그날 오후에 존이 머무르고 있는 등대를 찾아갔다. 그들은 코킥스보다도 더 심한 폭력 세례를 받았다.

안전 거리를 유지한 채, 그리고 발길질을 당해서 아직도 얼얼한 엉덩이를 문질러 대며 〈포드 과학 모니터〉지의 기자가 큰소리로 물었다.

「미개하고도 바보스런 야만인 씨, 왜 당신은 소마를 복용하지 않지요?」

「꺼지시오!」

존은 이렇게 말하며 주먹을 휘둘렀다. 그 기자는 돌아서서 몇 발자국 물러서더니 다시 몸을 돌렸다.

「소마를 몇 알만 복용하면 심지어 악마도 사라지고 마는데.」

「코가콰! 이야드토캬이!」

존의 어조는 위협이 섞인 조소의 말투였다.

「게다가 고통도 언제 그랬냐는 듯이 싹 사라지고 말죠.」

「과연 그럴까?」

존은 이렇게 말하며 두꺼운 개암나무 회초리를 집어들고 앞으로 걸어나갔다. 그러자 〈포드 과학 모니터〉지의 기자는 걸음아 나 살려라 하며 헬리콥터가 있는 곳을 향해 달아났다.

그 사건 이후로 존은 얼마 동안 평화롭게 지낼 수 있었다. 헬리콥터 몇 대가 날아와서는 등대 위를 돌며 존의 동태를 살폈다. 존은 끈질기게 자신의 거동을 살피는 헬기를 향해 화살을 쏘았다. 화살은 알루미늄으로 만든 헬기 조종실 밑바닥을 관통했다. 그러자 날카로운 비명 소리가 들림과 동시에 기체는 최대의 속력을 내며 멀리 사라져 버렸다. 그 후로 다른 헬리콥터들은 마치 존에게 경의라도 표하듯이 적당한 거리를 두고 배회했다. 사람을 피곤하게 만들 정도로 단조롭게 윙윙거리며 허공을 맴도는 헬기들을 무시한 채 존은 자신이 밭으로 만들려고 계획했던 곳을 파내는 일에만 열중했다. 잠시 후 헬기들은 - 이것들은 마치 하늘에서 꿈틀대며 떠 있는 구더기떼처럼 보였다 - 허공을 배회하는 일에 지쳐 버렸는지 모두 사라져 버렸다. 날아다니는 종달새를 제외하고는 하늘은 텅 비어 있었다.

날씨는 숨이 막힐 정도로 무더웠고 하늘에서는 천둥 소리가 들렸다. 존은 오전 내내 땅을 팠던 탓인지 피곤함을 느껴 마루에 쭉 뻗고 누워 휴식을 취했다. 그러자 갑자기 레니나의 생각이 떠올랐다. 다음 순간 레니나가 실제로 자신의 눈앞에 나타난 듯한 착각을 했다. 벌거벗은 뚜렷한 몸매, '사랑하는 당신!' 또는 '당신의 팔로 나를 안아 주세요.'라고 말하던 그녀, 구두와 양말을 신고 향수 냄새를 풍기던 그 레니나…….

뻔뻔스런 창녀 같으니라고! 하지만 그의 목을 감싸던 그녀의 두 팔, 숨쉴 때마다 오르내리던 그녀의 가슴! 그리고 그녀의 입! 영원은 우리들의 입술과 눈 속에 있도다![81]

……안 돼, 안 돼, 안 돼, 안 돼!

존은 자리에서 벌떡 일어났다. 그리고 평소와 다름없이 상체를 벗은 채 밖으로 달려나갔다. 히스 초원의 가장자리에 잿빛 노간주나무가 빽빽이 들어서 있는 덤불이 있었다. 존은 그 나무를 향해 몸을 내던졌다. 존은 자신이 갈망하던 부드러운 육체가 아닌 한아름의 가시를 안았던 것이다. 그러자 나무에 나 있는 수천 개의 날카로운 가시가 존의 몸을 찔렀다. 존은 가엾은 그의 어머니 린다를 생각하려고 했다. 숨도 쉬지 못하고 벙어리처럼 말도 제대로 할 수 없었던, 그리고 두 눈이 공포로 가득 차 있던 그 린다를……, 영원히 잊지 않겠다고 스스로에게 맹세했던 그의 어머니 린다……. 그러나 지금 그를 사로잡고 있는 것은 린다가 아닌 레니나의 모습이었다.

영원히 잊겠다고 스스로에게 맹세했던 레니나……. 비록 가시에 찔려서 몸은 아팠지만 그럼에도 불구하고 존은 레니나를 생각하고 있었다. '사랑하는 당신……', '당신이 나를 원했다면 왜 진작에 그런 말을 하지 않았어요?'라고 하던 레니나…….

채찍은 몰려드는 기자들의 퇴치용으로 문에 박인 못에 걸린 채 항상 비치되어 있었다. 존은 미친 듯이 자신의 집, 등대로 돌아왔다. 그는 채찍을 집어들고 휘둘렀다. 매듭이 나 있는 채찍이 존의 몸을 찢어 놓았다.

「창녀! 창녀!」

존은 채찍으로 자신의 몸을 후려칠 때마다 이렇게 외쳤다. 마치 채찍질을 당하는 대상이 자기 자신이 아니라 레니나인 것처럼 여기며.

「창녀!」

그런 후에 존은 절망적인 목소리로 말했다.

「오, 린다! 저를 용서해 주세요. 하느님, 저를 용서해 주십시오. 저는 못되

---

81) 셰익스피어의 〈안토니우스와 클레오파트라〉 1막 3장 중에 나오는 구절임.

고 사악한 사람입니다. 저는……, 안 돼, 안 돼! 당신은 창녀야! 더러운 창녀라구!」

300미터 떨어진 숲속에 빈틈없이 만들어 놓은 은신처에서는 촉감 영화의 최고 촬영 기사인 다윈 보나파르트가 이 모든 것들을 지켜 보고 있었다. 참고 기다렸던 보람이 있었던 것이다. 그는 3일 동안 인조 참나무의 구멍 속에 앉아 있다가 히스 초원을 배로 누비며 기어서는 마침내 덩굴나무 숲속에다 마이크를 숨기고 부드러운 잿빛 모래 속에다 전선을 파묻었다. 그는 이렇게 72시간이나 불편한 가운데서 참아 냈던 것이다. 그런데 이제 드디어 위대한 순간이 온 것이다. 아니, 위대한 순간 정도가 아니라 실제로 가장 위대한 순간이 온 것이다. 그 유명한 〈고길라의 결혼〉이라는 촉감 영화를 촬영한 이래 최고의 기회가 다가온 순간이다.

'멋지군! 정말로 멋져!'

야만인이 놀라운 연기를 연출했을 때 그는 속으로 이렇게 감탄했다.

그는 망원 카메라를 조심스럽게 조준해서 움직이는 물체, 존에게 고정시켰다.

미쳐 날뛰는 존의 찡그린 얼굴을 클로즈업하기 위해 렌즈를 최대한으로 확대했다.

'음, 정말 대단해!'

그리고는 다시 30초 정도 느린 동작으로 돌려놓았다.

'이건 아마도 기이한 희극적 효과가 나올 거야!'

그러는 동안에도 그는 필름의 가장자리에 있는 녹음부에 녹음되고 있는 채찍 소리와 신음과 미친 듯한 소리에 귀기울이고 있었다. 그는 그 소리를 약간 크게 해보았다.

「그래, 이게 훨씬 낫군.」

야만인은 잠시 휴식을 취했다. 그러자 녹음부에는 야만인이 내는 소리 대신에 종달새 지저귀는 소리가 녹음되었다. 그는 야만인이 몸을 한번 돌려주었으면 하고 바랬다. 야만인의 등에 나 있는 핏자국을 클로즈업하고 싶었기 때문이다. 바로 그 순간 존이 친절하게도 몸을 돌렸다.

'야! 이게 무슨 행운이란 말이냐!

촉감 영화 촬영 기사는 야만인의 등을 클로즈업해서 촬영할 수가 있었다.

'굉장해! 정말 굉장하다니까!

작업이 모두 끝나자 그는 속으로 이렇게 말했다.

그는 얼굴의 땀을 닦아 냈다. 편집실에서 촉감 영화 효과를 가미하면 그야말로 기막힌 영화가 될 것이다. 이것은 정녕 〈향유고래의 성생활〉에 버금가는 세기의 영화가 될 것이라고 다윈 보나파르트는 생각했다.

12일 후 〈서리 주의 야만인〉이라는 영화가 개봉되었다. 이 영화는 서유럽의 웬만한 촉감 영화관에서는 어디서나 볼 수 있었다.

다윈 보나파르트가 제작한 영화의 파급 효과는 즉각적이고도 엄청났다. 그 영화가 상영된 다음 날 오후 하늘 위에 벌떼처럼 몰려들어 배회하는 헬리콥터들 때문에 존은 자신의 전원적인 고독을 방해받았다.

존은 밭을 일구고 있었다. 아니, 밭 뿐만 아니라 자신의 마음까지도 일구고 있었다. 존은 호미로 흙을 뒤집듯 자신의 사고의 본질을 뒤집고 있었던 것이다. 죽음……. 존은 삽으로 계속해서 땅을 팠다. 우리의 지나간 과거는 모두 먼지로 돌아갈 어리석은 광대들을 위해 빛을 제공해 준 것에 불과하다.[82] 이에 대해 수긍이라도 하듯 하늘에서는 천둥 소리가 숲을 통해 으르렁 거리며 들려 왔다. 존은 삽으로 다시 흙을 퍼냈다. 린다는 왜 죽었을까? 왜 그녀는 점차적으로 인간 이하의 존재로 전락했을까? 그리고 마침내는…, 존은 몸을 떨었다. 신의 키스를 받는 썩은 시체![83] 존은 삽에 발을 올려놓고 힘주어 밟았다. 신은 마치 장난꾸러기 아이가 파리를 가지고 놀듯 우리를 그렇게 취급한다. 신이란 우리를 자신의 즐거움의 대상으로서 장난삼아 죽이는 것이다.[84] 다시 천둥이 쳤다. 이번에도 천둥은 존에게 동의의 표시를 하는 것 같았다. 그러나 그 골로세스터는 그러한 신을 가리켜 항상 자비로운 신이라고 불렀던 것이다. 또한 너 생명이여! 너의 최상의 휴식은 수면이며 너는 그것을 자주 불러들이는도다. 잠에 불과한 죽음을 그대는 끔찍이도 두려워하는구나. 죽음은 그냥 자는 것에 불과하다. 그러면 아마도 꿈을 꾸겠지…….[85]

삽이 딱딱한 돌에 걸렸다. 존은 그것을 꺼내려고 몸을 구부렸다.

그 죽음의 잠에서 무슨 꿈을 꾸게 될까……?[86]

머리 위에서 윙윙대던 소리가 폭음으로 변했다. 그러자 갑자기 존은 그늘 사이에 있게 되었다. 태양을 가리는 무언가가 그의 머리 위에 있었던 것이다. 존은 깜짝 놀라 밭을 일구던 일과 생각하던 것을 멈추고 하늘을 올려다보았다. 존의 의식은 아직도 진실의 세계를 맴돌고 죽음과 신의 광대함에

---

82) 셰익스피어의 〈맥베스〉 5막 5장에 나오는 구절임.
83) 셰익스피어의 〈햄릿〉 2막 2장에 나오는 구절임.
84) 셰익스피어의 〈리어 왕〉 4막 1장에 나오는 구절임.
85) 셰익스피어의 〈햄릿〉 3막 1장에 나오는 구절임.
86) 셰익스피어의 〈햄릿〉 3막 1장에 나오는 구절임.

초점을 맞추고 있었다. 그는 당황한 모습으로 하늘을 쳐다보았다. 헬리콥터들이 벌떼처럼 모여서 공중에 떠 있었다. 헬기들은 메뚜기떼처럼 히스 초원 위에 착륙했다. 이 거대한 메뚜기들의 복부로부터 흰 인조 플란넬을 입은 남자들과 인조견으로 만든 파자마와 벨벳 바지와 소매 없는 옷을 입은 여자들이 쌍을 지어 나오고 있었다. 삽시간에 그들은 수십 명이 되었고 그들은 등대 주위에 커다란 둥근 원을 그리며 서 있었다. 그리고 그들은 낄낄거리고 웃거나 여기저기 쳐다보며 사진을 찍어대거나 피너츠, 성 호르몬 껌통, 각종 내분비선 액이 함유된 버터 조각 따위를 마치 원숭이에게 던지듯이 그를 향해 던지기도 했다. 그들의 수는 순식간에 불어났다. 혹스백을 가로질러 교통의 물결이 끊임없이 흘러 들어오고 있었기 때문이었다. 마치 꿈을 꾸는 것처럼 몇 명이 수십 명으로, 그리고 수십 명이 수백 명으로 불어나고 있었다.

존은 은폐물이 있는 곳을 향해 후퇴했다. 그리고는 마치 곤경에 처한 동물이 취하는 자세로 등대의 벽에다 자신의 등을 기댄 채 서 있었다. 그는 공포에 질린 표정으로 그들의 얼굴을 한 사람씩 돌아가며 살폈다. 마치 넋이 나간 사람처럼.

이렇게 얼이 빠져 있는 동안 갑자기 누군가가 성 호르몬 껌통을 그의 얼굴에다 던졌다. 존은 정신이 번쩍 들었다. 놀라기도 했지만 고통의 충격도 있었다. 존은 화가 치밀었다.

「꺼져 버리시오!」

존이 한 말은 그들에게는 마치 동물원에 있는 원숭이가 지껄여 댄 말에 불과했다. 그들은 폭소를 터뜨리며 손뼉을 쳤다.

「어이, 야만인! 잘했어. 그래, 잘했다구. 어디 한번 채찍질을 해보지 그 래?」

수십 명이 떠들어 대는 소리인지라 존은 그들이 하는 말을 제대로 알아듣 기가 힘들었다.

그들의 이러한 말을 실행에 옮기려고 존은 문가의 못에 걸려 있는 매듭난 채찍을 꺼내 그들 앞에다 대고 휘둘렀다. 그러자 야유 섞인 갈채가 우레와 같이 일었다.

존은 위협적인 태도를 보이며 그들 앞으로 나아갔다. 한 여자가 공포에 질 려 비명을 질렀다. 죽 늘어서 있던 대열 중에서 즉각적으로 위협을 받게 될 지점에 있던 사람들은 뿔뿔이 흩어져 버렸다. 그러나 그들은 다시 몸을 꼿 꼿이 한 채 단호히 저항했다. 그들은 자신들의 인원이 훨씬 더 많다는 점을 의식한 탓인지 평상시에는 없던 용기를 발휘하고 있었다. 존은 당황해서 걸 음을 멈추고는 주위를 둘러보았다.

「왜 날 가만 놔두지 않는 거요?」

존의 목소리에는 분노와 애원이 함께 섞여 있었다.

「마그네슘 소금에 버무린 아몬드를 먹어 보지 않겠나?」

한 남자가 말했다. 그 남자는 만약 존이 공격을 해온다면 최초의 공격 대 상이 될 그런 위치에 있었다. 그는 마그네슘 소금에 버무린 아몬드 땅콩이 든 봉지를 하나 꺼냈다.

「이건 매우 좋은 거야. 마그네슘 소금은 젊음을 유지시켜 주지.」

그 남자는 약간 긴장했지만 존을 달래듯이 미소를 지으며 이렇게 말했다.

존은 남자의 제안을 거절했다.

「도대체 나한테 원하는 게 뭐요? 나한테 바라는 것이 뭐냔 말이오?」

존은 그 사람을 비롯해 다른 모든 사람들의 얼굴을 차례로 번갈아 보며 말했다.

「채찍질이지. 우리가 원하는 건 채찍질이야. 어디 그 묘기 좀 보여 줄 수 없겠나? 채찍질하는 묘기 좀 구경하자구.」

그러자 끝줄에 서 있던 사람들이 한 목소리로, 천천히 그리고 무거운 리듬으로 말했다.

「우린, 채찍질을, 원한다. 우린, 채찍질을, 원한다.」

다른 사람들도 곧 이에 합류하여 큰 목소리로 외쳐 대기 시작했다. 그들은 마치 앵무새처럼 똑같은 말을 계속했다.

「우린, 채찍질을, 원한다.」

그 목소리는 점점 크기를 더해 갔다. 마침내 7, 8회를 반복한 후에야 비로소 그들의 입에서 다른 소리가 나오지 않게 되었다.

그들은 함께 외치고 있었다. 요란한 함성과 만장일치와 운율적인 화음을 이루고 있다는 감정에 취해 그들은 몇 시간이고 이렇게 지속할 수가 있을 것 같았다. 그러나 25번 째 반복했을 때 그것은 중단되었다. 또 다른 헬리콥터 하나가 혹스백을 가로질러 몰려 있는 군중들의 머리 위를 맴돌고 있었기 때문이다. 그 헬리콥터는 야만인이 서 있는 곳에서 몇 마일 안 되는 지점, 군중과 등대의 중간 지점에 착륙했다. 헬기의 프로펠러 소리가 어찌나 컸던지 군중들의 함성은 그 소리에 압도되어 들리지 않았다. 기체가 땅에 완전히 착륙한 뒤에야 비로소 엔진이 멈추었다.

「우린, 채찍질을, 원한다. 우린, 채찍질을, 원한다.」

군중들은 또다시 단조로운 목소리로 크게 소리 내어 외쳤다.

헬리콥터의 문이 열리면서 맨 먼저 밖으로 나온 사람은 불그스레한 얼굴의 젊은 남자였다. 그 뒤를 이어 초록색 밸벳 반바지와 흰 셔츠, 그리고 승마용 모자를 쓴 젊은 여자가 내렸다.

젊은 여자의 모습을 본 순간 존은 깜짝 놀라 몸을 움츠렸다. 게다가 얼굴은 백지장처럼 창백해졌다. 그 젊은 여자는 존을 바라보며 미소 지었다. 그 미소는 머뭇거리며 뭔가를 애원하는 듯한 미소였다. 잠시 후 그녀는 입술을 움직이며 뭐라고 말했으나 군중들이 계속해서 외쳐 대는 소리에 파묻혀 그녀의 말소리는 들리지 않았다.

「우린, 채찍질을, 원한다. 우린, 채찍질을, 원한다.」

그 젊은 여자는 자신의 두 손으로 왼쪽 허리를 누르며 복숭아처럼 밝고 인형처럼 아름다운 얼굴에 뭔가를 동경하면서도 괴로워하는 듯한 표정을 지어 보였다. 그녀의 푸른 두 눈은 점점 더 크고 밝아지는 것 같았다. 갑자기 그녀의 두 뺨 위로 눈물이 흘러내렸다. 그녀는 거의 들리지 않는 목소리로 말했다. 그리고는 존을 향해 두 팔을 내밀었다. 그녀는 앞으로 걸어나왔다.

「우린, 채찍질을 원한다! 우린, 채찍질을…….」

그때 갑자기 그들은 자신들이 원하던 것을 얻게 되었다.

「창녀! 더러운 계집년 같으니라고!」

존은 이렇게 말하면서 마치 미친 사람처럼 그녀를 향해 돌진했다. 그리고 매듭이 있는 채찍으로 그녀를 마구 내리쳤다.

겁에 질린 그녀는 뒤돌아 도망쳤다. 그러나 몇 발짝 도망가지 못하고 그만 히스 초원 위에 넘어지고 말았다.

「헨리! 헨리!」

그녀가 외쳤다. 그러나 불그스레한 얼굴의 남자는 이미 자신의 신변 보호를 위해 헬기 뒤편에 숨은 뒤였다.

흥분과 희열의 도가니 속에서 군중의 대열은 무너져 버렸다. 그들은 자석에 이끌리는 것처럼 그들의 흥미의 중심부, 즉 야만인을 향해 무차별적으로 몰려들었다. 고통은 매력적인 공포였다.

「더러운 년! 창녀같이 추잡한 계집 같으니라고!」

흥분으로 격앙되어 있는 존은 매듭이 있는 채찍으로 그녀를 다시 후려갈겼다.

군중은 마치 가운데 놓인 소마를 쟁취하려는 듯이 야만인의 주위에서 서로 밀고 밀리며 고함을 질러 댔다.

「오, 이 육체여!」

존은 이를 갈았다. 이번에는 자신의 어깨를 내리쳤다.

「채찍이여, 이 육체를 죽여라! 죽여 버려라!」

고통이라는 공포의 매력, 그리고 내적으로는 협동이라는 습관에 이끌려 군중들은 존의 미친 듯한 동작을 흉내 내기 시작했다. 그리하여 존이 자신의 반역적인 육체와 히스 초원 위에 쓰러진 채 몸을 꿈틀거리고 있는 통통한 간악함의 화신을 때릴 때마다 군중들은 서로를 때리기 시작했다.

「죽여라! 죽여 버려라!」

존은 계속해서 고함을 질렀다.

그때 누군가가 '둥둥둥! 둥둥둥!' 하고 노래를 부르기 시작했다. 그러자 그들은 곧 후렴구를 따라 부르며 춤을 추기 시작했다.

둥둥둥! 둥둥둥! 빙글빙글······.

그들은 8분의 6박자의 리듬에 맞추어 서로를 때리기 시작했다.

둥둥둥! 둥둥둥!

자정이 지나서야 모든 헬리콥터들이 이륙했다. 소마와 오랫동안 자신을 이끌었던 관능의 광란으로 인해 정신이 혼미해진 존은 히스 초원에 누워 잠을 청했다. 존이 잠에서 깨었을 때는 이미 해가 중천에 떠 있었다. 존은 잠시 동안 그대로 누운 채 아무 생각 없는 표정으로 해를 바라보았다. 그러자 갑자기 모든 것이 떠올랐다.

「오, 나의 하느님! 오, 하느님!」

존은 손으로 자신의 두 눈을 가렸다.

그날 밤 혹스백을 가로질러 윙윙대며 날아든 헬리콥터들은 마치 하늘에 떠 있는 먹구름처럼 10킬로미터나 길게 늘어서 있었다. 지난밤에 있었던 이 요란했던 사건이 신문에 보도되었기 때문이었다.

「야만인 씨!」

제일 먼저 방문한 사람들이 기체에서 내리며 존을 불렀다.

존은 아무런 대답이 없었다.

등대의 문이 조금 열려 있었다. 그들은 문을 활짝 열고 안으로 들어갔다. 방안은 땅거미처럼 어두컴컴했다. 방의 다른 한쪽에 있는 아치형 복도를 통해 위층으로 이어지는 계단의 밑바닥이 보였다. 아치형 복도 윗부분에 사람의 발이 매달려 있었다.

「야만인 씨!」

천천히, 매우 천천히, 마치 서두르지 않고 느긋한 여유를 부리며 움직이는 나침반 바늘처럼 그 발은 오른쪽으로 기울어졌다. 북, 북동, 동, 남동, 남, 남 남서……, 그러더니 멈추었다. 그리고 잠시 뒤에 다시 왼쪽으로 느긋하게 기울어졌다. 남남서, 남, 남동, 동…….

작가와 작품해설

올더스 헉슬리의 생애와 작품세계

1920년대 초반 이후 독특한 사회풍자로 이목을 끌었던 올더스 헉슬리는 1894년 7월 26일 영국 런던 남부의 서리 주 고달밍에서 태어났다. 그의 가문에는 유명한 학자, 문인이 많았다. 조부인 토머스 헨리 헉슬리는 19세기의 대표적인 생물학자였고, 형 줄리언 소렐 헉슬리 역시 저명한 생물학자로서 유네스코의 초대 사무총장을 역임했다. 아버지는 《콘힐 매거진》지의 주필로서 수필가 겸 시인이었고, 외가로는 럭비 공립 학교 교장이었던 토머스 아놀드가 증조부이고, 19세기의 명상 시인인 매튜 아놀드는 그의 대백부요, 영문학자인 토머스는 그의 조부이다. 그리고 종교와 사회 문제를 대담하게 묘사한 여류 소설가 험프리 워드 부인은 그의 이모이다. 후일 그의 작품에 나타나는 자연과학자적 태도는 이러한 조상의 문화적 유산에 기인하는지도 모른다.

14세 때 그는 장래 의사가 될 꿈을 품고 이튼교에 입학했다. 그러나 앞으로 어머니가 사망한 데 이어 심한 각막염에 걸려 거의 실명하다시피 했다. 할 수 없이 학교를 중퇴하고, 집에서 안질을 치료하면서, 점자로 독서도 하고 악보 읽는 법을 배우고, 타이프라이터도 익혔다. 한쪽 눈이 확대경을 사용하면 독서할 수 있을 만큼 시력이 회복된 20세 때에 옥스퍼드 대학에 입학해 영문학을 전공했다. 재학중 D.H. 로렌스를 처음 만났다. 로렌스의 설득에 매혹되어 플로리다에 공상적인 이상향을 건설하려는 계획에 참여했으나 이 계획은 결국 실현되지 못했다. 그러나 이때부터 싹튼 두 사람의 우정은 평생 계속되었고, 로렌스는 헉슬리의 사상에 많은 영향을 끼쳤다.

1916년 헉슬리는 문학사 학위를 받고 옥스퍼드 대학을 졸업하면서 신체시 운동에 참가하여 첫 시집 『불타는 수레바퀴』를 간행하고, 이어서 시집 『요나, 1917년의 크리스머스』, 『청춘의 패배』를 발표하여 문단에 등장, 주목을 받았다. 1919년 런던의 《아테니엄》지의 편집인으로 일하면서, 각종 비평을 담당했고 벨기에 여성인 마리아 니스(Maria Nys)와 결혼했다. 1920년에는 그의 최초의 단편집 『지옥의 변두리』와 세번째 시집 『레다』를 내놓음으로써 문단의 주목을 끌기 시작했다.

1921년에는 최초로 장편소설 『크롬 옐로』, 1923년에는 『광대춤』을 출판했는데, 이 두 소설은 제1차 세계대전 후의 윤리적 타락과 퇴폐를 조소하며, 상류사회의 허위와 공허를 폭로한 것이다. 특히 그가 소설가로 일생을 보내기로 결심한 것은, 소설 『크롬 옐로(1921)』가 인정을 받게 된 후부터였다. 그 무렵 서로 알게 된 T.S. 엘리엇은 이 소설을 읽고 헉슬리에게 소설가가 되라고 권했다고 한다.

　작가로서의 확고한 위치와 경제적 안정을 누리게 되자 이탈리아로 이주하여 1930년경까지 그곳에 살면서 현대문명의 불안과 방향 잃은 지식인들의 생활을 날카롭게 풍자하는 소설과 평론 등을 끊임없이 써냈다.

　이 시기의 대표작인 『연애대위법』에서 헉슬리의 냉소와 풍자성은 정점에 이르는데, 이 소설에서 헉슬리는 20세기 초의 현대생활의 허위를 그 특유의 기지로써 가차없이 폭로했으며, 방향을 잃고 헤매는 지식인들의 생활을 통하여 두뇌만 거대하게 발달한 현대문명의 불안을 신랄하게 비판했다. 또한 그는 인도, 인도지나 말레이지나 등 동양을 여행하고 여행기 『길을 따라서』, 『익살맞은 빌라도』를 썼다.

　1934년 유럽에 전쟁의 먹구름이 드리우자 헉슬리는 BBC를 통해 〈전쟁의 잔학성〉에 대해 강연하고, 이듬해에는 전쟁의 위기에 대비해 파리에서 개최된 문화 옹호 국제 대회에도 참석하며, 7천 명이 서명 가입한 〈평화 서약 동맹〉의 발기인으로 활약한다.

　1937년 미국으로 이주한 그는 철학. 종교 등에 관심을 갖게 되었고 『회색옷의 고승(Gray Eminence)』 『영원의 철학』 『주제와 변주곡』 『수많은 여름이 지나고』 『시간은 정지하지 않으면 안 된다』 『원숭이와 본질』 등을 발표했다. 1962년 발표된 『섬』은 과학에 지배되지 않는 이상적인 유토피아 생활을 추구한 것이다.

　1963년 11월 22일 안질의 치료를 위해 1938년부터 정주해 살던 캘리포니아 남부의 자택에서 헉슬리는 암으로 사망했다.

줄거리와 작품해설

1930년대에 헉슬리는 그가 가진 과학지식을 토대로 미래를 전망한 작품들을 내놓았다. 그 대표작인 『멋진 신세계』는 과학이 모든 것- 인간의 물질적인 생활뿐만 아니라 정신적인 생활까지도-을 지배하게 된 세계를 그린 반유토피아적 풍자소설로 종종 조지 오웰의 『1984년』과 비교된다. 『멋진 신세계』는 포드 사가 T형 자동차를 생산해낸 1908년을 기원 1년으로 정하여, A.F. 632년 즉 A.D.2540년을 기점으로 이야기가 전개된다. 25세기-앞으로 600년 후의 이야기다.

이야기는 중부 런던 인공부화 조건반사 연구소의 34층 건물에서 시작된다. 이 건물 간판에 씌어 있는 세계 국가의 표어 '공유, 주체성, 안정'은 미래사회를 단적으로 보여준다. 이곳에서는 갓난아기를 부화하고 있다. 부모를 통해 자연적 경로를 밟아서 출생하는 비과학적 모습은 전혀 찾아볼 수 없다.

난자가 담긴 용기가 정자가 가득한 그릇 속에 잠겼다가 나오면 수정되는 것이다. 이렇게 수정된 후 유리병 속에서 배양되는 태아는 수정 즉시 그 질과 우수성에 따라 '알파' '베타' '감마' '델타' '입실론'의 5등급으로 분류된다.

이렇게 수태된 태아는 계급 예정실에서 앞날의 운명이 결정된다. 알파 · 베타급 태아들에게는 좋은 영양분을 공급시키나, 감마 이하 나머지 하등급 태아들에게는 충분한 산소가 공급되지 않는다. 그들을 냉온이 심한 변화 속에서 자라나게 함으로써 열대지방의 노동자로서의 육체 조건을 갖추도록 한다. 모든 인간은 자신의 계급에 맞는 직업과 일치되는 성격을 부여받는 것이다. 결코 계급 간의 혼동이나 분쟁이 일어날 수 없도록 조절되어 있는 것이다.

계급에 따라 전혀 상이한 교육이 실시된다. 상급들에게는 '수면학습' 등의 방법을 통해 모든 과학지식을 가르치지만 하급들에게는 책이나 장미꽃 등을 만지면 전류가 통하게 되는 방법을 동원해 그들로 하여금 지식과 아름다움을 증오하도록 키우는 것이다. 과학문명의 신세계는 이처럼 모든 것을 인위적으로 조절한다. 출생의 조절은 인구를 마음대로 가감한다. 필요 없는 인구가 출생되는 문제가 없으며, 필요하면 종류에 따라 얼마든지 만들어낼 수 있다.

신세계에서는 자유란 별로 의미를 갖지 않지만 '안정'은 매우 중요한 것이므로, 사회를 이끌어가는 '알파-플러스'도 필요한 정도로 만들어내지만 하수도를 파면서도 만족해하며 사는 '엡실론'도 필요한 대로 생산해내는 것이다.

부모형제가 없는 멋진 신세계에서 가장 큰 욕은 '어머니, 아버지'란 말이다. 왜냐하면 야만인들만이 자연출산으로 인해 '부모'를 갖기 때문이다. 신세계에서의 교육방법은 맹종을 유도하는 파블로프식의 조건반사다. 신세계에서는 인간욕구의 해결도 간단하다. '만인은 만인을 위해 존재한다'라는 모토 아래 자유로운 성생활이 이루어진다.

만일 한 여성이 한 남성을 너무나 오래—4개월 정도—사랑하면 의심을 받게 된다.

어려서부터 자유성애(free sex) 교육이 철저하며 각종 기구와 약이 보급된다. 또 정신적 불안이 생기려 하면 '소마(soma)'라는 약을 먹으면 된다. 이 약을 먹으면 행복해진다. 이 사회에 불행이란 없다.

멋진 신세계는 일종의 환상의 세계다. 모든 사람이 헬리콥터를 자가용으로 가지고 있으며 휴가는 어느 곳이든 언제라도 갈 수 있다. 이곳의 지배자는 인간의 생각, 성생활, 감정생활 등 모든 것을 마음대로 통제한다. 그는 모든 것을 예정한다. 그 어떤 계급투쟁도 있을 수 없다. 모두 주어진 계급과 일에 만족하며 행복한 생활을 영위한다. 신(神)이 필요 없으며, 과학과 기술이 모든 가치의 중심이다.

그 가운데 한 인간이 인간답게 살고 싶다는 깃발을 든다. 기계 부품이 아닌 인간으로서의 가치가 존중되는 세상에 살기를 절규한다. 그러나 그의 절규는 소리없는 메아리로 사라지고 결국 그는 자살하고 만다.

참고로 멋진 신세계라는 제목은 셰익스피어의 「템페스트」중에서 따온 것이다.

작가연보

1894년   7월 26일 영국 남부 서어리 주 고달밍에 있는 차터하우스(Chaterhouse)
교 구내에서 레너드 헉슬리와 줄리어 프란시스 아놀드의 3남으로 태어남.

1908년   14세에 형의 뒤를 이어 명문 이튼교에 입학.

1910년   심한 각막염에 걸려 2, 3개월 내에 거의 실명. 학교를 중퇴하고, 집에서 안
질을 치료하면서, 점자를 배움.

1914년   한쪽 눈의 시력이 회복되자 옥스퍼드 대학에 입학, 영문학 전공.

1916년   문학사 학위 수여. 첫 시집《불타는 수레바퀴(The Burning Wheel)》간행.

1919년   벨기에 여성인 마리아 니스와 결혼. 런던의《아테니엄(The Atheneaum)》
지의 편집인으로 근무.

1920년   아들 매튜 출생. 최초의 단편집『지옥의 변두리(Limbo)』세번째 시집『레
다(Leda)』

1921년   최초로 장편소설『크롬 옐로(Crome Yellow)』,

1923년   『광대춤(Antic Hay)』출판. 가족과 함께 이탈리아로 이주.

1925년   1926년 인도, 인도차이나, 말레이시아, 미국 등지 여행.

1928년   『연애대위법(戀愛對位法)』

1932년   넉 달 만에『멋진 신세계』완성

1933년   아버지 레너드의 사망 후 헉슬리는 점차 윤리적 · 종교적 색채가 농후한
태도를 취하면서 관념세계에서 벗어나 건설적 평화주의, 협조적 사회주
의, 그리고 불교적 신비주의에 대한 관심을 표명

1936년   뭇솔리니가 이디오피아를 침략한 후, 이탈리아를 제재해야 한다는 여론이
        일자 「현상을 어떻게 할 것인가(What Are You Going To Do)」라는 팸플
        릿 발표, 폭력은 해결책이 될 수 없음을 역설.

1937년   미국으로 이주. 폭력의 부정을 역설한 『목적과 수단』 발표.

1938년   할리우드에 정착하여 영화 시나리오 작가로 활동 시작.

1948년   『원숭이와 본질』

1952년   『루당의 악마』

1954년   스스로 메스카린이라는 마약의 실험체가 되어 그 복용 경험을 기록, 『지각
        의 문(Doors of perception)』을 발표.

1955년   부인 사망.

1956년   로라 아처라와 재혼.

1959년   〈the Award of Merit for the Novel〉 수상. 5년마다 수여되는 이 상의 수
상자로는 에니스트 헤밍웨이, 토마스 만 등이 있음.

1962년   20년 간의 구상과 5년 간의 집필 끝에 『섬』 완성.

1963년   케네디가 암살당하던 11월 22일 미국 캘리포니아 남부의 헐리웃 교외에
        서 암으로 사망. 화장된 후 영국의 부모 묘 옆에 매장됨.